Allie Well
Morgen kommt der Weihnachtsmann-Azubi

Allie Well, geboren 2000, lebt in Bayern. Seit dem Abitur studiert sie Lehramt, womit sie ihre großen Leidenschaften Sprachen und Pädagogik vereint. Wenn sie nicht gerade schreibt oder liest, ist sie vermutlich mit ihrem Hund in der Natur unterwegs.

Allie Well

Morgen kommt der Weihnachtsmann-Azubi

Roman

PIPER

Mehr über unsere Autoren und Bücher:
www.piper.de

Wenn Ihnen dieser Roman gefallen hat, schreiben Sie uns unter Nennung des Titels »Morgen kommt der Weihnachtsmann-Azubi« an empfehlungen@piper.de, und wir empfehlen Ihnen gerne vergleichbare Bücher.

Wir produzieren nachhaltig
www.piper.de

ISBN 978-3-492-50545-1

Redaktion: Birgit Förster
Satz auf Grundlage eines CSS-Layouts von digital publishing competence (München) mit abavo vlow (Buchloe)
Covergestaltung: Giessel Design
Covermotiv: Bilder unter Lizenzierung von Shutterstock.com genutzt
Printed in Germany

Für Tamara

29. November

Wenn ich mir den Baum jetzt ansah, fand sogar ich ihn abartig.

»Weihnachtsbäume müssen den Boden berühren, Cleya«, hatte meine Cousine gesagt, bevor ein Blick meiner Tante sie zum Schweigen gebracht hatte. Noch genoss ich eine Art Welpenschutz, was paradox war, denn meine Cousine war zehn Jahre jünger als ich. Aber wenn es bedeutete, dass ich mich nicht für Weihnachtsdekorationen, die ich aufhängte, rechtfertigen musste, nahm ich auch das in Kauf. War ja nicht so, als wäre der Rest der Gartenausstattung weniger kitschig. Trotzdem, die Kleine hatte recht. Weihnachtsbäume mussten den Boden berühren – etwas, was das Konstrukt vor mir nicht tat. Ich nahm die Hände vor den Mund und atmete verstärkt aus. Finger auftauen.

Hinter mir knackste etwas, und ich wirbelte herum. Die Augen zusammengekniffen, sah ich mich im Garten meiner Tante um. Alles wie immer. Ich schüttelte den Kopf und konzentrierte mich wieder auf die Baumproblematik vor mir. Im November die Weihnachtsdeko im Garten aufzubauen, war übertrieben. Vollkommen übertrieben, genau wie der Kram selbst. Aber nein, hier in Winterville war man Ende November spät dran. Leider wahr.

Wieder knirschte es hinter mir, und diesmal machte ich ein paar Schritte durch den Schnee, um die Ursache ausfindig zu machen. Nicht viel zu erkennen. Abgesehen von den weißen, blauen, roten, grünen und gelben Lichtern der Nachbargärten. Ich hielt den Atem an und bewegte mich nicht. Stille. Wahrscheinlich wurde ich langsam, aber sicher verrückt. In diesem Kaff kein Wunder. Winterville. Dämlicher Name, dämliche Leute und dämliche Jahreszeit. Ich machte einen Schritt auf den hängenden Baum zu und sank einige Zentimeter tiefer ein als erwartet. Scheißkalt! Wer hatte sich den Winter überhaupt ausgedacht?

Und Weihnachten! Und überhaupt! Ich hüpfte auf einem Bein weiter und versuchte, den Schnee aus meinem anderen Schuh zu schütteln. Mit mäßigem Erfolg. Nach diesem Versuch lachte jemand hinter mir.

»Mick, geh wieder ins Bett«, fuhr ich meinen Cousin an.

Wieder ein Lachen.

»Es ist fast elf, du gehörst ins Bett!«

»Du gehörst ins Bett«, echote es hinter mir, und einmal mehr wechselte ich die Richtung. Ich erwartete, meinen dreizehnjährigen Cousin zu sehen, der sich amüsierte, wann immer ich mit diversen Dekoelementen hantierte. Was ich nicht erwartete, war ein rot gekleideter Fremder, der gerade versuchte, in unseren Schornstein zu krabbeln. Was zur Hölle? Die obere Körperhälfte war beinahe im Kamin verschwunden, die untere zappelte etwas haltlos in der Luft herum. Trotz dieser misslichen und wenig einschüchternden Lage ahmte mich der Einbrecher nach. Haha. Wahnsinnig witzig.

Ich straffte die Schultern. »Hey!«, rief ich. Trotz allem war er immer noch ein Fremder, der sich Zutritt zum Haus verschaffen wollte. »Was soll das?«

Sofort zog er seine obere Körperhälfte aus dem Schornstein.

»Man kriecht nicht in fremde Schornsteine!« Keine Ahnung, woher ich den Mut nahm, so mit ihm zu sprechen. Vielleicht aufgrund der Tatsache, dass er einige Meter über mir stand, vielleicht aber auch aus dem Fakt, dass ich nur kreischen musste, um Leute zu alarmieren. Der einzige Vorteil Wintervilles: Handys waren völlig überflüssig. Wenn man ein Gespräch führen musste, öffnete man nur das Fenster und rief laut. Der oder die Angesprochene würde es schon mitbekommen und zurückplärren. Nicht, dass meine Tante diese Vorgehensweise gut gefunden hatte. Wahr war es trotzdem. Wirkliche Verbrechen konnte es bei dieser Nachbarschaftsclique nicht geben, ohne dass es jemand mitbekam.

»Nicht?«, fragte der Einbrecher, eindeutig männlich.

Nicht. Definitiv nicht. »Dreh dich langsam zu mir um«, befahl ich. »Ich bin bewaffnet.« Schnell bückte ich mich und nahm mir eine Handvoll Schnee. Zu kalt.

»Okay, okay, ich bin ganz harml…«, setzte der Fremde an, ohne sich zu bewegen. Zumindest ohne sich für mich sichtbar zu bewegen.

Vielleicht war das hier doch keine so clevere Idee. Irgendjemandem Bescheid zu geben wäre doch nicht so überflüssig, schätzte ich. Jedenfalls nicht, wenn man bemerkte, dass ich ziemlich allein und nur alibimäßig bewaffnet hier draußen stand. Zu spät. Da musste ich jetzt trotzdem durch. »Dreh dich um«, wiederholte ich mit festerer Stimme. Meine Finger schlossen sich um den Schnee in meiner Hand.

Der Einbrecher reagierte nicht.

»Ich zähle jetzt bis drei. Eins …« Das war der Tonfall, den ich bei meiner Cousine nutzte, wenn sie gegen Notwendigkeiten wie Zähneputzen protestierte. Irgendwann war es genug, sogar meine Geduld war endlich. Besonders abends, wenn ich eigentlich fernsehen wollte, statt Grundschüler zu betreuen. Egal, was für einen Pimpf funktionierte, funktionierte auch mit einem Einbrecher. Hoffte ich. Jeder war mal Kind gewesen, und Kinder wussten, dass die Sache ernst wurde, sobald man zählte.

»Du versuchst es jetzt nicht ernsthaft mit dem Countdown, oder?« Langsam drehte er sich in meine Richtung. Zu seinem Glück beleuchteten ihn die bunten Lichterketten genug dazu. »Wie alt bist du? Zwölf?« Siebzehn, Idiot. So danebenliegen konnte man nicht mal mit begrenzter Beleuchtung. Sah ich etwa wie ein Kind aus? Ich war doch kein Dreikäsehoch mehr!

»Zwei.«

Das helle Haar fiel ihm ins Gesicht, und ich war mir sicher, dass sich irgendwo in seinem Gesicht belustigt funkelnde Augen befanden. Nur jemand mit eindeutig zu viel Selbstbewusstsein reagierte so darauf, ertappt zu werden. Jetzt besaß er die Frechheit, einmal mehr zu lachen, und das nervtötend angenehm. Warum hatte er kein peinliches oder hässliches Lachen?

»Letzte Warnung.« Ich ballte die Hand, so gut es mit zu Eiszapfen mutierten Fingern ging, zur Faust.

»Hör zu …«

»Drei«, unterbrach ich ihn und sah, wie er sich mir nun ganz zuwandte. Exakt in dem Moment, in dem er das tat, warf ich den Schneeball. Er traf seine Brust mit einem zufriedenstellenden Klatschen, bevor der Mann in Rot weit weniger zufriedenstellend das Gleichgewicht verlor. Mit seinem Hinterteil kam er hart auf dem Dach auf, dann sah ich ihn in Richtung Boden rutschen. Ich erstarrte. So hatte ich mir das nicht gedacht. Ich konnte nicht hinsehen, aber auch nicht wegsehen, als er einen Moment lang ohne Halt fiel und dann mit einem dumpfen Geräusch landete und sich nicht rührte.

Ohgottohgottohgott! Ich hatte gerade einen Menschen umgebracht. Mit einem verdammten Schneeball noch dazu. Schritt für Schritt wagte ich mich an den Körper heran. Roter Klecks auf weißem Grund. Na, wenn das mal kein furchtbares Omen war. Meine Schuhe füllten sich zunehmend mit Schnee, aber meine erfrierenden Zehen hatten gerade keine Priorität. Was, wenn er tot war? Oder schlimmer noch: lebendig? Ich war beim Erste-Hilfe-Kurs krank gewesen, Mund-zu-Mund kannte ich nur vom Küssen. Wo blies man da überhaupt hinein? Nase oder Mund? Hoffentlich Mund. Ich wollte keine fremden Nasen in den Mund nehmen. Igitt! Ich schüttelte mich. Na ja, es hieß bestimmt nicht ohne Grund Mund-zu-Mund. Kurz vor dem Körper blieb ich stehen. Da rührte sich nichts. Wie war das, wenn man in einer Situation wie dieser war? Sollte man die potenzielle Leiche schütteln, um zu sehen, ob sie wach wurde, oder sollte man das lieber nicht tun und das Rückgrat schonen. Ich sah auf. Drei oder vier Meter war er schon gefallen. Ugh. So hatte ich mir den Abend nicht vorgestellt. Falls er noch lebte, wollte ich nicht noch mehr kaputt machen, als ich es ohnehin schon getan hatte, also stieß ich das Knie des jungen Mannes leicht mit dem Fuß an.

Nichts.

Vorsichtshalber – am Ende war er noch nicht tot, sondern nur ohnmächtig, und ich ließ ihn erfrieren – trat ich etwas fester nach ihm, und diesmal reagierte er, als hätte ich ihm einen Eimer Wasser ins Gesicht geschüttet. Dem Himmel und allen Göttern, die es dort geben mochte, sei Dank! Ich war keine Mörderin. Er richtete sich auf, verlor das Gleichgewicht und fiel mir entgegen. Wie zur Hölle sollte ich ihn auffangen? Reflexartig machte ich einen Schritt zurück, um nicht auch zu Boden gerissen zu werden. Der Einbrecher versank wieder etwas im Schnee, und diesmal verzichtete ich darauf, mich zu vergewissern, ob er noch atmete. Wer fluchen konnte, war offensichtlich noch nicht tot. Langsam rappelte er sich auf und blieb aufrecht stehen.

»Sag mal«, brachte er heraus und spuckte halb geschmolzenen Schnee aus. Er pflückte sich etwas davon von der Zunge und stockte. »Hast du Kunstschnee im Schnee?« So, wie er es sagte, klang es, als sei das ein Verbrechen.

Defensiv verschränkte ich die Arme. »Und wenn?«

»Kunstschnee!«, betonte er. Das sagte natürlich alles. Was hatte er überhaupt für ein Problem? Wir hatten Kunstschnee gestreut, dann hatte es geschneit. Sollte vorkommen. Besonders in Winterville war das nicht ungewöhnlich. Er schüttelte den Kopf. »Sag mal, spinnst du? Du hättest mich umbringen können!« Der Fremde deutete zuerst auf mich, anschließend auf das Dach und zu der menschenförmigen Delle in der Schneedecke.

»Habe ich aber nicht.«

»Wie kommt man auf die Idee, jemanden mit einem Schneeball vom Dach zu schießen?«

Ich baute mich mit meinen eins zweiundsechzig vor ihm auf und stieß ihm den Zeigefinger in die Brust. Der Samtstoff seines Oberteils war komplett durchnässt. Pech. »Wie kommt man auf die Idee, in fremde Schornsteine zu klettern?«

»Warum kein Schornstein?«, konterte er.

»Der Ofen ist angeheizt, Idiot.« Ich nickte in Richtung Qualm. »Wie siehst du überhaupt aus!« Wie ein Teenager, der sein Taschengeld verbraten hatte und jetzt Weihnachtsmann im Kindergarten spielen musste, weil Kinder in diesem Alter noch nicht einschätzen konnten, ob man achtzehn oder achtzig war. Alles ab Schulkind war alt.

»Gut, würde ich behaupten.«

Die Erleichterung, nicht für sein Ableben verantwortlich zu sein, sank signifikant. Noch mehr, als der Kerl die Frechheit besaß, sich jetzt im halb dekorierten Garten umzusehen und die ein oder andere Lichtattraktion mit einem Lachen zu kommentieren. Wie ein treudoofer Hund stapfte ich ihm hinterher. Wer wusste schon, wo er noch hineinkriechen wollte.

»Was ist das?« Der Pseudo-Santa deutete auf den aufgehängten Baum.

»Sag du es mir«, meckerte ich. Das Ding war mit Lichterketten umwickelt und eindeutig baumförmig. Vermutlich handelte es sich dabei also um ein Auto. Wozu hatte der Typ Augen, wenn sie nicht mit dem Gehirn verbunden waren?

»Aber ... Plastik!« Er drehte sich zu mir und riss die Augen auf. Blau. Warum hatten alle komischen Kerle immer blaue Augen? Ich mochte blaue Augen, verdammt! Er war der Böse, er brauchte keine schönen Augen. »Das ist ein Plastikbaum?«

»Offensichtlich.«

»Aber ... Plastik!«

»Das haben wir ausgiebig festgestellt, ja.« Hatte er doch etwas abbekommen? Andererseits trug er ein Weihnachtsmannkostüm. Die Chancen standen gut, dass er schon vorher so gewesen war. »Bevor du fragst, ja, er hängt in der Luft.« Gefesselt und bestraft. Ich hatte keinen Baumständer gefunden und auch keine Motivation gehabt, einen zu kaufen, also hatte ich die einzige Dekoration, die mir tatsächlich gehörte, kurzerhand an den Rosenbogen meiner Tante gehängt.

»Das sehe ich.«

Wunderbar. Die Verbindung Auge-Hirn funktionierte wohl doch noch.

»Er ist pink.«

»Auch das.«

»Findest du das wirklich schön?«

Ehrlich? Nein. Aber ich fand wenig an Weihnachten schön, von Punsch und Süßkram mal abgesehen. Ob der Baum pink oder glitzernd oder rot war, war mir schlichtweg egal. Meine Tante hatte um eine angemessene Gestaltung des Gartens gebeten, und ich hatte ihr den Wunsch erfüllt. Urteile standen nicht in der Stellenbeschreibung. »Was geht dich das an?« Ich verschränkte die Arme vor der Brust. »Was machst du überhaupt hier?«

Der Kerl hakte seine Daumen in den Hosenbund ein – schrecklich hipster – und zuckte mit den Schultern. »Ich kam hier zufällig vorbei und …«, er sah zum Baum, »… der hier ist schwer zu übersehen. Ich wollte ihn entsorgen. Ich wollte nichts stehlen oder so.«

»Außer dem Baum, natürlich. Für den du in den Schornstein gekrabbelt bist.«

»Natürlich«, echote er. »Nicht, dass du mir das vorwerfen kannst. Das Teil ist abartig. Außerdem wollte ich dich vorher fragen.«

Vielleicht sollte ich den Verrückten einfach machen lassen. Er konnte den Baum abhängen und mitnehmen, und morgen, wenn sein Fehlen bemerkt werden würde, könnte ich völlig überrascht tun. Ich konnte sogar etwas bedrückt aussehen, schließlich hatte ich den Baum mitgebracht. Nein. Ich konnte den Baum nicht gebaumnappt werden lassen. Er war auch in seiner Abartigkeit noch immer Moms Versuch, mir etwas Familie mitzugeben, wenn ich schon bei ihrer Schwester untergebracht war.

»Man sollte es vergraben.«

Ich sollte nach drinnen gehen und die Polizei rufen. Die konnte dann dafür sorgen, dass der Fremde ging. Was für ein Einbrecher wollte er überhaupt sein? Erzählte mir etwas von wegen Weihnachtsbaum, den er mitnehmen wollte, kletterte aber auf dem Dach herum. Sehr logisch. Sollte mal das Einmaleins der Kleinkriminellen lernen. Der Typ war vieles, aber mit Sicherheit nicht vertrauenswürdig, und trotzdem ertappte ich mich dabei, wie ich die Idee, dem Baum ein Begräbnis zu schenken und seine pinkfarbene Glitzerära zu beenden, gar nicht so furchtbar fand. »Eigentlich hast du recht«, sagte ich.

»Hm?«

»Mit dem Baum. Man sollte ihn wirklich vergraben.«

Der Einbrecher blinzelte, dann runzelte er die Stirn, und letztlich unterzog er mich einer genauen Musterung. Wahrscheinlich fragte er sich, ob ich noch ganz klar im Kopf war. Vermutlich nicht, aber das ging ihn nichts an. Ich ging zum gehängten Baum und zog fest an den unteren Ästen, sodass er mir entgegenfiel.

»Du meinst das ernst.« Er sah noch eine Spur verwunderter aus, als ich ihm das Plastikgestrüpp in die Arme drückte und nickte.

»Ja.« Dachte ich zumindest. Morgen würde ich die Aktion hoffentlich dämlich finden und mich fragen, wie um alles in der Welt ich sämtliche Regeln, die jungen Mädchen eingebläut wurden, hatte ignorieren können. Falls ich nicht mit dem pinkfarbenen Baum vergraben wurde.

»Okay.« Er schulterte den Baum und stach sich dabei beinahe ein Auge aus. »Und mit wem habe ich das Vergnügen, Baumbestatter zu spielen?«

»Cleya.«

»Clay-ah?«

»Klej-ja. Und du bist?«

Der Mann in Rot grinste mich an. »Es ist Weihnachten, und ich wollte durch den Schornstein ins Haus. Wer bin ich?«

»Es ist November.«

»Weihnachten.«

»Als ich das letzte Mal in der Mall war, war der Weihnachtsmann alt und übergewichtig.«

»Jeder fängt mal klein an.«

Ja, mit Minijobs in der Nachbarschaft. Oder im nächsten Kaff. Aus Winterville konnte der Typ nicht sein, sonst hätte Miss Daisy ihn mir sicher vorgestellt. Die Frau war alles, was man sich unter einer Kleinstadtnachbarin im fortgeschrittenen Alter und mit zu hohem Agatha-Christie-Konsum vorstellte. Wenn sie jemanden nicht kannte, kannte ihn niemand.

»Wo genau gedenkst du, den Baum zu vergraben?«, fragte der namenlose Typ.

Oh. Ja. Darüber hatte ich nicht nachgedacht. »Gute Frage«, sagte ich und nahm ihm den Baum wieder ab. Wenn ich es mir recht überlegte, sollte ich den Baum einfach in den Schnee stecken und hoffen, dass er eingeschneit und so versteckt wurde. Und wenn es zwischen Schneebatzen pink glitzerte, waren es einfach besondere Special Effects. Ich stellte ihn ab und wedelte vor dem Fremden in der Luft herum, um ihn zu verscheuchen. »Du darfst jetzt gehen.«

»Ich darf jetzt gehen?«

»Dürfen im Sinne von müssen, ja. Du musst jetzt gehen.«

Die Mundwinkel des Einbrechers zuckten. »Muss ich das? Warum?«

Weil meine Schuhe nass wurden und ich ins Bett wollte, verdammt. Morgen hatte ich Schule. Theoretisch jedenfalls. Wenn ich ihn mir so ansah, konnte er eigentlich auch Schule oder College oder irgendwas für den Morgen geplant haben. »Musst du. Weil halt.«

»Wenn du das sagst.« Der verkleidete junge Mann zuckte mit den Schultern und stapfte in Richtung Zaun davon.

»Der Ausgang ist da vorn«, erinnerte ich ihn und deutete in die entgegengesetzte Richtung.

»Ich weiß«, rief er mir über die Schulter hinweg zu. »Aber hast du Fußspuren oder so aus der Richtung gesehen?«

Ich ließ den Blick über die größtenteils intakte Schneedecke gleiten. Wenn er nicht gerade einen auf Minerva McGonagall machte und sich in Katzen verwandelte, war er nicht von der Straße gekommen. Als ich mich wieder zu ihm drehte, war er nicht mehr da.

Was für ein seltsamer Abend.

30. November

»Geh für sie einkaufen«, hatte sie gesagt. »Das wird schön«, hatte sie gesagt. »Du findest Freunde«, hatte sie gesagt.

Wie unschwer zu erkennen war, war meine Tante eine professionelle Lügnerin. Ich ging nicht einkaufen, vielmehr schlitterte ich von gefrorener Pfütze zu gefrorener Pfütze und versuchte dabei, die Eier heil zu Miss Daisy zu transportieren. Schön war etwas anderes. Wir hatten Winter, schön war gar nichts. Es war zu dunkel, zu kalt und eindeutig zu weihnachtlich hier. Aber immerhin diese Aufgabe konnte ich jetzt abhaken. Ich hatte eingekauft, Schnee geschippt und ein Stück des ekelhaften Kuchens, den nur antike Nachbarn zusammenmischen konnten, heruntergewürgt, meine Pflicht als nette Nachbarin war getan.

Miss Daisy sah das offenbar anders. Mit einem Teller Kuchen in den Händen kam sie angewackelt. »Noch ein Stück, meine Liebe?«

Auf keinen Fall. Keine Ahnung, welches Rezept sie verwendete, es gehörte aber schnellstens entsorgt. Und wenn selbst ich so dachte, wo ich die letzten Jahre von Fertigprodukten gelebt hatte, deren Geschmack nach Pappe nur in Bezug auf Geschmacksstoffe variierte, dann musste es wahr sein. »Danke, nein«, sagte ich und legte mir eine Hand auf den Bauch. »Ich bin satt.« Wie zum Beweis legte ich meine Serviette zu der Gabel auf den Teller und schob diesen von mir. Eine Portion Kuchen mit Obst aus einer der Konserven, die ich letztens eingekauft hatte, reichte vollkommen. Da war mir ja Weihnachtsgebäck lieber. Bei Butterplätzchen, wie meine Cousine sie inhalierte, konnte man zumindest wenig falsch machen.

»Schon? Dann packe ich dir einen Teller ein.«

Von mir aus. Entsorgen war einfacher als essen. »Vielen Dank, das ist sehr nett von Ihnen.« Wie brav ich klang. Mom wäre überrascht.

»Du bist ein liebes Mädchen«, meinte Miss Daisy. Ihr Name war in dieser Kleinstadt seltsam deplatziert. Nach Winterville würden Leute wie eine Miss Mistletoe oder ein Mr Stocking passen, nur Miss Daisy trug die falsche Jahreszeit im Namen. »Außer dir habe ich wenige Besucher.«

Das konnte an ihrem ekelhaften Kuchen liegen.

»Miss Daisy, jetzt übertreiben Sie«, mischte sich eine neue Person, dem Klang der Stimme nach feminin, ein. Eine junge Frau kam zu uns ins Wohnzimmer und lächelte die alte Nachbarin an. »Ich komme einmal die Woche, Ihre Schwester telefoniert jeden Tag mit Ihnen, und ich habe Mr Miller erst am Dienstag von Ihrem Brunch am Wochenende schwärmen gehört. Außerdem haben Sie gerade Besuch.« Sie drehte sich in meine Richtung, um mir zuzunicken. Erst dabei hatte ich Gelegenheit, sie genauer zu mustern. Braune Haare, schulterlang und glatt, gute eins vierundsechzig, Sommersprossen auf der Nase: Wäre sie nicht geschätzt ein oder zwei Jahre älter, hätte man uns verwechseln können. Lehrer hätten uns mit Sicherheit mit dem Namen der anderen angesprochen. In jedem Fall konnten wir als Cousinen, vielleicht sogar Schwestern durchgehen. Wie es aussah, hatte ich einen dieser nicht verwandten Doppelgänger gefunden. Gruselig.

»Anna!« Miss Daisy strahlte ihren Gast an. »Was für eine Überraschung! Ich dachte, du kommst erst unter der Woche wieder.«

Anna zuckte mit den Schultern und richtete ihre Aufmerksamkeit ganz auf Miss Daisy. Und so schnell war ich abgeschrieben. Nicht, dass das neu war. Wenn zwei Menschen miteinander beschäftigt waren, rückte ich in den Hintergrund. Mom hatte genauso gedacht, als ich in ihrem und Dads Scheidungskrieg untergegangen war – und mich kurzerhand zu ihrer Schwester in die winterliche Kitschlandschaft verpflanzt.

»Meine Wohnung fühlt sich leer an«, sagte Anna leise, die Schultern gesenkt.

Miss Daisy nickte wissend. »Möchtest du ein Stück Kuchen?«

Annas Augen wurden riesig, und sie beeilte sich, abzulehnen. »Danke, nein.« Ihre Schultern sackten herunter. »Sie ist erst drei Stunden weg, und ich vermisse sie jetzt schon.«

»Das ist normal«, sagte Miss Daisy und tätschelte ihr den Arm. »Wann bringt er sie denn wieder?«

»Mittwoch, über Nacht dann. Normalerweise bringt er sie nur am Wochenende, aber du weißt ja, wie es diesen Dezember bei ihm aussieht. Und an die frische Luft muss die Kleine auch.«

Ich sah zwischen den beiden hin und her. Klang für mich nach typischem Drama an Highschools und Colleges: Paar trennte sich und der gemeinsame Hund war plötzlich in derselben Situation, die mir bevorstand. Ein Wochenende bei Elternteil A, eines bei B, das würde ein Organisationsaufwand werden.

»Manchmal denke ich, die ganze Sache mit der Nordpol-Legende bringt mehr Schaden als Nutzen«, fügte Anna hinzu und setzte sich zu mir an den Tisch. Sie lächelte in meine Richtung, sah mich aber nicht an. Wie auch immer. Bevor die beiden diese Legende besprachen, machte ich mich lieber auf den Heimweg.

»Ich habe meiner Tante versprochen, den Kids Abendessen zu machen«, brachte ich mich in Erinnerung. »Danke für den Kuchen und die Gastfreundschaft.«

Miss Daisy nickte und begleitete mich zur Tür. »Ich danke dir, Mädchen. Komm gut nach Hause.« Sie blieb im Eingangsbereich stehen, bis ich aus dem Garten auf die Straße gegangen war. Kaum hatte ich den Flur verlassen, schlug mir der Wind ins Gesicht. Gepaart mit einer ordentlichen Portion Schneeflocken.

Na wunderbar. Der Heimweg dauerte bei gutem Wetter schon etwa zehn Minuten, vielleicht neun, wenn ich mich beeilte. Bei Wind und Schnee zum bestehenden Glatteis wurde die Prognose nicht unbedingt besser. Auf dem Weg griff ich hin und wieder nach meinem Handy, um den neuen Platz eins meiner persönlichen Hitliste von dämlichsten Weihnachtsdekorationen zu fotografieren. In jedem anderen Städtchen hätten es ein paar Lichterketten über den Büschen getan, in Winterville montierte man einen Kunstschornstein mit kletterndem Pummelweihnachtsmann auf Bungalows. LED-Zuckerstangen konnte ja jeder …

»Ho, ho, ho!«, schrie mich jemand an, und ich hüpfte vor Schreck zur Seite, bis ich die aufgestellte Figur im Garten neben mir sah, die wohl einen Bewegungsmelder besaß. Halleluja! Musste das sein? Ich legte mir die Hand auf den Anorak, als könne die Geste meinen Herzschlag drosseln. Himmel! Ich meinte, ein Lachen zu hören, und sah mich schnell um. Nichts.

Was stellte ich mich so an? Es gab für alles eine logische Erklärung. Weihnachtsmänner tauchten nicht einfach auf und schrien Passanten an. Das war die dämliche Deko. Kein Grund zur Sorge. Nur die Nerven. Hier war es ja kein Wunder, wenn man durchdrehte. Trotzdem ging ich den Rest des Weges nur dieses kleine bisschen schneller als sonst.

Meine Tante war fast schon unterwegs, als ich ankam, und rief nur noch einen allgemeinen Abschiedsgruß durch das Haus, bevor sie zu ihrer Nachtschicht fuhr. Alleinerziehende Krankenschwestern hatten einen stressigen Alltag, das hatte ich in den letzten paar Wochen gelernt. Wie sie es geschafft hatte, bevor ich als Dauerbabysitter eingezogen war, war mir schleierhaft. Ich traute mir schon keinen Hamster zu, was die Verpflichtungen anging, geschweige denn zwei Kinder.

»Cleya!«, rief meine Cousine aus, kaum dass ich meine Jacke ausgezogen hatte. »Ich habe Hunger!«

Der Zwerg hatte immer Hunger. Wo eigentlich der Magen sein sollte, war bei Sarah nur ein schwarzes Loch, das mit Lebensmitteln nicht gefüllt werden konnte.

»Okay«, sagte ich und ging zum Kühlschrank. »Was willst du auf dein Sandwich haben?«

»Kein Sandwich!« Die Siebenjährige stemmte die Arme in die Seiten. »Koch mir was!«

»Ich bin nicht deine Sklavin, Sarah. Wenn du was von mir willst, frag mich und häng ein ›bitte‹ an den Satz, damit ich es auch gern mache.«

Sie gab eine Reihe undefinierbarer Laute von sich und schob die Unterlippe vor. Ich verdrehte die Augen. Kinder. Konnte man die nicht umtauschen?

»Kannst du uns bitte etwas kochen, Cleya?«, fragte mein Cousin Mick vom Wohnzimmer aus. »Mom hat uns mittags Sandwiches gemacht.«

Immerhin fragte er nett. Was aber nichts daran änderte, dass meine Kochkünste das Äquivalent zu Miss Daisys Backkünsten waren und ich lieber keine Lebensmittelvergiftungen verursachen wollte. »Ich kann euch einen Kuchen backen«, bot ich an. Backen konnte ich ganz gut, und es würde die beiden verpflegen. Ein weiterer Grund, warum ich keine Kinder haben wollte. Ich würde sie alle ins Zuckerkoma befördern. Was der Mutter mit medizinischem Hintergrundwissen wenig gefallen würde. »Wenn ihr vorher eine Orange oder so esst.«

»Ja, Cleya«, sagte Sarah schnell.

»Geht klar«, kam es auch von Mick, und ehe ich mich versah, hatte ich alles für einen Schokokuchen vorbereitet. Sarah verschwand mit ihrer Orangenschale aus meinem Blickfeld, und als sie wieder neben mir stand, war sie mit einer weißen Schicht Mehl überzogen. Ich hob fragend eine Augenbraue. »Was ist denn mit dir passiert?«

»Die neue Packung war zu voll.«

Und deshalb hatte sie beschlossen, einen Teil auf sich selbst zu verteilen, um den Inhalt zu reduzieren? Welche Freude. »Ist nicht so schlimm«, meinte ich. Putzen musste ich sowieso. Ich schlug die Eier auf und ließ Sarah anschließend in die Schüssel sehen, was eine Kette von Igitts und Bähs nach sich zog. Ja, ja. Alles voll ekelhaft.

»Jetzt brauchen wir noch zweihundertfünfzig Gramm Zucker.«

Sarah brachte mindestens vierhundert, ein riesiges Grinsen im Gesicht und den ein oder anderen Hüpfer in den Schritten. Dieses Kind. In Mathe hatte meine Cousine offenbar noch einiges aufzuholen.

»Was ist denn los?«, fragte ich sie, als sie letztlich Kakao und Kaffee verwechselte.

»So ist sie jedes Jahr«, rief Mick. »Morgen ist der 1. Dezember, und alle sind gespannt, welches Mädchen es wird.«

Das ergab keinen Sinn. »Erzähl mir mehr«, sagte ich und legte das Rührgerät zur Seite. Was hatten Dezember und irgendwelche Wahlen oder so mit Sarah zu tun?

»Über die Nordpol-Legende?« Mick stöhnte. Er war aktuell wohl eindeutig zu cool für solche Märchen. Anders als Miss Daisy, wie es aussah. »Winterville ist die Weihnachtsstadt, heißt es. Und den besonderen Zauber«, er betonte das Wort abfällig, »bekommen wir im Austausch für ein Mädchen.«

Äh. »Wunderbar«, sagte ich, was ungefähr das Gegenteil dessen war, was ich meinte. Was war das bitte für eine Legende? Und warum freute Sarah sich auf irgendwas in der Art?

»Gar nicht wahr!« Sarah ballte die Hände zu Fäusten. »Du erzählst alles falsch!«

»Tu ich nicht!«

»Tust du wohl!«

»Du nervst!« Mick kam zu uns in die Küche. »Also: Der Preis für die gute Weihnachtsstimmung ist eine junge Frau. Alle zwei oder drei Jahrzehnte wird irgendein Mädchen entführt, und ein Mistelzweig liegt in seinem Bett. Angeblich muss das Mädchen dann den Weihnachtsmann heiraten und bei ihm bleiben oder als Sklavin leben oder so. Die Vorstellung ist ja so romantisch.« Er machte eine Show daraus, zu würgen. »Stockholm-Syndrom für Schnulzenleser.«

Mick war erwachsen in seiner Wahrnehmung. Der Weihnachtswahn hier kannte keine Grenzen. Was bisher amüsant gewesen war, war jetzt deutlich ernster. Das ganze Kaff redete einem Mädchen ein, dass es irgendwann von dem Schlitten des – zu alten und etwas zu übergewichtigen – Weihnachtsmanns abgeholt werden würde und dass das der Preis für die Weihnachtsstimmung der Stadt wäre. Das war einfach abartig! Nichtsdestotrotz konnte ich nicht anders, als den Gedanken weiterzuspinnen. Wenn es einen Weihnachtsmann gäbe, rekrutierte er dann so seine Elfen oder seine Ehefrauen?

»Eine schöne Geschichte«, murmelte ich und schüttelte den Kopf. Ich füllte den Kuchenteig in eine Backform und schob sie in den Ofen. »Wenn der Küchentimer klingelt, bevor ich wieder da bin, schreit einfach.« Nicht, dass Sarah so mäßig intelligent war wie ich in ihrem Alter. Wenn man wusste, worauf man achtete, konnte man die Narben, die das Gitterblech auf meiner Hand hinterlassen hatte, heute noch sehen.

Ich ging ins Wohnzimmer und öffnete die Terrassentür, um den Geruch von Kuchenteig aus dem Haus zu lassen. Der einzige Nachteil der offenen Tür war, dass nun der Blick auf die Gartendekorationen wieder freigegeben war. Ein einziges Geleuchte und Geblinke. Blinkte heute mehr als gestern?

»Hat eure Mom den Garten weiterdekoriert?«, fragte ich.

»Nein«, antwortete Mick.

Seltsam. Auf den ersten Blick konnte ich nicht benennen, was genau anders war. Dann fiel mir der nicht mehr gehängte Weihnachtsbaum – oder das, was einmal ein pinkes Glitzerbäumchen gewesen war – auf. Immerhin sorgten die vielen Lichter im Garten dafür, dass ich auch etwas erkennen konnte. Fleckig beschrieb die neue Optik am besten, schätzte ich. Als hätte man ihn eingesprüht und dann bemerkt, dass die Farbe weder ordentlich deckte noch ausreichte. Das Ergebnis war kreativ. Das hüfthohe Ding war jetzt weder grün noch pink und damit nur noch an seiner Form zu erkennen. Dann wiederum war auch dieses Merkmal sabotiert worden, denn irgendjemand hatte meinen armen Baum mit einer Lichterkette eingeschnürt, sodass einzelne Äste in ungesunden Winkeln abstanden. Was zur Hölle? Das war mein Baum, kein Projekt für moderne Kunst! Ich ballte die Hände zu Fäusten und lockerte sie wieder. Wie kam man auf die Idee, das mit fremden Bäumen zu machen?

Ich hatte nicht einmal mehr den Nerv, mir das Verbrechen genauer anzusehen. Das hier war Winterville. Sich hier über irgendwas zu wundern war unnötig. Fing man einmal damit an, konnte man gleich dabeibleiben und niemals wieder aufhören. Kein Bedarf. Ich atmete einmal tief durch. Warum ärgerte mich die optische Veränderung des Baums so? Ich mochte kein Weihnachten.

Aber seit letzter Nacht mochte ich den Baum, zumindest irgendwie. Traurig, dass ein Haufen Plastik das war, woran mir hier am meisten lag. Egal. Ich straffte die Schultern. Letztlich war der Haufen Plastik nur ein Haufen Plastik, den ich in gut einem Monat wieder in seinen Karton stecken konnte. Bis dahin konnte er meinetwegen aussehen, wie er wollte.

Es sei denn, ich fand heraus, wer ihn eingefärbt hatte. In diesem Falle musste der Übeltäter den Baum baden und notfalls mit Ersatzglitzer bestäuben. Mochte ja sein, dass der Baum abartig war, aber er war immer noch mein abartiger Baum.

1. Dezember

Orangen.

Orangen, Zimt und irgendein Geruch, den ich nicht ganz zuordnen konnte. Ich stöhnte auf und rollte mich im Bett herum, die Decke über den Kopf gezogen. Apfel vielleicht? Nein, Apfel hatte einen anderen Geruch. Mehr ... apfelig und penetrant. Was auch immer es war, es stank. Nicht ganz so sehr wie Miss Daisys Dosenobst, aber auch nicht viel weniger.

Seltsam. Ich gähnte und drehte mich im Bett um. Keine Veränderung. Seit wann roch meine Bettwäsche nach einer Packung Weihnachtsgewürze? Ich setzte mich auf und strich mir die Haare aus dem Gesicht. Bad-Hair-Day war nichts gegen einen Bed-Hair-Morning, und für diese Erkenntnis brauchte ich nicht einmal einen Spiegel. Das war ein Fakt.

Ich tastete nach meinem Handy und schlug mit dem Handgelenk an der Kante des Nachttischs auf. Nicht empfehlenswert. Seit wann hatte das IKEA-Modell harte Kanten? Ich blinzelte. Der Tag ging ja schon gut los. Meine Decke roch, als wäre sie mit diversen Lebkuchen im Ofen gewesen, mein Tisch hatte mich quasi angegriffen, und die Matratze hatte sich über Nacht in einen Ozean verwandelt, in dem man geradezu versank. Konnte ich bitte einfach meine Klappmatratze zurückhaben? Und das Bett erst. Dunkles Holz statt Metallrahmen.

Moment.

Bett.

Holz statt Metall. Ich erstarrte und sah jetzt das erste Mal bewusst. Das hier war definitiv nicht mein Zimmer. Ich hatte keine Einrichtung in Grün, Weiß und Rot, keine Pflanzen und schon gar keine Patchworkdecke auf dem Bett, obwohl ich Letztere auf jeden Fall behalten wollen würde.

In einem morgendlich angemessenen Tempo kam die Erkenntnis auch bei mir an. Nicht nur faktisch, sondern auch emotional. Und sie traf mich mit voller Wucht: Das war nicht mein verdammtes Zimmer. Wenn es nicht meines war, wem gehörte es dann? Wie zur Hölle war ich in ein fremdes Zimmer gelangt? Ich kniff mich probehalber in den Arm, aber außer einem nahenden blauen Fleck brachte mir die Aktion nichts.

Wo war ich hier? Ich sprang aus dem Bett und atmete auf. Ich trug dieselbe Kleidung, mit der ich gestern Abend ins Bett gegangen war. Immerhin etwas. Ich schüttelte die Arme und Beine aus. Schwer fühlten sie sich auch nicht an, also waren wohl keine Drogen oder so im Spiel. Nicht, dass ich es Mick oder Sarah zutrauen würde, mir einen Streich zu spielen und mich zu betäuben. Viele Alternativerklärungen, wie ich hier gelandet sein könnte, hatte ich aber auch nicht. Ein Blick aus dem Fenster brachte mich nicht viel weiter. Draußen war nahezu alles weiß, und das, was nicht weiß war, war weihnachtlich dekoriert. Winterwunderland traf es ganz gut; die Lichterwelt war noch schrecklicher als alle Vorgärten in Winterville zusammen. Nur mein Baum fehlte. Und das Haus unserer Nachbarn. Ich erschauderte und drehte mich weg, konnte die Kälte, die sich in mir ausbreitete, aber nicht abschütteln. Was sollte das? Warum war ich hier? Und warum war ich allein hier? Okay. Immer mit der Ruhe. Was wusste ich?

Ein Krankenhaus war das hier schon mal nicht. Ein Hotel? Was auch immer ich in einem Hotel wollte ... egal. Hauptsache, ich konnte auschecken und dann wieder zu meiner Tante gehen. Ich schlüpfte in ein Paar Wollsocken, das am Fußende des Bettes lag, und ging zur Tür. Offenbar hatte ich keine Reisetasche dabei, also mussten eben Leggings und Pullover herhalten. Ich drückte die Türklinke herunter und zog an der Tür. Nichts. Ein weiteres Mal. Wieder nichts. Okay? Seltsam. Einen Schlüssel fand ich nicht, auch nicht, nachdem ich die Nachttische und den Boden nach ihm abgesucht hatte.

»Hallo?«, rief ich und klopfte von innen an die Tür. »Hallo-o? Ist da wer?«

Offenbar war da niemand oder zumindest niemand, der mir antworten wollte. Ich schrie wie am Spieß und hämmerte noch ein paar Minuten gegen die Tür, bis mir Tränen in den Augen brannten, weil ich langsam nicht mehr wusste, was ich noch tun sollte, um auf mich aufmerksam zu machen. Bis zum Boden war es aus dem Fenster zu weit, und, so dringend ich auch hier rauswollte, ich schätzte meine körperliche Unversehrtheit.

Argh! Was auch immer das für ein Streich war, ich fand ihn nicht lustig. Das komplette Zimmer in Weihnachtsgeschenkpapier zu verpacken, das war ein lustiger Scherz. Cleya in ein Weihnachtsgefängnis zu stecken eher weniger. Ich warf mich zurück auf die Matratze und schlug mit der Faust auf meine Kissen, bis sie untypische Formen angenommen hatten. Scheißtag!

Da saß ich nun. Allein irgendwo im Nirgendwo mit nichts zu tun. Nicht mal mein Handy hatte ich am Körper ... oder in Reichweite. Seltsam, aber kurzfristig nicht zu ändern. Nachdem ich die verschiedenen Christbaumkugeln auf den Stoffen meiner Decke gezählt hatte – hundertzweiundneunzig, wenn ich mich nicht verzählt hatte –, war mir wieder langweilig. Zumindest, bis mein Blick auf die übergroße Schneekugel auf meinem Nachttisch fiel. Wer hatte das denn verbrochen? Gehörte bestraft. Als hätte man ganz Winterville in eine Kitschkugel gesteckt. Ich verdrehte die Augen, dann stutzte ich. Wenn man genau hinschaute, sah es so aus, als hätte man das Kaff verkleinert und in eine Glaskugel geklebt. Deren Sockel mit dem Schriftzug »Winterville« versehen war. Herzschlag, Atem und Wirklichkeit setzten für einen Moment aus, während ich die Schneekugel in meinen Händen drehte.

»Himmel!« Ich ließ das Ding fallen, als sich etwas darin bewegte. Hatte der Hersteller einen Käfer darin eingeschlossen? Gab es in Winterville überhaupt Käfer? Warum war das Tier nicht längst gestorben?! Was zur Hölle lief hier falsch? Ein Bäumchen wackelte im Wind, und je länger ich hinsah, desto mehr bildete ich mir ein, Menschen in der Kugel zu sehen.

Mit einem Mal schien mir die Drogentheorie wahrscheinlicher. Wie sonst könnte ich eine Stadt mit Menschen und LEDs in einer

Schneekugel entdecken? Entweder ich hatte seltsames Zeug genommen, oder ich drehte langsam durch.

»Hallo? Hallo-o!«, versuchte ich es noch mal und trat gegen die Tür.

Nichts.

Ich ging für einen Moment ins Badezimmer, das dieselben Weihnachtsfarben hatte wie das Zimmer, in dem ich aufgewacht war. Kitschig, aber zumindest konsequent kitschig. Während ich im Badezimmer war, hörte ich eine andere Tür. Kälte schoss mir in die Fingerspitzen. Entweder brachte mir gerade jemand etwas zu essen, oder es kam jemand, der mich umbringen sollte oder gar wollte.

Ich entschied mich für Variante zwei. Verdammt, warum gab es hier keine Waffen? Ich wollte nicht sterben! Bloß nicht zu laut werden. Das führte immer dazu, dass man entdeckt wurde. Diesen Fehler würde ich, anders als die todgeweihten jungen Frauen in Filmen, nicht machen. Leider hielt sich meine Auswahl an Waffen sehr in Grenzen, sodass ich die Wahl zwischen ein paar Handtüchern, einer Klobürste und einem Plastikbecher hatte. Ich entschied mich für die Klobürste.

Mit meinem neuen Freund Kunibert – Waffengefährten mussten immer einen Namen haben – in der Hand hechtete ich aus dem Badezimmer, nur um die Tür vor meiner Nase zufallen zu sehen.

Argh! Ich riss an der Klinke und stolperte rückwärts. Das war unerwartet. Ich balancierte mich aus und schmunzelte einen Moment. Da hatte der Zimmerbesucher wohl vergessen, die Tür wieder abzuschließen.

So leise wie möglich tapste ich aus dem Raum in den Flur, der einen dunklen Holzboden hatte. Wer schaffte sich bitte so was an? Helle Böden waren viel schöner. Einige Meter weiter entdeckte ich eine Treppe. Die Anzahl der Stufen bestätigte meine Annahme von vorhin, dass ich mich nicht im ersten Stockwerk des Gebäudes befand. Das hölzerne Treppengeländer war komplett mit Girlanden aus grünen Zweigen, goldenem Lametta und roten Christbaumkugeln umwickelt. Oha. Wenn jemand noch weihnachtssüchtiger war als die Leute in Winterville, dann waren das die Besitzer dieses Hotels, das seine Gäste einsperrte. Langsam kam ich mir vor wie in einem dieser Lebkuchenhäuser, in denen Hexen sofort hinter einem der kleinen Weihnachtsbäume hervorspringen würden, um einen zu rösten. Langsam ging ich die Stufen hinunter, bis ich in einem anderen Stockwerk vor der Entscheidung stand, nach links oder nach rechts zu gehen, und Stimmen hörte. Das waren dann wohl die gefährlichen Hexen. Also links. Ich schlich weiter durch das Haus, als ich immer lauter werdende Schritte hörte, die mir entgegenkamen. Ich sah mich um, konnte aber nicht ausweichen. Na prima, in Büchern gab es immer Vorhänge, hinter denen eine Figur stehen konnte, oder Ecken oder Räume, die offen und leer waren.

Und was bekam ich?

Einen Flur mit Gesprächen hinter und Fußstapfen vor mir. Ohne dass ich irgendwie reagieren konnte, stand ich da und wartete auf meinen persönlichen Untergang. Fest entschlossen, der Gefahr stolz und unbeeindruckt entgegenzutreten, hob ich das Kinn und strich meine Leggings glatt. Ein bisschen zerzaust, aber besser als nichts. Kunibert fest in der Hand und hoch erhoben. Mein Blick wurde von eisblauen Augen aufgefangen, und bevor ich überhaupt Zeit hatte, angemessen loszuschreien, hatte der Fremde schon seinen Arm um meine Taille geschlungen, mir die andere Hand auf den Mund gelegt und mich zur Seite gezerrt.

»Willst du dich – oder schlimmer noch mich – in Schwierigkeiten bringen?«, fuhr er mich an. »Warum bist du nicht einfach oben geblieben?« Während er vor sich hin schimpfte, zog er mich mehr oder weniger mit sich in eines der Zimmer. Na toll. Wäre also doch eins frei gewesen. Der junge Mann schloss die Tür hinter sich ab und entspannte sich etwas. Er lehnte sich gegen die Tür, mich dabei noch in den Armen. Zumindest lockerte sich sein Griff. Gut so, seine Hände waren anormal kalt. Ehe er etwas dagegen tun konnte, hatte ich Kunibert mit einer lockeren Bewegung aus dem Handgelenk in sein Gesicht geklatscht.

Er zuckte zurück und verhinderte nur knapp, die Borsten ins Auge zu bekommen. »Was hast du eigentlich für ein Problem?«, fluchte er und riss mir meinen treuen Gefährten aus der Hand. »Und damit meine ich nicht deine dämliche Waffenwahl. Erst ein Schneeball, dann eine Klobürste – warum musst du so verdammt gewalttätig sein? Warum ausgerechnet du?«

Das fragte ich mich allerdings auch. Dann fiel es mir wie Schuppen von den Augen. »Du!«, knurrte ich und löste mich aus seinem Griff. »DU!« Ich pikste ihm mit dem Finger in die Brust.

»Ich ... ich«, meckerte er leise.

Haha. Ganz witzig. »Du warst das, auf dem Dach!« Schnell riss ich ihm wiederum meine Klobürste aus der Hand und hielt sie schützend vor mich. Moment mal. Durfte man »sie« zu einer männlichen Klobürste sagen? War doch eigentlich ziemlich diskriminierend, oder? Verkehrte Welt ...

»Okay, das könnte jetzt alles etwas viel sein«, sagte der blonde Kerl mit einem amüsierten Funkeln in den Augen. Da hatte aber jemand Stimmungsschwankungen.

»Warum bin ich hier? Wo bin ich? Wann kann ich nach Hause?«, wollte ich wissen.

»Würdest du mir bitte zuhören?«

»ICH HABE KEINE AHNUNG, WER DU BIST; ABER DU HAST MICH GEKIDNAPPED!«, ging ich ihn an.

»Du hast mich mit einem Schneeball abgeschossen«, gab er zurück.

»Du wolltest durch meinen Schornstein rutschen!« Gut, nicht wirklich meinen. Aber das war jetzt egal!

»Ich würde dir das auch erklären, wenn du mich ...«, setzte er an.

»Auf keinen Fall!«, unterbrach ich ihn. »Erst willst du bei mir einbrechen, dann entführst du mich, und jetzt willst du Märchentante spielen?« Jedes meiner Worte unterstrich ich mit einem Schlag mit Kunibert. Ich spürte noch einen starken Zug an Kuniberts Haarpracht, bevor der Typ mich entwaffnet und die Zimmertür abgeschlossen hatte.

Ganz toll, Cleya. Ganze drei Minuten durchgehalten und schon wieder eingesperrt. Ich war eine furchtbare Flüchtige.

»Lass mich erklären, bitte.«

Keine Ahnung, ob es der deutlich ruhigere Tonfall war oder die Tatsache, dass er neben den schönen Augen auch noch hübsche Haare hatte, die genau richtig fielen, aber ich widersprach nicht sofort.

»Ich lasse dich jetzt los. Du läufst nicht weg, verstanden?«

Ich nickte langsam. Wie so ein uralter, gebrechlicher Wackeldackel.

Der Fremde ließ von mir ab und setzte sich auf die Bettkante, direkt neben mir.

Ich wich einen Schritt zurück und verschränkte die Arme. Je länger es still blieb, desto deutlicher wurde mir bewusst, dass ich mit einem nicht unsportlich wirkenden jungen Mann, den ich kein Stück kannte und der kriminell auffällig war, in einem Zimmer eingeschlossen war. Warum hatte ich trotzdem nicht das Bedürfnis, mich im Schrank zu verstecken oder noch besser die Tür aufzubrechen und wegzurennen? Obwohl er nicht wirklich vertrauenserweckend aussah und sich auch mehr als verdächtig verhielt, hatte ich nicht wirklich das Gefühl, dass von ihm eine Gefahr ausging. Immerhin hatte ich ihn schon mal vom Dach geschossen. Ich ließ den Blick durch den Raum gleiten, entdeckte aber spontan keine Ersatzwaffe. »Ich höre«, sagte ich bemüht gefasst und selbstbewusst und tappte mit dem Fuß auf den Boden.

»Alles okay?« Der Typ legte den Kopf schief.

Nein. Offensichtlich nicht. Ich war gegen meinen Willen hier, wo auch immer hier war.

»Bitte.« Er drückte mir Kunibert in die Hand.

»Danke.«

Er lächelte schief. »Zu meiner Erklärung. Ähm. Wie fange ich am besten an?« Er sah etwas hilflos aus. Fast bemitleidenswert. Fast. Er war der Bad Guy in der Geschichte. »Also vielleicht einfach mal die Grundlagen. Ich heiße Lars.«

»Wie der kleine Eisbär?«, fragte ich.

»Nur wenn du Greta bist«, entgegnete er.

Ich schüttelte leicht den Kopf. »Nicht ganz. Ich heiße Cleya.«

»Ich weiß. Nachname?«

»Harris. Und selbst?«

Er schluckte. »Claus.«

»Wie in Santa Claus?«, fragte ich sarkastisch. Bei *der* Hausdeko musste man diesen Kommentar bringen. Lars sah zur Seite, plötzlich wieder unsicher.

»Wie gesagt, ich kann alles erklären. Ich bin der Weihnachtsmann, und wir befinden uns am Nordpol.«

Ich atmete tief ein und aus. Waren wir beide auf Drogen? Möglich. Lars nannte sich Claus und hielt sich für den Weihnachtsmann. Und offensichtlich war er zudem blöd genug, um zu glauben, er würde durch unseren Schornstein passen. »Weihnachtsmann«, echote ich. So mit Schlitten und Bart und so. Auf keinen Fall.

»Der aktuelle. Beziehungsweise der künftige.«

Ganz tolle Antwort. Ich hatte die Weihnachtsgeschichte gelesen und auch mindestens vier verschiedene Filmversionen gesehen. Geist der gegenwärtigen und zukünftigen Weihnacht, alles klar. Nur dass Lars hier die Dinge etwas durcheinanderbrachte. Gegenwärtiger Weihnachtsmann, zukünftiger Weihnachtsmann. Na toll. Ich stellte mich etwas trittsicherer hin. Der Kerl hier hatte einen Schlag. Definitiv.

»Also mein Vater ist der Weihnachtsmann. Ich bin noch in der Ausbildung.«

Als würde diese Erklärung alles plötzlich völlig rational und logisch erscheinen lassen. »Du bist so ...«

»... jung?« Er verdrehte die Augen. »Tut mir leid, wenn ich deinem Bild von einem pummeligen Großvater nicht entspreche.«

Ich konnte nicht sagen, ob mich ein übergewichtiger Rentner gerade mehr oder weniger einschüchtern würde. Weniger gut aussehend wäre eindeutig gruseliger, entschied ich dann. Wenn ich schon die Gesellschaft eines Verrückten ertragen musste, konnte es wenigstens ein attraktiver Verrückter sein, vielen Dank. Gut aussehend ohne verrückt wäre noch besser, aber der Zug war abgefahren.

»Weihnachtsmann sein kannst du dir ein bisschen wie einen Job vorstellen. Mit Ausbildung und Prüfung und allem.«

»Ausbildung? Für was? Plätzchen essen, Milch trinken, Elfen tyrannisieren?«

Lars runzelte die Stirn und schüttelte den Kopf. »Nein.« Dann eben nicht. »Hast du eine Ahnung, wie viel Arbeit es ist, die Fabrik zu managen, nebenbei den Flugschein für unregistrierte nicht elektrische Schallfahrzeuge zu machen, ein Geografiestudium ohne Professoren durchzuziehen und dann auch noch eine Abschlussprüfung vorzubereiten?«

Ähm, nein. Wusste ich nicht, wollte ich auch nicht wissen, und es interessierte mich nicht. »Dann nutz deine Studienkenntnisse, um mich nach Hause zu bringen.« Bevor ich nicht wieder im Haus meiner Tante saß, bekam er von mir kein Mitleid.

»Das geht leider nicht.«

»Wie bitte?« Ich hatte mich wohl verhört.

»Das geht leider nicht«, wiederholte er. »Du musst noch eine Weile hierbleiben.«

»Du willst mich auf den Arm nehmen.«

Lars kniff sich in die Nasenwurzel. »Nein.« Dann: »Es tut mir leid, Cleya.«

Sollte es auch. »Wo sind wir hier?«

»Nordpol.«

Langsam ertappte ich mich dabei, dass ich ihm glaubte. Hauptsächlich, weil ich niemanden kannte, der mich so hasste, dass er oder sie mir einen Streich wie diesen spielen würde. Und auch weil ich niemandem zutraute, so viel Hintergrundwissen für einen schlechten Scherz zu entwickeln. »Nordpol. Okay.« Ich nickte, als wäre es eine dumme Frage gewesen. »Ich dachte immer, der Weihnachtsmann würde in Finnland wohnen.«

»Fake News.« Lars schnitt eine Grimasse und stand auf. Automatisch festigte ich den Griff um Kunibert und achtete mehr auf seine Bewegungen. Er machte jedoch einen Bogen um mich und öffnete die Tür. »Möchtest du das Haus sehen oder lieber wieder auf dein Zimmer gehen?«

»Ich möchte gerne zurück nach Winterville. Das geht nicht, ist kein Argument für mich, hierzubleiben.«

»Ich kann das erklären, ehrlich.«

Ja, das hatte ich heute schon einmal gehört. »Lass mich raten: Dein Onkel ist der Osterhase, und ihr braucht dringend Hilfe beim Eierbemalen?«

»Den Osterhasen gibt es nicht«, sagte der Sohn des Weihnachtsmanns.

Ich zog eine Augenbraue nach oben.

»Haus oder Zimmer?« Er warf den Schlüssel in die Luft und fing ihn wieder auf. »Komm schon! Wenn du glaubst, Winterville wäre Weihnachten pur, hast du den Rest der Deko hier noch nicht gesehen. Jeder will das Haus des Weihnachtsmanns sehen!«

»Ich hasse Weihnachten.« Und neuerdings auch Weihnachtsmann-Azubis.

»Du hast einen Plastikbaum, stimmt. Was hast du gegen Weihnachten?«

»Familiendramen erzählt man frühestens nach dem dritten Date. Ich date nicht.«

»Wir haben hier jedenfalls echte Bäume und kein Plastikgestrüpp.«

»Apropos Plastikgestrüpp ... hast du meinen Baum eingefärbt?«

Er kratzte sich am Hinterkopf. »Möglich.«

»Ich will ihn wiederhaben. Und zwar abgewaschen und nachgeglitzert.«

Immer noch 1. Dezember

Lars sah mich einen Moment an, dann begann er zu lachen. Als ich weder mitlachte noch anderweitig auf seine gute Laune reagierte, verstummte er wieder.

»Du ... meinst das ernst?«

Ich nickte. Durchaus. Wie realistisch war es schon, dass er sich die Mühe machte, unzählige Meilen nach Winterville zu reisen, nur um einen Baum zu reinigen? Andererseits war ich am Nordpol im Haus des Weihnachtsmanns, die Regeln, was unter realistisch fiel und was nicht, waren aktuell außer Kraft gesetzt.

Lars antwortete nicht. Und ich stand mit Kunibert da, wie bestellt und nicht abgeholt, weil ich auch nicht wusste, was ich jetzt sagen sollte. Aus mir unerfindlichen Gründen hatte Lars beschlossen, dass er zu kriminell für Einbrüche via Schornsteine war, und hatte sich am Fortgeschrittenenlevel der Delinquentenkunst versucht. Kidnapping. Und anstatt das zu diskutieren, erklärte ich ihm, dass er meinen Baum zu reinigen hatte. Clever, Cleya, clever. Und trotzdem war es vielleicht nicht das Dümmste, was ich tun konnte, denn ihn potenziell weiter zu verärgern, war auch nur mäßig intelligent. Letztlich hatte ich ihn mit einem Schneeball abgeschossen, und er hatte mich zum Dank ans Ende der Welt verschleppt. Ich wollte nicht unbedingt wissen, was ein nicht drahtiger Typ wie er dann tat, wenn ich mir mehr erlaubte, als ihn mit einer Klobürste zu attackieren.

»Warum hast du einen Plastikbaum?«, fragte er nach einigen Momenten, in denen wir verlegen aneinander vorbeistarrten.

»Geht dich nichts an.« Ich verschränkte die Arme. Warum waren wir immer noch in diesem Zimmer? Zu wenig Ausgänge, zu wenig Raum, zu viel Weihnachtsmann.

»Liegt das auch daran, dass du Weihnachten hasst?«

»Geht dich nichts an!«

»Aber ... Plastik.« Er zog einen Flunsch, der mich wider Willen zum Lachen brachte. »Und pink.« Er schüttelte sich theatralisch und grinste kurz.

»Jetzt ja wohl nicht mehr«, rutschte es mir heraus, bevor ich mich am Riemen reißen konnte. Nicht, dass das im Moment relevant war. Den Baum würde ich in absehbarer Zukunft nicht wiedersehen.

»Es tut mir leid, okay?« Er hob die Hände, als gebe er sich geschlagen. »Ich mach's wieder gut.«

»Indem du mich nach Hause bringst?« Ich legte den Kopf schief.

Er schüttelte den Kopf. »Nein.« Lars stand auf und machte einen Bogen um mich herum, um zur Tür zu gelangen. Er drehte den Schlüssel im Schloss und hielt sie mir auf. »Aber wir können dir einen neuen Baum organisieren. Einen echten.«

Und die Haustour? Inklusive Fluchtmöglichkeiten? »Draußen?« Ich sah aus dem Fenster. Schnee, was sonst.

»Sicher. Kommst du?« Er nickte in Richtung Flur. Verstehe einmal jemand diesen Kerl. Erst bekam er die Krise, weil ich im Haus herumlief, und er sperrte mich ein, und jetzt gab es einen Wandertag? Im Schnee. Wie großartig. Erst Winter, dann Winterville, dann Weihnachten und jetzt Nordpol. Der Tag konnte dann jetzt in die Tonne. Ich festigte meinen Griff um Kunibert und folgte Lars zurück in den Flur. Er betrat einen anderen Raum und kam keine dreißig Sekunden später mit einem lächerlich großen Haufen Wolle zurück, den er mir kommentarlos in die Arme drückte.

»Ähm«, machte ich. Wer bitte besaß so viel Wollkram in Farben, die man unter keinen Umständen gleichzeitig tragen sollte? Meine Großmütter hatten früher mit mir gestrickt, und meine Projekte waren auch schrill gewesen, aber von Familie Claus hatte ich gedecktere Farben erwartet. Rot oder Dunkelgrün oder so – nicht zwangsläufig Neongelb und diverse Pinktöne.

»Es ist kalt draußen«, meinte Lars und zog einen Mundwinkel hoch. Dagegen würden drei Mützen, zwei Schals und Socken verschiedener Größen auch nichts helfen, sollte ich keine wetterfeste

Jacke bekommen. »Schuhe und so haben wir im Erdgeschoss. Komm mit!« Ich drückte ihm kurzentschlossen die Klobürste in die Hand und wickelte mir einen der Schals um den Hals. Die am wenigsten fürchterliche Mütze wanderte auf meinen Kopf, aber die Socken waren zu viel des Guten.

»Danke«, sagte ich und nahm ihm Kunibert wieder ab. »Wo kann ich ihn abstellen?«

»Ihn?«

»Die Klobürste.« Ich musste ihm nicht unbedingt erklären, dass ich dem Ding einen Namen verpasst hatte. Meine Aussage, er wäre seltsam, weil er behauptete, Santa Junior zu sein, würde das wohl eher entkräften. Falls Lars verwirrt war, zeigte er es nicht, sondern er deutete nur auf den Raum, aus dem er eben gekommen war. Ich legte meinen Waffengefährten neben die Tür und fühlte mich mit einem Mal furchtbar nackt und verletzlich. Wollte ich jetzt verhindern, dass mir der Fremde zu nahe kam, konnte ich nicht mehr aus der Ferne nach ihm schlagen, sondern musste in seine Reichweite treten. Waren Kidnapper wie Piranhas, die Blut rochen? Ich zupfte meinen Pullover zurecht und nickte Lars zu, damit er mir den Ausgang zeigte. Eine bessere Chance konnte ich nicht bekommen, als direkt aus dem Haus gelassen zu werden.

»Irgendwo habe ich auch noch Handschuhe«, sagte er unvermittelt auf der Treppe. Wir kamen in einen Wohnbereich, bei dem ich mich fragte, wie viel Holz eine Einrichtung eigentlich haben konnte, bevor sie zur Puppenstube wurde. Aus einer der Holzkommoden zog Lars ein Paar Handschuhe, das er mir zuwarf. Ich hob es vom Boden auf und wartete, bis er mir Schuhe hingestellt und eine Jacke gezeigt hatte, die ich anziehen konnte.

»Danke.« Ich machte mich wetterfest, während er sich einen Rucksack über die Schultern streifte.

»Bereit?«

»Ja.«

Lars öffnete die Tür zur Freiheit und stapfte munter in den Schnee, während ich schon beim ersten Lufthauch fröstelte. Definitiv nicht mein Klima. »Zum Wald geht's da lang.« Er gestikulierte in Richtung einiger Bäume. Ich hatte nicht gewusst, dass Tannen so winterfest waren. Seufzend wagte ich mich in die Winterlandschaft und folgte ihm.

»So, Cleya. Wie viele Leute in deiner Stadt haben einen echten Weihnachtsbaum?«

Keine Ahnung, wollte ich ihn anmaulen, war mir doch egal. Vermutlich alle außer mir. Wenn man so darüber nachdachte, waren es aber doch relativ viele. Himmel, wir sprachen von Winterville!

»Also so ziemlich jeder außer dir«, konstatierte er.

Das hatte er gut erkannt. Wir kämpften uns durch den Schnee, gegen den selbst die ziemlich robusten Winterschuhe den Kampf um trockene Füße bald aufgeben mussten, bis wir vor den Bäumen standen. Aus der Nähe wirkte der Nadelwald weitaus weniger eindrucksvoll, als ich es erwartet hatte. Die Bäume waren stellenweise kahl und sahen ohne Kugeln und die ein oder andere Lichterkette beinahe langweilig aus. Dafür brachten sie einem Harz ins Haus. Für mich sah das nach unnötiger Mehrarbeit aus. Bei all den Mängeln war klar, dass Lars eine Wissenschaft daraus machen würde, einen Baum auszusuchen. Wir klapperten einen nach dem anderen ab, bis wohl auch seine Füße langsam nass wurden. Dass ich keine Drogen in mir hatte, wusste ich jetzt immerhin. Dann würde ich doch die Kälte in den Zehen nicht so spüren, oder? Egal, Eiswürfel als Zehen hin oder her, darum konnte ich mich kümmern, wenn ich wieder bei meiner Tante war. Erst musste ich Lars loswerden. Eigentlich schade, zumindest meinen Baum hätte ich ihn vorher reinigen lassen können. Aber wenn ich die Wahl zwischen dem Geiseldasein und einem fleckigen Plastikbaum hatte, war Letzteres das kleinere Übel. Ich brauchte einen Plan. Lars abzulenken, konnte nicht schwer sein. Der Typ hielt sich für den Weihnachtsmann. Da konnte man ihn hoffentlich mit ein oder zwei Tannen beschäftigen. Und dann nichts wie weg. Keine Ahnung, von wo aus man hier am besten zurück in die USA kam, aber wenn man am Nordpol war, war alles Richtung Süden schon mal Richtung Heimat. Irgendeine Forschungsstation in der Arktis würde ich schon finden.

»He, Lars«, sagte ich und bemühte mich, unauffällig zu klingen.

»Ja?«

»Der hier ist hübsch.« Ich klopfte gegen die Rinde eines zugegeben großen und vor allem dicken Baumstamms. Bis er den gefällt hätte, wäre ich weg.

»Ich fürchte, den bekomme ich nicht ins Wohnzimmer.« Er zuckte mit den Schultern. »Aber wir haben auch ein paar deutlich kleinere Bäume, komm.« Lars machte ein paar Schritte vorwärts, kam aber schnell wieder zu mir zurück und zog mich hinter sich her. Ich riss mich los und ging mit etwas mehr Abstand neben ihm her.

»Fass mich nicht an, verstanden?«

Für einen Moment dachte ich, Lars würde sich darüber beschweren, was er jedoch nicht tat. Er nickte nur und schob seine Hände in die Jackentaschen. Ich blinzelte. In keinem der Filme, die ich bisher gesehen hatte, waren die Entführer wie Lars gewesen. Erst gab er mir meine Waffe zurück, und jetzt hielt er den Abstand, den ich einforderte. Seltsamer Typ. Ein paar Minuten gingen wir schweigend nebeneinanderher.

»Die hier haben die richtige Größe.«

Die fraglichen Bäume waren ... mickrig. Sie sahen aus wie Teenager, die quasi Striche in der Landschaft waren, von denen Gliedmaßen in unpassenden Proportionen abstanden. Affenarme, kurze Beinchen, Behaarung an neuen Körperstellen. Wenn ich die Augen zusammenkniff, konnte ich sogar die ungesunde Körperhaltung zum »Chillen« in den Pflanzen wiedererkennen.

»Die müssen noch etwas fülliger werden«, sagte ich. »Da sind kaum Äste dran.«

»Umso mehr Platz für Dekoration.«

»Die Dinger brechen doch zusammen, wenn man mehr als eine Lichterkette um sie herumwickelt.«

Lars schnaubte. »Ich glaube, wir müssen das mit dem Einschätzen von Baumschmuck noch etwas üben. Die Bäume sind stabiler, als sie aussehen.«

Ich verschränkte die Arme vor der Brust. »Wenn du meinst.«

»Welcher soll es sein?«

Vollkommen egal. Zurück in Winterville würde ich keinen dieser Bäume brauchen. »Der da.« Ich führte ihn zu einem Exemplar, das tief hängende Äste hatte. Um da ordentlich zu hacken, musste er Vorarbeit leisten. Jede Minute war eine Minute mehr, die ich nutzen konnte. Trotzdem wollte ich mich nicht verdächtig machen, weshalb ich anbot, seinen Rucksack zu halten.

»Danke.« Er klang überrascht. Bevor er mir den Rucksack gab, zog er eine kleine Axt aus dem Hauptfach und ließ mich sie ebenfalls halten. Sein Vertrauen in gekidnappte Teenager hätte ich gern. Oder auch nicht. Wie war er sich so sicher, dass ich ihn nicht hinterrücks zu Hackfleisch verarbeiten würde? Nicht, dass ich ihm das Teil in den Rücken rammen würde. Aber auf den Fuß fallen lassen konnte ich es ihm, oder? Würde im besten Fall eine Fleischwunde, im schlimmsten Fall eine ordentliche Prellung geben. Ich biss mir auf die Unterlippe, um nicht hoffnungsvoll zu lächeln. Doch dann nahm er mir die Axt wieder aus der Hand und kroch unter den Baum, um die untersten Äste auszureißen. Er war sicher auf Drogen. Wer bitte legte sich bäuchlings in den eiskalten Schnee, um einen Baum zu entasten? Wie auch immer. Das war der perfekte Zeitpunkt. Ab nach Hause. In dem Moment, als ich den ersten Schritt zurück in die Freiheit tun wollte, kam Lars unter der Teenager-Tanne hervor. Verdammt! Er sah zu mir hoch, und ich spürte, wie mir Frusttränen in die Augen stiegen. Unauffällig, Cleya. Immer schön unauffällig bleiben. Ich ließ die Schultern etwas hängen und versuchte mich dem Chillen der Tannen anzupassen.

»Alles okay?«

So viel zum Thema unauffällig. »Hm?«, machte ich.

»Du zitterst.«

Ich zitterte? Ich unterdrückte den Impuls, an mir herunterzusehen. Jetzt irgendwas Cleveres. »Mir ist kalt.« Man hätte den Satz auch für eine Frage halten können. Sollte Lars aber nicht. Also gut, kompetentes Auftreten bei völliger Planlosigkeit. »Ich glaube, ich bin die Kälte nicht gewohnt. Ich gehe ein bisschen auf und ab.«

»Im Rucksack sind noch Taschenwärmer, die wirken Wunder«, sagte er und machte sich wieder an dem Baum zu schaffen.

»Danke.« Ich kramte geräuschvoll nach den Wärmekissen und schob mir zwei in die Jackentaschen. Die konnte man mit Sicherheit gebrauchen. Für ein paar Minuten ging ich hinter Lars auf und ab und tat, als begutachtete ich die restlichen Bäume. Als der Schnee ziemlich flach getreten und der angehende Weihnachtsbaum um zwei Äste ärmer war, wagte ich mich ein paar Schritte von dem Bereich weg, der mit den jungen Bäumen bepflanzt war. Fast erwartete ich, dass der unberührte Schnee krachte oder hörbar in sich zusammenfiel, also setzte ich probehalber nur einen Fuß auf eine Neuschneestelle.

Nichts.

Wieder brannten Tränen, diesmal der Erleichterung, in meinen Augen, und ich zog auch den zweiten Fuß nach. Diesen Prozess musste ich nur unzählige Male wiederholen, dann war ich hier weg. Zwar orientierungslos und allein im Wald, aber immerhin weg von Lars. Alles war besser als allein im Wald mit einem bewaffneten Kidnapper. Ich sah mich kurz um. Besagter Kidnapper arbeitete noch immer am Stamm der Tanne. Jede Faser meines Körpers schrie mich an, um mein Leben zu rennen; aber laut zu sein, während man floh, brachte nicht viel. Schon gar nicht, wenn der Erfolg des Ganzen davon abhing, dass man unbemerkt blieb. Lars konnte mit Sicherheit schneller laufen als ich. Besonders hier, wo er Heimvorteil hatte und ich die Witterung erst austestete. Nordpol. Google-Bewertung mit zwei Sternen. Fazit: zu kalt, zu weiß, Bewohner mit bedenklichem Moralkompass. Ich beeilte mich, zurück zu den großen Tannen zu gelangen, was mir exakt gar nichts brachte. Der einzige Weg, den ich anhand der Fußspuren finden konnte, war der, der zu Lars' seltsamem Weihnachtshaus führte. Shit. Fußspuren. Wir waren mitten in der Pampa, verdammt, außer uns verursachte niemand Fußspuren. Ich musste die dämlichste Flüchtige sein, die es je gegeben hatte – oder vielleicht hatten es die anderen dämlichen Flüchtigen nie zurück in die Zivilisation geschafft, um von ihrem Mangel an Talent zu berichten. Wenn ich von unserem Weg abwich, brauchte Lars mir nur wie bei einer Schnitzeljagd zu folgen und konnte mich jederzeit wieder einsammeln. Lief ich zurück zu seinem Haus, war ich schlichtweg dumm. Warum auch ausgerechnet der Nordpol? Hätte er mich nicht in Oklahoma oder so aussetzen können? Haus oder Fußspuren? Definitiv Fußspuren!

Ich sah zum Himmel und versuchte, mich anhand der Sonne zu orientieren, hatte aber keine Pfadfinderfähigkeiten. Also bog ich rechts ab und bahnte mir meinen Weg zwischen den Tannen hindurch. Die Bäume waren auch anders als in Bilderbüchern und boten kaum Sichtschutz. Sobald ich das Gefühl hatte, ein Stück von unserem Hinweg entfernt zu sein, begann ich zu joggen und dann zu sprinten. Die kalte Luft stach mir in Hals und Lunge, aber ich musste hier weg. Hier und da stolperte ich über meine eigenen Füße, und einmal schaffte ich es sogar, mich in einem Ast zu verheddern. Großartig.

»Cleya?«

Automatisch duckte ich mich hinter einen mäßig Schutz bietenden Baum.

»Cle-e-ya?«

Lars klang, als wäre er noch ein Stück entfernt, also legte ich wieder an Geschwindigkeit zu und lief weiter auf irgendetwas zu, was mir helfen könnte, von hier wegzukommen. Die Schritte hinter mir wurden lauter. Nein. Bitte nicht. Mein Herz pochte beinahe schmerzhaft, und ich biss die Zähne zusammen, um noch etwas schneller zu rennen.

»Cleya, ich kann dich sehen, bleib stehen!«, rief er, und ich tat das Gegenteil. Wenn ein Kidnapper um etwas bat, konnte es nicht intelligent sein, exakt das zu tun, was er wollte. Ich würde Lars nicht ewig davonrennen können, zu dieser Erkenntnis gelangte ich mit jedem Schritt, den ich tat. Aber ich wollte verdammt sein, wenn ich ihm nicht Mehrarbeit bescherte.

Während des Laufens drehte ich mich um und wünschte mir sofort, es nicht getan zu haben. Mit jeder Sekunde holte er etwas mehr auf, und ich war zwischen Schreien und Nachluftschnappen hin- und hergerissen. Lars rannte hinter mir her, ohne Rucksack, dafür aber mit der Axt in der Hand. Ich riss die Augen auf und stolperte nach vorn. Bevor ich frontal im Schnee landen konnte, hatte mich jemand an der Jacke gegriffen. Sofort riss ich mich los und brachte erneut einige Meter zwischen uns. Wie er da so stand, Atemwölkchen vor dem Gesicht und die Axt bei sich, sah er deutlich beängstigender aus als zuvor. Einen Kerl, den man vom Dach geschossen hatte, konnte man albern finden. Einen Kerl, der einen mit scharfen Waffen jagte, eher weniger.

»Cleya, bleib stehen«, seufzte er.

»Lass mich in Ruhe! Halt dich fern von mir!«

Er machte einen Schritt auf mich zu, und ich griff reflexartig nach einer Handvoll Schnee, die ich ihm entgegenschleuderte, bevor ich weiter rückwärtsstolperte.

»Können wir den Teil überspringen, in dem du deinen Frust mit Schneebällen an mir auslässt?«

»Nein!« Ich warf Schneeball um Schneeball nach ihm, bis meine Handschuhe durchnässt und meine Finger taub waren. Lars ließ es geschehen und machte nicht einmal den Versuch, auszuweichen.

»Genug?« Er legte den Kopf schief.

Nein. Genug war es erst, wenn ich zurück bei meiner Familie war.

»Können wir wieder zum Haus gehen?«

Schweigen.

»Ich will dich nicht zwingen, Cleya.«

Aber jetzt mitzugehen, fühlte sich wie Verrat an meiner Freiheit an.

»Ich will dich nicht zwingen, aber du bist nass und müde, und uns ist beiden kalt, und ich lasse dich nicht hier stehen und gehe allein wieder nach Hause. Komm mit.«

»Nein danke.«

»Im Ernst, du stirbst hier draußen. Du kannst nicht ewig laufen, irgendwann wirst du müde und schläfst ein. Das Problem ist, dass du bei diesen Temperaturen nicht mehr aufwachst.«

Ich zögerte. Erfrieren wollte ich dann auch wieder nicht. Außerdem könnte ich so eine Nacht im Warmen verbringen, Lars in

Sicherheit wiegen und morgen noch mal versuchen, hier wegzukommen. »Ich nehme die Axt.«

»Tust du nicht.«

»Als ob ich mit einem Axtträger durch einen Winterwald laufe.«

»Das bist du eben schon.«

»Ich bin vor einem Axtträger durch einen Winterwald weggelaufen. Das ist ein Unterschied.«

Lars nickte und schwang die Axt hin und her. »Wenn wir den Rucksack vorher holen, kannst du ihn mit der Axt darin auf dem Rücken tragen«, bot er ein paar Sekunden später an. »Weil ich, ehrlich gesagt, bezweifle, dass du mich damit ausknocken kannst.«

»Und wer soll die Axt zum Rucksack tragen?«

»Wir lassen sie liegen und holen erst den Rucksack und dann die Axt?«

»Okay.« Wir traten den Rückweg an. »Wie hast du mich so schnell gefunden? Also abgesehen von den Fußspuren?«

»Für wie blöd hältst du mich eigentlich? Glaubst du, ich habe dir grundlos Neonwollkleidung gegeben?«

Das war clever gewesen. Memo an mich: Nächstes Mal keine Kleidung von Lars akzeptieren.

2. Dezember

Memo an mich: Keine neonfarbene Kleidung mehr von Lars akzeptieren. In Ermangelung meines Kleiderschranks – natürlich hatte Lars den nicht auch verschleppt – musste ich mich mit einem eingelaufenen Sweatshirt und einer zu großen Jogginghose begnügen. An sich kein Problem, gegen frische Unterwäsche hätte ich trotzdem nichts einzuwenden gehabt. Es gab Schöneres, als die halbe Nacht damit zu verbringen, die einzige eigene Garnitur zu waschen und trocken zu föhnen. Immerhin Strom hatten sie hier. Das Ergebnis des Ganzen war, dass ich nicht ausgeschlafen war, meine Haare ohne Haarbürste nicht vorzeigbar waren und ich für Lars hoffte, dass er mich heute nach Hause bringen würde, wenn er nicht qualvoll verenden wollte.

Es klopfte an meine Zimmertür, der Schlüssel drehte sich im Schloss, und Lars steckte seinen Kopf ins Zimmer, ohne auf meine Erlaubnis zu warten. »Guten Morgen!«

»Klopfen zählt nicht, wenn du trotzdem kommst und gehst, wie du willst.«

Lars verdrehte die Augen, verließ den Raum und klopfte.

Und klopfte erneut.

Und noch mal.

Dann im Rhythmus von *Jingle Bells.*

»Cleya, wie lange soll ich noch klopfen?«, rief er.

»Du kannst reinkommen.«

»Danke auch.« Er kam wieder zu mir und schenkte mir einen genervt-amüsierten Blick. »Möchtest du frühstücken?«

»Willst du mir wieder ein Sandwich vor die Tür stellen?«, entgegnete ich.

»Ich dachte an ein Frühstück in der Küche. Aber wenn du lieber allein isst ...«

»Nein, Küche ist gut. Los, gehen wir.« Bei der Gelegenheit konnte er mir auch gleich das Haus inklusive der Fenster und Türen im Erdgeschoss zeigen.

»Willst du dich nicht vorher frisch machen oder so?«

Ich sah an mir herunter und zog eine Augenbraue nach oben. »Ich habe geduscht, falls du das meinst.« Lars gestikulierte in Richtung meiner Haare, und ich lachte. »Meine Finger sind keine perfekte Bürste, Lars. Wenn du eine gestriegelte Entführte haben willst, musst du auch das entsprechende Material bereitstellen. Kamm, mehr Kleidung; eine Zahnbürste wäre übrigens auch toll, vielen Dank.«

»Oh.« Er kratzte sich am Hinterkopf und biss sich auf die Lippe.

Ich tätschelte ihm die Schulter. »Du bist ein miserabler Krimineller. Die Axt gestern war gut, aber am Rest solltest du arbeiten.«

»Danke ... für die Tipps. Frühstück?«

»Frühstück«, bestätigte ich und folgte Lars aus dem Zimmer. Er führte mich durch den Flur, die Treppe herunter, in den Eingangsbereich, den ich von gestern kannte. Bildete ich mir das nur ein, oder war die Einrichtung noch weihnachtlicher geworden? Gestern hatte es immerhin noch keine Lichterketten in den Tannenzweiggirlanden am Treppengeländer gegeben. Diesmal bogen wir nicht zu den Schuhschränken ab, sondern gingen nach rechts.

»Bereit?«, fragte Lars und deutete auf die Tür vor uns.

Zum Essen? Absolut. »Ja?« Dämliche Frage.

Lars drückte mit beiden Händen zeitgleich die Klinken herunter und ließ die Türen aufgleiten. Das hier war definitiv keine Küche. Mehr ein riesiges Wohnzimmer inklusive Kamin und Feuer – Wer heizte bitte schon morgens? – mit dunkelgrünen Sofas, die exakt denselben Farbton wie der Weihnachtsbaum in der Ecke hatten. Dem zufriedenen Gesichtsausdruck von Lars zufolge handelte es sich hier um einen echten Baum. Wunderbar. Ich wurde mit Essen aus meinem Zimmer gelockt und durfte mir jetzt eine Pflanze ansehen? Das grenzte beinahe an Folter. Die Massen an Kugeln auch.

»Ein Baum. Wow. Ich bin beeindruckt. Ich meine, gestern habe ich viele davon gesehen, etwas weniger herausgeputzt, dafür aber auch etwas weniger kitschig.« Jede Mall hatte riesige Bäume mit riesigen Ornamenten. Was war jetzt besonders daran? Dass Lars höchstpersönlich ihn im Haus stehen hatte? Große Leistung.

»Das ist nicht irgendein Baum. Das ist der Baum des Weihnachtsmanns.«

»Genau«, ich zog den letzten Vokal in die Länge, »du bist der Weihnachtsmann. Ich erinnere mich.« Wie lang hielt denn diese Drogenwirkung an? Oder hatte er mehr eingeworfen?

»Genau.« Lars ging nicht auf meine Spitze ein, sondern warf einen letzten Blick auf sein Weihnachtszimmer und verließ den Raum dann. »Die Küche ist gleich gegenüber.«

Diesmal landete ich wirklich in der Küche, die sich nur in Bezug auf die weniger präsente Weihnachtsdekoration vom Rest des Hauses unterschied. Lars nahm zwei Schüsseln aus einem der Schränke und hielt zwei Sorten Müsli hoch. Ich deutete auf die linke Packung und ließ mir Müsli und Milch in meine Schale schütten.

»Tut mir leid, dass ich dir nicht mehr anbieten kann. Außer Spiegelei und Rührei kann ich nicht viel kochen. Dafür bin ich perfekt mit der Mikrowelle.«

»Ihr habt eine Mikrowelle?«

»Überrascht dich das?«

»Ein bisschen. Nordpol und so.«

»Das kann ich verstehen.«

»Habt ihr hier überhaupt Internet?«

»Haben wir.« Er nickte bekräftigend. »Manchmal haben wir sogar Empfang, wobei das wetterabhängig ist.«

»Apropos Empfang«, sagte ich und fing Lars' Blick ein. »Wo ist mein Handy?«

»Das …« Er kratzte sich am Hinterkopf. »Das Handy ist mir aus dem Schlitten gefallen, als ich dich abgeholt habe.«

Ich riss die Augen auf, schloss sie aber wieder. Ich wollte sauer sein, aber hatte nicht die Energie, diese Schlacht auch noch zu schlagen. Es gab wichtigere Themen. Wie ich hier wegkam, zum Beispiel. Von mir aus auch ohne Handy.

Lars legte seinen Löffel in die Schüssel und stützte beide Arme auf dem Tisch auf. »Dass ich dir gestern nur ein Sandwich habe hinstellen lassen, tut mir auch leid.«

Ich horchte auf. »Hinstellen hast lassen?« Hieß das, er wohnte hier nicht allein? Das würde erklären, warum ich ihn angeblich in Schwierigkeiten hätte bringen können, als ich mein Zimmer verlassen hatte.

»Ich bin neunzehn, ich bin in der Ausbildung. Ich lebe noch zu Hause«, erklärte er.

Neunzehn? Neunzehn! Wie früh wurden Menschen heutzutage kriminell?! »Und deine Eltern finden es gut, dass du Minderjährige entführst und hier einquartierst?« Andernfalls hätte die Familie mich wohl kaum durchgefüttert.

»Die Begeisterung hält sich in Grenzen.«

»Meine auch.« Wir tauschten einen Blick, und auch wenn ich es nicht wollte, grinste ich ihn an. »Du hättest den Teller nicht selbst bringen können, oder? Du bist der Böse hier, aber immerhin bist du der Böse, den ich zufälligerweise kenne.«

Lars zuckte mit den Schultern. »Ich war unterwegs.«

»Um weitere Mädchen einzupacken und mitzunehmen?«

»Autsch.« Er tat, als träfen ihn meine Worte. »Nein, natürlich nicht.«

»Natürlich nicht«, äffte ich ihn nach.

»Du bist ziemlich unverschämt.«

»Sagt der Typ, der meinen Baum eingefärbt hat.«

»Ich mach's wieder gut.«

»Ich darf davon ausgehen, dass du mich erst mal nicht wieder in einen Wald mitnehmen wirst, richtig?«

»Richtig. Aber für den Anfang habe ich dir Kleidung mitgebracht.«

Er war bei meiner Tante eingebrochen? War er diesmal ernsthaft durch den Schornstein gekrabbelt? Wie zur Hölle war er so schnell von hier nach Winterville gekommen? Man flog mit Sicherheit mehrere Stunden hin, vom Rückweg ganz zu schweigen. Der Kerl wurde immer verrückter.

»Keine Ahnung, ob die Größen richtig sind, aber ich dachte, du hättest gern ein paar Sachen für den Übergang, bis du neue Kleidung bestellt hast.« Er hob einen Beutel auf den Tisch und schob ihn mir hin. »Leggings und Sweatshirts und so.« Er zog den Kopf etwas ein, als erwartete er, dass ich ihm die Geste übel nehmen würde. Tat ich nicht. Was aber nicht bedeutete, dass ich mich brav bedanken und dann Ruhe geben würde. Dafür hatte er zu viele Minuspunkte gesammelt.

»Danke.« Ich sah in die Stofftasche. Wie er gesagt hatte: Leggings in meiner Größe, Unterwäsche in drei Größen, Sweatshirts und Plüschsocken. Nett. »Hast du auch eine Zahnbürste und eine Bürste für mich?«

»Die organisiere ich dir. Spätestens am 6. sollte ich so was aufgetrieben haben.«

Ich nickte gnädig. »Wie lange hast du vor, mich hierzubehalten?«

Er schnitt eine Grimasse. »Eine Weile. Aber ich bin nicht gefährlich oder irgendwas, versprochen.«

Das sagten sie alle. Die Hunde wollten immer nur spielen, die Weihnachtsverrückten immer nur lieb sein. »Eine Weile. Überschreitet diese Weile die nächsten achtzehn Tage?«

»Möglicherweise.«

»Dann tu mir den Gefallen, und bring mir Binden und Tampons mit, ja?«

»Welche?«

Ich zog eine Augenbraue nach oben. Beinahe enttäuschend, wie er darauf antwortete. Die Reaktion war erwachsener, als ich es erwartet hatte. Er war immerhin noch ein Teenager und kaum älter als ich. »Ich schreibe es dir auf.«

»Tu das.« Ungerührt aß er sein Müsli weiter, und auch ich leerte meine Schüssel schweigend. Sobald wir fertig waren, stellte Lars die Schalen in den Geschirrspüler und hievte die zweite gut gefüllte Tasche auf den Tisch. Er griff hinein und zog einen kleinen Stapel an Zetteln wieder heraus.

»Karteikarten für dein Studium ohne Professoren?« Dass er keine Karteikarten in der Hand hielt, war mir klar. Trotzdem. Karteikarten, Spickzettel, Zusammenfassungen und Skripte waren alles Lernmaterial. Apropos Lernmaterial. Wehe, ich verpasste hier so viel Schulstoff, dass ich das Jahr wiederholen musste. So gern ging ich dann auch nicht zur Schule.

»Wunschzettel.«

»Du hast die Masche echt drauf.«

»Ich mein's ernst, Cleya. Mein Dad ist der Weihnachtsmann.«

»Beweise es mir.«

»Du hast dir mit sieben zwei Puppen gewünscht, damit du eine deiner besten Freundin geben konntest. Mit zehn hast du den letzten Wunschzettel geschrieben, es stand nicht mehr darauf, als dass du nicht mehr an den Weihnachtsmann glaubst.«

»Woher weißt du das?« Ich legte die Stirn in Falten. Das waren private Informationen. Außer meinen Eltern und mir kannte niemand die Wunschzettel. Creep.

Er tippte sich gegen den Kopf. »Weihnachtsmann.« Er deutete auf die Zettel. »Wunschzettel.«

»Und das sollen alle sein?« So unangenehm es war, dass er Dinge wie meine ehemaligen Weihnachtswünsche kannte, führte es doch dazu, dass ich ihm zu glauben begann. Zumindest schloss ich nicht mehr aus, dass er die Wahrheit sagte. Nicht jetzt, jedenfalls. Bis ich mehr wusste als glaubte, konnte ich auch mitspielen. Wunschzettel, wie real auch immer, waren besser, als allein in ein Zimmer gesperrt zu sein.

»Das ist meine Morgenration.« Lars lachte. »Lust zu helfen?« Er spielte mit einem der Zettel und legte den Kopf leicht schief.

»Wie du ganz richtig bemerkt hast, schreibe ich keine Wunschzettel mehr. Ich glaube, ich sehe dir lieber zu, wie du deine Arbeit machst, und gebe hilfreiche Kommentare von mir.«

»Hilfreich«, schnaubte Lars. »Ich werde es so was von bereuen, dir Gesellschaft zu leisten.«

»Du würdest es deutlich weniger bereuen, uns beiden Gesellschaft zu ersparen und mich nach Hause zu bringen.«

»Und mir deine liebreizenden Tipps zu allem entgehen lassen?« Er legte sich eine Hand aufs Herz und seufzte theatralisch. »Unmöglich.«

Das befürchtete ich auch. Gegenüber von mir begann Lars zu lesen, und ich beobachtete ihn. Wusste er, dass er diese eine Strähne hatte, die ihm ständig in die Stirn fiel, auch wenn er sich alle zehn Sekunden durch die Haare fuhr? Würde ich das tun, hätte ich nach zwei oder drei Stunden fettige Ansätze. Die Welt war unfair. Wusste er auch, dass die Strähne die Aufmerksamkeit anderer auf seine Augen lenkte? Dabei waren sie blau und vollkommen normal. Eins links von der Nase, eins rechts, beide mit Lid und Wimpern ausgestattet. Weder eisblau noch meeresgrundblaugrün, blaugrau oder tiefblau. Definitiv weniger interessant als die Tatsache, dass Lars lächelte, wann immer er zu lesen begann. Da war wohl jemand ein Weihnachtsfanatiker, wenn auch mit süßem Lächeln, musste ich zugeben.

Beneidenswert oder beunruhigend? Eine gute Prise von beidem? Wahrscheinlich Letzteres. Aber ich wollte auch so zufrieden sein, wie er wirkte. Na, dann mal los. Ich griff ebenfalls nach einem der Briefe und überflog den Inhalt. Jessabelle, sechs, wünschte sich etwa fünfzig neue Spielsachen, von denen sie maximal fünf richtig geschrieben hatte. Gieriges kleines Ding. Von wegen Zauber der Weihnacht. Hallo, Zauber des Materialismus! Das hier funktionierte nicht. Ich wurde nicht zufrieden, weihnachtlich gleich zweimal nicht. Zeitverschwendung, ich hatte es immer gewusst.

»Alles okay? Du schaust so mürrisch.«

Ich sah ihn nur an.

»Also mürrischer als sonst.« Er lehnte sich im Stuhl zurück. »Spuck's aus.«

»Kinder sind Biester, und Wunschzettel sind Befehle und keine Bitten.«

»Ich weiß«, sagte er. »Aber sie sind von Kindern, und nicht alle von ihnen sind so. Machst du Kindern nicht gerne eine Freude? Stell dir vor, wie sehr sie sich über Geschenke vom Weihnachtsmann freuen!«

»Kinder freuen sich auch, wenn das Geschenk von den Eltern im Internet bestellt und vom Paketboten gebracht wird.«

»Dann verbessere die Quote schöner Wunschzettel und schreib auch einen.«

Wollte ich das? »Liest du ihn?« Das war ein Faktor, den ich vorher bedenken sollte.

»Wenn du möchtest.«

»Nein.«

»Dann nicht.«

»Von mir aus.« Eine bessere Beschäftigung würde ich hier nicht finden, und bevor ich vor Langeweile einging, konnte ich Zettelchen schreiben und notfalls eine hässliche Karikatur von Lars anfertigen. Ich ließ mir einen Block und einen Kugelschreiber geben. Mit Rentierhörnern auf dem roten Knopf oben. Ironischerweise musste ich dem Ding den Hals umdrehen, um es zu aktivieren. »Wie sind eure Rentiere so, Mr Claus?«, fragte ich und machte mir nicht einmal die Mühe, mein Schmunzeln zu verstecken. »Wo ist Rudolf?«

»Rudolf?« Wenn Lars es so sagte, klang es lächerlicher als bei mir. Das war eine Kunst. »Du glaubst echt jeden Mist, oder?«

Ich verschränkte die Arme vor der Brust. »Dann erleuchte mich.«

»Rudolf«, er spie den Namen geradezu aus, »mit der roten Nase gibt es nicht. Das ranghöchste Rentier hat ein LED-Geschirr. Das Tier, das normalerweise drinsteckt, heißt Karlheinz. Aus Deutschland importiert.«

Karlheinz das Rentier aus Deutschland. Das war ernüchternd. »Das macht Weihnachten kaputt«, sagte ich. Kinder und Menschen im Allgemeinen mochten Rudolf. Rudolf war wahrscheinlich der einzige Bestandteil der Weihnachtsmannclique, den man nicht leid wurde und der uneingeschränkt sympathisch war. Vom Tellerwäscher zum Millionär der Rentierszene. Der Underdog, der doch noch Erfolg hatte. Und jetzt war er eine Importware aus irgendwelchen Zuchtbetrieben.

Lars setzte noch eins drauf: »Er ist bissig.«

Das war es. Weihnachten war auf ewig ruiniert. Ich schüttelte den Kopf und setzte den Rudolf-Kugelschreiber auf dem Papier auf. Oder den Karlheinz-Kugelschreiber. Oder den Stift. Wie begann man jetzt den Brief? Lieber Weihnachtsmann? Lieber Lars-Dad? Lars war schon mal nicht angesprochen. »Lieber Weihnachtsmann« war neutral genug, schätzte ich. Und dann überlegte ich. Keine Ahnung, was ich wollte. Nach Hause? Die Diskussion schien etwas zwecklos, zumindest wenn die gesamte Familie unter einer Decke steckte. Haustiere mochte ich nicht, zu viel Arbeit, ein Handy hatte hier wahrscheinlich eh keinen Empfang, und sonst hatte ich nur wenige Ideen. Außer einer. Ich schrieb »meinen Baum« auf ein Blockblatt, faltete es und reichte es an Lars weiter. Der schob es in die Tasche seiner Jogginghose und las ungerührt die Wunschzettel weiter.

Hm. Die Gelegenheit war nicht unglaublich schlecht. Ich verabschiedete mich mit der neuen Kleidung in Richtung Toilette und nahm rein versehentlich die falsche Richtung zur Haustür. Ich legte die Hand auf die Klinke und drückte sie langsam nach unten.

»Ich bin nicht dumm, Cleya«, rief Lars aus der Küche. »Denk nicht mal dran, du kommst sowieso nicht weit.«

»Sagst du«, rutschte es mir heraus, bevor ich ihm eine Ausrede von wegen Orientierungsfehler auftischen konnte.

»Sieh in den Schuhschrank.«

Tat ich und sah nichts. Sämtliche Schuhe, vom Schlapper bis zum Stiefel, weggeräumt. Er war gut. Besser, als ich es ihm zugetraut hatte. »Die Axt war eindrucksvoller«, sagte ich in Ermangelung einer besseren Antwort.

»Aber hier muss ich dir nicht hinterherlaufen. Kommst du wieder zurück?«

»Ich glaube, ich gehe auf mein Zimmer.«

»Falls du vorhast, aus dem Fenster zu springen, tu es nicht. Mom ist nicht da, und ich habe keine Ahnung von Erster Hilfe.«

»Deine Mom ist Krankenschwester oder so?«

»Meine Mom musste mich irgendwie groß bekommen, sie kann alles.«

»Na dann. Ich gehe wieder nach oben, ich springe aus keinem Fenster, und wenn ich darf, leihe ich mir eines der Bücher aus dem Weihnachtszimmer.«

»Darfst du, viel Spaß!«

3. Dezember

Klopf-klopf-klopf, klopf-klopf-klopf, klopf-klopf-klopf-klopf-klopf…

Sein Ernst jetzt? Ich hatte keine vier Stunden geschlafen, und er hielt es für einen schönen Start in den Tag, einmal mehr im Jingle-Bells-Rhythmus zu klopfen? Das musste er sich schnell wieder abgewöhnen.

»Geh weg, Lars«, schnauzte ich vom Bett aus. Konnte er nicht in irgendeinen Schornstein fallen? Möglichst zeitnah wäre gut.

»Es gibt Frühstück für dich in der Küche.«

»Lass mich in Ruhe, ich habe keine Lust auf Weihnachten.«

»Ich dachte nur, du würdest gern Gesellschaft haben.«

Da hatte er falsch gedacht. Warum dachte der Typ überhaupt? Denkende Weihnachtsmänner brauchten wir nicht. Die waren nur dazu da, Kekse zu futtern und um Weihnachten herum in sämtlichen Werbespots aufzutauchen, vielleicht noch ihren umfassenden Text von »Ho, ho, ho!« aufzusagen – aber nicht zu denken. »Gesellschaft ohne die Einwilligung beider Parteien ist Belästigung.« Glaubte ich. Jedenfalls klang es gut.

»Hast du schlecht geschlafen?«

Ich zuckte mit den Schultern, auch wenn er es nicht sehen konnte. Wie sollte man schon schlafen, wenn man den ganzen Tag nicht aus dem Haus kam und sich kaum bewegte?

»Willst du wenigstens was essen?«

»Hau ab!«

»Cleya«, seufzte er. Wahrscheinlich wunderte er sich, warum ich ihn nicht sehen wollte, wo wir uns doch gestern beinahe verstanden hatten. Zumindest wenn man vergaß, dass es sich nicht um ein Wochenende in der Pampa handelte, sondern um einen Zwangsurlaub fernab jeglicher Zivilisation. Wenn man sich an diesen Fakt erinnerte, war es plötzlich so unvorstellbar, Zeit mit Weihnachtsmann junior verbringen zu wollen. Sein Pech. Wenn er vereinsamte und unbedingt Freunde brauchte, hätte er auch wie jeder normale Mensch in Winterville auf mich zukommen können.

»Lars«, seufzte ich zurück. »Ich will allein sein, kannst du bitte gehen?«

Ein Zögern. »Natürlich. Ich bin gegen Mittag wieder im Haus.«

Auch das war mir noch zu früh. Trotzdem war es gut, dass er ging. Das bedeutete, ich hatte genug Zeit, mir in Ruhe etwas zu essen zu holen und das Haus nach einer Haarbürste abzusuchen. Irgendwo musste es doch wenigstens einen Kamm geben. Dann wiederum hatte Lars mittlerweile sicher sämtliche Türen und Fenster verriegelt, damit ich ja nichts Spannendes tat oder mein Recht auf Freiheit auslebte. Ich verdrehte die Augen. Musste ich wohl einen auf Arielle machen und die Gabeln umfunktionieren. Alles war besser als das Chaos, in das sich meine Haare verwandelten. Mit geflochtenen Zöpfen ließ sich die komplette Zerstörung zwar aufschieben, aber das war nebensächlich. Ich wollte meine Haare für mich ordentlich haben, nicht für Lars oder die maximal drei Spinnen, die den Nordpoltemperaturen standhalten konnten und hier wohnten.

Ich wartete eine Weile, bis er auch sicher weg war, bevor ich in die Küche ging. Die Schale hatte er gestern aus einem der oberen Fächer genommen, das wusste ich. Und das Müsli stand links unten davon. Wunderbar. Fehlten noch Milch – im Kühlschrank, der eine vollkommene Stromverschwendung war, wenn man den Inhalt auch bei offenem Fenster in einem Kämmerchen lagern konnte – und ein Löffel. Mäßig überraschend befanden sich keine Messer bei ihnen in der Schublade. Lars war doch kein kompletter Anfänger mehr. Ich nahm mir einen Löffel und eine Gabel, setzte mich an den Tisch, an dem wir gestern Wunschzettel gelesen hatten, und frühstückte. Im Anschluss daran unterzog ich die Gabel einer Umschulung und rammte mir die Zinken immerhin nur viermal in die Kopfhaut.

»Das sieht etwas mühsam aus.«

Vor Schreck stieß ich mir die Gabel ein fünftes Mal in den Kopf. Aller guten Dinge waren fünf … oder so. Ich drehte mich um und ließ mich von einer weißblonden Frau anlächeln. Ihre Haare waren im Gegensatz zu meinen ordentlich frisiert.

»Ich bin Grace«, stellte sie sich vor und hielt mir die Hand hin.

Ich wischte mir die Hand an der Hose ab und schüttelte ihre. »Cleya.« Wohin jetzt mit der Gabel? Und wer war das überhaupt? Haushälterin? Cleya-Sitter?

»Hallo Cleya.« Ihr Blick fiel auf meinen Ersatzkamm. »Darf ich fragen?«

»Besser nicht.« Ich legte das Ding auf den Tisch.

Sie lächelte und nickte. »Ist dir zufällig langweilig?«

»Warum fragen Sie?« Fragen wie diese klangen immer nach Arbeit, die man nicht machen wollte. Für Miss Daisy einkaufen gehen, Weihnachtsdeko aufstellen, hinter Kindern her putzen und so.

»Lars ist nicht da, also brauche ich jemanden. Du hast keine Angst vor Tieren oder eine Bärenhaarallergie, richtig?« Sie ergriff meine Hand und zog mich aus der Küche und durch das halbe Haus in eine Art Wintergarten oder ein Wohnzimmer mit Glasfront. Mit halb gekämmten Haaren, wohlgemerkt. Konnte Lars nicht wenigstens Cleya-Sitter organisieren, die mir meine Ruhe ließen oder mindestens nicht so verdammt übergriffig waren? Ich kannte diese Frau nicht. Ich hätte gerne etwas Mitspracherecht, vielen Dank auch. Andere, die bestimmten, wo ich mich aufhielt, hatte ich im Moment etwas satt.

An der Glasfront waren fünf große Hundekissen mit Unmengen an Decken und Tüchern aufgestellt, der Rest des Raumes war mit kleinen Hütten und Spielzeug gefüllt. Na wunderbar. Ich sollte hinter irgendwelchen Welpen, die nicht stubenrein waren, her putzen? Der Weihnachtsmann entführte Mädchen also doch, um sie als Sklavinnen zu halten.

»Was soll das jetzt?« Ich konnte mich beim besten Willen nicht dazu überwinden, freundlicher zu klingen.

»Was meinst du?« Sie schloss die Tür hinter uns.

Mit einer Handbewegung versuchte ich, den Raum einzufangen. »Was soll das? Wo sind wir hier?«

»Nordpol«, antwortete sie. Wahnsinnig witzig. Meinen Blick quittierte sie mit einem Lachen. »Entschuldige, das wollte ich seit Jahren sagen. Meine Schwiegermutter durfte das bei mir auch.«

Ja und? Grace sah mich an, bis ich mich genötigt fühlte, nachzufragen: »Ihre Schwiegermutter?«

»Die alte Mrs Claus.« Jetzt grinste sie. Nicht ihr Ernst. Ich wandte mich ab und machte einen Schritt auf die Tür zu. Ich würde Lars finden und ihm Schneebälle um die Ohren hauen, bis sie ihm vor lauter Kälte abfroren. Anschließend musste ich nur noch das Import-Rentier finden und mit LED-Geschirr oder ohne nach Hause reiten. Fliegen konnte es ja auch, wenn man dem Weihnachtswahnsinn hier glaubte. Hatte mir dieser miese Kerl seine Mutter auf den Hals gehetzt! Wie dreist konnte man eigentlich sein? Mommy, Cleya redet nicht mit mir, mach was! Und Mommy machte etwas?! Ich würde ihn kaltmachen, im wahrsten Sinne des Wortes.

»Mrs Claus, ich denke, ich bin hier fertig«, sagte ich.

»Grace reicht völlig.« Ihr vielleicht. »Komm, sieh dir das an.« Sie schob mich in Richtung Deckenlandschaft und drückte mich direkt vor einem der Kissen auf den Boden. Meinen Protest ignorierte sie und griff zwischen die Tücher. Und plötzlich hatte ich ein lebendes Etwas in den Armen. Ich war nicht gut mit Tieren oder Kindern oder schlimmer noch Tierkindern.

Was zur Hölle war das überhaupt? Das Ding war riesig, aber kein Hund, keine Katze und auch keine Maus. Vielleicht ein mutiertes Riesenmeerschweinchen? Mit ... Pfoten? Welche Tiere hatten bitte ... oh. Ja. »Ist das ein Eisbär?«

»Ja.«

»Warum sind hier Eisbärbabys? Sind die krank? Himmel, wenn die Viecher krank sind, will ich mich nicht anstecken. Sind sie gegen Tollwut geimpft? Wenn es mich beißt, was passiert dann?«

»Du mutierst zum Werbär.«

Im Ernst jetzt? Ich riss die Augen auf und machte Anstalten, mir das nun fiepende Tierkind vom Pulli zu pflücken.

»Warte«, rief sie aus, und ich hielt in der Bewegung inne. »Langsam!«

»Was?« Was um alles in der Welt war jetzt wieder?

»In dem Alter hören und sehen die Babys noch nicht – ruckartige Bewegungen erschrecken sie. Und du mutierst nicht. Sie zahnen noch nicht.«

»Und die Mutter?« Was, wenn Mama-Bär plötzlich beschloss, nicht damit einverstanden zu sein, dass ich ihren Nachwuchs mit Teddybären verwechselte? Ich fühlte mich nicht danach, zum Vormittagssnack zu werden.

Grace verzog das Gesicht und setzte sich neben mich, ein eigenes Bärchen in den Armen. »Die Mutter kann sich nicht um die beiden kümmern, also mache ich das vorübergehend.«

»Was ist mit der Mutter?« Die zwei waren definitiv noch zu klein, um allein zu leben. Kaum zu glauben, dass aus diesen Plüschdingern mal Bären werden würden.

»Erste Nachtfahrt meines Sohnes.«

Als würde das alles erklären. »Lars?« Dass er da mit drinsteckte wunderte mich nicht.

»Erste Nachtfahrt mit Schlitten. Er hat nicht rechtzeitig hochgezogen und ist frontal in die Mutter gefahren.« Sie verdrehte die Augen. »Von mir hat er das nicht, ich hatte noch nie einen Unfall. Trotz Lkw-Führerschein in Winterville.«

Diese paar Sätze gaben eine Vielzahl an Informationen. Zum einen war Lars nicht nur ein kompletter Anfänger, was Kriminelles anging, sondern auch eine Niete im Fahren. Zum anderen kam Grace offenbar aus Winterville. Außer seinen Bewohnern kannte das Kaff niemand, besondere Weihnachtsfanatiker ausgenommen.

»Du bist aus Winterville?«

»Du nicht?« Sie sah so verwundert aus, wie ich mich fühlte.

Trotzdem ... wenn sie auch aus Winterville war und jetzt hier lebte, war das dieser eine Zufall zu viel. Was bedeutete, dass die Leute in Winterville keine morbide Fantasie hatten, sondern eine fragliche Moral. Mädchen entführt, zum Weihnachtsmann verschleppt, am Nordpol sesshaft – das war jetzt nicht wahr, oder?

»Soll das heißen, dass Lars nicht auf Drogen ist und es für angemessen hält, wegen einer dämlichen Legende eine Fremde zu entführen?«

Grace setzte dazu an, etwas zu sagen, brach aber ab. Stattdessen nickte sie und tätschelte ihr Eisbärbaby.

»Das ist krank.«

Kein Widerspruch.

»Grace, bring mich nach Hause. Jetzt. Ich weiß, dass du weißt, wie man nach Winterville kommt.«

»Das geht nicht«, sagte sie. Genau wie Lars.

»Warum? Findest du es fair, dass ich hier sein muss?«

»Nein, natürlich nicht! Aber ich kann dich nicht zurückbringen.«

»Kannst du nicht, oder willst du nicht?« Ich hatte den Drang, die Arme zu verschränken, wollte aber mein neues Lieblingstier nicht neu positionieren. »Wenn die Rentiere nicht für dich fliegen«, wie albern das klang, »kann ich das verstehen.«

»Natürlich fliegen die Rentiere für mich, ich bin Nicks Ehefrau und fliege meinen Bruder ständig her und zurück. Ohne Unfälle, möchte ich bemerken.« Sie pustete sich eine Haarsträhne aus der Stirn. »Ich kann dich nicht einfach nach Winterville zurückbringen, weil Lars dich braucht.«

»Als Eisbärpflegerin, oder wie? Das hier ist mit Abstand das Sinnvollste, was ich in den letzten Tagen tun durfte.«

»Du musst dir das so vorstellen«, sagte sie. Musste ich das? Na, wenn das so war. Ich schnaubte. Ungerührt fuhr sie fort: »Weihnachtsmann wird man nicht einfach so. Sicher, Lars ist der Sohn des aktuellen Weihnachtsmanns und hat damit den größten Anspruch auf den Job, aber das Ganze ist ein Ausbildungsberuf.«

Kekse essen, Milch trinken, gegebenenfalls die Höhenangst und Klaustrophobie besiegen, damit man bei fremden Leuten einbrechen konnte, ich hatte es geahnt. »Und wozu braucht er mich? Ich gebe keine Nachhilfe.« Schon gar nicht, wenn ich die Fächer nicht kannte und nicht verstand.

»Du bist die Abschlussprüfung.«

Ich bedeutete ihr, weiterzureden.

»Jeder Weihnachtsmann bekommt eine Partnerin zugeteilt, die er davon überzeugen muss, dass er es wert ist, Weihnachtsmann zu werden.«

»Und wenn er das nicht schafft?«

Grace zuckte mit den Schultern. »Dann wird der nächste männliche Nachfahre eines Weihnachtsmanns gesucht, ausgebildet, und das Ganze wird wiederholt, bis ein würdiger Nachfolger gefunden wurde.«

»Hat Lars Brüder?«

»Nein.« Sie schüttelte den Kopf. »Weihnachtsmänner haben selten mehr als zwei Kinder, Sohn und Tochter. Selbst dann sind es meist mehr Töchter als Söhne, auch auf meiner Seite der Familie. Aber ich habe einen Neffen hier am Nordpol.«

Sehr gut. »Dann ruf ihn an, und sag ihm Bescheid, dass er die rote Mütze herauskramen soll, er wird befördert. Mein Teil der Arbeit ist getan, ich bin hier fertig.« Ich streichelte dem Tierkind ein letztes Mal über den Rücken und löste seine Pfoten von meinem Pullover. Sofort begann es wieder zu fiepen. Ja, ich fand seine Funktion als Wärmflasche auch süß.

»Damit er dann eine andere junge Frau aus Winterville holt und herbringt?«, fragte Grace, nicht im Mindesten beunruhigt.

Guter Punkt. »Er könnte sich sagen lassen, welches Mädchen das Pech hat, und vorher vorbeikommen.«

»Hat Lars das nicht getan?«

Ich lachte auf und vergaß völlig, meinen Eisbären wegzusetzen, sodass er mit mir vibrierte. Seltsamerweise fiepte er nicht wieder los. »Dein Sohn«, betonte ich, »hielt es für angemessen, durch den Schornstein einbrechen zu wollen. Ein toller erster Eindruck. Am Tag darauf hat er meinen Baum eingefärbt, und eine Nacht später war ich hier. Was ich meinte, ist, vielleicht ein Jahr oder so damit zu verbringen, die Unglückliche kennenzulernen, und ihr definitiv vorher zu sagen, dass sie den Kontinent wechseln soll.«

»Er hat deinen Baum eingefärbt?«, hakte sie nach. »Warum das?«

Ich winkte ab. Die Geschichte vom gehängten Glitzerbaum, der Doch-nicht-Beerdigung und der Aktion mit der Farbe war nichts, was man logisch erklären konnte. »Worauf ich hinauswill, ist, dass ich Lars nicht als Weihnachtsmann sehen will.« Der Typ hatte zu wenig moralische Grundwerte, um Kindern ein Vorbild zu sein und über artig und unartig zu entscheiden.

»Lars verliert alles, was er immer wollte, wenn du ihm keine Chance gibst.«

»Nächstes Jahr vielleicht. Wenn er ein Jahr lang den Rasen meiner Tante mäht.« Und meine Mathehausaufgaben machte.

»Er hat nur bis Heiligabend Zeit.«

»Das ist nicht mein Problem. Wenn er einer Siebzehnjährigen die Möglichkeit gibt, zu entscheiden, ob er geeignet ist, muss er damit leben, wenn sie sich dagegen entscheidet.«

»Menschen machen Fehler.«

Lars machte ziemlich viele Fehler. Ich war auch nicht perfekt, aber ich hatte nie auch nur einen Kaugummi geklaut. »Er hätte mir selbst sagen können, dass er mich braucht.«

»Hätte er.« Grace nickte. »Nur eine Chance.«

Ich hasste, dass ich nickte, bevor ich darüber nachgedacht hatte. »Ich muss ihm bescheinigen, dass er der Weihnachtsmann sein soll?«

»Genau.«

»Ich hasse Weihnachten.«

»Dann lass ihn dir zeigen, warum er es liebt und warum das okay ist.«

Ich stöhnte. »Ab morgen. Und ich will den Baum hierhaben.« Wenn das ganze Haus voller Weihnachtsdeko war, konnte ich bitte einfach das einzige Stück Weihnachten, das ich nicht hasste, um mich haben.

»Morgen?«

»Heute muss ich mein Eisbärbaby knuddeln.« Dämliche Frage.

Wie angekündigt kam Lars noch vor dem Abendessen wieder nach oben, um an meine Tür zu klopfen. Diesmal verjagte ich ihn nicht, sondern stand sogar auf und öffnete ihm. »Na, wie viele Mütter hast du heute angefahren?«, begrüßte ich ihn.

Er verschluckte sich an seinem eigenen Speichel und begann zu husten. »Hast du meine Mom getroffen?«, brachte er zwischen zwei Anfällen hervor. »Und woher weißt du, dass ich Flugstunde hatte?«

Hatte er? Auch gut. »Ich habe zuerst gefragt.«

»Nein«, sagte er und verdrehte die Augen. »Hast du?«

»Eher andersherum, sie hat mich getroffen. Wir haben uns nett unterhalten.«

»Hat sie die Babyfotos ausgepackt, oder hat sie nach der Geschichte mit dem Eisbären aufgehört, peinlich zu sein?«

»Wir haben uns mehr darüber unterhalten, wie gewillt ich bin, dich in deiner Abschlussprüfung durchrasseln zu lassen.« Das würde eine längere Unterhaltung werden, fürchtete ich. Seufzend trat ich zur Seite und ließ Lars in mein Zimmer, wo er sich auf das Bett setzte. »Warum bist du nicht vorher zu mir gekommen? Ich war seit Oktober in Winterville, du hättest jederzeit kommen und dich als Nachbar vorstellen können.« Angesichts Wintervilles Weihnachtswahn konnte ich mir nicht vorstellen, dass ein Weihnachtsmann, der versuchte, eine Prüfung zu bestehen, nicht gedeckt werden würde, sollte er sich als Einwohner ausgeben.

»Willst du mir ernsthaft erzählen, dass du mit einem Nachbarn zum Nordpol gegangen wärst?«

Ich zuckte mit den Schultern. »Keine Ahnung. Ich hätte es deutlich weniger verrückt gefunden, als hier einfach ohne Vorwarnung aufzuwachen.«

»Das war gruselig, oder?«

Wieder zuckte ich mit den Schultern. »Die Wahrscheinlichkeit, dass wir beide irgendwelche Pillen eingeworfen haben, hat sich überdurchschnittlich hoch angefühlt.« Ich lächelte ihn an. »Also ja, es war gruselig.«

»Das tut mir leid.«

»Ich habe es überlebt.«

»Das freut mich zu hören!«

Ich boxte ihm leicht in den Arm. Scherzkeks. »Noch mal zu dieser Abschlussprüfung, ja? Du musst mich quasi dazu bringen,

Weihnachten zu mögen? Bis Heiligabend?« Was war das bitte für eine Prüfung? Und warum ausgerechnet ich?

»Fast. Ich muss dich dazu bringen, davon überzeugt zu sein, dass ich ein guter Weihnachtsmann sein kann. Nicht in Bezug auf die technischen Aspekte; dass ich auf ein Dach klettern und den Schornstein finden kann, weißt du ja. Es geht mehr darum, dass du mich als Mensch nicht für eine Fehlbesetzung hältst.«

»Und warum hast du mich ausgesucht, um das zu entscheiden?«

»Du wurdest mir vorgegeben.«

»Wie soll das gehen? Hat mich ein Weihnachtsorakel in der Kristallkugel gesehen?«, zog ich ihn auf. Als er nicht lachte, sondern nur blinzelte, stutzte ich. »Nicht dein Ernst, oder? Lars!«

»Es war eine Schneekugel«, gab er etwas kleinlaut zu. Weil das die Sache jetzt so viel besser machte, oder wie? Eine Schneekugel ohne DNS und Gehirn gab ihm ein beliebiges Mädchen vor, das seine Abschlussprüfung bewertete? Na, der Datenschutz war noch ausbaufähig. »Dass das Mädchen aus Winterville kommt, ist mittlerweile Tradition, aber außer dem Bild und der Stadt hatte ich keine Informationen über dich.«

»Das ist unpraktisch«, sagte ich und setzte mich neben ihn. »Mit der Frist für die Prüfung wird es eng.«

Lars seufzte. »Ich weiß. Und es ist fair, dass du skeptisch bist. Wenn du dir wirklich zu hundert Prozent sicher bist, dass ich als Weihnachtsmann nichts tauge, bringe ich dich in drei Tagen nach Hause.«

»In drei Tagen erst?«

»Dann habe ich Flugprüfung. Vorher kann ich nur meine Eltern fragen, ob sie sich die Zeit nehmen.«

Weil Schwarzfliegen ja auch so viel schrecklicher war als Kidnapping. Aber gut, wenn er meinte, dass er versehentlich in ein Flugzeug fliegen konnte, war ich am Boden oder bis zu einem zertifizierten Flieger besser aufgehoben.

»Also hast du mindestens drei und maximal einundzwanzig Tage Zeit, mich zu deiner besten Freundin zu machen, damit ich deiner Prüfungskommission sage, wie wunderbar ich dich finde und fertig? Wenn ich dann nach Hause darf, rufe ich von mir aus auch heute noch an. Apropos anrufen.« Ich hielt inne. »Ach ja, ich habe ja kein Handy mehr.« Gewissen ungenannten Personen war es aus dem Schlitten gefallen. Jetzt sah er, was er davon hatte. Ohne Handy kein Anruf.

Lars zuckte nicht einmal zusammen. »Ein Anruf würde nicht akzeptiert werden. Das Ganze muss echt sein. Wenn ich nicht einmal *einen* Menschen dazu bringen kann, mich zu mögen und mich gut zu finden, bin ich als Weihnachtsmann eine Katastrophe.«

Wenn er häufiger Sachen aus fliegenden Schlitten fallen ließ, war ich sogar von der technischen Seite des Ganzen aus geneigt, ihm zuzustimmen. Was half ihm ein Schornstein, wenn er das zugehörige Geschenk unterwegs verloren hatte? Außerdem war ich mir nicht sicher, ob ich mit ihm befreundet sein wollte.

»Du kannst Freundschaft und so nicht erzwingen«, erinnerte ich ihn. Der Cousin sollte sich besser bereit machen.

»Ich weiß, Cleya. Ehrlich. Ich habe mir das auch anders vorgestellt. Ich wusste, wen ich suche, hatte aber zu wenig Zeit, und bevor ich selbst wusste, was ich tu, habe ich dich hergebracht.«

»Was willst du denn jetzt tun?«

Lars ließ sich auf meine Bettdecke fallen. »Versuchen, wenigstens einem von uns dieses Weihnachten schmackhaft zu machen?«

»Du hast drei Tage, um mir zu zeigen, warum ich hierbleiben will, verstanden?« Oder auch: Er hatte ganze drei Tage Zeit, das Stockholm-Syndrom zu seinen Gunsten zu nutzen und mich dazu zu bringen, zu bleiben.

4. Dezember

Wie konnte man »Du hast drei Tage, um mir zu zeigen, warum ich hierbleiben will« hören und »Zeig mir, warum ich hier wegwill!« verstehen? Lars hatte diese Kunst offenbar perfektioniert. Angekündigt hatte er, mit beiden Elternteilen unterwegs zu sein, sodass ich das Haus inklusive Beschäftigungsangebot für mich hatte. Die Realität war, dass ich versuchte, mit den Eisbären auf den Beinen zu lesen, aber den Satz mittlerweile zum siebzehnten Mal begann, nur um von einer unerträglichen und zimmerübergreifenden Version von »Rudolph, the Red-Nosed Reindeer« unterbrochen zu werden – präsentiert von einer Kinderstimme ohne Gefühl für angemessene Tonhöhen. Das Tier gab es nicht, wie ich gelernt hatte. Das Kind sollte »Karlheinz, the Red-Nosed Reindeer« singen oder eben gar nichts. Bevorzugt Letzteres. Die Eisbären hatten Glück, dass sie noch taub waren. So viele Fake News so früh am Morgen ... Wie auch immer. Ich klappte das Buch zu und setzte meine beiden neuen Freunde wieder in ihr Deckennest.

Genug gelesen, so wurde das nichts. Ich folgte dem leicht detonierten Klang in das Weihnachtszimmer, in dem sich ein Kind mit einem Haufen Puzzleteile beschäftigte. Mit Feuer im Kamin, aber ohne Aufsicht oder sonstige Gesellschaft. Das Mädchen durfte das begonnene Lied noch beenden, dann klopfte ich an den Türrahmen, um auf mich aufmerksam zu machen. Die Kleine, geschätzt im Grundschulalter, wirbelte herum, den Mund geöffnet.

»A...«, setzte sie an. Bitte schrei nicht. Schreiende Kinder waren schlimmer als weinende. Weinenden Kindern gab man einen Lolli, und sie waren wieder glücklich, schreienden konnte man damit nicht kommen.

»Hi, ich bin Cleya, Lars hat mich hergebracht«, beeilte ich mich zu sagen, bevor sie sich darauf versteifen konnte, dass ich ein Einbrecher war.

Sie nickte langsam. »Ich heiße Millie. Lars ist mein Bruder.« Millie setzte sich wieder auf den Boden und winkte mich in den Raum. »Willst du einen Tee?«

Mein Blick folgte ihrem ausgestreckten Zeigefinger zu einem kleinen Tisch, auf dem ein Puppenservice und jede Menge Plätzchen zu sehen waren. Langsam schüttelte ich den Kopf. »Danke, nein.« Imaginärer Tee schmeckte so fad. »Was machst du Schönes?«

»Üben!«

»Das Singen?«

»Für die Betriebsweihnachtsfeier«, erklärte sie. Na, wenn das so war. »Wir sind dieses Jahr mit Singen dran.« Das war nachvollziehbar. Als Schwester des Azubis und Tochter des Chefs wollte sie gut sein, das konnte ich verstehen.

»Willst du weiterüben? Ich kann gerne wieder gehen.« Und versuchen, in der Küche nicht zuzuhören. Auch wenn die Kleine hier wohnte, war mir nicht wohl dabei, sie außer Hörweite allein zu lassen.

Millie zuckte mit den Schultern und drehte ein Puzzleteil zwischen den Fingern. »Lars und ich sollen ein Duttett machen, aber er will nicht. Allein üben ist doof.«

»Ein Duttett?«

»Wenn zwei Leute zusammen singen. Duttett.« Sie verschränkte die Arme vor der Brust. »Lars übt nie mit mir.«

Ein Duett also! Das konnte ich ihm nur schwer übel nehmen. Wäre ich mit diesen Liedern im Alltag, nicht als Saisongesang, aufgewachsen, wäre ich auch nur unter größtem Protest zu den Proben erschienen. Kinder waren heutzutage sowieso verhätschelt und sollten ruhig lernen, mit Enttäuschungen umzugehen. Besonders, wenn es um ein Duett ging. Millie schob die bebende Unterlippe vor und schniefte theatralisch. Argh. Kinder waren furchtbar. Wo waren die Aufsichtspersonen, wenn man sie brauchte? Oder hatte Lars, liebenswert, wie er es nicht war, beschlossen, diese Position mit mir zu besetzen? Denkbar wäre es. »Und wenn du dir einen Chor suchst? Oder Tänzer? Dann machst du das wie ein richtiger Star, und Lars kann nur zusehen«, schlug ich so geduldig vor, wie ich konnte. Aus Kindersicht war das alles hier ein Drama. Daran musste ich mich nur erinnern.

»Tänzer!«, rief Millie mit einer Energie, die nur Zweit- oder Drittklässler aufbringen konnten, aus. »Im Kreis und welche in der Mitte und mit Solo und Drehungen ...« Plötzlich erlosch das Strahlen in ihrem Gesicht. »Ich habe keine Kostüme. Ohne Kostüme sieht das blöd aus.«

Dass das Ganze auch mit Kostümen blöd aussehen würde, musste ich ihr ja nicht sagen. Ich nickte ernst. »Das bedeutet, dass wir Kostüme auftreiben müssen.«

»Du hilfst mir?«

»Ich?!«

»Du hast wir gesagt.«

Hatte ich das? Ich fasste mir an die Stirn. Wann hatte ich noch mal beschlossen, dem Kind zu helfen? Argh! Na gut, wenn es mich dann in Ruhe ließ und nicht mehr laut sang, konnte ich schon ein paar Kutten nähen. Engel oder Hirten oder was man so aus Krippenspielen kannte. Wäre doch gelacht. Vielleicht sprang auch ein Kostüm für Lars heraus. Als Dank für meine Hilfe konnte er es dann auch anziehen. Fan-Merch für seine Schwester. Das konnte etwas werden.

»Bist du wahnsinnig?«, fragte Millie unvermittelt.

Möglich? »Nein«, antwortete ich schnell. »Wie kommst du jetzt darauf?« Sah ich so angeschlagen aus?

»Mom macht auch immer so«, sie klatschte sich die Hände an die Schläfen, »und sagt, dass ich sie wahnsinnig mache. Du bist wirklich nicht wahnsinnig?«

»Ich glaube nicht, keine Sorge.«

»Okay. Ich übe noch ein bisschen, und nach dem Mittagessen machst du mir Kostüme.«

»Dazu müssen wir erst Stoffe finden, und du musst mit deinen Tänzern absprechen, wie viele ihr seid und alles«, warf ich schnell ein. Unnötige Arbeit brauchte ich dann auch wieder nicht. Millie ignorierte den Einwand und begann einmal mehr zu singen, während sie nebenbei ihr Puzzle vervollständigte. Ich machte mich daran, denselben Satz wie zuvor bei den Bärchen zu lesen, und kam knapp ein Kapitel weiter, bevor es geschätzte einundzwanzig Rudolphs später an der Tür klopfte und ein Wesen den Kopf ins Zimmer steckte. Es war eindeutig nicht menschlich, aber menschenähnlich – oder ein Kind in einem Kostüm.

»Millie?«, fragte es und stellte damit klar, dass es definitiv kein Kind war. Jedenfalls kannte ich kein Kind, das so tief sprach. »Dein Essen ist fertig.«

»Und Cleya?«

Der Blick des Wesens schnellte zu mir, und es nickte. Die Zipfelmütze wippte mit. »Isst du mit Millie?«

»Ähm, okay?« Ich klappte mein Buch zu. Millie und ich gingen in die Küche, wo der Weserich – nannte man männliche Wesen so? – schon zwei Teller für uns vorbereitet hatte. Er war schon fast aus der Küche verschwunden, als Millie ihn zurückrief und nach Nähmaschine und Stoff fragte. Noch während wir die Suppe löffelten, stattete er uns mit allerlei Kram aus, sodass am Ende der Mahlzeit nur noch die Tänzer fehlten. Ich spülte die geleerten Teller ab, stellte sie ins Abtropfgitter und ließ mich von Millie zurück ins Weihnachtszimmer, das wohl als Aufenthaltsraum oder Wohnzimmer diente, ziehen. Sie breitete die Stoffe auf dem Boden aus und traf ihre Vorauswahl. Na ja, ihr mussten sie gefallen. Wir hatten Dunkelgrün mit goldenen Sternen, Dunkelblau mit Zuckerstangen, Gold mit Stickmuster ... eine Variante scheußlicher als die andere.

»Wie viele Tänzer planst du denn?«, fragte ich nach, bekam aber keine Antwort. Stattdessen kam das Wesen von vorhin wieder in den Raum, diesmal mit einem Kind an der Hand. Direkt. Auf. Mich. Zu. Was war ich? Ein Babysitterdienst? Kinder waren schön und gut, solange sie nicht meine Aufgabe waren. Eins war tolerabel. Zwei waren eine Zumutung! Lars tat echt alles, um seiner Prüferin schlechte Laune zu bescheren. Toller Weihnachtsmann.

»Lizzie!«, rief Millie aus und hüpfte auf die beiden zu. Der Weserich hinderte sie daran, das kleine Mädchen umzurennen. Stattdessen führte er Lizzie zu mir und wartete, bis ich ihm das Kind quasi abgenommen hatte. Anschließend drehte er sich um und machte Anstalten, zu gehen.

»Moment, hiergeblieben! Sie können mich nicht allein lassen!« Ich hechtete dem Armen hinterher und ließ das Kind zwischen den Stoffen sitzen. »Nehmen Sie sie wieder mit, bitte!« Ihm war das Kind zumindest bekannt. Was sollte ich mit dem Kleinkind? Wie kam er überhaupt auf die Idee, mir die Kleine zu bringen? Sah ich aus wie ein Mensch, der freiwillig Aufsicht spielte? Hm. Ich hatte mich freiwillig zu Millie gesetzt. Aber das nannte sich Verantwortungsbewusstsein, nicht Affinität. Wie herum hielt man so ein kleines Ding überhaupt? Ich hatte Erfahrung mit Grundschülern und Teenagern, die sich mit Kuchen bestechen ließen. Das hier war wie die Anwendungsaufgabe im Mathekurs, wo man plötzlich Formeln für Brücken hernehmen sollte. Das konnte ich doch nicht! Dafür gab es Begabte und Lehrer und so.

»Cleya!« Millie zupfte an meinem Ärmel. »Du musst nähen!« Ich sah nur eine Sekunde zu ihr, aber diese Sekunde reichte dem Weserich wohl, um zu flüchten. Na großartig.

»Wie viele Tänzer willst du haben?«, fragte ich noch mal und nahm Lizzie auf den Schoß. Wie Lars und Millie war sie hellblond. Dafür, dass sie eine so junge Tochter, geschätzt ein Jahr oder so alt, hatte, sah Grace ziemlich erholt aus. Wobei, wenn ich ein Kind hätte und ständig andere finden würde, die sich um es kümmerten, wäre ich wahrscheinlich auch tiefenentspannt.

»Vier.«

»Und wie groß sind sie?«

»So.« Sie hielt eine Hand in die Luft, um mir die Körpergröße anzuzeigen. Mhm. Also wie der Weserich oder ein Vorschulkind. So ungefähr zumindest. Die Information stellte mich nur vor das Problem, dass ich mich jetzt dem Nähen widmen musste, von dem ich mäßig Ahnung hatte. Ich konnte einen Knopf annähen und Bügelflicken aufbügeln, und das war's. Mehr brauchte es nicht. Mom konnte nähen. Meine Tante konnte nähen. Normalerweise bot ich meine Dienste auch nicht an. Immerhin konnte ich das Kleinkind, wenn ich es schon hier hatte, als Ausrede nutzen. Für irgendwas musste die Situation ja gut sein. Wo blieb eigentlich Lars? Konnte er seine Schwestern nicht mitnehmen und betreuen? Hatte der Schlitten keinen Kindersitz?

Lizzie beäugte mich skeptisch, als ich sie an die Hand nahm und zum Sofa führte. Ich sah mich schon Stecknadeln aus ihrer Hand ziehen, wenn sie weiterhin frei herumlief. Besser war es, ich setzte Millie gleich dazu. Die Stoffe waren schnell zur Seite gepackt und gestapelt, sodass ich mich voll und ganz auf die Kinder konzentrieren konnte. Warum hatte Lars keine Geschwister in meinem Alter? Dann wären Babysitter überflüssig und der Arbeitsaufwand minimiert. Grace und sein Vater hatten sich zu viel Zeit gelassen. Eindeutig.

»Wollt ihr einen Film ansehen?«, fragte ich die Mädchen. Millie schüttelte energisch den Kopf, Lizzie sah nur geradeaus. Okay, kein Film. »Sollen wir etwas spielen?« Mit »wir« meinte ich die beiden. Sollte Millie ihrer Schwester doch einfach imaginären Tee kochen und Luftkuchen servieren. Ich sorgte dafür, dass niemand weglief, und fertig.

»Nein«, kam es von Millie.

»Mach doch dein Puzzle fertig«, schlug ich vor. Ich kannte mich hier kaum aus, ich konnte ihnen nicht einmal ein Kinderbuch holen und vorlesen.

»Nein.«

»Was wollt ihr machen?«

»Malen!«

Wenn ich dann auch noch wüsste, wo ich Papier und mehr als einen Rentierkugelschreiber finden konnte, wäre das eine gute Idee. »Malt Lizzie auch gerne?«, fragte ich nach.

»Manchmal.« Millie sprang vom Sofa und klatschte in die Hände. »Ich hole Papier, du wartest hier.«

Ihren strengen Blick hatte sie perfektioniert. Mit dem Kleinkind neben mir, das mich nicht direkt ansehen wollte, war ich effektiv an den Raum gebunden. Ich war nicht unbedingt scharf darauf, die Kleine hochzuheben und sie losschreien zu lassen. Stattdessen hoffte ich, dass Millie sich nicht den Hals brach, falls sie irgendwelche Treppen herunterstolperte, und wartete auf dem Sofa ab.

»Hi«, sagte ich zu Lizzie, als wäre sie alt genug, zurückzugrüßen. »Ich bin Cleya.« Ich hielt ihr die Hand hin und wartete, bis sie nicht mehr den Blick senkte, sondern zumindest meine Hand begutachtete. Hm. Kleinkinder mochten Tiere, schätzte ich. Ich machte den Schweigefuchs und ließ ihn mit der Schnauze wackeln. Das Kind gluckste und formte ein eigenes Wesen, indem es die Finger einfach über die Handfläche klappte. Ich nannte es den Schweigestein. »Super!« Ich tat, als hätte Lizzie eine großartige Leistung erbracht, und freute mich überschwänglich. Hoffentlich verstand sie nichts von gespielten Emotionen. Wo blieb Millie? Ich nahm meine zweite Hand zu Hilfe und formte einen Schmetterling. Schattenspiele wären jetzt gut, aber auch dafür fehlte das Equipment. Dass man hier auch nie eine vernünftige Raumausstattung erwarten konnte! Lizzie ahmte auch dieses Tier nach und schuf siamesische Steinzwillinge. Wieder feierten wir den Erfolg.

Als Millie wiederkam, lachte ihre Schwester mich offen an und zeigte ihre Kreationen vor. Millie würdigte sie keines Blickes, sondern breitete Malsachen auf dem Boden aus.

»Wir gehen in die Küche«, entschied ich, bevor der Boden neue Farbelemente bekommen konnte, und lockte Lizzie hinter mir her. Millie sammelte ihre Malsachen ein, und wir zogen um. Was ich nicht bedacht hatte, war das Fehlen eines Hochsitzes für Lizzie, sodass ich sie kurzerhand auf den Schoß nahm und mit beiden Armen Lehnen bildete, damit sie mir nicht herunterfiel.

Die Mädchen übten sich in kreativer Kunst, ich saß meine Zeit ab und wartete auf Lars oder seine Mutter. Irgendwer musste die Kinder doch nehmen. Dass Lizzie ihre Windel, die ich deutlich spürte, irgendwann füllen würde, stand außer Frage, und unseren Weserich sah ich auch nirgends. Ich hatte nicht vor, mich erst mit stinkendem Nachwuchs auf die Suche nach einer Ersatzwindel zu machen und diese dann auch zu nutzen. Es gab Grenzen, die ich nicht überschreiten wollte. Manche Dinge mussten einfach nicht sein. Just in diesem Moment breitete sich ein unverkennbarer Geruch nach voller Windel aus und kroch mir rasant in die Nase.

»Iiiih!«, rief Millie aus und hielt sich die Nase zu. Sie hatte gut reden. Ich hatte das Ding wortwörtlich unter der Nase.

Wenn ich Lars sah, würde ich ihn statt mit Schneebällen mit gefüllten Windeln vom Dach werfen! Was dachte er sich dabei, mir das anzutun?! Lizzie, so süß sie aussah, war einer der Gründe, aus denen ich mich nicht als Mutter sah. Kinder machten Arbeit, kosteten Nerven und waren in Lizzies Alter eine Geruchsbelästigung. Ohne mich! Dennoch klemmte ich sie mir unter den Arm und stieg die Treppe hinauf ins Obergeschoss.

»Cleya?«

Ich war noch nie so erleichtert gewesen, Lars' Stimme zu hören. Noch in Anorak und Stiefeln kam er mir hinterher und konnte kaum rechtzeitig reagieren, als ich ihm seine Schwester in die Arme drückte.

»Dein Problem«, beeilte ich mich zu sagen. »Ich bin auf meinem Zimmer. Millie ist in der Küche und malt, ich brauche eine Pause.« Lars blinzelte. Wenn er wirklich Weihnachtsmann werden und Kinder glücklich zu machen zu seinem Beruf machen wollte, sollte er mal in der eigenen Familie anfangen. »Ich bin kein Kindermädchen, ich mag keine Kinder, und deine Geschwister sind nicht mein Job. Pass gefälligst selbst auf sie auf.«

Feierabend. Denn eine Dusche, um den Gestank aus der Nase zu bekommen, und ein Buch hatte ich mir verdient.

5. Dezember

Wie beinahe jeden Morgen machte Lars mich mit seinem rhythmischen Geklopfe auf seine Anwesenheit aufmerksam. Ich öffnete ihm die Tür, nur um festzustellen, dass er gar nicht im Flur stand.

»Lars?«, fragte ich. »La-ars?«

Kein Lars weit und breit. Dann eben nicht. Es war nicht so, als wäre ich an meinem fünften Tag hier nicht in der Lage, mir allein Essen zu organisieren. Ich musste nur aufpassen, nicht in irgendwelche weiteren Situationen zu stolpern, die mit Arbeit verbunden waren. Oder über herumliegende Taschen. Ich quietschte und fing mich an der gegenüberliegenden Wand ab. Lars! Jeder wusste, dass man Taschen oder Gegenstände im Allgemeinen nicht direkt vor einer Tür abstellte, um Unfälle zu vermeiden.

Ich nahm die Tasche mit in mein Zimmer, wo ich sie auf der Bettdecke ausleerte. Eine rote Mütze mit Bommel, ein rot-weißer Schal und ein Paar Handschuhe fielen neben einem zusammengefalteten Zettel auf den Stoff. Okay, das war sogar für Lars seltsam. Wenn er Angst hatte, dass ich mit Leggings und Pullis erfror, konnte er mich auch fragen, ob ich eine Decke wollte. Kein Grund, mich als seinen Sidekick zu verkleiden. Das Stück Papier war ebenfalls weihnachtlich und mit Zuckerstangen bedruckt. Aufgefaltet gab es den Blick auf einen einzelnen geschriebenen Satz frei.

Zieh dich warm an und ab nach draußen!

Hm. Lars hatte eine schöne Handschrift. Schöner als meine war sie auf jeden Fall. Ab nach draußen? Ich sah aus dem Fenster. Draußen lag Schnee, und es sah kalt aus. Ich wollte nicht zum

Eiswürfel werden! Wenn Lars mich ärgern wollte, machte er seit gestern echt alles richtig. Ich ging ins Badezimmer, trug eine dicke Schicht Lippenbalsam auf und schmierte mir in Ermangelung anderer Pflegeprodukte auch gefühlt den halben Stift auf die Nase. Lieber sah ich fettig und wie ein Kind beim Skifahren aus, als an zwei unangenehmen Stellen im Gesicht rissige Haut zu bekommen. Anschließend wickelte ich mich in den Schal und nahm den Rest der Ausstattung mit nach unten. Wie genau stellte Lars sich das vor? Ohne Jacke und Schuhe würde ich nicht weit kommen. An der Garderobe hing ein weiterer Zettel, der mir eine Jacke und ein Paar Schuhe zuwies. Na dann.

Ich zog meine neue Winterausstattung an und setzte die alberne Mütze auf. Die Neonmütze wäre mir lieber gewesen. Jetzt musste ich nur noch herausfinden, was Lars noch von mir wollte. Die Antwort darauf fand ich in der Jackentasche, die eine dritte Notiz beinhaltete. Okay? Eine handgezeichnete Karte von ... was auch immer. Und eine Information.

Guten Morgen! Ich bin heute wieder eingespannt, aber ich wollte nicht, dass du dich langweilst. Darum habe ich ein paar Vorschläge, die dir den Ort ein bisschen näherbringen sollen. Hier ist eine Karte, falls du dich verläufst. Halte dich an die Reihenfolge! Die erste Station ist gleich um die Ecke (rechts). Viel Spaß! L.

Spaß. Im Weihnachtsparadies. Fraglich. Aber immer noch besser als Langeweile, also öffnete ich die Tür und bog nach rechts ab.

Im Schnee waren Fußabdrücke zu sehen, denen ich folgte. Wer brauchte am Nordpol schon Karten, wenn man einfach den Spuren folgen konnte, die die anderen zwangsläufig hinterließen. Ich nutzte Lars' vorgefertigten Weg um das Haus herum. Das Ziel konnte man kaum verfehlen, selbst wenn man die Weihnachtsbeleuchtung ausschaltete. Die Hütte war neben dem eigentlichen Wohnhaus und dem Stall das einzige Gebäude in der unmittelbaren Umgebung. Das und das Plakat mit der Aufschrift #1 reichten mir als Indikatoren. Blieb nur die Frage, was ich in der Hütte sollte. Es brannte Licht, also war sie vermutlich bewohnt. Das bedeutete, ich würde wahrscheinlich nicht ausquartiert werden. Ich klopfte an die Tür, die sich durch diese Bewegung allein öffnete. Der Geruch von frischen Backwaren und Karamell strömte mir entgegen. Was auch immer Lars sich hier ausgedacht hatte, wenn es Süßkram beinhaltete, wollte ich mehr davon. Das Innere der Hütte war wie ein einziger Raum, der Küche und Wohnbereich zugleich war, von dem wenige Türen wegführten. Ein Wesen wie das gestern stand auf einem Schemel vor der Arbeitsplatte und hantierte mit Teig und Waffeleisen. Waffeln!

»Guten Morgen«, begrüßte mich das Wesen, der Stimme nach weiblich. Es trug normale Kleidung in Kindergröße und eine Schürze, auf der sich nur ein paar Strasssteinchen zu viel befanden. Es war unhöflich, zu fragen, ob das Wesen ein Zwerg oder so war, fand ich, also grüßte ich zurück.

»Sie sind Lars' Freundin, nehme ich an?«

Oder so ähnlich. Ich nickte. Wenn ich dafür eine Waffel bekam, war ich gerne Lars' Freundin für sie.

»Freut mich, Sie kennenzulernen.« Die kleine Frau lächelte mich an und wandte sich wieder ihren Waffeln zu, von denen sie eine mit Marmelade, Sahne und Karamellsirup versah und mir hinschob. »Eine Spezialität des Hauses Claus«, sagte sie und nickte bekräftigend.

»Danke.« Ich zog den Teller näher zu mir, um nicht den Boden oder meine Jacke vollzutropfen, und biss hinein. In diesem Moment war mir mein beschränktes Talent in der Küche egal, ich wollte das Rezept haben und für den Rest meines Lebens Waffeln mit Erdbeermarmelade, Schlagsahne und Karamell essen. »Das«, setzte ich zwischen zwei Bissen an, »ist großartig!«

Der Köchin schoss etwas Röte in die Wangen, und sie murmelte einen leisen Dank. »Hier, ich soll Ihnen das geben.« Sie überreichte mir einen Zettel.

»Danke.« Das Stück Papier fiel meinen klebrigen Fingern zum Opfer, als ich es entfaltete. Wieder eine Nachricht. Diesmal schickte Lars mich zum Stall, zu dem ich nur ein Stück geradeaus gehen musste. Das klang machbar.

Ich verabschiedete mich von der netten Waffelfrau, nicht ohne das Frühstück zu loben, und machte mich auf den Weg zum Stall. Je näher ich dem Tierdomizil kam, desto klarer wurde sein Aufbau. Zu einem scheunenartigen Bau kam ein Auslauf, der von einigen Rentieren genutzt wurde. Ich folgte den Fußspuren ins Innere.

Der Stall bestand wie die Hütte aus einem großen Innenraum, der mit einer halbhohen Holzwand und Metallstäben vom Eingang der Menschen abgetrennt war und in dem sich die Vierbeiner tummelten. Ihr Ein- und Ausgang war wie eine Katzenklappe, deren Klappe man in Streifen geschnitten hatte. Eine Rentierklappe? Egal. Ich stellte mich an die Trennwand und spähte zu den Tieren hinein. Irgendwie hatte ich sie mir anders vorgestellt. Rentiere waren kaum größer als kleine Ponys, wie wollten die Lars irgendwohin ziehen oder fliegen? Und sie hatten die falsche Farbe. Also, die Rentiere aus Zeichentrickfilmen oder Büchern. Bisher hatte ich angenommen, sie wären alle braun und kurzhaarig mit glänzendem Fell. Wie es aussah, waren sie weiß-braun-grau-undefinierbar mit zotteligem Fell. Hm.

Und welcher war der Deutsche? Karlheinz. Sein LED-Geschirr war auch nirgends zu sehen. Dafür aber eine kleine Box, die ein #2 auf den Deckel geklebt hatte. Ich öffnete sie und fand ein kleines Album und eine Notiz darin. Das Album zeigte eine Vielzahl an Rentieren in verschiedenen Stadien ihres Lebens, unter anderem auch Karlheinz. War wohl als Kind oder Jugendlicher hergekommen und hatte sich gut eingelebt. Zumindest wirkte er nicht zerbissen oder zusammengetreten auf den Bildern. Ein intaktes Tier, sah man von dem linken Ohr ab, das eine Kerbe abbekommen hatte. Die ersten Fotos zeigten das jedoch auch, also hatte es wohl nichts mit der Herde hier zu tun. Ich klappte das Album wieder zu und ließ den Blick über die Herde schweifen. Da war er, derjenige, der der Zwilling seines Mitbewohners sein konnte, wäre sein Ohr nicht eindeutig ein Erkennungsmerkmal.

»Karlheinz?«, lockte ich ihn und griff nach einer Handvoll Futter. Stand praktisch hier rum. Angesichts des Snacks kamen gleich mehrere der Rentiere angelaufen. Zutraulich waren sie offenbar. Sogar Karlheinz bequemte sich zu mir und bahnte sich dabei seinen Weg durch die Gruppe der anderen. Sein Geweih war niedlicher als erwartet. Also noch niedlicher als in Zeichentrickserien.

»Hallo!«, begrüßte ich ihn und streckte ihm das Futter entgegen. Er beförderte es von meiner Hand in seinen Magen, fast ohne zu kauen. »Du bist ein Süßer!«

Der Süße wollte allerdings nicht gestreichelt werden, sondern seine Ruhe vor dem fremden Mädchen haben. Leider sagte er mir das nicht einfach, sondern biss in die Hand, die ihn eben gefüttert hatte und die ihn nun streicheln wollte.

»Au!« Undankbares Vieh! »Hau ab!« Ich zog die Hand zurück und besah mir den Schaden. Die Zahnabdrücke waren als Dellen in meiner Haut zu sehen. Verdammt! Was war das für ein unkultiviertes Vieh! Kein Wunder, dass es vorn flog, sonst würde es dem Vordermann wahrscheinlich in den Hintern beißen. Keine Versicherung der Welt würde für Unfälle mit dieser Ursache aufkommen. Schnell weg hier. Probeweise bewegte ich die Finger. Etwas angeknabbert, aber noch dran. Gebrochen fühlte sich nichts an. Angenehm aber auch nicht. Und unauffällig würde der Bluterguss auch nicht sein.

Ich zog mir die Handschuhe aus den Jackentaschen über, damit Lars nicht auf den ersten Blick sah, dass ich Tierzorn magisch anzog, und faltete den Zettel aus der Schachtel auf. Diesmal handelte es sich um eine Kopie der Karte, die den Weg von der Hütte zu einem unbemalten Punkt abbildete. Ab in die Pampa!

Einmal mehr wagte ich mich in die Kälte und entfernte mich immer weiter von dem Stall und seinen unfreundlichen Bewohnern. Hoffentlich gab es hier keine weiteren Tiere, die ich mir ansehen sollte. Eisbärbabys ohne Motivation für irgendwas außer Fiepen und Schlaf waren okay, Rentieren musste ich nicht mehr begegnen, und andere Exemplare der örtlichen Fauna brauchte ich auch nicht. Lars hatte stattdessen vor, mir die heimische Flora näherzubringen, denn das vorläufige Ende der Spuren im Schnee traf mit einer einzelnen Tanne zusammen. Der Baum sah verdächtig nach Teenagerbaum aus, und genau wie ich es ihm an meinem ersten Tag hier prophezeit hatte, brach das Ding unter der Lichterkette und den Kugeln beinahe zusammen. Abgesehen davon sah die viele Deko zwischen den vereinzelten Zweigen albern aus.

Die lächerlichste Deko von allen war jedoch ein Briefumschlag mit der Aufschrift #3, dessen Inhalt ein einzelner Kommentar war:

Damit du auch mal einen echten Weihnachtsbaum hast.

Idiot. Ich zerknüllte Umschlag und Zettel und warf sie auf den Boden. Dann hob ich sie wieder auf. Die Umwelt konnte nichts für Lars' Weihnachtswahn. Wo musste ich überhaupt jetzt hin? Fußspuren gab es hier nicht ausreichend, um einfach brav dem vorgefertigten Weg zu folgen. Großartig. Ich biss mir auf die Lippe. Bisher hatte Lars sich zumindest Mühe gegeben, mir die Highlights des Nordpols zu zeigen, egal wie begeistert ich letztlich wirklich war. Jetzt schlechte Laune zu bekommen, nur weil ich zur Abwechslung mal selbst denken sollte, war ihm gegenüber unfair. Ich besah mir den Baum noch mal genauer und entdeckte ein zweites Stück Papier in den Ästen. Das sah schon deutlich besser aus. Hinweis #5 schickte mich zurück zur Hütte, in der ich gefrühstückt hatte. Also zurück zur Hütte.

Etwa auf halbem Weg kam Lars mir entgegen. Ich setzte dazu an, seine Tagesgestaltung anerkennend zu kommentieren, wurde aber mit einer Handbewegung zum Schweigen gebracht, bevor ich das erste Wort sagen konnte.

»Versprich mir etwas«, verlangte er.

»Was?«

»Dass du dir ansiehst, was ich dir zeigen will. Du darfst dich erst darüber lustig machen, wenn wir fertig sind.«

Ich zuckte mit den Schultern. Klang machbar. »Von mir aus.« Immerhin hatte er meinen Tag deutlich interessanter gestaltet, als ein Roman es hätte tun können. »Was machen wir?«

Lars grinste. »Jetzt zeige ich dir, was Weihnachten wirklich ausmacht!«

Immer noch 5. Dezember

»Wow«, hauchte ich und drehte mich einmal um mich selbst, als wir die Halle betraten. Angesichts der Masse an unglaublichen Maschinen, die sich aneinanderreihten, wusste ich nicht, wo ich zuerst hinsehen sollte. Die Geschenkefabrik, die ich mit Lars besichtigen durfte, war der absolute Wahnsinn. Als der Ausdruck Geschenkefabrik gefallen war, hatte ich Fließbandarbeiter mit Augenringen erwartet. Stattdessen prickelte die Stimmung – oder einfach die wärmere Temperatur – auf der Haut. Die riesige Halle wirkte heimelig und gemütlich; verschiedenste Arten von menschenähnlichen Lebewesen saßen an Werkbänken und arbeiteten an Spielzeugen.

»Herzlich willkommen im Weihnachtsparadies«, sagte Lars und steuerte einen Tisch im zweiten Drittel des Raums an. Paradies? Das ging mir doch eine Spur zu weit. Erlebnispark traf es besser. Trotzdem war es fantastisch. Die Geräte ratterten und dampften, Unmengen an Geschenkpapier wurde zum Einpacken benutzt, und die Angestellten trugen rot-weiß gestreifte Uniformen. Endlich mal ein Klischee, das sich bewahrheitete. Ich folgte dem Juniorchef zu der Werkbank, an der vier Personen arbeiteten.

»Leute, das ist Cleya«, stellte er mich vor. »Mein persönlicher Gast.« Er sah mich eindringlich an, wie um mich zu warnen, nichts hinzuzufügen. Wenn er meinte. Er musste ja nicht jedem erzählen, wie er sich seine persönlichen Gäste einlud. Ich zuckte mit den Schultern und winkte kurz in die Runde. »Cleya, das sind Karli, Kerri, Kenzi und Kassi.«

Ich war furchtbar mit Namen. Ich würde sie ohnehin alle mit K ansprechen und hoffen, dass die richtige Person antwortete. Karli, Kerri, Kenzi und Kassi lächelten mich an.

»Sie ist so klein«, sagte Karli. Musste er gerade sagen. Der einzige Mann der Vierergruppe ging mir geschätzt bis zum BH-Bügel. Selbst damit wirkte er noch größer als seine Mitarbeiterinnen. Oder auch als der Weserich und die Frühstücksfrau. Ich schnaubte, Lars lachte.

»Sie ist genau richtig«, sagte er und begann, seine Winterkleidung abzulegen. »Falls du dich fragst, was sie sind, das hier sind Weihnachtselfen.«

Ich nickte. »Impliziert das Weihnachts-, dass es auch Osterelfen oder Halloweenelfen gibt?«

Zwei der Elfen zogen die Augenbrauen hoch, während mich die anderen beiden ganz offen auslachten.

»Lars hat dir nichts erzählt? Wir sind Elfen, ganz normale Elfen, die seit Jahrhunderten im Weihnachtsgeschäft arbeiten. Darum Weihnachtselfen.« Die Elfe grinste. »Keiner kann bessere Spielzeuge herstellen als wir.« Die anderen nickten zustimmend.

Lars setzte sich zu seinen Freunden an den Tisch, und ich nutzte die Zeit, um mich etwas umzusehen. Die Maschinen sorgten für konstante Hintergrundgeräusche, die aber nicht störten, sondern beschäftigt klangen. Ein bisschen wie Arbeit und Spaß, nach altmodischen Traditionen, Kitsch und Wärme. Eine Gruppe von Elfen lackierte Autos, eine andere nähte ein gestopftes Horn an ein Einhornsweatshirt, und die dritte Gruppe, die ich entdeckte, arbeitete an Puppenperücken. Sachen gab es. Eine der Elfen, deren kupferfarbene Locken zu einem Zopf gebunden waren, bot mir an, mich dazuzusetzen. Stand der Gast des Vorgesetzten vor ihr, hatte sie ja kaum eine andere Wahl, als zuvorkommend zu sein.

»Danke, gerne«, sagte ich und setzte mich zu den Puppenfriseuren. Man sollte ja meinen, eine Cousine wie Sarah bereitete auf Aufgaben wie diese vor – Fehlanzeige. Ich war froh, dass die Nadel zum Knüpfen stumpf war, andernfalls würde die Sache mit einem Widerhaken wie bei einer Häkelnadel unschön enden. Die Elfe gab mir einen Wunschzettel mit Bild, an dem ich mich für die Frisur des Püppchens orientieren sollte. Erst da wurde mir klar, wie individuell die Geschenke auf das Kind zugeschnitten wurden. Und was das für eine Arbeit war. Wahrscheinlich würde ich auch ohne meine Jacke ins Schwitzen kommen. Ausziehen wollte ich meine Sachen aber auch nicht, damit Lars nicht gleich sah, wie gut ich mich mit seinen Rentieren verstand. Mit den Winterhandschuhen konnte ich die Nadel nicht ordentlich festhalten, und losgelöst von diesen erschwerten Bedingungen durfte ich ständig entknoten, was ich zuvor festgeknotet hatte.

»Arbeitet ihr gerne hier?«, fragte ich die Gruppe, die deutlich effizienter war als ich.

»Sehr«, antwortete der Elf rechts von der Lockigen.

»Und lebt ihr hier?« Die Elfen hier hatten unterschiedlichste Phänotypen, von dunkler Haut bis zu salzwassergebleichten Haaren war alles dabei. Vor allem aber waren sie so viele. Wie konnten die alle hier leben und im Haus bekam man nichts von ihnen mit? Pendelten sie von irgendwoher zur Halle?

»In der Nähe.«

Berufspendler. Das erklärte einiges. »Ihr seid ja Weihnachtselfen«, begann ich. Die Blicke, die die Elfen tauschten, zeigten deutlich, wie viel sie von meinen Fragen hielten. Offenbar keine Stimmung für Small Talk, lieber still arbeiten. Ich wollte zurückrudern, Lars fragen und sie in Ruhe lassen, wenn sie so deutlich keine Lust auf den Job als Lexikon hatten. Aber jetzt, wo ich schon angefangen hatte, musste ich auch weiterreden. Ich konnte sie etwas fragen, was sich einfach beantworten ließ, und dann wieder gehen. Vielleicht Lars finden und ihm die Aufgabe, mich zu bespaßen, einmal mehr übertragen. »Was ist eure liebste Weihnachtstradition?«

»Kekse backen.«

»Baum schmücken.«

»Zuckerstangen aufhängen.«

Die Antworten kamen schnell und einsilbig, sodass ich nur ein schnelles »Danke« zurückgab und sie in Ruhe ließ. Eine große Hilfe war ich sowieso nicht. Ich ging zurück zum Tisch, an dem Lars noch immer saß, und sah ihm und seinen Freunden eine Weile zu. Hier ging es nicht um Arbeit, sondern um Unterhaltungen. Definitiv mehr nach meinem Geschmack.

»Lars?«, fragte ich, als eine Gesprächspause entstand. Sofort hatte ich seine Aufmerksamkeit, und auch die Elfen sahen zu mir.

»Ja?«

Blinzelten die nie? Ich hielt meine Jacke zu und wickelte sie etwas mehr um mich. »Gestern, als Millie und ich zu Mittag gegessen haben, hat uns ein ...«, wie zur Hölle sagte man Wesen politisch korrekt?, »netter Herr abgeholt. Ich wollte fragen, wie ... wa..., äh, wer ...« Wärme schoss mir ins Gesicht.

»Wichtel? Du willst wissen, ob er ein Wichtel ist?« Kerri, Kenzi oder Kassi zog einen Mundwinkel hoch.

»Ja?«

»Warum arbeiten Wichtel in deinem Haus und nicht hier?« Einzelne Leute, die Präferenzen bezüglich des Arbeitsplatzes hatten, waren völlig realistisch. Aber dass hier nur Elfen zu arbeiten schienen, fand ich seltsam.

»Hier?« Karli quiekte auf. »Glaub mir, du willst hier keine Wichtel haben.«

»Wichtel mögen keine Routinen und festen Abläufe«, erklärte Lars. »Darum suchen sie sich meistens Arbeit im Haushalt oder mit Kindern, die alles etwas aufmischen.«

»Dein Wichtel hatte kein Problem damit, zwei Kinder bei mir abzugeben«, warf ich ein. Noch lieber als Haushaltsalltag schien er mir Freizeit zu mögen. »Ich kann nicht mal Erste Hilfe. Ich empfehle, ihn darauf hinzuweisen, damit er nicht noch mal auf die Idee kommt.« Die Elfen lachten, Lars riss die Augen auf, und ich zuckte mit den Schultern. War nicht mein Wunsch gewesen, die Mädchen zu betreuen.

»Cleya?«

»Ja?«

»Ist dir nicht warm?« Lars gestikulierte zu meiner Bekleidung.

»Geht so.« Könnte gerne etwas frischer sein. Aber Handschuhe ohne Jacke waren albern.

»Sicher?«

»Ja. Warum? Frierst du und willst, dass ich dir meinen Anorak anbiete?« Ich legte den Kopf schief und zwinkerte den Elfen am Tisch zu.

Lars öffnete den Mund, um zu antworten, bekam aber keine Chance, als ein Elf mit Headset zu uns stürmte und schlitternd vor Lars zum Stehen kam.

»Mr Claus, Mr Claus, es gibt eine ...«, sein Blick fiel auf mich, und er unterbrach sich selbst, »... Situation!« Als müsse er seine Worte mit Bedacht wählen, nur weil ich zufällig neben dem Chef stand. Welche Weihnachtsgeheimnisse konnte es bitte noch geben? Ich war mir sicher, jetzt alles gehört und gesehen zu haben. Elfen, Wichtel, Weihnachtsmänner, Rentiere ... mehr ging nicht, und wenn doch, akzeptierte ich mittlerweile alles.

Sofort stand Lars auf und nickte dem Elf zu. »Wo?«

»Distributionszentrum.«

»Wir kümmern uns darum.« Er lächelte ihn an. »Cleya, kommst du?«

»Ich? Ich dachte, es gibt ein Problem?«

Lars zuckte mit den Schultern. »Um diese Jahreszeit ist ehrlich gesagt alles entweder ein Problem oder ein Notfall.« Er winkte seinen Freunden zu, die zurückwinkten, und ging davon. Ich folgte ihm, und wir traten durch eine Tür in ein Treppenhaus, in dem Lars die Stufen quasi hochsprintete. Ich hechelte hinterher. Nach unmenschlichen fünf Stockwerken hielt er an, loggte sich an einem Touchpad an der Wand ein und öffnete so eine Schiebetür zu einem Raum, der den größten Kontrast zur Halle darstellte, den ich mir vorstellen konnte. Alles, was die Fabrik verkörperte, fand hier seinen Gegensatz. Unmengen an Rechnern und Geräten, wie ich sie sonst nur in den Kontrollzentren diverser dystopischer Filme gesehen hatte, standen in diesem Raum.

»Was ist das alles? Also für was, meine ich.« Ich deutete auf die zig Computer. Unter Distributionszentrum verstand ich etwas wie ein Onlineversandhaus oder einen Ort, an dem die Säcke mit Geschenken nach Kontinenten oder Ländern gepackt wurden. Ein Technikparadies hatte ich nicht erwartet.

»Hier passiert der eigentliche Geschenkezauber. Die Fabrik haben wir mehr aus Nostalgie behalten – und natürlich wegen der Arbeitsplätze für die Elfen. Ihnen nach Generationen die Zusammenarbeit zu kündigen, kommt nicht infrage.« Lars fuhr sich durch die Haare. »Früher haben wir hier, ich meine unten in der Halle, alles selbst hergestellt, vor allem Kinderspielzeug. Wir haben auch selbst gelagert und geliefert. Mom sagt, dass ihr das immer noch so darstellt.« Er lachte, als wäre allein der Gedanke absurd. »Aber im 21. Jahrhundert läuft es anders.«

»Also bestellt ihr online, und irgendwelche Händler leiten das dann zu Eltern weiter, die es den Kindern unter den Baum legen?«

Lars berührte mich am Ellenbogen, um meine Aufmerksamkeit auf sich zu ziehen, und sah mich ernst an. »Egal, wie du dich morgen entscheidest, diese Informationen müssen unter uns bleiben, okay?«

»Okay«, versprach ich.

»Gut! Mittlerweile haben wir viel auf Datenanalyse und Prozessmanagement umgestellt. Wir arbeiten mit Firmen in aller Welt zusammen, die uns einen Großteil der Geschenke schon zusammenstellen, sodass wir sie nachts einigermaßen effizient ausfahren können.«

»Hört sich interessant an.« Es klang nach Social Media. Eventuell noch Datenausbeutung unter dem Deckmantel eines niedlichen Festtagsmythos. Definitiv aber nicht nach der putzigen Halle unten. Kaum hatte Lars sich vom Entführer zum seltsamen Azubi hochgearbeitet, tat er etwas, was ihn in meiner Achtung sinken ließ. Auch ein Talent, wenn man so wollte.

»Wunschzetteldaten«, fügte Lars hinzu. »Letztes Jahr habe ich sie ausgewertet, dieses Jahr arbeiten wir noch daran.«

Vielleicht konnten wir ein paar Minuspunkte rückgängig machen. »Wunschzetteldaten?«

Lars nickte. »Wir beobachten Markttrends. Zum Beispiel sehen wir, welche Art von Spielzeug, sprich Technik, Stofftiere, Kreativkram oder so, gefragt ist, und können ausgehend davon Prognosen über Weihnachtswünsche machen und dahin gehend Vorbereitungen treffen.«

Aha. »Ergibt Sinn.«

Wir schlenderten zu einem großen Bildschirm, der den Raum, in dem wir uns aufhielten, zeigte. Eigentlich klar, dass sie eine

Technikhochburg wie diese hier überwachten. Kameras waren nur so ... unweihnachtlich. Eigentlich nach meinem Geschmack, uneigentlich nicht.

»Jetzt sehen wir uns das Problem mal an.« Lars klickte auf dem PC herum und zeigte mir eine Aufzeichnung von vor einigen Minuten. Darauf war eine Maus zu sehen, die eines der Kabel annagte. Wie es aussah, hatte sie den Geschmack nicht zu schätzen gewusst, denn kurz darauf zog sie weiter und ließ das kaputte Kabel zurück. »Shit.«

»Warum das?« Ich zog eine Augenbraue nach oben. »Es ist ein Kabel. Die tauscht man aus und fertig.«

»Und woher soll ich das Kabel nehmen?«

»Bestellen?«

»Nordpol, schon vergessen?« Lars ging zur angekauten Stelle und besah sich den Schaden. Zu retten war das Verbindungsstück schon mal nicht mehr. »Die Lieferzeiten sind extrem lang.«

Oh. »Zu dumm, dass ihr keine Fahrzeuge habt, die Schallgrenzen durchbrechen können. So was wäre jetzt wirklich praktisch.«

»Vor allem, wenn man die Teile fliegen darf.«

»Warum fragst du nicht deinen Vater? Oder deine Mutter?«

Lars seufzte. »Vor morgen fliegen die auch nicht los, und ich habe morgen sowieso Flugprüfung. Dabei können wir ein Kabel einsammeln.«

»Siehst du!« Ich klopfte ihm auf die Schulter. »Problem gelöst!«

»Den Ausfall morgen müssen wir alle in Nachtschichten wieder reinholen. Das bedeutet Überstunden für eine Menge Leute.«

»Kann ich helfen?«, bot ich an, noch bevor ich das Ganze durchdacht hatte. Helfen bedeutete hierzubleiben. Ugh. Und dann auch noch beim Organisieren von Weihnachten einspringen. Dann wiederum wollte ich in irgendeiner Firma arbeiten, wenn ich mit Schule und Studium durch war. Vielleicht konnte Lars mir das hier als Praktikum anerkennen oder so.

»Du könntest dir meine letzte Station auf der Schnitzeljagd ansehen. Das würde meinen Tag gerade besser machen als das hier.« Er hielt das Kabel hoch.

Damit konnte ich leben. »Wo ist mein Zettel?«

»Kein Zettel, aber eine Überraschung.«

»Ich hasse Überraschungen.«

»Du sagst zu allem, dass du es hasst.«

»Ich hasse dich?«

»Und mit jedem Mal bezweifle ich mehr, dass du es auch so meinst.«

»Ich hasse dich«, sagte ich mit mehr Überzeugung in der Stimme, musste aber ein Lachen zurückhalten. Wo er recht hatte, hatte er recht. Ich hasste viel. Kleine Kinder, Tiere, Weihnachten, Weihnachtsmänner. Im Allgemeinen. Einzelne Ausnahmen bestätigten die Regel. Lars wechselte munter zwischen Ausnahme und Regel hin und her. Verwirrend, faszinierend, interessant. Hauptsächlich verwirrend.

Wir liefen eine weitere Treppe nach oben, die einfach kein Ende nehmen wollte. Alle paar Stufen stolperte ich oder lief gegen eines der Geländer der Wendeltreppe. Wer baute so was überhaupt noch? »Kannst du versuchen, nicht zu sterben oder irgendwo runterzufallen? Ich brauche dich noch«, kommentierte Lars.

Haha. So uneigennützig besorgt. »Sag bloß, du würdest mich nicht retten!« Ich klimperte mit den Wimpern und fächelte mir mit einem der Handschuhe Luft zu, als wäre er ein Fächer und ich eine Dame. »Würdest du mich nicht retten?«, meinte ich dann doch.

»Wohl eher beim Fall helfen.«

»Ich geb dir gleich ›beim Fall helfen‹!«

»Du bist liebenswürdig wie immer.« Lars sprintete die letzten Stufen nach oben und öffnete eine weitere Tür, die diesmal mit einem Fingerabdruckscanner gesichert war. Was konnte so wichtig sein, dass man es am Nordpol sichern musste? Bevor jemand durch die Halle voller Elfen ging und dann eine Million Stufen schaffte, hatte man mitbekommen, dass ein Fremder herumlief. »Reine Kindersicherung«, sagte Lars. Konnte er Gedanken lesen? »Millie oder später Lizzie sollen nicht allein hier raufkommen.«

Er machte einen Schritt zur Seite, und als der Blick durch die Tür nicht mehr blockiert war, verstand ich auch, warum.

Das Gefühl war ein bisschen wie Riesenradfahren: Eigentlich wusste man, dass die Sache an sich todlangweilig war, kam aber auf der Fahrt zur Ruhe, genoss die Aussicht und sah sich die Welt aus der Luft an. Und was für eine Welt! Die exzessive Weihnachtsbeleuchtung brachte den Schnee zum Strahlen und verwandelte das Winterwunderland in ein Weihnachtswunderland. Nein danke. Ich kämpfte die aufkommende Freude nieder. Weihnachten und Wunderland hatten im selben Wort nichts zu suchen.

Lars trat neben mich auf die Dachterrasse. »Na?«

»Na was?«

»Na, wie gefällt es dir?«

»Bisschen kalt, bisschen viel Schnee und zu viel Weihnachtskram.«

Er pikste mich in die Seite. Ich sprang weg und verschränkte die Arme vor der Brust, als er nur lachte. »Du bist kein Fan, ich habe es verstanden. Eigentlich meinte ich das hier.« Er zeigte auf einen Glitzerbaum, der in einer Ecke der Terrasse stand. Er war pink, sehr glitzrig und aus Plastik. »Tadaaa!«

Gegen die Freude, die sich jetzt in mir ausbreitete, hatte ich nichts. »Mein Baum! Danke!« Ich lief zu dem Baum. Er sah perfekt aus. Niemand konnte annehmen, dass dieser Baum schon das zweite Mal eingefärbt worden war und um die halbe Welt hatte reisen dürfen. Er sah aus ... wie neu.

Oh. Ich zwang mich, das Grinsen im Gesicht zu behalten, und besah mir den Baum. Er sah aus wie neu, weil er neu war. Inklusive Etikett. Doch nicht mein Baum. Ich schluckte.

»Cleya?«

Wenn ich jetzt aufsah, würde ich mich nicht zusammenreißen können. Es ging mir nicht darum, einen Plastikbaum zu haben, um gegen die Festtagsstimmung zu protestieren oder Lars' Traditionen etwas entgegensetzen zu können. Ich wollte meinen Baum haben, weil er zwar hässlich war, dafür aber meiner allein und das einzige Stück Weihnachten, das ich ausstehen konnte. Ob ich als Ersatz eine Tanne oder ein Kunststoffgestrüpp hatte, machte keinen Unterschied. Beides war furchtbar.

Trotzdem fühlte es sich undankbar an, sich nicht über den Baum zu freuen. Lars hatte den ganzen Tag für mich geplant, nur damit ich in seine Welt schnuppern konnte, und ich schaffte es noch nicht einmal, so zu reagieren, wie es angemessen wäre. Nicht, dass Wut nicht immer noch angemessen war. Aber ich war nicht wütend. Eher zwiegespalten zwischen angenehmer Überraschung und Enttäuschung. Ich hatte nicht irgendeinen Baum gewollt, sondern meinen.

»Ja?«

»Nimm den Baum mit, es gibt Essen.«

Ich atmete tief durch und straffte die Schultern. Lars hatte mir einen Baum gekauft. Es war nicht mein Baum, jetzt aber auch mein Baum. Ich würde mich schon an ihn gewöhnen. »Du meinst, du schenkst mir das Teil und erwartest, dass ich es die ganzen Treppen heruntertrage? Als deine Prüferin will ich sehen, wie ausdauernd du mit Gewichten auf dem Rücken bist, du kannst mir das Ding gern unten wiedergeben.« Ich streckte ihm die Zunge heraus, und Lars gab sich augenverdrehend geschlagen. Er schulterte den Baum und ging voran.

»Das bedeutet, wir nehmen den Fahrstuhl.«

Frechheit!

6. Dezember

»Ich hasse dich.«

»Das sagst du immer.«

»Jetzt meine ich es ernst.«

»Okay.« Lars hob die Hände. »Darf ich fragen, warum du mich heute hasst?«

Durfte er. Ausnahmsweise, weil ich mich großzügig fühlte. »Du hast deine Schwester mit ihrem Duttett alleingelassen. Also Millie. Und jetzt hat sie mich dazu gebracht, Kostüme für ihre Tänzer zu nähen, obwohl ich gar nicht nähen kann.«

»Warte, was?« Er ließ die Hände sinken und blinzelte mehrfach. »Noch mal von vorn. Was habe ich?«

»Deine Schwester Millie«, sagte ich langsam und deutlich, »mit ihrem Duttett«, ich malte bei dem falschen Wort Anführungszeichen in die Luft, »alleingelassen, weil du nicht mir ihr singen willst, was ich übrigens gut verstehen kann. Deshalb hat sie dich ausgetauscht und bekommt jetzt Tänzer, vermutlich diese Wichtel, denen ich Kostüme nähen muss. Das Problem ist, dass ich nicht nähen kann, weshalb du mir helfen darfst.«

»Ich darf?«

»Du darfst. Ist alles deine Schuld.«

»Moment. Millie hat dir erzählt, dass wir ein Duett singen, ich aber nicht mitmache? Und weil du dich überreden hast lassen, unseren Wichteln Kostüme zu nähen, muss ich das auch tun?« Er schüttelte den Kopf und ließ sich auf mein Bett fallen. Dass es so weit kommen konnte, dass ich fremde Weihnachtsmänner in mein Bett einlud ... »Das klingt stark danach, dass du erst geredet und dann gedacht hast. Eigentlich ist das dein Problem, nicht meins.«

Ich ließ mich neben ihn fallen. »Wenn Millie todunglücklich ist, weil sie keine Tänzer mit Kostümen bekommt, ist sie dein Problem.«

»Touché.« Er gluckste. Ich hatte nicht gewusst, dass ausgewachsene Männer anatomisch zu solchen Lauten fähig waren. »Wir haben nur ein Problem.«

War ja zu erwarten gewesen. »Welches?«

»Ich kann auch nicht nähen.«

»Habt ihr hier Internet?«

»Warum fragst du?«

»Vergiss es, natürlich habt ihr Internet.« Ohne Internet würde das ganze Kontrollzentrum nicht laufen. »Wir müssen noch mal in den Computerraum in der Halle.« Ich setzte mich wieder auf und hielt nach einem Schal Ausschau.

»Warum?«

»Damit ich mir ein YouTube-Tutorial zu DIY-Kostümen ansehen kann.«

»Damit du was kannst?«

»Du bist echt so ein Typ aus der Pampa, Lars.« Ich patschte ihm aufs Knie und schüttelte die Hand in der Luft aus. Verdammt! Der Kerl hatte Knochen! »Au!« Konnte man die Dinger nicht entfernen lassen?

Lars lachte mich nur aus und griff nach meiner Hand, um sie anzupusten. Igitt! Ich zog sie schnell weg. War ich sieben oder siebzehn?

»Warst du das?« Lars angelte sich die Hand wieder und begutachtete den Bluterguss.

»Ich?«

»Hast du dich gebissen?« Die Augen weit aufgerissen, sah er mich an. Falls das möglich war, war er noch ein Stück bleicher geworden als sonst.

»Gebissen?« Ich runzelte die Stirn. »Warum sollte ich mich in die Hand beißen?«

»Weil du nicht hier sei... egal. Was ist dann passiert?«

»Dein dämliches Rentier hat mich zum Fressen gern.« Nicht, dass ihn das etwas anging. Wenn aber sein erster Gedanke war, dass ich mir Bisse zufügte, weil ich nicht damit zurechtkam, hier zu sein, wollte ich das nicht so stehen lassen. Also gut. Schande über mein Haupt, ich hatte mich von einem dämlichen Pflanzenfresser beißen lassen.

»Karlheinz?«

»Wohl eher Karl-beiß.« Hatte noch nie von »Ich bin zwar zum Anbeißen, aber du sollst es nicht tun« gehört, das Viech.

»Ich hatte dir doch erzählt, dass er bissig ist! Wie kommst du dann auf die Idee, dich ihm zu nähern?« Lars schüttelte den Kopf.

»Er sah niedlich aus.« Für eine Sekunde oder so. Bis er sein wahres, unsympathisches Wesen gezeigt hatte.

»Der Biss ist weniger niedlich. Kannst du die Finger bewegen? Ist irgendwas kaputtgegangen?«

Außer meinem Stolz war nichts verletzt. Das Biest hatte scharfe Zähne gehabt, mehr nicht. »Alles gut. Spreng ihn bei deiner Prüfung aber gern herum, bis er fix und alle ist.«

Lars stöhnte und legte sich einen Arm über die Augen. »Erinnere mich nicht daran!«

»So schwer kann das doch nicht sein, du musst den Schlitten ja nicht ziehen. Versuch, nichts anzufahren oder illegal zu überholen.«

Keine Antwort.

»Du bist wirklich nervös«, stellte ich fest. »Wie hast du mich hergebracht, wenn du nicht allein fliegen darfst?«

»Ich habe einen Vater und eine Mutter, die Winterville mögen und Taxi spielen.«

»Du bist neunzehn, oder?«

»Ja?«

»Darf man die Prüfung erst mit neunzehn machen?«

Wieder ein Stöhnen. »Es gibt jährlich nur einen Termin für die Prüfung.«

Oh, dann ergab die Aufregung Sinn. »Okay. Die Prüfung ist erst am Nachmittag. Bis dahin können wir nähen. Habt ihr eine Nähmaschine?«

»Woher soll ich das wissen? Ich brauche die Maschine nie. Wir haben einen Nähkorb.«

»Dann nehmen wir den.« Ich sprang vom Bett und zog Lars hinter mir her, bis er sich im Treppenhaus vordrängelte, um den Weg anzuzeigen. Wir holten den Nähkorb, der wie ein Werkzeugkasten für Nähutensilien aussah, aus einem Schrank im Flur und breiteten uns im Weihnachtszimmer aus.

Es dauerte keine zwanzig Minuten, bis ich mit meinen Nerven am Ende war. Ich wollte nie wieder eine Stoffschere anfassen, nie wieder mit Klebeband und Backpapier versuchen, Schnittmuster von meiner Vorstellung auf den Stoff zu bringen, und vor allem nie wieder sorgfältig Dinge ausmessen, nur um dann festzustellen, dass das Ergebnis asymmetrischer aussah als gedacht. Wenn ich so weitermachte, konnte der arme Wichtel, den wir in das Kostüm stecken würden, mit einer Patchworkdecke, die er um sich wickeln durfte, herumlaufen. Falls sie nicht vorher auseinanderfiel.

»Verdammt!« Einen Finger im Mund, ließ Lars sein Kostüm fallen. »Üsch bün kn Ndlküssn!«, meckerte er.

»Keine Ahnung, was du gesagt hast, aber ich stimme dir zu.«

»Ich bin kein Nadelkissen«, wiederholte er und steckte sich den dritten Fingerhut an die Hand. »Tut mir leid, Cleya, ich gebe auf.« Er hielt die zusammengenähten Stoffteile hoch und schnitt eine Grimasse. Ob seine oder meine Leistung hässlicher aussah, war schwer zu sagen. Zum Schämen waren sie beide.

»Trotzdem danke.« Was sollte ich jetzt Millie sagen? Dass ihre Wichtel sich in Vorhänge wickeln konnten und es immer noch besser aussah als das, was wir fabriziert hatten? Trotz diverser YouTube-Videos, die Lars nebenbei auf seinem Handy hatte laufen lassen.

»Hast du zufällig noch andere Talente, die uns helfen könnten? Kannst du Kittel weben oder so?«

Ich schüttelte den Kopf. »Nur Mützen häkeln, sonst nichts.« Dafür konnte ich IKEA-Regale aufbauen wie eine Eins. Oder Blumenkränze binden und Reifen wechseln. Leider half mir keine dieser Fähigkeiten weiter. Der Stoff war aber auch unkooperativ gewesen. Alles hätte wunderbar funktioniert, hätte er sich einfach mit Klebeband zusammenhalten lassen. Darauf konnte man

Sticker oder irgendwas kleben und fertig. Aber nein, der Stoff wollte ja genäht werden. Dafür musste er sich andere Leute suchen.

»Kannst du Millie und ihren Wichteln einheitliche Mützen machen? Ich kann bestimmt irgendwo Kostüme auftreiben, das würde doch auch gehen, oder?«

Er hatte mir gestern einen Baum geschenkt. Und er hatte mir angeboten, mich nach Hause zu bringen, wenn ich heute Abend wollte. Nicht zu vergessen, dass er mit mir genäht hatte. Das Mindeste, was ich tun konnte, war, seinen Vorschlag anzunehmen. »Kann ich«, sagte ich, und ausnahmsweise konnte ich wirklich tun, was ich anbot.

»Super! Ich bringe dir Wolle.«

»Klingt nach einem Plan! Wann musst du zur Prüfung?«

Lars sah auf sein Handy. »Bald. Tust du mir einen Gefallen?«

»Du meinst einen, der nicht beinhaltet, dass ich wochenlang am anderen Ende der Welt wohne?« Nach Südpol oder so war mir nicht.

»Einen, für den du das Haus nicht verlassen musst. Nicht mal das Sofa.«

»Ich höre?«

»Kannst du auf Lizzie aufpassen, während ich fliege?«

»Ich? Nein danke, keine Chance.« Kopfschüttelnd verschränkte ich die Arme vor der Brust. So funktionierte das mit der Freundschaft nicht. »Warum kümmern sich deine Eltern nicht um sie?« Am Ende war der ganze Kram von wegen Prüfinstanz für Lars völliger Unsinn, und Familie Claus suchte nur einen Babysitter, der gratis bereitstand. Für so was musste man doch eigentlich schon beim Level »Beste Freunde« angekommen sein, oder?

»Ausnahmsweise?«

»Warum ich? Habt ihr nicht die chaosbegeisterten Wichtel für so was?«

»Ihr üblicher Wichtel hat sich eben krankgemeldet, und mein üblicher Plan B ist heute auch nicht möglich. Cleya, du würdest mir einen riesigen Gefallen tun. Ich bringe dir auch ein Geschenk mit.«

»Was sagen deine Eltern dazu?«

Lars zog die Augenbrauen nach oben. »Was meinst du?«

»Macht ihnen das nichts aus, dass ich mit deiner Schwester allein bleibe?« Wäre ich masochistisch genug, Kinder zu haben, würde ich sie nicht gerade einer entführten Fremden anvertrauen und annehmen, dass wiederholt alles glattlaufen würde.

»Millie wird wahrscheinlich eh mit den Elfen basteln, und Lizzie und du, das passt schon«, meinte er schulterzuckend. »Ich lege dir Moms Handynummer auf den Küchentisch. Ruf sie an, falls du irgendwelche Probleme hast.«

»Nur heute und ausnahmsweise.«

»Danke.« Lars stand auf und hielt mir die Hand hin. Als ich danach griff, zog er mich hoch und aus der Tür. »Ich zeige dir nur eben, wo du alles für Lizzie findest, dann muss ich los.« Im ersten Stock zeigte Lars mir, welche Tür zu seinem Zimmer führte, nicht aber den Raum. Gleich nebenan war Lizzies Zimmer. Ein süßer Raum, wenn man wie ich Pastelltöne mochte. Das weiße Kinderbett dominierte den Raum. Auch Wickeltisch und die restliche Kinderausstattung waren dort zu finden, gepaart mit einer guten Auswahl an Spielzeug. Langweilig wurde es dem Kind die nächsten Jahre wohl nicht. Wäre auch seltsam, wenn das Kind des Weihnachtsmanns nicht Unmengen an Spielzeug besitzen würde.

»Moment«, sagte ich, als ich bemerkte, dass das Bett belegt war. »Du hast mir nicht gesagt, dass sie noch nicht wach und munter ist.«

»Das bekommst du schon hin.«

»Auf keinen Fall. Weck du sie auf.« Wo fasste man überhaupt hin? Das Kind sollte nur aufwachen, nicht zu Tode erschreckt werden.

Ich entfernte mich unauffällig aus dem Aktionsradius und wartete, bis Lars das Mädchen aufgeweckt hatte. Sollte er mal schön machen. Während er sie zurück in die Welt der Wachen beförderte, suchte ich mir zwei Spielzeuge aus, die ich mit dem Kind nach unten nehmen konnte. Der Steckturm und die Bausteine machten wenig Lärm, Lizzie konnte sie nicht verschlucken, und ich konnte mich beim Darauftreten auch nicht verletzen. Praktische Dinger.

Mit Lizzie auf dem Arm drehte Lars sich zu mir. »Kennst du Cleya noch?«

»Lea«, echote sie, und ich nickte. Nah genug dran war es, und besser als Clay allemal. Ich war ein Mädchen, kein Stück Ton, vielen Dank. Alle drei gingen wir wieder nach unten.

»Was soll ich den Nachmittag über eigentlich machen? Zusehen, wie Türme auf- und abgebaut werden?« Normalerweise hätte ich nebenbei mein Handy bemüht, wenn es nicht in den sicheren Tod gefallen wäre. Stundenlang mit Lizzie zu spielen klang auch nur bedingt verlockend, und zu den Eisbärbabys konnte ich sie schlecht mitnehmen.

»Du könntest häkeln«, schlug Lars vor. Häkeln. Ich rümpfte die Nase. Häkeln allein war langweilig. »Ich richte dir den Fernseher her, und du kannst zwischen Lizzie und der Wolle einen Film schauen.«

»Das wäre gut«, gab ich zu, und Lars stellte alles ein. Währenddessen richtete ich Lizzie und mich auf dem Boden ein. Sie konnte neben mir auf dem Teppich spielen, ich brauchte neben der Fernbedienung nur noch Wolle und Nadeln. Auch die brachte Lars noch vorbei. Seine Schwester fremdelte absolut nicht, sondern setzte sich auf mein linkes Knie. Super. Effektiv bewegungsunfähig gemacht.

»Hätte ich gewusst, wie einfach du an einen Ort gekettet werden kannst, hätte ich sie dir am ersten Tag vorgestellt«, kommentierte Lars und reichte mir das Handarbeitszeug. Rot-weiße Wolle. Wie originell. »Aber im Ernst, da haben sich zwei gesucht und gefunden.«

Süß war die Kleine ja schon irgendwie. Wir würden den Nachmittag schon schaukeln. »Gibst du mir die Wolle und machst einen Film an?«

»Irgendwelche Vorlieben?«

»FSK 0 ohne Weihnachtskram.«

»Zu Befehl!« Er startete einen Film und reichte mir die Wolle.

»Danke!« Der klassische Filmvorspann begann, und ich prustete los. »Northpole PreSANTAtions?« Sein Ernst jetzt? Gab es hier irgendwas, was einfach nur normal funktionierte? Elfen, okay, Wichtel, von mir aus, exzessive Deko, diskutabel – aber eigene Filme? Wow.

»Wir haben nur eigene Produktionen«, meinte Lars, wirkte aber belustigt.

Ja, ich hatte es bemerkt. »Danke. Wie du siehst, kommen wir gut zurecht. Viel Erfolg bei deiner Prüfung!« Ich winkte, was Lizzie sofort nachahmte.

»Okay, okay! Zeit zu gehen. Ich geb mir Mühe.« Lars winkte zurück und machte sich auf den Weg zu seiner Flugprüfung.

7. Dezember

»Lars?« Jetzt, wo ich seine Zimmertür kannte, konnte ich dieses Wissen auch nutzen. »Lars!« So konnte er gleich selbst entscheiden, wie angenehm es war, mit *Jingle Bells* aus dem Bett geworfen zu werden. »Lars? Willst du einen Schneemann bauen?«

Ein Bett knarzte, und wenig später stand ein zerzauster, halb schlafender Lars in T-Shirt und Jogginghose vor mir. »Wen willst du hauen?«

Niemanden. Notfalls ihn, aber eigentlich fühlte ich mich heute nicht sonderlich gewalttätig. Ich verdrehte die Augen. »Bauen wir einen Schneemann.«

Der Weihnachtsmann rieb sich die Augen. »Später vielleicht. Oder morgen.«

»Wie wäre es mit jetzt sofort?«

»Jetzt? Hast du eine Ahnung, wie früh es ist?« Wie um den Einwand zu verstärken, gähnte er.

»Es ist 8:37 Uhr, vielleicht schon 8:38 Uhr, was weiß ich.« So grummelig kannte ich ihn gar nicht. Normalerweise war ich diejenige, die schlechte Laune verbreitete. An ein bisschen frischer Luft und Schnee konnte nichts falsch sein – außer der perfekten Schneedecke würde nichts unter ein bisschen Spaß leiden. Auffordernd sah ich ihn an.

Er sah nur zurück und blinzelte ein oder zwei Mal. »Du meinst das echt ernst, oder?«

»Ja.« Ich nickte. »Das Wetter ist toll, wir sind draußen, haben ein bisschen Spaß, und dann reden wir darüber, wie es weitergehen soll.« Absolute Logik. Da konnte nicht mal ein Weihnachtsmann etwas dagegen sagen. Ich meinte, es war der letzte Tag meiner Entscheidungsfrist, und ich hatte vor, ihn zumindest noch ein bisschen zu prüfen. Und wenn ich vielleicht nach Hause flog, konnte ich zumindest einen Tag im Schnee verbringen, bevor das der Fall war.

»Wir sollen um diese Uhrzeit in die Kälte rausgehen, nur weil du einen Schneemann bauen willst?«, versicherte er sich nochmals.

Ich nickte. »Wir müssen deine bestandene Flugprüfung feiern.« Und meinen Lagerkoller vom gestrigen Babysitten ausgleichen. Da willigte man einmal ein, auf ein Kleinkind aufzupassen, und schon brachte man selbiges Kind abends allein ins Bett. Allein mit der Hilfe von Grace. Eigentlich hatte ich Grace eher geholfen als sie mir. Emotional natürlich. »Das wird lustig, komm schon!« Ein bisschen mehr Enthusiasmus im Winterwunderland, wenn ich bitten durfte.

»Von mir aus. Warte.« Kopfschüttelnd knallte Lars mir die Tür vor der Nase zu, nur um drei absolut langweilige Minuten später neu gekleidet vor mir zu stehen. »Können wir wenigstens zuerst frühstücken?«

»Gern.« Wie immer knarzte die vierte Stufe von unten auf der Treppe, als wir in die Küche gingen.

Dort zog Lars einen Stoffbeutel hervor und setzte sich mir gegenüber an den Tisch. »Wie versprochen, habe ich dir ein Geschenk mitgebracht.« Er grinste mich an. Ein Geschenk! Er hatte es wirklich durchgezogen. Was konnte er gestern eingesammelt haben? Was gab es in einem Technikgeschäft, wenn er wegen des Kabels hielt? Lars zog eine kleine blaue Schachtel heraus und schob sie mir hin.

Mein Lächeln fiel in sich zusammen.

»Das ... Lars, das sind Tampons.« Nur für den Fall, dass er das nicht wusste.

»Ich weiß!« Er klang eindeutig zu erfreut. Neutral konnte ich verstehen, aber erfreut? »Ich habe sie gesehen und musste an dich denken.«

»Danke.« Ich legte die Packung zur Seite. »Die habe ich schon immer haben wollen.«

»Wunderbar!« Lars begann zu frühstücken, anscheinend sehr zufrieden mit sich.

Ich schmunzelte. Gerade interessierte mich sehr, warum er an Tag zwei gewollt hatte, dass ich ihm eine Marke aufschrieb, wenn er dann doch eine andere kaufte. Aber es war ein Geschenk und eines, bei dem er sich Gedanken gemacht hatte. Das war erschreckend süß. Entführer sollten nicht süß sein.

Sobald wir unsere Müslischalen geleert und in den Geschirrspüler geräumt hatten, zogen Lars und ich die Winterjacken an und machten uns an die Vormittagsgestaltung. Heute wehte ein kalter Wind, und ich zog den Reißverschluss meiner Jacke komplett zu. Na ja, Bewegung sollte dagegen helfen. Ich hüpfte voraus, bis mir auffiel, dass Lars ein gutes Stück zurückgefallen war. Unpraktisch, wenn man bedachte, dass ich kein konkretes Ziel im Sinn hatte, sondern eigentlich geplant hatte, ihm zu folgen. Da er jetzt mehr oder weniger schlafwandelte, half mir das Vorhaben nicht.

»Wie hast du dir das Ganze vorgestellt?«, fragte er und blieb mitten auf dem dick zugeschneiten Rasen stehen. Ich vermutete jedenfalls Rasen unter dem Schnee. Konnte Rasen am Nordpol überleben? Hier war es rund ums Jahr kalt, soweit ich wusste. Hatte Lars dann überhaupt kurze Hosen? »Ich war schon immer unbegabt im Schneemannbauen.«

Ich stutzte. »Du wohnst am Nordpol«, erinnerte ich ihn. Nur vorsichtshalber.

»Ich weiß.«

»Du bist der Sohn des Weihnachtsmanns. Du bist ein fast fertig ausgebildeter Weihnachtsmann.«

»Auch das weiß ich.«

»Warum kannst du dann keine Schneemänner bauen?!«

»Was weiß ich. Außerdem sage ich nicht, dass ich es nicht kann, ich sage, dass ich es nicht gut kann«, korrigierte er mich und trat etwas Schnee in die Luft. In Einzelteilen flogen die Schneeklümpchen durch die Luft und fielen wieder zu Boden.

Fast wie eine nicht unbekannte Animationsfilm-Blondine. »Moment mal, hast du eigentlich irgendwelche magischen Kräfte? So von wegen Eisschlösser bauen und so?«

Lars sah mich an, als hätte ich den Verstand verloren.

»Also eher nicht?«

»Definitiv nicht. Wie kommst du überhaupt auf die Idee?«

Ich zuckte mit den Schultern. Meine Cousine machte es einem schwer, sich den Filmen zu entziehen. »Es gibt einen wahnsinnig beliebten Film, in dem eine Prinzessin Schnee und Eis kontrollieren kann und den niedlichsten Schneemann der Welt erschafft. Glaub mir, hättet ihr nicht nur Eigenproduktionen hier, würdest du die Lieder im Schlaf mitsingen können.« Er hatte jüngere Geschwister, er wäre machtlos.

»Das klingt seltsam.« Lars schüttelte den Kopf. »Keine Magie, keine Wetterkontrolle, tut mir leid, dich enttäuschen zu müssen.«

»Immerhin hast du fliegende Rentiere. Eis wäre trotzdem praktisch.«

Lars zuckte mit den Schultern. »Mein Cousin kann gut mit Schnee«, erzählte er.

Hm. »Und du ganz sicher nicht?«

Kopfschütteln.

Ich seufzte. »Dann hilft es nichts.«

»Was?«

»Du musst die Kunst des Schneemannbauens wohl oder übel auf die harte Tour perfektionieren.« Einen Weihnachtsmann, der nicht automatisch mit Schnee umgehen und wunderschöne Schneefiguren bauen konnte, durfte es nicht geben. Nicht, wenn ich mitzureden hatte. »Zuerst musst du eine große Kugel formen, dann eine mittlere und danach noch eine kleine. Das ist der Körper«, erklärte ich ihm.

»Ich habe schon Schneemänner gebaut, Cleya!« Lars verdrehte die Augen und stemmte die Arme in die Seiten. Kurz darauf begann er dann doch, einen Schneeball zu formen und ihn im Schnee zu rollen. »Mach wenigstens mit!«

Damit konnte ich dienen. Ich suchte mir eine Stelle, deren Schnee er mir nicht streitig machen würde, und begann, meinen eigenen Schneemann zu bauen.

»Reicht das so?«, fragte Lars nach einer Weile und deutete stolz auf sein kugelartiges Konstrukt.

»Wenn es ein Schneewichtel werden soll, schon.«

»Ich glaube, ein Schneewichtel klingt sehr sympathisch«, meinte er und beendete die Arbeit an der ersten Kugel. Wenn er meinte. Schneewichtel waren zumindest schneller fertig.

Oder auch nicht. Letztlich dauerte es auch eine Weile, Schneewichtel zu bauen und mit den nötigsten Accessoires auszustatten. Wie albern das alles aussehen musste. Zwei Teenager, die höchst individuelle Schneewichtel bauten, das konnte nicht seriös wirken. Schon gar nicht, wenn man die Hintergrundgeschichte unserer seltsamen Bekanntschaft-Freundschaft-oder-so kannte. Normal konnte ja jeder. Trotzdem konnte ich kein Label für das, was da zwischen uns war, finden. Wollte ich das überhaupt? Ach, keine Ahnung! Lars und ich – allein das Thema war verwirrend, aber nicht unangenehm. Nicht unangenehm. Ich schnaubte. »Entführer« und »nicht unangenehm« sollten nicht im selben Gedanken vorkommen. Offensichtlich hielten meine Gedanken nichts von diesem Leitsatz. Kopfschüttelnd suchte ich ein paar Steine zusammen und platzierte sie auf dem abenteuerlichen Endprodukt.

»Können wir das hier gebrauchen?« Vollkommen unverhofft war Lars mit einigen Ästen angekommen und streckte sie mir entgegen.

»Ja, absolut! Mach mal.«

Tat er. Sogar ästhetisch sehr wertvoll. Von wegen unbegabt, der Typ baute Schneewichtel wie ein hauptberuflicher Skulpteur! Eigentlich schade, dass er das nicht beruflich machen wollte. Aber nein, statt seiner natürlichen Begabung zu folgen, wollte er lieber professioneller Einbrecher werden. Nicht mal das konnte er gut. Einbrecher stahlen eher, als Geschenke dazulassen. Na ja. Er musste es wissen.

»Und?« Lars trat von den Wichteln zurück und begutachtete sein Werk.

»Süß«, meinte ich. Nicht Lars, sondern der Schneewichtel. Na gut, vielleicht auch ein bisschen Lars. Manchmal. Irgendwie. »Für einen Schneewichtel nicht hässlich, an der Technik können wir die Tage noch mal arbeiten.«

Die Bedeutung der Worte kam in etwa gleichzeitig bei uns an. Ein Grinsen breitete sich auf Lars' Gesicht aus, während mein Herz kurz stehen blieb. Hatte ich das gerade wirklich gesagt? Und, schlimmer noch, so gemeint? Heute war ein netter Tag gewesen, und niemand war mir übermäßig unsympathisch. Aber wollte ich deshalb gleich länger hierbleiben? Eigentlich war das hier nicht meine Welt. Das Haus roch zu sehr nach Zimt und Vanille, die Menschen waren zu weihnachtlich, und der Schnee war in lächerlich großen Mengen vorhanden. Von der interessanten Art der Anreise ganz zu schweigen.

»Heißt das, du bleibst?«, sprach Lars die Frage aus, die ich mir selbst gerade stellte.

Es hing irgendwie eine berufliche Zukunft daran. Und so schlimm war Lars doch gar nicht. Wenn Weihnachten nicht wäre, wäre es hier vielleicht sogar ganz nett. Aber Weihnachten war hier nun mal Thema, Mittelpunkt und Sinn des Lebens, und das war nicht nur seltsam, sondern ekelerregend kitschig. Hielt ich das bis zum 24. Dezember aus?

Ich konnte es tolerieren. Wenigstens darauf hatte mich Winterville vorbereitet, wenn es auch sonst wenig zu bieten gehabt hatte. Weihnachtsbootcamp in Vorbereitung auf das Endlevel, den Nordpol. Himmel. Was ich mir nicht zu hundert Prozent zutraute, war, es nicht nur zu tolerieren, sondern auch so zu tun, als wäre der Aufenthalt hier nicht mit Elementen aus meinem persönlichen Folterkeller versetzt. Und wenn ich ehrlich war, hatte Winterville neben meiner Tante und ihren Kindern nicht zu viele tolle Aspekte zu bieten, die ich nicht auch in ein paar Wochen noch genießen konnte. Kein Grund, irgendwas zu vermissen. Eine Stadt, in der man nicht unbedingt leben wollte, und ein Nordpol, an dem man nicht unbedingt sein wollte, gaben sich nicht viel.

»Ähm, ja. Ich bleibe und helfe dir mit deiner Prüfung.«

»Danke!« Einen Moment fürchtete ich, Lars würde mir um den Hals fallen, aber er erkannte wohl auch, dass wir uns definitiv nicht gut genug kannten, um das zu tun. Obwohl sich mein Protest vermutlich dennoch in Grenzen halten würde. »Du wirst es lieben.«

Das bezweifelte ich, und vielleicht bereute ich meine Entscheidung, auf Zeit hierzubleiben, aber immerhin freute er sich. Ich würde einfach versuchen, so zu tun, als wären die Weihnachtsaspekte, denen ich zweifelsohne begegnen würde, nicht furchtbar, Lars bestand die Prüfung, und mit seiner neuen Schlittenfluglizenz oder wie das hieß konnte er mich anschließend nach Hause bringen und fertig. So. Ein Plan. Pläne gaben Sicherheit. Ich konnte mich an einen Plan halten und dann ohne schlechtes Gewissen nach Hause kommen. Sehr gut.

»Deine erste Prüfung besteht darin, den Schneewichteln Gesichter zu verpassen«, sagte ich, bevor wir weihnachtlich-gefühlsduselig werden konnten. Um das mit einem Lächeln zu quittieren, brauchte ich erst noch mehr Bootcamp.

8. Dezember

Wo war ich da nur hineingeraten? Kaum versprach man einem Weihnachtsmann, ihm zu helfen, schon wurde man einem Wintersportprogramm ausgesetzt, das man als Synonym für Folter nutzen konnte. Zumindest stellte ich mir Skifahren so vor. Skier gehörten unten an einen Schlitten, nicht an einen Menschen, egal, was Lars behauptete. Warum wollte er überhaupt selbst durch die Gegend schlittern, wenn es exakt dafür Schlitten gab? Selbst wenn ihm die üblichen Holzmodelle zu langweilig waren, konnte er immer noch den riesigen nehmen, für den er eine Lizenz hatte. Alles völlig legal. Seinen Gast – jetzt, wo ich freiwillig hier war, war ich wohl kaum noch seine Entführte – mutwillig in Lebensgefahr zu bringen, nur weil ihm nach Wintersport zumute war, kam mit weniger legal vor. Dafür legaler als eine Verfolgungsjagd durch den Wald. Ein miserabler Trost.

Lars hatte immenses Glück, dass der Hügel, den er zu unserer Piste auserkoren hatte, nah an der Fabrikhalle war. Ski zu fahren und auch noch ein gutes Stück dafür zu laufen waren inkompatibel. Vor allem in diesen Schuhen. Die letzten Meter, bevor es bergab ging, wurde ich deutlich langsamer. Das war keine gute Idee. Ich würde stürzen, über meine Skier fallen und als gigantischer Schneeball mit gebrochenem Genick am Südpol ankommen, falls ich nicht vorher in irgendeinem der Meere zwischen diversen Kontinenten ertrunken war. Schlimm genug, dass die hellvioletten Skischuhe potthässlich waren, schwer waren sie auch. Mit denen ging man effektiv unter.

»Letzte Chance, Cleya«, sagte Lars. Ehe ich ein »Okay, danke, gehen wir wieder zum Haus« hervorbringen konnte, gestikulierte er schon zu meinem Outfit. »Bist du sicher, dass du so fahren willst?«

Ich sah an mir herunter. Thermostrumpfhose, Thermoleggings, Skistrümpfe, Pullover und Winterjacke – viel wärmer ging es nicht, wenn ich meine Bewegungsfreiheit nicht vollständig einschränken wollte. Dazu noch Helm und Handschuhe. Mehr Körper für Klamotten hatte ich nicht. Schon gar nicht für die Knieschoner und Strickwaren, die Lars mir anzudrehen versuchte. »Sicher«, sagte ich. Bis auf das eigentliche Fahren jedenfalls.

»Okay. Dann legst du die Skier jetzt auf den Boden – nein, nicht so, dass sie nach unten rutschen können! Cleya, denk mit!« Er verdrehte die Augen und drehte die Spitzen vom Hang weg. »Jetzt steigst du in die Bindung.«

»In die Bindung?« Ich kannte Binden und Verbindungen, aber beides nicht im Zusammenhang mit Brettern, auf denen man durch den Schnee rutschte.

»Hier. Du hakst den Schuh vorn ein und drückst ihn nach unten.«

Oder so ähnlich. Ich versuchte es, verlor aber das Gleichgewicht. Lars griff in meine Jacke und hielt mich davon ab, im Schnee zu landen. Stürzen, bevor ich überhaupt fertig ausgerüstet dastand? Das wäre peinlich gewesen.

»Langsam!« Lars ließ mich los, blieb aber in meiner Nähe, um mich notfalls wieder auffangen zu können. »Versuch es noch mal. Gerade einhaken, dann durchdrücken.«

Diesmal gelang es mir, in die Bindung einzusteigen, und Lars tat es mir gleich. Nur hatte er im Gegensatz zu mir Stöcke in den Händen. »Ich will auch Walking Sticks«, sagte ich. Damit konnte man sich abstützen und größere Unfälle verhindern. Unfair, dass er die Hilfe bekam und ich nicht.

»Du brauchst keine«, behauptete er. »Außerdem würdest du wahrscheinlich über sie fahren und dann fallen und dir den Arm brechen, weil du an ihnen hängst.« Er demonstrierte die Schlaufen, die er um seine Handgelenke gelegt hatte.

»Du brauchst auch keine.« Schneller als Schneckentempo würden wir nicht fahren, wenn es nach mir ging.

»Warte ab.« Lars erklärte mir, wie ich möglichst unfallfrei zum unteren Ende des Hügels kommen konnte.

Skier wie ein V, Gleichgewicht halten, nicht hinfallen. Klang ganz einfach. War es auch, solange ich nicht losfuhr. Oder schlitterte. Definitiv schlitterte. Lars schob mich leicht von hinten an, und ich quietschte, sobald ich mich vom Fleck bewegte. Lars begann zu lachen – anfangs tarnte er es mit Hustenanfällen, mit jedem Mal, das ich ein Schneebad nahm, wurde die Bemühung weniger.

Mittlerweile bereute ich es, dass ich nicht nach einem Schneeanzug oder einer Regenhose gefragt hatte, die ich über die Leggings hätte ziehen können. Der Stoff hielt zwar an sich warm, schützte aber weder gegen Schnee noch Nässe. Na toll. Vom Gefühl in meinen Beinen konnte ich mich dann vorerst verabschieden. Dass ich noch keine komplett rissige Haut bekommen hatte, war nur der Bodylotion, die ich abends benutzte, zu verdanken. Die Bergluft war kalt, meine Knie zitterten, und mein Rücken fühlte sich schwitzig und feucht an – all das, bevor die eigentlichen Lektionen begonnen hatten. Das konnte ja heiter werden.

»Sehr gut!« Lars besaß die Frechheit, mit seinen Stöcken an mir vorbeizuziehen und elegante Serpentinen in den Schnee zu fahren. »Augen auf die Piste!«

Aber ... sein Hüftschwung war phänomenal. Es wäre ein Verbrechen, ihm keine Aufmerksamkeit zu schenken. Ihm Aufmerksamkeit zu schenken war allerdings ebenfalls ein Verbrechen, leider an meiner Fahrtauglichkeit. Ich passte nur einen Moment nicht auf, und schon hatten sich meine Skispitzen überkreuzt, gleich darauf meine Beine, und um sie mir nicht alle beide zu verdrehen, ließ ich mich nach hinten fallen und bremste mit meinem Gesäß.

»Kaltkaltkaltkaltkalt!« Ich riss die Augen auf, als sich immer mehr Schnee unter meine Jacke schob und sowohl meine Taille als auch meine Hose komplett umgab.

»Aufstehen, weiterfahren«, kam es mitleidslos von Lars.

»Wie?«

»Versuch, deine Beine parallel zu stellen, Spitzen nicht nach unten, dann steh auf.«

»Das geht nicht!«

»Dann musst du die Bindung aufdrücken, aufstehen und dann wieder mit den Schuhen hineinsteigen.«

Auch das funktionierte nicht. »Lars, deine Ausrüstung ist Mist! Das geht nicht.«

»Versuch es – notfalls schlitterst du ein Stück, aber das ist harmlos. Fahr nur nicht über deine Hände, wenn du aufstehst.«

»Bist du wahnsinnig? Lars, hilf mir! Ich kann hier nicht aufstehen! Schau mal in die Richtung!« Ich deutete hangabwärts. »Hast du eine Ahnung, wie lang es da runtergeht?« Zu tief nach unten, zu weit nach unten, zu hoffnungslos in die Einöde. Er war derjenige, der mir erklärt hatte, wie leicht man im Schnee sterben konnte! Und jetzt verlangte er von mir, mein Leben zu riskieren, nur damit er zwei idiotische Bretter, die sich idiotisch unkooperativ verhielten und nicht einfach selbstständig sicher fuhren, nicht für mich sortieren musste? Wo waren die Stützräder, wenn man sie brauchte? Kinder liefen auch nicht von jetzt auf gleich durchs Haus, man half ihnen und hatte Geduld. Lars hatte Schwestern, verdammt, er musste so was wissen.

Beschwichtigend hob er die Hände. »Keine Panik.« Er deutete ebenfalls nach unten. »Wenn du ewig in diese Richtung fährst, bremst dich spätestens in ein paar Hundert Metern der Schnee aus. Und wenn nicht, landest du früher oder später bei meiner Tante, die den Rückweg kennt.« Er zuckte mit den Schultern. »Alles harmlos, versprochen.« Dennoch stieg er das Stück zurück nach oben, half mir, mich zu sortieren und aufzurichten, und bremste meine Skier, bis ich nickte und er mich losließ. »Warte noch einen Moment.«

»Okay?«

»Wenn du noch mal fällst, versuch, wieder genauso aufzustehen, sonst schlitterst du irgendwohin. Dein Gewicht verlagerst du auf das Bein, das näher am Abhang steht. Okay?«

»Ja«, brummte ich. Ich war nass, ich befürchtete, dass ich noch mehrfach mit meinem Hintern Schneeschaufel spielen würde, und sah die Blasenentzündung schon kommen. Technische Details waren nichts, was mich groß interessierte.

»Super, wir versuchen es noch mal. Ganz genau so wie eben.«

Ganz genau so wie eben funktionierte ganz wunderbar. Inklusive Sturz und Schnee. Ich hasste Skifahren. »Lars, können wir irgendwas anderes machen? Bitte? Das hier ist dumm.« Skifahren war nicht mein Sport. Von mir aus konnten wir Weihnachtsschmuck basteln oder verzieren, oder ich häkelte weitere Mützen für irgendwelche Wichtel, aber ich sah mich nicht in absehbarer Zukunft zum Skiprofi werden. Sachen zu können, war super. Das Lernen war der unangenehme Teil. Dass ich meine Entscheidung, hierzubleiben, so schnell bereuen würde, hatte ich nicht erwartet.

»Zuerst müssen wir vom Hang weg. Da unten ist eine Ebene, schaffst du es bis dorthin?« Eine rhetorische Frage, denn er fuhr mir davon. »Je größer du das V machst, desto langsamer fährst du«, rief er mir über die Schulter zu. »Wenn du das V enger machst, wirst du schneller. Wichtig ist nur, dass du die Knie nicht durchstreckst.«

Als ob mir das groß half. Okay. Ich konnte das. Wie schwer war es schon, geradeaus zu fahren. Kein Problem, Cleya, kein Ding. Nur eine kleine Piste. Gar nicht steil. Einen Schlitten musste man vermutlich hinunterschieben, so flach war der Hang. Kinderspiel. Ich stieß mich etwas ab und wartete, bis ich in Schwung kam. Funktionierte ganz gut. Sehr gut. Ich ahmte Lars' Kurven nach, so gut ich konnte. Ich konnte es nicht sonderlich gut. Plötzlich hatte ich keine Ahnung mehr, welches Bein ich mit wie viel Gewicht wohin strecken sollte, und verlor jegliches Mitspracherecht, was die Streckenbestimmung anging. Ski 1 und 2 überstimmten meinen Wunsch, einfach schlicht nach unten zu fahren, und steuerten den Rand der Piste inklusive Wäldchen an.

»Lars!«, kreischte ich, als der Boden uneben wurde.

»Lass dich fallen!«

»Lars?!« Das hier war die dümmste Aktion, die ich je mitgemacht hatte. »Hilfe!«

»Lass dich fallen, Cleya!«, wiederholte er. Er klang kein Stück beunruhigt. Seine Gelassenheit wollte ich auch haben. Ich ließ mich fallen und schrie nun wie am Spieß, als mir der Schnee bis zum Hals ging. Sämtliche Stellen meines Outfits, die nicht wasserdicht oder für Schnee zugänglich waren, wurden mir mehr als bewusst. Es. War. Kalt. Eiskalt. Schneekalt. Was auch immer.

»Cleya?« Endlich war da Panik in Lars' Stimme. Er ließ seine Skier stehen und kam mir nach. Kaum hatte er mich entdeckt, änderte sich seine Haltung. Die Anspannung wich aus seinem Körper, und er hielt in seiner Bewegung inne.

»Hör auf zu grinsen und hilf mir!«

»Zu Befehl, Madame.«

»Mademoiselle«, meckerte ich. Versuchsweise winkelte ich mein rechtes Bein an, das sich in irgendwas verfangen hatte. Und das dämliche Brett hing auch noch dran.

»Halt still, ich komme.«

Zwangsläufig stellte ich meine Versuche ein. »Ich hasse Schnee«, erklärte ich. »Ich hasse Schnee, ich hasse Wintersport, ich hasse die Kälte, und wenn ich krank werde, bist du schuld.«

»Solange du mich nicht hasst«, antwortete Lars und watete durch den Schnee zu mir.

»Kann sich jederzeit ändern.«

»Das ändert sich nicht«, sagte er. »Ich bin derjenige, der dich aus dem Schnee befreit, du hasst mich nicht.«

»Klingt fair.«

»Das klingt nicht nur fair«, Lars löste die Bindungen, »das ist es auch.« Er half mir, aus dem Schnee zu waten, und stapfte anschließend noch mal in den Wald, um meine Ausrüstung einzusammeln. Am Rand der Piste legte er die Skier nebeneinander in den Schnee und stieg in seine eigenen.

Ja, nein, danke. Kein Bedarf. Ich war durch mit diesem Sport. »Nicht dein Ernst.«

»Irgendwie müssen wir wieder nach Hause kommen«, entgegnete er. »Komm.«

»Ich steig da nicht noch mal drauf, Lars, vergiss es!« Ich deutete auf die Bretter. »Die Teile wollten mich umbringen!« Nur, falls ihm das entgangen war. »Mein Verlangen, als Eisleiche zu enden, hält sich stark in Grenzen, weißt du?«

»Drama-Queen«, murmelte Lars und steckte die Stöcke in den Schnee.

»Wie bitte?« Ich sah ihn ernst an.

»Skifahren ist nicht schwer. Alles, was du tun sollst, ist lenken.«

Als ob. »Sag mir nicht, dass Skifahren leicht ist, wenn ich offensichtliche koordinationsgehandicapte Bretter bekommen habe. Ich kann nicht ordentlich lenken, wenn die Dinger nicht kooperieren!«

»Die Bretter sind schuld?«

»Wer sonst?« Ich klopfte den Schnee ab, der sich noch nicht permanent in meiner Kleidung eingenistet hatte. Draußen war es definitiv zu kalt. Ich schauderte.

»Wir sollten nach Hause fahren, bevor du wirklich krank wirst. Versuchst du es noch mal?«

»Von mir aus.« Ich sah den Hang hinauf. Steil war er nicht gerade. Hinauflaufen wollte ich ihn trotzdem nicht, wenn es sich verhindern ließ. Leider ließ es sich nicht verhindern, und wir stiegen die Strecke, die ich mühsam nach unten gerutscht war, zurück. Als ob Skifahren noch unangenehmer werden konnte. Mühsam kletterte ich Lars hinterher, der die Piste quasi hochsprintete. Angeber.

Der Rückweg an sich war dann kein Problem mehr, zumal ich den Nutzen von Lars' Stöcken erkannte. Einen nahm er dazu her, sich selbst vorwärtszubewegen, den anderen dazu, mich hinter sich herzuziehen. Warum hatte er mich auch auf einen Hang losgelassen? Offensichtlich lag meine Stärke im passiven Skilanglauf. Vielleicht war diese Anlage sogar durch Sesselliftfahren auszuweiten – wenn es einen gäbe. Aber nein, der Nordpol hatte alles von der Fabrikhalle zum eigenen Filmteam, aber keinen Lift für Skifahrer. Andererseits war die Gegend hier nicht gerade auf Tourismus ausgelegt.

»Danke fürs Taxi«, sagte ich, als wir am Haus angekommen waren und aus den Skiern stiegen.

»Kein Problem.« Lars atmete hörbar ein und aus und nahm den Helm ab. »Geht es dir gut? Nichts verstaucht oder geprellt?«

»Nicht dass ich wüsste. Warum?«

Sein Blick war Antwort genug. Weil ich schnurstracks in den nächsten Wald gefahren war, kaum dass ich kurz ungesichert irgendwo herumgerutscht war.

»Alles noch dran. Aber unternehmen wir lieber andere Sachen. Einen Film schauen oder so.« Dabei konnte man nichts falsch machen. Und erfrieren würde ich dabei auch nicht.

»Welchen?«

Ich zuckte mit den Schultern. »Völlig egal. Irgendwas mit Happy End.« Wenn ich irgendwen glauben machen wollte, dass ich am Ende der Vorweihnachtszeit ein Weihnachtsfan geworden war, konnte ich mich gleich an den Unsinn gewöhnen und die Begeisterung einüben.

»Mit oder ohne Weihnachtsmann?«

»Wenn du einen findest, der gut aussieht, gerne mit.«

»Augen auf, Cleya! Der bestaussehende Weihnachtsmann steht vor dir!« Er grinste und steckte seine Skier zusammen. »Jetzt einfach dem hübschen Weihnachtsmann folgen und die Ausrüstung im Schuppen abstellen.«

»Nur weil du sagst, dass du toll aussiehst, heißt es nicht, dass es davon wahrer wird.« Ich trug meine Sachen hinter ihm her in den Holzschuppen, der als kleiner Wintersportladen durchgehen konnte.

»Behauptest du!« Er scheuchte mich wieder ins Freie und schloss die Tür hinter sich. »Wir treffen uns in zehn Minuten vor dem Fernseher. Ich stelle alles ein, und du gehst dich trockenlegen.«

»Yes, Sir!« Ich salutierte spöttisch, was angesichts seines Befehlstons nicht unangemessen war. Meine Schuhe ließ ich im Eingangsbereich stehen, wo hoffentlich niemand über sie stolperte, und sprintete in mein Zimmer, um zu duschen. Erst mal raus aus den nassen Klamotten. Gefühlt waren sie festgefroren. Ich lud sie im Waschbecken ab, wo sie nichts volltropfen konnten, und duschte, so schnell ich konnte. Zehn Minuten, um die Zehen aufzutauen, den Schweiß abzuwaschen und vor dem Fernseher zu sitzen, waren nicht übermäßig großzügig bemessen. Ohne mich lange um passende Kleidung zu kümmern, schlüpfte ich schnell in bequeme Sachen und ging zurück ins Erdgeschoss.

Lars warf einen Blick auf mich und schüttelte den Kopf. »Was soll das?«

Ich hielt in der Bewegung inne. Gut, meine Socken passten nicht zueinander, aber wen interessierte das? »Was?«

»Warum sind deine Haare nass?«

Duh. »Ich war duschen. Das impliziert Wasser, das in der Regel von oben kommt und den Menschen darunter nass macht.«

»Ich weiß. Aber warum sind sie jetzt noch nass?«

»Die Zeit, sie ewig zu föhnen, hatte ich nicht.« Ich fuhr mir durch die Haare und sah zu seinem Sofa. Ah. Das ergab Sinn. »Aber ich kann sie hochbinden, dann wird dein Sofa nicht nass.«

Er winkte ab. »Das Sofa ist egal. Nicht egal ist, dass du bei unseren Temperaturen mit nassen Haaren herumläufst. Du bettelst ja geradezu um eine Lungenentzündung oder mindestens eine Grippe!« Beim Reden gestikulierte er wild vor sich hin. Süß. »Hast du einen Föhn im Zimmer?«

»Ja.«

»Gut. Komm mit.« Er lief nach oben in mein Zimmer, dann in mein Badezimmer und kam mit dem Reiseföhn, den ich sonst nutzte, zurück. »Sitzt du lieber, oder stehst du?«

Wortlos setzte ich mich auf die Bettkante und wartete, bis Lars das Kabel entwirrt und in die Steckdose gesteckt hatte. »Ich kann das schon machen«, bot ich an und griff nach dem Föhn, den er schnell außer Reichweite brachte.

»Kein Thema, ich mach das.« Er schaltete den Föhn an und kam näher, bis seine Knie fast an meine stießen. Ich schloss die Augen und knetete meine Hände, die der Zimmertemperatur langsam wieder näher kamen, während Lars meine Haare föhnte. Das hatte seit ungefähr zehn Jahren keiner mehr gemacht. Strähne um Strähne wurde angehoben und einzeln trocken geföhnt. Sogar auf meine Ohren passte er auf, sodass sie nicht geröstet wurden. Ich schluckte. Das Gefühl, nichts tun zu müssen und einfach umsorgt zu werden, war ungewohnt. Nicht unangenehm, aber komisch. Dad war früher für meine Haare zuständig gewesen, bis ich es selbst geschafft hatte, sie mir nicht versehentlich abzubrennen. Dieses Ritual hatte immer Geborgenheit bedeutet, die mit dem Älterwerden jeden Tag ein Stück schwand, bis Familienbande irgendwann nur noch ein Wort war. Daran zurückerinnert zu werden, war seltsam. Noch dazu von Lars. Vielleicht konnte es mit ihm wieder Geborgenheit bedeuten.

»Fertig«, verkündete er nach fast zwanzig Minuten.

Ich räusperte mich. »Danke.« Ich zog meinen Haargummi vom Handgelenk und wollte die Haare zurückbinden. Schön warm und trocken. Hatte der Weihnachtsmann gut gemacht.

»Halt, nein!«, rief Lars aus. »Warte, darf ich?« Ohne auf eine Antwort zu warten hatte er mir das Ding aus der Hand genommen. »Das gehört zum Service. Zopf okay?«

»Sicher.« Woher der Sinneswandel? Bisher waren ihm meine Haare auch komplett egal gewesen. Vielleicht hatte er doch ein schlechtes Gewissen, weil er mich mit den Skiern beinahe verunfallen lassen hatte. Zu Recht. »Wieso kannst du so was?«, fragte ich, als er meine Haare einzuflechten begann.

Er lachte, und der halbe Zopf vibrierte mit. »Millie will gelegentlich einen Zopf, das ist eine einfache Sache, mit der ich meine Lieblingsschwester glücklich machen kann.« Lars zog spielerisch an meinem Zopf, als ich mich zu ihm umdrehte und ihn ansah. »Warum so überrascht? Weil ich flechten kann, auch wenn ich ein Mann bin?«

»Nein!« Ich schüttelte den Kopf, hörte aber sofort auf, als Lars stöhnte. »Aber was ist mit Lizzie?« Wenn Millie die Lieblingsschwester war, was war sie dann? Das Lieblingsnesthäkchen?

»Lizzies Haare sind zu kurz für Zöpfe«, sagte Lars nur. Er bewegte die Finger schnell durch meine Haare, bis er den Zopf befestigte und gegen meinen Rücken fallen ließ.

»Danke!« Ich tastete meinen Hinterkopf ab, fühlte aber nichts Ungewöhnliches. »Film?« Ich drehte mich zu ihm und strahlte ihn an. Was auch immer sich seit gestern geändert hatte, ich wollte in Lars' Gesellschaft sein, und wenn ich dazu so tun musste, als würde ich mich für den Weihnachtskitsch in allen Aspekten interessieren, dann konnte ich das tun. Für Lars, aber wenn ich etwas weniger selbstlos und dafür ehrlicher war, auch für mich. Weil ich es wollte.

»Film.«

9. Dezember

Als wir das Zimmer betraten, steuerte ich sofort auf die Polster zu, in denen die Tierkinder meistens vergraben waren.

»Hallo«, begrüßte ich sie, auch wenn sie mich weder hören konnten noch antworteten. Es gehörte sich einfach, zu grüßen, wann immer man einen Raum betrat, in dem sich schon andere Lebewesen aufhielten. Ein Relikt aus der Kinderstube, das ich wahrscheinlich nie ablegen würde. Lars quittierte den Gruß mit einer hochgezogenen Augenbraue, schloss die Tür hinter uns und folgte mir zu den Tierkindern. Ich tippte das Polster an, um die taubblinden Eisbären auf mich aufmerksam zu machen. Einen Herzinfarkt, weil sie unvermittelt angefasst oder hochgenommen wurden, brauchten wir nicht. Vielleicht reichten auch die Erschütterungen am Boden, die unsere Schritte verursachten, aber ich wollte mich nicht auf übermenschliche Sinne irgendwelcher Tierarten verlassen, die ich sonst nur aus Zeichentrickserien kannte.

Wir setzten uns auf den Boden, und innerhalb weniger Sekunden begann das Fiepen und Jammern der Tiere, die Menschen eindeutig mit ständigen Nahrungsquellen verwechselten. Grace ließ die Zwerge nicht verhungern, da war ich mir sicher. Eines der beiden Eisbärbabys kroch aus seinem Deckenversteck und steuerte verhältnismäßig zielsicher Lars an. Okay? Lebensmüde war das Tier schon mal. Es sollte zu mir kommen, ich hatte zumindest keine Unfälle gebaut. Lars hob das Eisbärbaby hoch und setzte es sich auf den Schoß.

Meine Eifersucht wuchs von einem unterschwelligen Gefühl zum Zentrum meines Denkens an, als sich das Tierchen offenkundig wohlfühlte und das Gejammer einstellte. Was zur Hölle machte er, dass das so gut klappte? Ich schnappte mir das zweite

Eisbärbaby und streichelte es, bis es auch still wurde und die Aufmerksamkeit entweder genoss oder zumindest duldete.

»Wie machst du das?«

Der Weihnachtsmann drehte sich zu mir. »Wie mache ich was?«

»Das!« Wie auf ein stummes Kommando hin begann sein Tier zu schnurren oder brummen oder was auch immer Eisbären an Lauten der Verzückung von sich gaben. Ich imitierte seine Haltung, aber mein Eisbär blieb stumm.

»Ach so.« Er lachte. »Ich kann gut mit Tieren.«

»Wenn du sie nicht gerade umfährst.«

»Mom hätte dieses Detail auslassen können«, grummelte er. »Als Weihnachtsmann hat man viel mit Tieren zu tun. Schau nicht so, das ist keine Lüge. Denk mal an die ganzen Hunde und Katzen, die andere Tiere als Spielzeug für Fortgeschrittene betrachten. Denkst du, die machen keinen Terror, wenn nachts ein Fremder ins Haus kommt? Darum hat man als Weihnachtsmann einen guten Draht zu Tieren.«

Aha. »Gehört das auch zur Ausbildung?«

»Nein.« Lars schüttelte den Kopf. »Das ist angeboren.«

»Willst du mir erzählen, dass du telepathisch mit Tieren kommunizieren kannst oder so?«

Wieder ein Lachen. »So ungefähr.« Ja wie, so ungefähr? Da erzählte er einmal von einer interessanten Sache und blieb dann so vage?

»Aber die Eiskräfte waren albern …«, murmelte ich. Konnte er dann in Worten mit den Tieren reden? Oder in Eindrücken, Gefühlen oder Farben? Waren es ganze Unterhaltungen, oder beeinflusste er die Tiere? Lars spielte mit einer der Pfoten des Eisbären, während mein Weltbild vollkommen auf den Kopf gestellt worden war.

Mein Eisbärbaby begann, meine Hand als Beißring zu nutzen, was ich ihm schnell ausredete. Verbal. Nicht alle von uns hatten seltsame Superkräfte.

»Man kann dir ansehen, dass du Fragen hast«, kommentierte Lars mit einem kurzen Blick zu mir. »Du darfst sie stellen, weißt du?«

Ich nickte langsam. »Du kontrollierst die Tiere? Damit sie dich nicht anfallen?«

Ein Kopfschütteln. »Ich kann ihnen Vorschläge machen, wenn das Sinn ergibt.«

»Tut es nicht.«

Er stöhnte. »Ich kann einen ... Vorschlag machen. Sagen, dass ich keine Gefahr darstelle und gute Absichten habe.« Sicherlich hilfreich, wenn er alljährlich nachts mehrfach irgendwo einbrach. »Aber die tatsächliche Reaktion liegt nicht in meiner Hand.« Sein Tierkind krabbelte in Richtung seiner Socken – im Gegensatz zu mir trug Lars keine Plüschsocken – und versuchte, sie anzuknabbern. »Schau, das kann ich ihm trotz meiner Missbilligung nicht ausreden.«

Okay. Er konnte Vorschläge machen, auf die das Tier dann irgendwie reagierte. Also sparte er sich im Endeffekt nur die Umwege, die wir Normalsterblichen machen mussten, um mithilfe von Mimik, Gestik und Worten mit Tieren zu kommunizieren? »Sind Rentiere eigentlich lernfähig?«, fragte ich.

»Wir bilden sie aus, bevor sie den Schlitten ziehen. Also denke ich schon. Warum?«

»Wenn du Karlheinz täglich siehst, ihm hoffentlich besseres Verhalten nahelegst und er immer noch bissig ist, dann ist er einfach ein aggressiver Arsch, oder?«

»Kann man so sagen.«

»Wer ist ein Arsch?« Millie hüpfte zu uns herein und legte den Kopf schief.

»Niemand«, beeilte ich mich zu sagen. »Und das Wort darf man erst verwenden, wenn man groß ist.« Am Ende bekam ich Ärger mit dem Weihnachtsmann, weil ich seiner Tochter Kraftausdrücke beibrachte. Egal, ob ich noch zur Zielgruppe gehörte oder nicht, das Risiko, ihn auf ewig zu verärgern, wollte ich nicht eingehen. »Was gibt's?« Und wie war sie hereingekommen, ohne dass ich sie bemerkt hatte?

Die Kleine fixierte ihren Bruder. »Lizzie ist wach und weint. Mom sagt, ich soll dich holen.«

»Ähm, okay.« Er fuhr sich durchs Haar und sah kurz zu mir. »Ich muss los.«

Als wäre das nicht aus dem Gespräch hervorgegangen. Hatte seine Mutter irgendwas auf dem Herd? Warum ging sie nicht selbst, wenn Lars' Schwester weinte? Oder schickte einen der Wichtel? Oder den Ehemann, von dem man nichts sah und nichts hörte. »Okay«, sagte ich.

Lars nahm mir das Eisbärbaby aus den Armen und setzte es gemeinsam mit seinem wieder in den Decken ab, bevor er jedem über den Kopf strich und anschließend mir die Hand hinhielt. Ich griff nach ihr und ließ mir aufhelfen. »Danke.« Lars war rücksichtsvoll. Nicht nur jetzt, generell. Ab Tag eins hier, wenn ich genau zurückdachte. Als er mir Kunibert gegeben hatte, weil ich mich unwohl gefühlt hatte, oder als er angeboten hatte, seine Zukunft zu sabotieren, damit ich nach Hause konnte. Als er gestern meine Haare geföhnt und geflochten hatte und als er jetzt aufsprang, um ein Kleinkind zu beruhigen. Warum fiel mir das jetzt erst auf? Die ersten Tage hätten so viel angenehmer sein können – für beide von uns –, wäre mir das früher aufgefallen. Er war gut, von Grund auf gut, und jetzt, wo ich es sah, konnte ich es nicht mehr nicht sehen.

»Cleya?«

Ich sah auf und bemerkte erst da, dass ich ihn angestarrt hatte, während ich nachgedacht hatte.

»Ist alles in Ordnung?«

»Ja, klar.« Ich blinzelte mehrfach, um mich auf die aktuelle Situation zu konzentrieren. »Du gehst zu Lizzie, richtig? Kann ich mitkommen?«

»Natürlich. Millie, du weißt, dass du nicht allein hierbleiben darfst.« Er schob seine Schwester aus dem Raum und schloss die Tür hinter uns. Gentleman.

Ich folgte ihm zu Lizzies Kinderzimmer und trat hinter ihm in den Raum. Lizzie war noch immer zwischen Schlaf und Wachsein, was sie mit Gequengel und »Dadada« und »Mimimi« untermalte. Warum auch immer hatte ich gedacht, es wäre eine gute Idee, mitzukommen? Lars nahm sie auf den Arm und lief wippend durchs Zimmer.

Die beiden führten eine scheinbar ernsthafte Unterhaltung, von der ich nur Fetzen verstand. Lizzie nuschelte in Lars' Shirt und sprach sowieso noch kein ordentliches Englisch. Menschen, deren Beruf es war, Kleinkinder in Kinderkrippen zu verstehen und ihre Bedürfnisse anhand ihrer Äußerungen zu deuten, hatten meinen größten Respekt.

»Dada«, machte Lizzie, und ich war mir nicht sicher, ob sie damit einen Gegenstand meinte oder ihren Bruder. Nachdem sie mich aber auch einmal Mama und einmal Mimi genannt hatte, setzte ich auf Letzteres.

»Stört es dich nicht, dass sie dich nicht beim Namen nennt?« Oder zumindest mit Lauten ansprach, die so ähnlich klangen wie Lars. Laa-Laa oder so. Hatte nicht eines der Teletubbies so geheißen? Das Gelbe? Wenn man Lars in ein Teletubby-Kostüm steckte, wäre definitiv für Lizzies Unterhaltung gesorgt. Notfalls auch für meine. Das Problem war nur, dass Lars ohne dieses Stück Kindheit aufgewachsen war und keine Ahnung von Kinderserien hatte, die nicht der Nordpolproduktion entstammten.

»Dada passt schon«, meinte er und zuckte mit den Schultern. Er blieb vor dem Fenster stehen, den Rücken zu mir, und begann wieder, herumzuwippen, obwohl Lizzie ihr Gemecker eingestellt hatte.

»Willst du den Rest deines Lebens Dada gerufen werden? Meine Cousine hat, als sie jünger war, auch immer Clay zu mir gesagt, und es hat ewig gedauert, ihr das abzugewöhnen.«

»Wie ich dich kenne, warst du nicht begeistert von dem Spitznamen.«

»Das stimmt.« Ich grinste, auch wenn er es nicht sehen konnte. Lizzie döste auf seinem Arm wieder ein. War das das Ziel des Ganzen? Wie viel schliefen Kinder in dem Alter überhaupt? So viel wie Welpen? Mehr? Weniger? Nachwuchs sollte mit Bedienungsanleitung ausgeliefert werden. »Hat Millie dich früher auch Dada genannt?«

»Millie? Warum sollte sie das tun?« Er klang verwirrt.

»Weil Kinder ...«, dumm sind, wollte ich sagen, riss mich aber am Riemen, »sich mit Namen manchmal schwertun.«

»Für Millie war ich immer Lars, soweit ich weiß«, sagte er langsam. »Alles andere hätte mich gewundert. Ich konnte auch schnell sprechen, glaube ich.«

Das Gen hatte Kind Nummer drei wohl nicht geerbt. »Nimmst du deine Schwester mit nach unten, oder bleibt ihr hier?«, fragte ich. Hier hatte ich nicht wirklich etwas zu tun, und die Serie, die Lars und ich gestern begonnen hatten zu sehen, war mir lieber, als einem Weihnachtsmann dabei zuzuschauen, wie er ein Kind hielt.

»Millie?«, fragte er. »Was soll ich hier mit Millie?«

»Millie?« Jetzt war ich verwirrt. Was wollte er jetzt mit Millie? Millie in ein Zimmer für Kleinkinder zu stecken, war bestimmt keine gute Idee. Sogar ich konnte mir das denken. »Lizzie?«

»Ich dachte, es ginge um meine Schwester?« Lars drehte sich zu mir und lehnte sich gegen die Wand. So ein Kind über einen längeren Zeitraum zu tragen, war bestimmt nicht ganz leicht.

»Um die Jüngere natürlich.«

»Ähm. Ich habe nur eine Schwester. Ich dachte, Mom hätte dir das erzählt.«

»Was erzählt?«

»Dass es pro Weihnachtsmann zwei Kinder gibt. Einen Jungen und ein Mädchen.«

»Ja, klar.« Ich wedelte mit der Hand vor mir in der Luft herum. »Ich dachte, deine Eltern wären vielleicht rebellisch.« Und etwas sehr schnell damit, die Kinderbetreuung auszulagern.

»Mom und Dad sind nicht rebellisch, Cleya.« Er sah mich ernst an, als wäre diese Aussage ein entscheidender Hinweis, den ich nur nicht einordnen oder verstehen konnte. Diesmal begann er, auf der Unterlippe herumzukauen. Keine gute Idee. Das gab nur offene Lippen, und jeder wusste, dass man dann viel zu oft vergaß, sie mit einem Lippenpflegestift einzucremen, und dann ewig mit wunden Lippen herumlaufen musste.

»Wo hast du dann die zweite Schwester her?« Selbst die Frage fühlte sich dumm an. Es war wie bei Cluedo, wenn man eigentlich alle nötigen Hinweise hatte und dann doch den falschen Verdacht äußerte, weil irgendwo ein Logikfehler war, den man übersah.

»Lizzie ist nicht meine Schwester«, betonte Lars und ging zu einem Regal. Was sollte das jetzt? Er nahm ein Buch oder Album heraus und hielt es mir hin. Ich nahm es entgegen und blätterte nach seinem Nicken darin. Massenhaft Babybilder. Lizzie in Windeln, Lizzie im Strampler, Lizzie und ein Kuscheltier, Lizzie und eine Badeente mit Weihnachtsmütze...

»So was kann Grace mit Lizzies Zukünftigem anschauen.« Andernfalls hatte das Ganze keinen Reiz. Was interessierten mich fremde Fotos?

»Mom? Cleya, Lizzie ist nicht meine Schwester, weil sie meine Tochter ist!« Lars hielt den Atem an und sah zu mir, als wäre meine Reaktion ihm wichtig.

»Deine ... Tochter?«, echote ich. Gut, Lizzie war ihm wie aus dem Gesicht geschnitten, aber das hieß nichts. Lars als Vater. Als Teenagervater. Das hatte ich nicht erwartet. »Aber wie? Ich meine wann? Ich meine ...« Ich wusste nicht, was ich meinte.

Lars setzte sich auf den Boden und verlagerte Lizzie – seine Tochter – von seinem Arm auf den Schoß. Seine Finger blätterten im Album und schlugen eine Seite auf, die ein Bild zeigte, auf dem Lars ein ziemlich zerknautschtes Kind in den Armen hielt. Vermutlich Lizzie.

»Hast du noch mehr Kinder oder andere Überraschungen für mich?«, fragte ich. Teenagervater. Wie sollte das dazu passen, dass er einen zeitintensiven Job wollte, der ihm früher oder später ziemlich viel Stress bereiten würde? Wo sollte dann das Kind bleiben? Hatte er überhaupt über die Folgen nachgedacht, bevor er irgendwie ein Kind in die Welt gesetzt hatte?

Lars wagte ein Lächeln. »Du bist nicht sauer?«

»Warum sollte ich sauer sein?« Es war weder mein Kind noch mein Zuständigkeitsbereich, und dass ich eine Vaterschaft in seinem Alter sehr unpraktisch fand, hieß nicht, dass das die allgemein beste Wahrheit war. »Also? Noch mehr Kinder?«

»Noch nicht, nein.«

Noch nicht? Oha. »Ah, zwei Kinder, richtig?«

»Genau.« Lars nickte. »Irgendwann noch ein Sohn.«

Ich hatte den Eindruck, dass mir schon wieder ein Detail entging, das nicht unwichtig war. Welches Detail es jetzt sein sollte, wusste ich nicht. »Warum zwei Kinder?«, fragte ich.

»Normalerweise hat ein Weihnachtsmann einen Sohn als Erben«, erklärte Lars. »Bevor du fragst, ich finde es auch sexistisch. Die Tochter hat einen anderen Job, immerhin. Du kennst die Kaufhausweihnachtsmänner?«

»Mit Kissen ausgepolstert und Engeln und was weiß ich, ja, kenne ich.« Leider.

»Sehr gut. Die Darstellung ist nicht unrealistisch, weißt du.«

»Was soll daran nicht unrealistisch sein?« Da war ein Kerl, der für Fotos posierte, knallrote Kleidung trug und Kinder dabeihatte, die einfach dekorativ dastanden. Weihnachtsmänner waren ... real. Sehr real. Wenn ich wollte, konnte ich Lars zwicken. Er würde sich beschweren. Der Schmerz wäre real, was Lars real machte, was Weihnachtsmänner real machte. Wann hatte ich das als Wahrheit akzeptiert? Das alles hier war so abgedreht. Ich zwickte mich in den Arm. Wenn mein Schmerz real war, war der Rest auch real, richtig? Richtig? Ich war am Nordpol, meine Tante hatte keine Ahnung, wo ich war, ich tat, als wäre mir Weihnachten langsam sympathisch – etwas, was ich beim Weihnachtsmann-Azubi nicht mal mehr vorspielen musste –, um besagtem Kerl seinen Beruf zu sichern, und in all dem Chaos lernte ich Wichtel und Elfen und Kinder kennen. Verkehrte Welt.

»Alles okay?«

Ja? Nein? Vielleicht? Ich nickte einfach und ließ ihn weiterreden. Was zur Hölle machte ich hier?

»Also Millie ist Dads Weihnachtsengel. Jeder Weihnachtsmann hat eine Schwester und später eine Tochter, die ihm quasi als Maßstab für Kinder dient. Genau kann ich das nicht erklären.« Er kratzte sich am Hinterkopf. »Das kommt erst nach der Ausbildung und ist im Moment so ein Millie-Dad-Ding.«

Aha. Ich nickte. »Ihr seid so seltsam. Alle.« Ich wollte Lars fragen, woher er das Kind hatte, warum er nichts davon gesagt hatte – aber das war nichts, was mich etwas anging. Was nicht bedeutete, dass es auch etwas war, was mich deshalb weniger neugierig machte.

»Okay? Ist wirklich alles okay? Du bist irgendwie blass.«

Ich nickte erneut. »Sicher. Ich bin nur gerade etwas überrascht und überfordert. Tut mir leid, ich kann mir das selbst nicht erklären. Ich glaube, ich muss ein bisschen nachdenken.«

Lars riss die Augen auf.

»Nicht darüber, ob ich dich doch noch durchfallen lasse!« Ich lachte kurz auf. »Ich glaube, die Situation hier wird mir erst jetzt irgendwie bewusst.«

10. Dezember

Ich war am Nordpol, log eine Familie an, ließ mich von einer anderen vermissen, und daran war nur ein dämlicher – wenn auch unfair attraktiver – Weihnachtsmann-Azubi schuld, der mich wegen einer Prüfung entführt hatte. Egal, wie ich es drehte und wendete, das Ganze blieb ein einziges Chaos. Ich kannte keinen Menschen, der mir diesen Unsinn als wahr abkaufen würde. Meine einzige Wahl bestand darin, zu entscheiden, ob ich meine Tante an eine dämliche Legende glauben ließ, die wahrer war, als ich es wahrhaben wollte, oder ob ich eine Familienexistenz ruinierte, denn Lizzies künftiger Beruf hing davon ab, ob ihr Vater seinen ausüben konnte. Was hatte ich da schon für eine Wahl? Solange er sich nicht als kompletter Idiot entpuppte, musste ich Lars moralische Grundlagen wie »Du darfst nicht entführen« beibringen und ihn in zwei Wochen durchwinken.

Ich zog meinen Zopf fest und setzte mich zu Lars an den Küchentisch. »Guten Morgen.«

»Morgen!« Er sah von seinem Müsli auf und ließ den Blick einmal über mich huschen. »Dir geht's gut?«

»Mhm.« Ich nickte und holte mir ein Glas Orangensaft. »Es hat offenbar ganze«, ich sah auf den Kalender an der Wand, »neun Tage gedauert, bis mir klar geworden ist, was für ein verrücktes Leben ich hier führe.«

»Tut mir leid«, sagte er und zog eine Grimasse, bot aber nicht wieder an, mich nach Hause zu bringen. »Möchtest du etwas unternehmen? Wir können auch im Haus bleiben, wenn dir das lieber ist. Ganz wie du willst!«

»Was schwebt dir vor? Du willst mich nicht wieder auf Bretter schnallen, oder? Das wäre ein No-Go.«

Lars lachte. »Nein, hatte ich nicht vor.«

Beruhigend. »Was dann? Eine Schneeballschlacht?« Mit der Idee konnte ich mich anfreunden. Andere Menschen mochten es, Tontauben zu schießen, ich begnügte mich mit der Zero-Waste-Variante, Lars von diversen Plattformen zu schießen. Wenn man so wollte, war ich ziemlich umweltbewusst und für sportliche Aktivitäten zu begeistern.

»Auch das nicht. Wir könnten Schlittschuhfahren gehen.« Na bravo. Statt auf Brettern würde ich auf Messern festgebunden werden. Klang nach einem Rezept für medizinisch unnötige Amputationen diverser Glieder. Sehr verlockend.

»Und dein Mini-Me?«, hakte ich nach. Ich wollte nicht der Grund dafür sein, dass Lizzie irgendwo allein herumlag.

»Lizzie ist versorgt. Du bist dabei?«

Ugh. Hoffentlich war ich auch am Nordpol noch krankenversichert. Hatten die hier überhaupt ein Krankenhaus? Wahrscheinlich hatten sie in der Fabrik ein Krankenzimmer mit einer aussortierten Schulschwester, die sich um Magenbeschwerden dank zu vieler Zuckerstangen kümmerte. Oder einen Medizinzwerg. Wenn es Wichtel und Elfen gab, waren Zwerge bestimmt nicht weit. »Ja, machen wir das. Ich komme gleich.« Vorher musste ich meine sportuntauglichen Kleidungsstücke gegen funktionalere Thermosachen tauschen.

Anschließend rüsteten wir uns für die Witterung draußen und gingen stillschweigend nebeneinander durch den beleuchteten Schnee, angeblich in Richtung eines Sees. Wo er den jetzt herzaubern wollte, wusste ich auch nicht. Meine Orientierung, was hier wo war, war noch ausbaufähig. Wenn ich mir alle geografischen Informationen, die ich nicht hatte, einfach ausdachte, befanden wir uns am Rande der Skipiste. Mit täglich neuem Schnee sah gefühlt alles anders aus. Also die Piste runter zur Tante. Und dann erreichten wir den See.

»Der ist zugefroren, richtig?« Sofort schmunzelte ich über mich selbst. Wir waren hier am Nordpol. Natürlich war der See zugefroren. Da lebte nichts mehr außer sehr kälteresistenten Nordpol-Lebewesen.

»Ja«, bestätigte Lars. »Der Teil, den wir nutzen, ist immer zugefroren.«

»Spürt ihr hier eigentlich den Klimawandel? Mit Schnee und Eis und so?«

Auch das bejahte der Weihnachtsmann. »Ich meine, es ist immer noch kalt hier, keine Frage. Aber als mein Dad ein Kind war, konnte man Eis wie Beton oder Stahl verwenden, ohne darüber nachzudenken, dass es anschmilzt. Teile der Fabrik waren aus Eis.« Na, hoffentlich nur die Lagerräume und nicht die Aufenthaltsbereiche. Dann wiederum hatte er ja erzählt, dass früher die komplette Organisation und Distribution von hier aus geregelt wurde. »In den letzten Jahren haben wir viele Brücken und Träger aus Eis ausgetauscht, weil Eis keine Dauerlösung mehr ist. Oder die Eisbären wagen sich näher zu uns heran, da wir im Vergleich zu brechenden Schollen das kleinere Übel sind.« Er zuckte resigniert mit den Schultern. »Wir leben ziemlich autark hier. Den Strom, den wir brauchen, bekommen wir von hier und alles. Aber ja, wir spüren den Klimawandel, wenn auch nicht an Temperaturschwankungen oder so.«

Ich nickte langsam. So müsste man Klimawandel erklären. Nicht als etwas Abstraktes, das irgendeine folgende Generation erleben würde, sondern als lebensnahes Problem.

»So, jetzt aber zum angenehmen Teil des Vormittags!« Lars klatschte in die Hände, was aufgrund seiner dämpfenden Handschuhe wenig wirkungsvoll war. Er nahm seinen Rucksack ab und gab mir ein Paar Schlittschuhe.

»Danke.« Schlittschuhe. Himmel, war das lange her. Bis zum Rande des Sees stakste ich noch zuversichtlich, dann blieb ich stehen. Hier fehlten ein paar Schilder. So was wie »Betreten auf eigene Gefahr, nicht geräumt, hügelig und holprig«. Na, das konnte was werden. Langsam setzte ich erst den einen, dann den anderen Fuß aufs Eis und machte ein paar Schritte.

»Bitte sag mir, dass du nicht zum ersten Mal auf dem Eis bist!« Lars biss sich auf die Lippe.

Kein Problem. »Ich bin nicht zum ersten Mal Schlittschuhlaufen. Ich bin völlig durchschnittlich begabt, ich kann laufen, aber nicht hüpfen, und Drehungen sind tagesformabhängig.« Das Eis, das ich jedoch gewohnt war, war allerdings immer irgendwie ... glatter gewesen. Trotzdem sträubte ich mich dagegen, wie ein Rehkitz, das laufen lernte, zu wirken, und zwang mich, fest aufzutreten. Stehen auf dem Eis war halb so wild. Lars fuhr auf dem Eis herum und drehte seine Runden. Ein bisschen zu perfekt war er ja schon. Sah gut aus, war sportlich und erbte im Grunde genommen ein riesiges Imperium. Einmal fuhr er nah an mir vorbei, und vor Schreck machte ich einen Schritt nach vorn. Mit rudernden Armen versuchte ich, mein Gleichgewicht wiederzufinden, schaffte es aber nur, indem ich mich an Lars klammerte, der den Schwung nicht abfangen konnte und mich mit sich zu Boden riss.

»Ja, deine Fähigkeiten sind überwältigend«, murmelte er und rappelte sich auf.

»Sorry.« Not sorry. Ich richtete mich ebenfalls wieder auf.

»Darf ich dir helfen?«

»Welchen Sport kannst du eigentlich nicht?«, meckerte ich vor mich hin, griff aber nach der angebotenen Hand und ließ zu, dass Lars mich langsam hinter sich herzog. »Warte, warte! Langsamer, bitte«, beeilte ich mich zu sagen, als meine Füße in unterschiedliche Richtungen glitten, sobald das Eis uneben wurde.

Lars hielt an und wartete, bis ich meine Haltung korrigiert hatte. »Sehr gut! Richte dich noch ein bisschen mehr auf, wenn es geht.«

Wäre ratsam. Wäre ich nicht schon über den Punkt hinweg, an dem ich mich hier um irgendwas scherte, wäre mir mein höchst graziös in die Luft gestrecktes Hinterteil wahrscheinlich unangenehm gewesen. Vor Lars wollte ich einfach nur nicht schon wieder auf die Schnauze fallen. Ich passte meine Haltung an und ließ mich noch einige Meter von Lars ziehen, bevor ich seine Hand losließ. Einen Moment lang vermisste ich den Halt, den er mir gegeben hatte, dann wackelte mein linker Fuß, als die Kufe an einem festgefrorenen Ästchen hängen blieb, und ich hatte keine Zeit mehr, dem Verlustgefühl und der Leere, die Lars' Hand hinterlassen hatte, weiter auf den Grund zu gehen. Mit beiden Armen in der Luft rudernd fand ich mein Gleichgewicht wieder und sah zu Lars. Attraktiv konnte ich eben nicht ausgesehen haben. Warum kümmerte mich das? Seit wann interessierte ich mich dafür, wie attraktiv ich aussah, wenn nur Lars dabei war? Wie auch immer. Einfach gleiten. So schwer war das doch an sich nicht. Inlineskates waren auf unebenem Grund auch kein Problem, warum sollte es hier anders sein? Es war ja nicht so, als wäre das mein erstes Mal auf dem Eis. Jeder konnte Schlittschuhlaufen, man musste nur wollen und üben und kein Problem mit Stürzen haben.

Und davon gab es so einige. Immerhin traf es nach einer Weile nicht nur mich. Auch Lars' Kufen verhakten sich in Dellen oder festgefrorenen Steinen, und so halfen wir einander bald abwechselnd auf.

»Lars?«, fragte ich, als mir ein Detail zu seinen Wintersporttalenten einfiel, das ich bisher ignoriert hatte. »Kennst du Eishockey?« So viele Menschen wohnten hier nicht, wie es aussah.

»Ja?«

»Im Sinne von NHL und Eishockey oder einfach so?«

»Im Sinne von NHL habe ich schon mal davon gehört, und es gibt ein jährliches Hockeyturnier zwischen Elfen und Wichteln«, antwortete er. »Warum fragst du?«

Ich zuckte mit den Schultern. Weil es mir eingefallen war und ich es hatte wissen wollen. »Kein besonderer Grund. Seht ihr euch die Olympischen Winterspiele an? Dürft ihr da eigentlich mitmachen?« Das Logo hatte keinen Kreis für den Nordpol, soweit ich wusste. Aber ob das etwas zu sagen hatte, war sowieso eine andere Geschichte.

»Du fragst komische Sachen. Dir geht es gut und alles?« Lars glitt zu mir und klatschte mir seinen Handrücken auf die Stirn.

Ja, kalt. Wir waren draußen. Im Winter. Am Nordpol. Große Überraschung. »Himmel, du bist so eine Glucke!« Ich lachte, um die Schärfe aus meinen Worten zu nehmen, und duckte mich weg. »Mir geht es gut, ehrlich.« Süß war es ja schon irgendwie, dass er sich sofort sorgte. Jetzt wo ich wusste, dass er ein Vater war, konnte ich es nicht mehr übersehen. Er war eine Glucke! »Also?«

»Niemand will Leute, die den Weihnachtsmann suchen, hierhaben, also wissen nicht allzu viele Menschen, dass es hier eine ziemlich gut organisierte Bevölkerung abseits der offiziellen Fakten gibt. Dementsprechend haben wir auch keinen Zugang zu internationalen Wettkämpfen. Wir hatten allerdings mal ein Langlauftraining hier, glaube ich. Die Trainerin hatte sich verlaufen, und wir haben die Reste der Gruppe eingesammelt.«

»Der normale Wahnsinn.«

»War das eben Sarkasmus?«

»Bei mir? Nie im Leben!« Mein bemüht ernstes Gesicht hielt keine zwei Sekunden. »Was habt ihr mit den Leuten gemacht? Hat Karlheinz sie gefressen?« Apropos Karlheinz. Den musste man von Lizzie fernhalten. Wenn er einmal abbiss, war das halbe Kind weg.

»Nein?!«

»Langweilig«, beschwerte ich mich scherzhaft und versuchte mich an einer Drehung.

»Vielleicht würde es helfen, das Gewicht zu verlagern?«

Seit wann war Lars ein Eiskunstlaufprofi? Na ja, egal. Ich folgte den Anweisungen und lernte schnell, warum meine Zukunft nicht im Eiskunstlauf lag. Einmal mehr verlor ich das Gleichgewicht und versuchte, meine Kufen irgendwie permanent an einer Stelle zu befestigen. Ich quietschte auf und riss die Arme hoch, um mir beim Aufprall nicht die Nase zu brechen.

Zum Aufprall selbst kam es aber nicht. Stattdessen fiel ich Lars plötzlich mehr oder weniger um den Hals und überraschte mich damit, dass ich nicht sofort zurückwich oder meine Arme von ihm löste. Weder er noch ich bewegten uns.

»Cleya«, sagte er leise, und das Wort wurde von kleinen Dampfwölkchen begleitet. Sein Atem war warm auf meiner Haut. Komisch, dass ich mich nach nicht mal zwei Wochen so an die Kälte gewöhnt hatte, dass sie mir nur im Kontrast zu Wärme auffiel. Und Lars war Wärme. Wärme und Vertrautheit in der seltsamen Situation, in der wir uns befanden. Wenn ihm das hier unangenehm wäre, würde er sich wegdrehen oder wehren, oder? Ich versuchte, herauszufinden, was mir sein Gesicht darüber verriet, sah aber nur die üblichen Bestandteile. Ach, zum Teufel mit dem Versuch, die Mimik zu entschlüsseln!

Ich löste meine Arme von Lars' Hals und legte sie an seine Wangen. Fünf Sekunden. Fünf Sekunden konnte ich ihm geben, um meine nicht wirklich subtilen Bewegungen zu deuten und zu entscheiden, was er wollte.

Eins – warum bewegte er sich nicht? Was sollte das? Er war der Kerl, er sollte etwas tun!

Zwei – war er schwer von Begriff?

Drei – Laaaars! Beweg dich! Ich hob die Augenbrauen und sah ihn an. Kapierte er das nicht?

Vier – endlich dachte er mit und blinzelte mehrmals.

Fünf – jetzt dachte er doch schneller als ich.

Im nächsten Moment lagen seine Lippen auf meinen. Er hatte den Blick noch immer fest auf mich gerichtet – nicht, dass er angesichts unserer Haltung eine andere Wahl gehabt hätte – und legte seine Hände auf meinen Rücken. Ich lächelte. Lars konnte küssen. Er konnte wirklich küssen. Ich hatte zwar nur wenige Vergleichsmöglichkeiten und misste die Schmetterlinge und was auch immer aus Büchern und Filmen, aber beklagen konnte ich mich nicht.

Lars ließ mich langsam los, und wir brachten etwas Abstand zwischen uns.

»Cleya, du bist siebzehn, oder?«

»Ja? Ich möchte dich darauf hinweisen, dass ich nicht übermäßig romantisch veranlagt bin, aber sogar ich finde, dass die Frage jetzt ein Stimmungskiller ist.«

»War das eben überhaupt legal?«

Ich verdrehte die Augen. »Du bist neunzehn, ich bin siebzehn, kein Problem. Weniger als drei Jahre Altersunterschied, und wir sind nicht mal auf amerikanischem Boden. Mach dir keine Gedanken.« Auch wenn es ein Pluspunkt war, dass Lars mitdachte.

»Gut, okay.« Er atmete hörbar aus. »Was ist jetzt wieder?«

»Was?«

»Du siehst mich an, als wolltest du mir etwas sagen, wüsstest aber noch nicht, ob es angemessen ist.«

»Das ist … erstaunlich gut zusammengefasst«, gab ich zu. »Ich überlege noch.«

»Schieß los.«

»Ich finde nicht, dass du schlecht riechst oder irgendwas, das gleich vorweg.« Ich biss mir auf die Lippe. Ein Kuss beim Schlittschuhlaufen. Es gab Menschen, die daraus eine perfekte Szene bastelten und ihren Kindern später davon erzählten. Dann gab es auch uns, die wir zwei unromantische Themen ansprachen. »Aber wenn wir das Ganze wiederholen wollen, wäre es nett von dir, von Eukalyptusbonbons auf Pfefferminz umzusteigen. Du riechst nach Erkältungsbad.«

»Damit kann ich leben.« Lars lachte und schüttelte den Kopf. »Willst du … darüber reden?«

Über den Kuss? Musste nicht sein. Gerade brauchte ich keine weitere Verwirrung. Ich schüttelte den Kopf. »Was ist mit Lizzies Mutter? Ist sie ein Thema?«, fragte ich dann doch.

»Nein. Sie lebt nicht mal in der Nähe oder so.«

»Wie hast du sie kennengelernt? Also wenn ich fragen darf.«

»Ausflug nach Amerika. Eine Weile ging es gut, bis es doch nicht mehr funktioniert hat.«

Klang nach typischer Teenagergeschichte. Nur halt mit Kind als Souvenir. Ich nickte. »Hättest du sie lieber hier?« Wäre wahrscheinlich einfacher für ihn. Lizzie und sie beide hier zu haben, sich das Theater von wegen Weihnachten lieben lernen, ihn als gut bewerten, zu ersparen … wäre schon praktisch gewesen.

»Nein, ich glaube, ich bin mit dir zufrieden. Ich würde deine Kommentare vermissen und hätte ohne dich nie gelernt, dass man Klobürsten als Waffen verwenden kann.« Er legte mir einen Arm um die Schulter und schob mich zum Rand des Sees.

»Nicht zu vergessen, dass du sonst nie jemanden mit der Axt durch den Wald gescheucht hättest.«

»Wie konnte ich das nur vergessen?« Er knuffte mich in die Seite und begann dann, die Schlittschuhe wieder gegen normale Schuhe zu tauschen.

»Ich erinnere dich gern daran.« In ein paar Wochen per Mail oder Nachricht. Die Adresse existierte für Postboten wohl nicht.

Wie auch immer die Wunschzettel ankamen. Musste ich nicht verstehen.

»Das fällt mir nicht schwer zu glauben.«

»Was haben wir heute noch vor? Irgendwas Spannendes?« Ich hakte mich bei ihm unter, sobald er die Schlittschuhe wieder in seinem Rucksack verstaut hatte.

»Tut mir leid, ich bin mit Lizzie beschäftigt. Meine Eltern lieben Lizzie, aber es ist für uns alle klar, dass ich für meine Tochter verantwortlich bin. Ich meine, Mom und Dad waren nicht sonderlich begeistert, als ich ihnen gebeichtet habe, Vater zu werden, aber sie helfen viel. Trotzdem ist Lizzie meine Aufgabe.« Er grinste. »Wie stehst du zu Kindern?«

Konnte man einem Vater sagen, dass man Kinder eher lästig als wundervoll fand? Ich wusste ziemlich sicher, dass ich keine Kinder wollte. Zu laut, zu dreckig, zu aufwendig. Und man war ständig an irgendein Lebewesen gekettet, bis es alt genug war, allein klarzukommen. »Sie sind ganz okay, denke ich.« Wenn sie nicht gerade schrien oder volle Windeln hatten.

»Denkst du?«

»Meine Cousine und mein Cousin sind okay. Die Kinder hier sind okay.« Solange ich nur auf Zeit für sie da sein musste, war alles in Ordnung.

»Heute Nachmittag ist das Kind dran, und morgen bin ich in der Fabrik eingeplant. Aber ich hätte eine Idee für den Abend.«

»Was denn?«

»Das siehst du dann.«

»Du willst mich irgendwohin entführen?«

»Ausführen«, verbesserte er mich.

»Ausführen wie in: Es ist ein Date?«

»Ausführen wie in: Es ist ein Date.«

»Ich hasse Überraschungen.« Dates waren okay.

»Du wirst meine lieben. Hoffe ich.«

Ich auch.

11. Dezember

»Lars? Bist du das?« Der Kopf des Bärtigen ruckte hoch. Im nächsten Moment breitete sich ein Grinsen auf meinem Gesicht aus. Ja. Definitiv Lars. Wobei ich mir nicht sicher war, was er mit seinem Aufzug erreichen wollte. Nicht, dass ihm sein Weihnachtsmannkostüm nicht stand, aber warum? Wir waren in seinem Haus, warum zog er ein Kostüm oder eine Uniform oder dieses Zeug an? »Was wird das, wenn ich fragen darf?« Ein bisschen lächerlich war es schon. Lars musste sich nicht verkleiden, um der Weihnachtsmann zu sein. Zumal sein Outfit etwas fadenscheinig war und mehr an einen Plüschsanta als an einen Teenager erinnerte.

»Nichts. Ich wollte nur Bescheid geben, dass ich Lizzie ins Bett gebracht habe. Mom hat ein Auge auf sie.«

Schön. Und deshalb kam er zu meinem Zimmer und sah so aus? »Mhm?«

»Was bedeutet, dass deine Überraschung auf dich wartet, sobald du fertig bist.«

Endlich. So spannend die letzten Tage gewesen waren, so öde war dieser gewesen. Ich hatte sagenhafte drei Weihnachtsfilme gesehen, zwei Wichtel glauben machen, dass mich ihre Plätzchenrezepte interessierten, und einen Kuchen gebacken, um ihn in die Fabrikhalle zu bringen – bis mir aufgefallen war, dass ein Kuchen nicht ausreichen würde. Also hatte ich ihn Grace gegeben. »Was ist die Überraschung? Ich bin bereit!« Vor Eifer stolperte ich fast über meine eigenen Füße, als ich vom Bett aufsprang.

»In zehn Minuten an der Haustür, ja? Zieh dich warm an!« Schon war er weg. Ich schüttelte den Kopf und tat, was er mir gesagt hatte, bevor ich mich zu Lars gesellte.

»So, raus damit!« Ich verschränkte die Arme vor der Brust. »Was hast du vor?« Ehrlich, wenn ich jetzt einen Baum schmücken oder Geschenke verpacken sollte, würde ich schreien. Innerlich. Und anschließend würde ich Lars darauf hinweisen, dass ich eine Weihnachtspause brauchte. Was auch immer das zwischen uns war, es war einen Versuch wert, aber hätte ich die Möglichkeit, Lars ohne Weihnachten zu bekommen, wäre das meine erste Wahl.

»Nimm erst mal das hier.« Er drückte mir eine Weihnachtsmannmütze in die Hand, die ich aufsetzte. »Wie du weißt, bin ich seit einigen Tagen der stolze Besitzer des Flugscheins für unregistrierte nicht elektrische Schallfahrzeuge und fliege für mein Leben gern.«

Sehr zum Leidwesen der ansässigen Tierpopulation, aber okay. Eisbären, nehmt euch in Acht. »Ja, ich weiß.«

»Dad hat mir seinen alten Schlitten vermacht. Der TÜV läuft erst nächstes Jahr ab, also ist er völlig in Ordnung«, berichtete er nicht ohne Stolz. Herzlichen Glückwunsch, sehr schön. Lars machte den Mund auf, schloss ihn jedoch wieder, ohne gesprochen zu haben. »Ähm, jedenfalls wollte ich fragen, ob du Lust hast, mit mir zu fliegen.« Er wischte sich die Hände an seiner Weihnachtsmannhose ab.

»Ist das sicher?« Noch bevor ich die Frage stellte, bekam ich ein schlechtes Gewissen.

»Ja.«

So fühlte es sich nicht an. Egal. Man hatte Lars den Schein bestimmt nicht auf gut Glück gegeben. »Dann fliege ich gern mit dir.« Wir tauschten ein Lächeln. »Wozu das Kostüm, wenn wir nur zu zweit sind?«

Er sah an sich herunter und stutzte. »Gute Frage.«

»Sieht putzig aus. Ich brauche nur noch Jacke und Schuhe, dann können wir los, oder?«

Lars nickte, beschwerte sich aber nicht über meine Beschreibung. Ich würde es im Leben nicht vor ihm zugeben, aber mit ihm zu fliegen war schon irgendwie das coolste Abendprogramm, das ich mir vorstellen konnte. Wer wollte nicht mit dem Weihnachtsmann und seinem Schlitten fliegen? Adrenalinkick und Romantik inklusive. Ich schlüpfte in die Winterkleidung und ging mit Lars nach draußen.

Da stand er. Der Schlitten. In seiner ganzen Pracht.

Es war, als hätte man die Szene aus *Cool Runnings* nachgestellt, in der nur einer der Sportler den aussortierten Bob bewunderte und andächtig berührte, während der Rest dessen Stabilität anzweifelte. Lars war der Sportler, ich der Rest.

»Sieht cool aus.« Ich lächelte gezwungen.

Mein Date des Abends runzelte kurz die Stirn, zuckte dann aber mit den Schultern und sprang in den Schlitten. »Finde ich auch! Komm, steig ein, und schnall dich an!« Ich befolgte seine Anweisungen. Immerhin hatte dieses Teil Sicherheitsgurte. Bei Überschallfahrzeugen, oder wie es im Flugschein hieß, war das keine schlechte Idee. »Ich habe den ganzen Tag daran gearbeitet«, erzählte Lars. »Neue Winterdecken, die Geschirre geändert und natürlich die Flugkufen angepasst.«

»Ich dachte, du hättest Lizzie betreut?«

»Die war auch dabei, ja. Wir haben sogar die Rentiere gemeinsam geputzt und gefüttert.«

»Und dann hat sie noch alle Finger? Oder hast du Karlheinz vorher weggesperrt?« Biss er auch andere Rentiere? Oder hielt er sich für einen Gourmet und fraß nur Menschenfleisch? Sollten Rentiere nicht Vegetarier sein?

»Hat sie. Nicht alle unsere Rentiere sind etwas komplizierter in ihrem Wesen.« Er deutete auf die eingespannten Tiere vor uns. »Ethel und Ruth zum Beispiel sind richtige Kuschelmonster, Sir Fuzzlebottom ist eine Diva, die anderen sind tatsächlich unauffällig, und Karlheinz ist etwas mürrisch.«

Sir Fuzzlebottom. Ruth und Ethel und Karlheinz waren seltsam, aber nicht übermäßig komisch. Wer bitte kam auf die Idee, ein Rentier Sir Fuzzlebottom zu nennen? Was war an Prancer und Dancer und Glancer und den Klischeenamen falsch? Und warum eigentlich diese Tiere? »Lars?«

»Ja?« Er setzte sich neben mich und ließ die Tiere loslaufen. Erst mal langsam durch den Schnee. So konnte es gern weitergehen. Halb so wild.

»Warum fliegt ihr eigentlich mit Rentieren?«, wollte ich wissen. »Es hätten ja auch Pferde sein können.« Jeder normale Mensch würde Pferde nutzen. Oder Schlittenhunde. Da implizierte der Name ja schon das Talent. Oder Elche, die waren den Rentieren ähnlich. Wobei ... zählte deren Geweih als Sichtbehinderung?

»Erstens würde das Weihnachtsgefühl fehlen, wenn wir andere Tiere hätten«, begann Lars. Es war zwar dunkel, doch das LED-Geschirr des deutschen Importtiers ließ mich zumindest Schemen erahnen. Ich vermutete ein Lächeln auf seinem Gesicht. »Zweitens kann ich dank der Rentiere ziemlich schnell fahren, wenn ich beschleunigen will. Ungefähr so.«

Wir rasten in die Dunkelheit. Der Schwung drückte mich gegen die Lehne, und ich griff gerade noch so nach der Mütze, die ich auf dem Kopf trug. Sollte ich diese Fahrt überleben, musste ich dringend Bänder annähen, damit sie mir nicht mehr davonfliegen konnte. Auch wenn es nur eine alberne Weihnachtsmannmütze war.

»Drittens sind sie auch fürs Bremsen gut geeignet«, dozierte Lars munter weiter, als würden wir nicht gerade durch die Gegend rasen. »Muss ich Gefahrenbremsung machen, spreizen sich die Rentiere mit ihren Hufen ...«, setzte er an.

»Das musst du nicht zeigen«, fiel ich ihm ins Wort. Völlig überflüssig, ich glaubte es ihm auch so.

Der Kerl neben mir lachte nur. »Fliegen tun sie übrigens fast in Schallgeschwindigkeit, wenn man es richtig anstellt. Und sie laufen ungefähr 70 km/h. In den USA habt ihr Meilen pro Stunde, richtig? Keine Ahnung, wie schnell das in dem Maß ist.«

»Hast du das auswendig gelernt?«, fragte ich. Klang jedenfalls so.

»Die Theorieprüfung muss auch bestanden werden«, antwortete er nur und fuhr mit seiner ausführlichen Vortragsantwort fort. »Viertens haben Rentiere eine hohe Kältetoleranz, brauchen wenig Schlaf, was gerade an Weihnachten super ist, und fressen quasi alles, was sie finden können.« Zum Beispiel mich. »Dads Rentier hat angeblich mal einen Fliegenpilz verspeist.«

Ich wunderte mich schon nicht mehr. »Lebt es noch?«

»Fliegt da vorne.« Fliegt? Wir fuhren do... Plötzlich riss Lars seine Zügel nach oben, und das Gefährt kam in eine bedenkliche Schieflage, bevor wir stetig an Höhe gewannen.

Okay, wir flogen. Wir flogen? Wir FLOGEN! Himmel, hilf, im wahrsten Sinne des Wortes. Ich war zu jung zum Sterben. Ich zog den Gurt ein Stück fester, bis er unangenehm einschnürend war. »Was passiert, wenn wir abstürzen?«

»Wir stürzen nicht ab«, versicherte er mir.

»Und wenn doch?«

»Können die Viecher auch schwimmen, was Argument fünf für ihre Eignung ist.« Das klang ja beruhigend.

»Ich kann nicht schwimmen«, gab ich zu bedenken. Ich konnte mich im Pool vor dem Ertrinken bewahren, aber schwimmen wollte ich das Gepaddel nicht nennen.

»Schwimmwesten sind unter den Sitzen.«

»Notfalls versuche ich, zu Karlheinz zu kommen. Wenn er sich an mir festbeißt, kann er mich ans Ufer ziehen.«

»Oder so.« Er lachte und verstummte erst, als er den Schlitten zwischen ein paar Baumkronen hindurchnavigierte. Etwas höher zu fliegen wäre vielleicht hilfreich gewesen.

»Lars?«, meldete ich mich nach einer Weile, in der ich die kalte Ruhe genossen hatte – man sah leider so gut wie nichts – wieder zu Wort. Der Wind war kalt, aber die Luft frisch, und außer dem Schnauben der Rentiere war es still, und ich begann, den Flug zu genießen.

»Ja?«

»Deine Überraschung ist perfekt.«

»Du magst sie?« Er klang vorsichtig erfreut.

»Ich liebe sie!«

»Cool!« Er drückte mir die Zügel in die Hand, und schon fand ich die Sache weniger entspannend. Ich hatte noch nicht einmal einen Autoführerschein und sollte Rentiersitter spielen? »Halt mal kurz«, sagte er etwas verspätet und drehte sich um. Großartig, jetzt sah er nicht einmal zu, um im Notfall eingreifen zu können.

Während er nach etwas wühlte, bemühte ich mich, die Zügel möglichst nicht zu bewegen. Karlheinz mochte ja unfreundlich sein, aber er flog schließlich nicht zum ersten Mal. Hinter mir fiel etwas um oder in sich zusammen, und Lars fluchte. Ich zuckte zusammen, verriss dabei die Zügel und brachte den Schlitten in Schräglage. Verdammt. So war das nicht geplant gewesen. Lars hing halb hinter der Sitzbank, doch das dämliche Rentiergeschwader flog seelenruhig schief weiter.

»Lars!«

»Zieh am linken Zügel. Ganz sanft«, sagte er.

Ich zupfte am linken Zügel, und der Schlitten balancierte sich wieder aus. Halleluja! Kaum hatte Lars sich ordentlich hingesetzt, gab ich ihm die Zügelhoheit zurück. Nicht mein Fall. Absolut gar nicht mein Fall. Im Austausch bekam ich einen Thermobecher gereicht. »Danke.«

»Gern.« Lars brachte wieder Ruhe in den Flug, und ich schloss die Finger um den warmen Becher. Es war einer dieser optisch moderneren, die einen Knopf in der Mitte des Deckels hatten. Zwischen dem ständigen Geklicke, das ich fabrizierte, nahm ich einen Schluck. Die heiße Schokolade hatte die perfekte Temperatur.

»Möchtest du auch?« Ich bot ihm den Becher an.

Er beeilte sich, zu verneinen. »Die ist ganz für dich. Ich bin laktoseintolerant.«

Meine Kinnlade klappte herunter. Ein laktoseintoleranter Weihnachtsmann? Sein Ernst? Das war beinahe ein Verbrechen. »Du bist ein miserabler Weihnachtsmann«, stellte ich fest.

»Du bist eine miserable Lügnerin«, antwortete er sofort. »Aber das macht nichts, so landest du nicht auf der Liste der unartigen Kinder!«

»Die gibt es nicht.«

Lars zog eine Augenbraue nach oben. »Bist du dir sicher?«

Ich riss die Augen auf. Nicht wahr.

»Hast du Angst, dass dein Wunschzettel aussortiert wird?«, zog er mich auf.

»Nein!«

»Was stand überhaupt drauf?« Er rutschte etwas nach vorn, um bequemer zu sitzen. »Du musst nicht antworten«, schob Lars schnell hinterher.

Ich zuckte mit den Schultern. War ja nicht so, als wäre es ein Geheimnis. »Mein Baum.«

»Dein Baum?«

»Ehemals pink, jetzt grün – du erinnerst dich?«

»Natürlich, aber ... du hast doch den pinken Baum.«

»Es ist nicht mein Baum.«

»Ich weiß.« Lars seufzte. »Die Farbe abzubekommen war nicht so einfach, also dachte ich, ich besorge dir lieber einen wirklich pinken Baum, als einen, der aussieht, als hätte ein Kind das Konzept von Tarnfarben falsch verstanden.«

»Und er ist auch sehr schön.« Irgendwie fühlte es sich falsch an, Lars' Mühe nicht zu würdigen.

»Nur eben nicht dein Baum?«

Ich nickte. »Nicht hässlich genug.«

»Dein Baum ist wirklich ein Statement.«

»Umso wichtiger, ihn herzuschaffen, um ihn von potenziellen Weihnachtsfans fernzuhalten.« Ich leerte die heiße Schokolade und klemmte mir den Thermobecher zwischen die Beine. Nicht, dass der Baum noch andere Leute mit meiner Aversion ansteckte. »Du bist ziemlich in Ordnung.«

»Danke.«

Wir wussten beide, dass er nicht nur als Chauffeur des Abends oder so in Ordnung war. In Ordnung umfasste mehr. Die Vergangenheit, die Gegenwart und hoffentlich auch die Zukunft. Zwischen uns breitete sich ein einvernehmliches Schweigen aus. Ich war nicht gut im Schweigen. »Lars?«

»Ja?«

»Wie kann ich eigentlich mit dir Kontakt halten?«

»Wie meinst du das?«

»Wenn ich wieder zu Hause bin. Hast du Social Media? Messengerdienste? Sobald ich ein neues Handy habe, schreibe ich dir gern!« Wir würden zwar noch einige Tage gemeinsam hier verbringen, aber falls wir uns anschließend mit vorsintflutlichen Methoden wie Briefen oder Mails begnügen mussten, war ich lieber vorbereitet.

»Zu Hause?«

»Ja, nach der Prüfung. Ich bescheinige deine Tauglichkeit und dann ab nach Hause.«

»Bitte was?!« Der Schlitten kippte nach vorn, als Lars vor Schreck die Zügel lockerließ.

»Pass auf!«, rief ich und wollte ihm in die Zügel greifen. Machte man das bei durchgehenden Pferden nicht so? Rentiere hatten auch Hufe, ich wollte nicht sterben! Fluchend riss der Weihnachtsmann den Schlitten aus dem Sturzflug, was die Rentiere mit einem missbilligend klingenden Schnauben quittierten. Recht so. Zischend streiften die Kufen einige Tannen und rissen den daraufliegenden Schnee hinunter, bevor der Schlitten wieder an Höhe gewann. Himmel!

»Noch mal von vorn.« Lars sah zu mir.

»Also. Ich bin hier, ich bleibe hier, um dir zu helfen. Sobald ich mit dem Helfen fertig bin, gehe ich zurück nach Hause. Wie bleiben wir in Kontakt? Außer, du willst das nicht.«

»Ich glaube, du hast da was falsch verstanden«, sagte Lars leise. »Traditionell ist der Gast des Weihnachtsmanns nicht nur die Prüferin, sondern auch die künftige Mrs Claus.«

»Bitte was?« Das war mir neu. Davon war nie die Rede gewesen.

Er wiederholte die Aussage.

»Du meinst das ernst?«

Ein Schulterzucken. Was zur Hölle? Das glaubte ich jetzt nicht. Ich war siebzehn, verdammt! Ich hatte nicht vor, zu bleiben und mir sagen zu lassen, was ich mit meinem Leben anzufangen hatte. Und Weihnachten für immer und ewig? Das war doch kein Leben. Das war Folter!

»Vergiss es.« Ich schnaubte und verschränkte die Arme vor der Brust. »Ich glaube, ich möchte jetzt zurück zum Haus.«

»Ich habe mir das auch anders vorgestellt. Es ist nicht so, als hätte ich kein Leben gehabt, bevor ich dich abgeholt habe.«

»Hat dich ja keiner zu gezwungen. Der Cousin wäre auch noch da gewesen.«

»Cleya, so meine ich das nicht!«

»Ach, lass mich einfach in Ruhe. Wenn du willst, dass ich dich für einen geeigneten Weihnachtsmann halte, solltest du schnell damit aufhören, mich in deine Zukunft einzuplanen. Erst machst du deinen Job an mir fest, jetzt deine Zukunft ...« Moment. Zukunft. Weihnachtsmänner hatten außer dem Beruf selbst nur eine offensichtliche Zukunft: Familie. O nein. Da zog ich die Grenze. Das konnte er sich so was von abschminken. Ich würde ihm definitiv nicht dabei helfen, sein zweites Kind zu bekommen. Kam nicht infrage. »Vergiss es. Flieg mich nach Hause.« Und sobald ich in Winterville wäre, würde ich schnellstens auswandern. Irgendwohin, wo man kein Weihnachten feierte.

»So einfach geht das nicht.«

»Lars. Jetzt!«

»Die Rentiere sind müde, ich kann dich nicht nach Amerika fliegen und dann wieder zum Nordpol.«

»Dann flieg mich zurück zum Haus.«

»Okay.«

Dabei hatte der Abend so gut angefangen.

12. Dezember

Ich schwankte zwischen den Begriffen »arrangierte Ehe« und »Zwangsheirat«, wenn es darum ging, die aktuelle Situation zu beschreiben. Langsam brauchte ich einen Kalender, in den ich eintragen konnte, wann Lars und ich wie zueinander standen. Erst Krimineller und Zivilistin, dann Kidnapper und Entführte, anschließend kooperative Partner, dann potenzielle Freunde, gefolgt von Kuss und Date und jetzt das. Wie konnte eine Situation, die quasi TOXISCH schrie, noch seltsamer werden? Unangenehmer, vor allem, vielleicht bedrohlicher. Fakt war, dass meine uneingeschränkte Hilfsbereitschaft hier ihr Ende fand. Ich brauchte mehr Informationen und dann Regeln.

Mit den Fingern zog ich mir einen geraden Scheitel und schaltete den Föhn ein. Ein ordentlicher Scheitel und glatte Haare waren das Erste, was ich optisch mit seriösen Verhandlungspartnerinnen verband, und mit etwas Glück würde die äußerliche Ähnlichkeit dazu führen, dass ich ebenso kompetent auftreten konnte. Dafür hatte ich extra geduscht; Glätteisen waren hier Mangelware. Besser so, zumindest für Lars. Das Ding hätte ich ihm an meinem ersten Tag mit Sicherheit über den Schädel gezogen.

Was sollte diese Idee mit Mrs Claus überhaupt? Siebzehnjährige konnten solche Entscheidungen wie Ehe ohne Chance auf Scheidung nicht treffen. Die meisten jedenfalls nicht, und ich zählte mich zur breiten Masse. Als meine Haare zu meiner Zufriedenheit waren, tauschte ich meine Plüschsocken gegen ein schlichtes schwarzes Paar. Niemand nahm Menschen, deren Füße als bunte Kuscheltiere verkleidet waren, ernst. Fertig. Auf in den Kampf. Das konnte ich. Ich war fokussiert. Ich wusste, was ich wollte. Ich hatte einen Plan. Argh! Ich hasste das! Warum immer ich? Mit gestrafften Schultern verließ ich mein Zimmer und machte mich auf die Suche nach Lars. In der Küche und im Weihnachtszimmer war er nicht. Typisch. Immer wenn man die Kerle mal suchte, waren sie wie vom Erdboden verschluckt. Auch sein Zimmer entpuppte sich als völliger Fehlversuch. Als letzte Idee kam mir nur Lizzies Kinderzimmer in den Sinn. Bei all den Plätzen, die das Haus für Vater und Tochter bot, war es zwar unwahrscheinlich, dass sich die beiden ausgerechnet dort aufhielten, aber man konnte ja nie wissen.

Ich klopfte an die Tür, und tatsächlich kam ein »Herein« aus dem Inneren des Raums. Lars saß mit Lizzie auf dem Teppich und reichte ihr Kugeln, die sie in ihrer Kugelbahn nach unten rollen ließ.

»Guten Morgen«, sagte Lars und richtete sich etwas auf. »Du siehst anders aus.«

»Ja.« Ich setzte mich ans andere Ende des Teppichs. »Wir müssen reden. Wegen gestern.« Lars öffnete den Mund, um etwas zu erwidern, schwieg aber, als ich die Hand hob. Jetzt war ich an der Reihe. »Ich will dich weder heiraten noch ein weiteres Mal zum Vater machen noch länger als zwei weitere Wochen hierbleiben.« Mit siebzehn hatte man andere Vorstellungen von den nächsten Lebensjahren. Uni oder Ausbildung zum Beispiel. Ein Schulabschluss zuvor wäre auch nicht schlecht. Für Vater-Mutter-Kind sah ich da keinen Platz. »Entweder du bringst mich sofort nach Hause, oder du versprichst mir, dass du mich nicht in irgendeine kranke Familienkonstellation integrieren wirst.« Persönlich fand ich ja, dass Option eins deutlich klüger war. Ich hatte ihm vertraut, er hatte mir Informationen vorenthalten, und die Gesamtsituation wurde dadurch nicht wirklich besser. Winterville war die deutlich sicherere und cleverere Option. Dummerweise war ich nicht zu clever und Lars nicht zu unsympathisch.

»Darf ich etwas sagen?«

»Sofern es Zustimmung ist, ja.«

Lizzie spielte weiter mit den Kugeln. Kind müsste man sein. Ahnungslosigkeit war ein Geschenk. »Niemand verlangt von dir, mich zu heiraten.«

Ich wartete einige Sekunden darauf, dass er auch die anderen Bestandteile meiner Aussage ansprach, aber stattdessen breitete sich Stille aus. Sein Ernst? Das hatte sich gestern aber anders angehört. »Ach, auf einmal?«

Lars nickte. »Das sind Vorgaben ... von früher? Ich finde sie veraltet. Wir überspringen den Teil.«

Überspringen und dann was? Gleich Kinder und so weiter? Das erklärte er besser noch etwas detaillierter, sonst wäre ich hier sehr schnell weg. »Geht das genauer?«

»Eigentlich wäre es Tradition, dass du hierbleibst und wir eine Familie gründen, weil du dich schon eingelebt hast. Das ist aber dir gegenüber unfair, finde ich, also lassen wir das bleiben.«

Gestern hätte ich es damit wahrscheinlich gut sein lassen, aber das hatte sich geändert. »Was hättest du davon, dich gegen die Traditionen zu stellen?«, hakte ich nach.

Er zuckte mit den Schultern. »Ein reines Gewissen? Hör zu, schlimm genug, dass in Winterville die Geschichte von wegen ›Morgen kommt der Weihnachtsmann‹ ...«, sagte er.

»Azubi«, fiel ich ihm ins Wort.

»Bitte?«

»Morgen kommt der Weihnachtsmann-Azubi«, wiederholte ich. Nichts da, fertig ausgebildeter Weihnachtsmann. Nein, wir aus Winterville bekamen die Grünschnäbel inklusive Fehler ab.

Lars' Blick deutete ich als »Dein Ernst?«, was ich mit einem Nicken beantwortete. Ich war professionell. Wir blieben bei den Fakten.

»Von mir aus. Schlimm genug, dass ihr die Sache von wegen ›Morgen kommt der Weihnachtsmann-Azubi‹ erzählt bekommt und du die Geschichte durchleben musst. Eine aufgezwungene Familie muss nicht sein, finde ich.«

»Danke«, erwiderte ich. Ich glaubte ihm, dass er so dachte. Nur leider vertraute ich nicht darauf, dass es bei dieser Aussage blieb. Lars war an sich bestimmt niemand, der ohne seine spezielle Situation Kidnapping und Einbruch als Karrierestationen in Betracht gezogen hätte. In dieser Lage schloss ich aber nicht aus, dass er sich nicht doch noch eine Partnerin sichern würde, wenn es plötzlich notwendig wurde.

»Ich höre ein Aber kommen.«

Ja. Wahr. »Aber deine Aussage gibt mir gerade zu wenig Sicherheit.« Ein Teil von mir wollte nur weg, während der größere Teil von mir bei Lars bleiben wollte. Nicht nur, um ihm zu helfen und Mittel zum Zweck zu sein. Auch als Freundin und moralische Unterstützung. Ein etwas weniger selbstloser Teil von mir wollte auch einfach bleiben, weil ich es hier mochte und noch ein bisschen Zeit mit Lars verbringen wollte. Argh! Ich wollte bleiben und mich sicher fühlen – war das denn zu viel verlangt?

»Würdest du dich sicherer fühlen, wenn du meine Aussage schriftlich hättest?«, bot er an.

»Wie einen Vertrag? Ich helfe dir, du lässt mich gehen, sobald Weihnachten vorbei ist?«

»Ich dachte eher an einen Zettel mit meiner Zusicherung, aber von mir aus.« Er angelte nach einem Fetzen Papier und einem Stift. »Also ich verspreche, dich nach dem 24. Dezember gehen zu lassen, richtig?«

Ich nickte und wartete, bis er das Ganze aufgeschrieben hatte. »Im Gegenzug bleibe ich hier und helfe dir, deine Prüfung zu bestehen. Immer an die Bedingung, dass ich dich nicht heiraten oder hierbleiben muss, gekoppelt.«

Wieder schrieb er brav mit, und wir lasen die kurzen Absätze noch mal durch.

»Kann ich noch etwas hinzufügen?«, fragte er.

»Kommt ganz darauf an, was dir vorschwebt.« Ich verschränkte die Arme vor der Brust.

»Erstens erfahren weder Millie noch Lizzie, dass du nur bleibst, weil du dich hier vertraglich verpflichtest.« Fair. »Zweitens lässt du dich von den Themen, die du im Vertrag für deine Zukunft ausschließen möchtest, nicht in deinem aktuellen Urteil beeinflussen.« Auch das war fair.

»Okay, schreib es dazu.« Ich würde mich nicht von dämlichen Traditionen in meiner Meinung beeinflussen lassen. Das bekam ich hin.

Lars ergänzte die zwei Sätze und setzte anschließend seine Unterschrift unter die Zeilen. Dann schob er den Zettel zu mir, und auch ich unterschrieb. So einfach wurde ein Papierfetzen zu einem Dokument. Ich faltete das Dokument zusammen und schob es in die Tasche meines Sweatshirts. Anders als erwartet war ich aber nicht erleichtert. Die Sache war reibungslos über dic Bühne gegangen, und Lars hatte es nichts ausgemacht, mir die Sorgen zu nehmen, aber ich konnte weder aufatmen noch entspannen. Was hatte mein Hirn jetzt wieder für ein Problem? Alles geklärt, Lars war doch kein völliger Idiot ohne Moralgefühl – kein Grund zur Panik. Die Botschaft kam nur nicht an. Ich stand auf und begann, im Zimmer umherzulaufen, ohne es mir wirklich anzusehen. Das Sitzen auf dem Boden machte mich noch wahnsinnig.

Über dem Wickeltisch hing ein einzelnes Regalbrett, auf dem drei Bilderrahmen standen. Eines der Bilder kannte ich schon: Lars mit einer schlafenden Lizzie in den Armen. Er sah müde, aber glücklich aus. Das Bild links davon war ein Ultraschallbild. Das dritte Bild in der Reihe hingegen war interessanter. Ein Mädchen, das mir durchaus bekannt vorkam und mir nicht unähnlich sah, lag in einem Krankenhausbett, ein mir ebenfalls nicht unbekannter Weihnachtsmann daneben. An sich nicht spannend, bis auf die Tatsache, dass ich keine Ahnung hatte, was Lars in einem normalen Krankenhaus verloren hatte. Noch dazu mit Lizzie auf dem Arm. Woher kannten die beiden sich jetzt? Die junge Frau, deren Namen ich bestimmt schon einmal gehört hatte, und er.

»Habt ihr zwei die Frau besucht?«, fragte ich, als ich akzeptierte, dass ich den Namen nicht mehr im Kopf hatte.

Lars schüttelte den Kopf. »Ich die beiden.« Aha. »Ehrlich gesagt, habe ich Anna besucht und Lizzie abgeholt.«

Anna?

Oh.

OH. Lars war nicht wie die Jungfrau zum Kinde gekommen, das war klar gewesen, und ich hatte es auch nicht erwartet. Anna, Miss Daisys Freundin, die so todunglücklich gewesen war, weil jemand abgeholt worden war. Nicht irgendein verdammter Hund, ihr Kind! Und offenbar nicht zum ersten Mal. Den Unterschied zwischen Säugling und Kleinkind erkannte sogar ich.

Die eigentliche Frage war aber: Wenn Lars gewusst hatte, wie ich aussah und wo er mich finden würde, warum hatte er ein Kind mit Anna? Hatte er jemanden zum Üben gesucht? Oder einfach beschlossen, dass er sich sein Rentiergeweih abstoßen musste, bevor er sich auf ewig an jemanden band? Und mit Annas und meiner Ähnlichkeit würde es Außenstehenden gar nicht auffallen, dass nicht ich die Mutter war.

Der Vertrag in meiner Tasche gewann an Gewicht. Ich war so dumm. Ich hatte unterschrieben, bevor ich alle Details gewusst hatte. Ich war verpflichtet, Lars zu helfen. Argh! Ich drehte mich weg und atmete tief durch. Keine Panik. Ich hatte alles im Griff. Einfach weitermachen wie bisher. Weihnachtsstimmung vorspielen, Gütesiegel geben, nach Hause fahren und irgendwann einfach vergessen.

»Cleya?«

»Ja?«

»Mein Dad isst heute Mittag mit uns. Nur, damit du vorgewarnt bist.«

»Okay.« Ich nickte und ging aus dem Raum. Was war das eben gewesen? Dass Lars ein Kind hatte, damit konnte ich leben. Es war weder mein Kind noch meine Verantwortung, und ich musste mich nicht nonstop damit auseinandersetzen. Dass er einer jungen Frau aus Winterville ein Kind verpasst hatte und sie dann sitzen lassen hatte, nur weil sie nicht in sein dämliches Konzept von wegen Familienunternehmen gepasst hatte, damit konnte ich mich nicht anfreunden. Oh, Anna will nicht Familie spielen, ich muss sie ersetzen. Was hatte er doch für ein Glück, gleich noch einen anderen Teenager gefunden zu haben, der optisch nah genug am Original dran war, um das Ganze weiterzuführen. Für so eine Aktion brauchte es schon einen besonders miesen Menschen.

Nicht, dass das überraschend kam. Dem Typen, der einen mit einer Axt jagte, traute man das zu. Selbst wenn es nur passiv war. Ich sah bei den Eisbärbabys vorbei und tankte ein bisschen unverfälschte Zuneigung. Wahrscheinlich mochten sie die Aufmerksamkeit mehr als mich als Person, aber das machte nichts. Die beiden waren niedlich, von mir aus konnten sie auch niedlich und berechnend sein. Solange sie mich nicht anknabberten.

Als ich eine Weile später aufstand, fühlte ich mich, als hätte ich nicht eben erst geduscht. Die Eisbären haarten nicht und sabberten auch nicht zu sehr, aber ohne Händewaschen und einen frischen Pullover wollte ich mich dann doch nicht an den Mittagstisch setzen. Schon gar nicht mit Mr Claus. Er mochte ja ebenfalls ein Entführer und Krimineller sein, aber er war zudem Lars' Vater, und egal, wie unnötig ich Weihnachten fand, war er noch immer eine Respektsperson. Auch wenn er einen lächerlichen Beruf hatte. Und fragliche moralische Grundsätze. Und einen schrecklichen Sohn. Von irgendwoher musste Lars das ja haben. Trotzdem musste ich mich nicht gleich beim ersten Treffen beim Weihnachtsmann unbeliebt machen. Wenn sein Sohn ein Kidnapper war, was war dann das ausgewachsene Modell? Definitiv nicht harmloser. Also lieber auf Nummer sicher gehen.

Ich lief auf mein Zimmer, um mich zu waschen und wieder vorzeigbar zu machen. Mit frischer, knitterfreier Kleidung fühlte ich mich selbstbewusster. Ein Stück weniger wie ein grummeliger Teenager und ein Stück mehr wie eine fast Erwachsene.

Ein Blick auf die Uhr verriet mir, dass es beinahe Zeit für das Mittagessen war. Okay. Mission »Weihnachtsmann nicht verärgern und Lars' Anwesenheit überleben«. Wie schwer konnte das schon sein? Auf dem Weg nach unten wollte ich an Lars' Tür klopfen. Nur für den Fall, dass er die Uhrzeit übersehen hatte. Ich war vertraglich zu Offenheit ihm gegenüber verpflichtet, ich konnte also gleich damit anfangen.

Die Hand schon zum Anklopfen erhoben, hielt ich inne. Lars hatte Gesellschaft. Telefonierte er? Egal. Lieber wartete ich hier, bis er sein Gespräch beendet hatte, als schon vorauszugehen und potenziell dem Weihnachtsmann allein gegenüberzutreten. Lars war furchtbar, aber sein Vater konnte gut und gerne das größere Übel sein.

»Cleya versteht das«, sagte Lars, und ich hielt doch wieder inne. Lauschen war unhöflich. Aber es ging um mich. Technisch gesehen lauschte ich auch gar nicht, ich erwies Lars einen Freundschaftsdienst, den er nicht verdient hatte, indem ich ihn zum Essen abholen wollte. Dass er schon beschäftigt war, hatte ich natürlich nicht ahnen können. Weil ich so eine tolle Freundin war, wartete ich besser, bis er Zeit hatte, um ihm die Peinlichkeit einer alleinigen Verspätung zu ersparen. Wenn ich dabei zufällig etwas hörte, war das ein Versehen und definitiv kein Lauschen.

»Nein, ich schaffe das. Versprochen.« Ja, aber was?

»He, ich kriege das hin. Du hast ein eigenes Leben, vergessen?« Er lachte. Er lachte? Worüber lachte er? Mit wem telefonierte er?

»Natürlich ist sie nicht begeistert davon – du wärst auch angekotzt, wenn dir jemand vorschreiben wollte, wie du zu leben hast.« Exakt. Das hatte er richtig verstanden.

»Ich weiß. Wir sitzen alle im selben Boot. Sie hat einen Vertrag gebracht, um ihre Rückkehr nach Hause abzusichern.«

»Wie, was sind die Bedingungen? Keine Ahnung, sie hat ihn geschrieben.«

»Natürlich habe ich ihn gelesen! Irgendwas von wegen sie hilft mir, Weihnachtsmann zu werden und alles, ich bringe sie zurück und so.«

»Der Wortlaut ist egal, das Ding ist sowieso nicht echt.«

»Sie ist minderjährig, sie kann nicht rechtskräftig unterschreiben. Ganz einfach. Aber wenn sie das Stück Papier beruhigt, ist es mir recht.«

Wie redete er bitte über mich? Ich war siebzehn, fast volljährig, vielen Dank auch. Ich war definitiv kein Kind mehr, das man mit falschen Versprechen beruhigen musste! Dieser Typ! Moment. Falsche Versprechungen. Hieß das, das Teil war ungültig? Logisch, wenn er es so erklärte. Warum sagte er das einer fremden Person am Telefon und nicht mir? Vorzugsweise, bevor ich mich darauf verließ, dank des Papiers nach Hause zu kommen. Verdammt. Ich setzte mich auf den Boden und lehnte mich gegen die Wand. Ich wollte nach Hause. Jetzt. Das hier war doch alles dumm. Lars auch. Ich biss mir auf die Lippe, um aufkommende

Tränen zu vertreiben. Es war, als würde ich den ersten Tag hier noch mal erleben. Hoffnungslosigkeit, Hilflosigkeit, und im Gegensatz zu vor knapp zwei Wochen hatte ich heute nicht die Möglichkeit, anzunehmen, dass Lars vielleicht doch nicht so furchtbar war, wie es aussah. Das war er. Er war genauso unfair und übergriffig und egoistisch, wie es den Anschein gehabt hatte.

»Glücklich? Spinnst du? Natürlich ist sie nicht glücklich hier, ich habe sie aus ihrem Leben gerissen.« Pause. Ausnahmsweise waren wir einer Meinung. »Aber wir bekommen das hin. Die letzten Tage habe ich ihr die schönen Seiten des Lebens hier gezeigt, sie ist zumindest nicht komplett unglücklich.« Falsch. »Sie wird schon noch glücklich hier.«

Ganz sicher nicht. Lars war vieles: Kidnapper, Teenagervater, Idiot und – dem Himmel sei Dank – nicht der nächste Weihnachtsmann. Nicht, wenn ich es verhindern konnte.

Immer noch 12. Dezember

Ich zog die dritte Hose über den zweiten Pullover und nahm mir den unauffälligsten Schal aus der Kommode, in der ich meine Kleidung aufbewahrte. Ein Stirnband und Handschuhe hatte ich schon, fehlten noch Anorak und Schuhe. Hier blieb ich keine Nacht länger. Das Maß war voll, Zeit, einen Weg zurück zu finden. Und wenn nicht zurück, dann eben zumindest weg. Hauptsache, weg. Ich schloss die Tür hinter mir und schlich nach unten. Die vierte Stufe von unten übersprang ich, musste ja niemand unnötig auf mich aufmerksam gemacht werden. Wo bekam ich jetzt Proviant her? Die Küche war wahrscheinlich besetzt, und eine Minibar hatte ich noch nirgends gefunden.

Na schön, dann musste es eben ohne Mandarinen oder Müsliriegel gehen. Wobei ich den Thermobecher gern behalten hätte. Ich ging zur Haustür und zog mich fertig an. Gerade als ich die Türklinke heruntergedrückt hatte, trat jemand hinter mich. Ich ließ die Klinke los und wirbelte herum.

»Was machst du da?«, fragte Millie. Ich atmete auf. Nur Millie. Mit einem Kind konnte ich umgehen.

»Ich habe meine Mütze im Stall bei den Rentieren vergessen, ich gehe sie nur kurz holen.«

»Warum bei den Rentieren? Du warst heute doch noch gar nicht draußen.«

Warum dachte das Kind mit? »Stimmt«, sagte ich schnell. »Aber gestern Abend ist Lars mit mir geflogen, und ich war danach so müde, dass ich sie vergessen habe.« Das Kind wusste nichts von meiner Weihnachtsaversion. Das musste ausgenutzt werden. »Es ist eine Weihnachtsmannmütze«, fügte ich hinzu, als würde das die Mütze unersetzbar machen.

»In dem Schrank haben wir viele. Du kannst dir eine andere nehmen.«

»Ja«, ich zog das a lang, um Zeit zu gewinnen, »aber ... Lars hat sie mir geschenkt. Es ist unhöflich, Geschenke nicht zu behalten.« Gleich noch eine Lebensweisheit hinterhergeschoben. Nicht, dass das noch viel bringen würde, schließlich war Millie Lars' Schwester und damit vermutlich ein hoffnungsloser Fall. Perfekt. »Ich gehe die Mütze holen.«

»Mom sagt, es gibt bald Essen.«

Ich nickte. »Ich komme gleich wieder. Falls die Tür zufällt, klingle ich einfach, wenn ich zurückkomme.«

Millie zuckte mit den Schultern und kehrte wieder um. »Der Schlüssel ist unter der Zuckerstange. Pass auf, die Rentiere beißen manchmal.«

Das war mir auch schon aufgefallen. Ich bedankte mich bei Millie und trat in die Kälte. Die Tür fiel hinter mir ins Schloss, und ich hob die Dekozuckerstange an, um mir den Schlüssel zu nehmen. Viel würde es nicht bringen, die Tür von außen zu verschließen. Doch es würde die Leute im Inneren ein paar Minuten kosten, herauszufinden, warum sie die Tür nicht einfach öffnen konnten. Das war es wert. Den Schlüssel ließ ich vorsichtshalber stecken, sodass nicht einfach von innen aufgesperrt werden konnte. So. Endlich frei.

Wohin jetzt? Menschen gab es hier erschreckend wenige. Die Elfen würden mich postwendend zurück zu Lars bringen, würde ich sie um Hilfe bitten. Lars hatte eine Tante erwähnt. Wo lebte die noch gleich? Irgendwo am Nordpol, so viel war klar.

Ich sah mich kurz um. Wohnhaus. Fabrik. Hügel. Am Ende der Piste und noch ein Stück weiter, wenn ich mich richtig erinnerte. Das war zwar nicht gerade eine Wegbeschreibung, aber schon mal eine Richtung. Also los. Ich musste zum Ende der Piste gelangen. Skifahren war keine Option. Selbst wenn ich es nicht eilig hätte, wären die Teile mit Lebensgefahr gleichzusetzen. Die Rentiere fielen auch weg. Blieb nur noch eine Winterwanderung. Ich schnaubte. Weil diese Art der Flucht an Tag eins ja so großartig funktioniert hatte. Ich stapfte los und kam ganze dreißig Meter weit, bis mein Blick auf einen Holzschlitten fiel. Das Modell für Kinder, nicht das Überschallfahrzeug. Das konnte funktionieren. Besondere Fähigkeiten brauchte man ja nicht, um damit voranzukommen. Und schneller als zu Fuß war ich damit allemal. Ich zog den Schlitten zum Beginn des Hangs und setzte mich auf die Sitzfläche. Mit dem Schwung des Abstoßens rutschte ich den Hügel hinunter. Er war weniger steil, als ich es beim Skifahren gedacht hatte, aber noch immer steil genug, um an Geschwindigkeit zu gewinnen.

Vor mir sah ich den See, auf dem Lars und ich Eislaufen gewesen waren. Oh, oh! Wo waren hier die Bremsen? Ich rammte die Füße in den Schnee, um das Tempo zu drosseln, hatte aber keine Chance gegen den Hang. Schlitten auf See klang nach einem Rezept für Unfälle. Allerdings hatte Lars gesagt, der See wäre ein sicherer Untergrund. Abspringen und Knochenbrüche riskieren oder weiterschlittern?

Die Entscheidung wurde mir abgenommen, als ich auf eine Eisplatte fuhr, die jegliche Kontrolle über mein Fluchtfahrzeug übernahm und mich aufs Eis des Sees schickte. Es knackste, und ich hielt den Atem an. Theoretisch wusste ich, dass das Luftblasen waren, die sich zwischen Eisschichten und flüssigen Teilen bewegten. Das Geräusch jagte mir trotzdem Schauer über den Rücken, und ich sog scharf die Luft ein. Probehalber setzte ich einen Fuß auf die Eisschicht und verlagerte immer mehr Gewicht auf ihn. Nichts.

Ugh. Sollte ich den Schlitten mitnehmen oder hierlassen? Unnötiger Ballast war er schon irgendwie. Ich ließ ihn stehen und ging weiter über den See. Zu groß war er glücklicherweise nicht, und der Schnee, der die Eisfläche bedeckte, verhinderte, dass ich alle paar Meter ausrutschte. Bei jedem Schritt erwartete ich, wieder ein Knacksen zu hören oder einzelne Eisschollen zu betreten, aber es blieb still. Das änderte nichts daran, dass ich es kaum erwarten konnte, wieder festen Boden unter den Füßen zu haben. Ich setzte einen Fuß vor den anderen und versuchte, ruckartige Bewegungen, die das Eis mir übel nehmen könnte, zu vermeiden. Bei meinen Wintersportfähigkeiten bedeutete das, dass ich stolperte, auf der Schulter landete und noch ein Stück über das Eis rutschte.

Au. Nicht schon wieder. Stöhnend rollte ich mich auf den Rücken und setzte mich auf, um den Schaden zu begutachten. Arm noch dran, geschätzt geprellt, fühlte sich unangenehm an. Gut, dass ich keinen Rucksack hatte, dessen Riemen ich auf beide Schultern verteilen musste. Spätestens jetzt hätte ich ihn zurückgelassen. In absehbarer Zukunft würde ich gar nichts tragen können.

Ich richtete mich langsam auf. Ein Knacksen. Noch eins. Und noch eins und noch eins. Ich riss die Augen auf und erstarrte. Unter mir begannen sich Risse auf der Eisoberfläche auszubreiten. Nein, nein, nein. Bitte nicht. Verdammt, was machte ich jetzt?

Hinlegen. Irgendwie hinlegen und das Gewicht verteilen. Ich hätte den Schlitten doch mitnehmen sollen. Ich robbte langsam vorwärts. Normalerweise hätte ich mich darüber lustig gemacht, dass ich nur wie ein gestrandeter Wal vorankam, doch gerade war mir nicht danach, die Situation aufzulockern. Der Riss im Eis verfolgte mich, bis ich noch geschätzte zehn oder fünfzehn Meter vom Ufer entfernt war. Vielleicht waren es noch neun Meter, bis ich im Wasser stehen konnte, ohne unterzugehen. Die blinde Panik ebbte langsam ab, jeder Zentimeter in Richtung Ufer war ein Gewinn. Ich zog die Knie etwas zu mir, um mich nach vorn zu schieben, und mit einem Knacksen splitterte das Eis und brach unter meinen Füßen weg.

Kalt. Eiskalt. Reflexartig sog ich die Luft ein, die nur geringfügig wärmer als das Wasser erschien. Ich wollte mich bewegen, strampeln, paddeln oder schwimmen, um mich auf das nächstbeste Stück Eis zu hieven, aber meine Gliedmaßen waren wie eingefroren. Ich wollte schreien, doch nicht einmal das funktionierte. Alles, was ich konnte, war, die Kälte wahrzunehmen, die stach und brannte und schließlich allgegenwärtig war. Meine Finger fanden auf dem umgebenden Eis keinen Halt; wann immer ich ein paar Zentimeter vorwärtskroch, brach ein weiteres Stück der Oberfläche ab, bis ich schließlich halb im Wasser hing.

Ein Teil von mir wollte die Kälte akzeptieren. Meine Beine spürte ich schon nicht mehr, jeder Atemzug kostete Kraft, und eine Pause schien so verlockend.

Dann wiederum wollte ich nicht aufgeben. Ich hatte, soweit ich wusste, zwischen fünf und dreißig Minuten Zeit, bis meine Muskeln endgültig den Geist aufgeben würden. Zumindest diese Zeit musste ich irgendwie nutzen.

Ich versuchte, ruhig zu bleiben und Kraft zu tanken, um dann nach Hilfe zu schreien. Lars würde nicht kommen, den hatte ich effektiv aufgehalten. Zunächst würde mich niemand vermissen, dann würde man mich im Stall vermuten, und bis jemand die Tür geöffnet und die Spuren im Schnee verfolgt hatte, war ich schon drei Mal untergegangen. Außer mir war niemand hier. Trotzdem schrie ich, bis meine Lungen nicht mehr genug Atem hergaben und ich mich aufs Eis legte. Meine Beine rutschten immer weiter unter Wasser.

Es hieß, im Augenblick des Todes zöge das Leben an einem vorbei. Für mich war da nur ... nichts. Kein Stress, keine Traurigkeit, keine Resignation – nichts. Wenigstens hatte ich jetzt Lars' Karriere beendet, noch bevor sie begonnen hatte. Direkt konnte er nichts dafür, aber wenn jemand seine Prüferin dazu brachte, wegzulaufen und dabei zu sterben, war das nicht unbedingt ein Zeichen für einen tadellosen und sympathischen Weihnachtsmann. Damit hatten er und ich dann wohl beide keine Chance mehr auf das Leben, das wir uns jeweils wünschten.

Bis sich das Eis um mich herum schloss und mehr dem Riegel eines Achterbahnsitzes ähnelte als der kalten Umarmung. Es drückte und verhinderte, dass ich weiter in die Tiefe glitt. Bildete ich mir das ein? War ich so verzweifelt, dass ich unbewusst Traumbildern nachjagte? Ich blinzelte und konnte schwören, einen Schuh inklusive eines Beins in einer Jeans gesehen zu haben. Jemand griff in meine Jacke, und hätte ich die Energie aufbringen können, mich dafür zu interessieren, hätte ich die Elsa-artigen Kräfte, dank derer das Eis mich über Wasser hielt, kommentiert. So hatte ich keine andere Wahl, als meine Rolle als Sandsack zu spielen und mich Stück für Stück aus dem Wasser ziehen zu lassen. Das Eis brach unter mir nicht zusammen, obwohl die Person weder flach auf dem gefrorenen See lag noch sehr langsam agierte. Kaum hatte der Mensch mich größtenteils aus dem See befreit, änderte er seine Taktik vom Packen meiner Jacke zum Griff um meine Arme, um mich über das Eis ans Ufer zu ziehen. Die Eisfläche unter mir fühlte sich glatt und fest an, im Kontrast zu den scharfen Kanten und Unebenheiten der Eisscherben vorhin. Vielleicht spürte ich aber auch schon nichts mehr.

Am Rande des Sees lockerte die Person den Griff um mich und ließ mich im Schnee sitzen. Egal war es sowieso, nass war ich eh schon.

»Danke«, brachte ich hervor und versuchte nicht einmal, mich von den nasskalten Handschuhen oder irgendwas zu befreien. Ich bezweifelte, dass ich die Finger zu einer Faust krümmen könnte, und so sehr, wie meine Zähne klapperten, riskierte ich fehlende Fingerkuppen, wenn ich die Handschuhe mit den Zähnen abziehen wollte.

»Kein Problem«, kam die Antwort und die Jeans erschien in meinem Blickfeld. Der junge Mann, der darin steckte, ging in die Hocke, um auf Augenhöhe mit mir zu sein. »Versuch nur, es dir nicht zur Gewohnheit zu machen, ja?« Als wäre das eben keine große Sache gewesen.

»Ich wäre beinahe gestorben«, sagte ich und sah zurück zum See, aber von dem Krater, den ich im Eis erwartete, war nichts mehr zu sehen. Mein Blick huschte zwischen dem Mann und dem See hin und her. Okay. Ich war wohl doch erfroren oder ertrunken, und was auch immer das für eine Phase post mortem war, ich bildete mir eine heile Welt ein.

»Wenn ich Nein sagen würde, wäre das eine Lüge.« Der Mann zuckte mit den Schultern und setzte sich in den Schnee. Ich wunderte mich schon nicht mehr. »Wie gesagt, mach es dir nicht zur Gewohnheit. Ich bin übrigens Jack.«

»C-cleya.«

Jack stutzte, bevor er sich fing. »Du frierst«, stellte er fest. »Natürlich frierst du. Du hast ein Eisbad genommen. Ich hoffe, es war erfrischend. Persönlich bevorzuge ich warme Bäder und Badebomben, aber jeder, wie er mag.« Er zog sich die Mütze vom Kopf und setzte sie mir statt meiner auf, obwohl das vermutlich das trockenste Kleidungsstück gewesen war, das ich am Leib hatte. Musste man nicht verstehen. »Und du bist nass.«

Ich nickte. Ich war nass. So ungefähr zu achtzig Prozent, tendenziell mehr. Und müde. Was ich nicht tat, war frieren. Dafür war alles zu taub.

»Kannst du stehen?« Er fuhr sich durch die Haare. Sie waren unglaublich hell, fast weiß.

Wenn er häufiger Mädchen aus dem Eis zog, konnte ich verstehen, dass er schon ergraut war. Ich schüttelte den Kopf. Meine Beine fühlten sich an, als wären sie noch im Eis und nicht an mir festgewachsen. Unwahrscheinlich, dass sie kooperieren und mein Gewicht halten würden.

»Ich kann dich tragen, aber dann bekomme ich den Muskelkater meines Lebens«, meckerte er, bevor er breit grinste. »Warte hier.« Ohne eine Antwort abzuwarten, sprintete er zurück aufs Eis. Ich schreckte auf und hielt den Atem an. Der Typ war wahnsinnig. Wollte er unbedingt auch ins Eis einbrechen? Das tat er aber nicht. Wie zuvor auch trug ihn das Eis ohne Probleme. Er sah in der Winterkleidung weder besonders mager noch besonders korpulent aus, aber ich nahm an, dass er mehr wog als ich. Warum war ich dann eingebrochen und er spazierte munter darauf herum? Warum tat er das überhaupt?

Die Frage wurde beantwortet, als Jack mit meinem Fluchtschlitten zurückkam, den er hinter sich herzog. »Steig auf.«

Ich sah ihn nur an.

»Steig auf«, wiederholte er, ein Lachen in der Stimme. »Du musst ins Warme, sonst macht dein Kreislauf das nicht mehr mit, und ich bin schrecklich in Erster Hilfe.«

Klang, als hätten wir schon eine Gemeinsamkeit. Ich wollte nicht wieder zähneklappernd stottern, also machte ich eine ungelenke Geste in Richtung meiner Beine. Selbst wenn ich wollte, konnte ich gerade nicht aufstehen und mich auf den Schlitten setzen. Jack schien zu verstehen, was ich ausdrücken wollte, und machte einen Schritt auf mich zu.

»Darf ich?«

Ich nickte, und er half mir, meine Gliedmaßen zu sortieren, bevor er mich auf den Schlitten setzte und sich mit mir auf den Weg, wohin auch immer, machte. »D-dank-ke.«

»Kein Thema. Du hattest Glück, dass ich gerade auf dem Weg zum Weihnachtsmann war, sonst wäre das unschön ausgegangen. Ich bezweifle, dass du tiefgekühlt am Grunde des Sees enden wolltest. Falls du dich fragst, ob ich dich entführen und im nächsten Wald abschlachten will, lautet die Antwort: Nein.« Er lachte auf. »Zu aufwendig, und ich habe keine Lust, Menschen zu erklären, warum ich die ohnehin knappe Population des Nordpols dezimiere.« Jack drehte sich kurz zu mir um. »Das ist ein Scherz.«

»K-kay.« Was erzählte er? Ich war müde.

»Du hast jetzt aber kein Eistrauma, oder? Du musst ins Warme, klar, aber wenn ich dich jetzt zu mir nach Hause bringe, brauchen wir eine Weile, außer wir nehmen die Abkürzung übers Eis. Aber das dauert auch zu lange.« Er legte die Stirn in Falten.

»W-wie?«

»Wie wir übers Eis gehen können?«

Ich nickte.

»So, wie ich es eben auch gemacht habe«, sagte er.

»M-magie?«

Jack lachte. »So ähnlich. Das erkläre ich dir, wenn du dich darauf konzentrieren kannst, okay? Hör zu, wir gehen zu einer Freundin. Die wohnt hier in der Nähe, und wir müssen nur noch ein Stück durch den Schnee. Dann kannst du dich aufwärmen und mir erzählen, warum du auf einem See spazieren gegangen bist.« Obwohl alles um uns herum weiß war und völlig gleich aussah, navigierte Jack uns anscheinend mühelos durch die Gegend. Na ja, er musste es wissen. Er hatte mich aus dem Eis gerettet, ihm war nicht unbedingt an meinem Tod gelegen, wie es aussah. Sollte er ruhig entscheiden, wie es weiterging, das bedeutete nur, dass ich mich um nichts kümmern musste.

Ich schlang die Arme um meinen Oberkörper, um einen Hauch von Wärme zu erzeugen. Dass ich trotz nasser Kleidung, die schon zu gefrieren begann, nicht fror, aber dennoch zitterte, war seltsam. War das ein Anzeichen von Unterkühlung? Warum war ich eigentlich noch wach? Sollte ich nicht friedlich bewusstlos sein? Warum gab es keinen Leitfaden? Eisbaden für Anfänger oder so.

Wir gelangten zu einem Häuschen, das der Hütte aus *Hänsel und Gretel* ziemlich ähnelte. Nur ohne Süßkram. Und Hexe. Hoffentlich. O Mann. Wo war ich hier nur wieder gelandet? Hinter keinem der Fenster brannte Licht. Jack hatte gesagt, hier würde seine Freundin wohnen. Normalerweise zumindest, aktuell schien sie nicht zu Hause zu sein. Ich wollte schon nachfragen, ob wir richtig waren, als die Haustür aufgerissen wurde.

Immer noch 12. Dezember 2.0

Unter Jacks Freundin hatte ich mir etwas anderes vorgestellt. Ich hatte keine spezielle Optik erwartet oder ein bestimmtes Wesen, aber womit ich nicht gerechnet hatte, war eine Frau, die ihrem Aussehen nach in ihren Achtzigern war und mit einem Kochlöffel in der Hand aus dem Haus stürmte und lauthals »Jack!« schrie.

»Hey«, antwortete er. »Lange nicht gesehen! Ich habe Besuch mitgebracht!« Er machte einen Schritt zur Seite, um den Blick auf mich freizugeben.

»Himmel!« Die Frau fasste sich an die Brust und streckte den Kopf vor, um besser sehen zu können. »Das ist ja ein Mensch!«, rief sie aus. »Jack! Du kannst doch nicht einfach Menschen entführen, nur weil dein Cousin keine Zeit für dich hat!« Sie lief in ihren Pantoffeln nach draußen und auf mich zu. »Hallo, Schätzchen.« Ihr Tonfall, eben noch anklagend, war jetzt freundlich. »Du bist ja ganz nass! Komm, wir gehen ins Wohnzimmer.« Sie packte meinen Arm und zog mich hoch. Wenn ich die Frau nicht mit mir zu Boden reißen wollte, was ich angesichts ihrer klapprigen Statur nicht wollte, musste ich mich zusammenreißen und irgendwie hinter ihr herstolpern. Im Vorbeigehen versetzte sie Jack einen Klaps mit dem Kochlöffel.

»Hey!«, beschwerte er sich sofort. »Was soll das?« Er folgte uns ins Innere der Hütte, durch den kleinen Flur in ein Wohnzimmer. Endlich Möbel, die nicht aussahen, als wären sie aus einem Animationsfilm mit Weihnachtsthema gestohlen worden. Die Frau bugsierte mich zu einem Sessel, über den eine Decke ausgebreitet war, und schubste mich beinahe, um mich dort zu parken. Während ich die Kälte draußen nicht mehr gespürt hatte, kam mir nun die Wärme des Häuschens mit voller Wucht entgegen.

Sie brannte auf meiner Haut, egal, ob unter dem Stoff oder nicht. Ich wollte wieder nach draußen.

»Fürs Protokoll, ich habe sie nicht entführt, sondern aus dem See gefischt«, sagte Jack, wurde jedoch von der Hüttenbesitzerin ignoriert.

Die Frau schickte ihn los, um eine Kanne Tee zu machen, was Jack auch tat. Er kannte sich hier aus, das war offensichtlich. Währenddessen brachte sie mir ein T-Shirt, das ihr nicht gehören konnte, so groß war es, und hängte eine weitere Decke vor den Kamin. »Ich lasse dich kurz allein, damit du deine nassen Sachen ausziehen kannst. Ich trockne sie dir gerne. Ich kann dir auch eine Hose suchen, wenn dir das lieber ist, als die Decke zu nehmen.«

»Danke, das passt schon.« Was wunderte ich mich überhaupt noch. Die Frau schloss die Tür hinter sich, und ich brauchte einen Moment, um in der neuen Situation anzukommen, bevor ich mir die Thermoleggins und die restlichen Kleidungsstücke vom Körper schälte. Die Haut darunter war rot und fühlte sich wund an. Dazu kam das brennende Prickeln, das man auch spürte, wenn man kalte Zehen hatte und warm duschte. Nur konnte ich jetzt nicht einfach das Wasser abdrehen. Wäre ich zu Hause, würde ich mir jemanden suchen, der die nassen Sachen schnell von mir wegzog, damit ich nicht um jeden Zentimeter kämpfen musste, so dauerte es aber eine Weile, bis ich bis auf die Unterwäsche entkleidet im Sessel hing. Die war zwar auch nass, aber ich würde einen Teufel tun und sie ausziehen. Ich zog das T-Shirt über und setzte mich wieder in den Sessel, die Beine, so gut es ging, angezogen, um möglichst wenig Haut zu zeigen.

Gliedmaßen wiederzubeleben oder generell erst mal aufzutauen war kein Spaß. Die Luft war zu warm, mir war weder warm noch kalt, dafür aber komisch, und ich war nur froh, dass ich nicht auch noch Seewasser getrunken hatte, sonst würde ich mich mittlerweile vermutlich erbrechen. Ich rieb mit den Handflächen über Arme und Beine, um den Prozess zu beschleunigen, und biss mir auf die Lippe, um nicht zu wimmern oder zu stöhnen. Himmel, hätte ich nicht einfach gleich erfrieren können?

Jack und seine Freundin kamen mit einer Kanne Tee und drei Tassen wieder herein. Die Hüttenbesitzerin nahm meine Kleidung mit und brachte sie irgendwohin, wo wahrscheinlich keine Teppiche und Polstermöbel waren, die nicht nass werden sollten. Jack holte sich die Decke vor dem Kamin und warf sie über mich, sodass nur noch mein Kopf sichtbar war. Der Stoff war warm und leicht rau – wäre ich nicht ein halbes Eis am Stiel, würde ich ihn lieben. So war er aber heiß und kratzig auf meinen Beinen, und ich schubste ihn weg.

»Nicht«, sagte Jack und machte Anstalten, die Decke wieder auf mir abzulegen, entschied sich aber dafür, Abstand zu halten. »Ich will sie nicht auf dir festfrieren müssen.«

»Wäre auch ein bisschen kontraproduktiv«, gab ich zurück. Mein Mund war wieder aufgetaut, wie es schien. Die Decke war unangenehm, aber ich zog sie mir brav wieder über die Beine. Ich war fast erwachsen, ich konnte das aushalten. Zwangsläufig. Wer einbrechen konnte, konnte auch die Folgen ausbaden. Einbrechen. Lars war ein Einbrecher, keine Frage, aber machte mich der Zwischenfall nicht auch zur Einbrecherin? Rein technisch betrachtet, war ich ins Eis eingebrochen.

»Ein bisschen«, stimmte Jack zu und ließ sich auf das Sofa fallen, das meinem Sessel gegenüberstand. »Du bist witzig, ich behalte dich.« Er zwinkerte mir zu, um mir zu signalisieren, dass er es nicht ernst meinte.

»Du kannst sie nicht einfach behalten!«, zeterte seine Freundin, die just in diesem Moment zurückkam. Jack kämpfte darum, einen ernsten Gesichtsausdruck zu bewahren, und ich konnte nicht anders, als zu schmunzeln. Wie es aussah, hatte er das Thema nur um ihretwillen angeschnitten.

»Von mir aus!« Er seufzte theatralisch und warf die Arme in die Luft. »Dann eben nicht! Miss Snowflake, Sie sind ein Spielverderber!«

So hieß sie also.

»Spielverderberin, wenn ich bitten darf, junger Mann!« Sie lächelte, was den Worten die Schärfe nahm.

»Ist doch dasselbe.«

»Wie würdest du es finden, wenn ich dich als Freundin und nicht als Freund bezeichnen würde?«

Jack zuckte mit den Schultern. »Kommt darauf an, ob wir als Freundinnen mit Nagellack und Gesichtsmasken experimentieren oder ob ich einen Liebesromankitschbuchclub mit Ihnen gründen muss.« Er wich ihrem Klaps aus. »Sie sind eine Spielverderberin. Zufrieden?«

»Sehr. Ich darf davon ausgehen, dass ihr hier übernachten wollt?«

Jack nickte nur. »Falls Ihnen das nichts ausmacht«, beeilte ich mich zu sagen. »Ich kann auch ger…«

»Unsinn!«, fiel sie mir ins Wort. »Bis du wieder unter den Lebenden angekommen bist, gehst du nirgends hin. Ich habe das Gästezimmer schon hergerichtet.« Sie drehte sich zu Jack. »Du darfst auf dem Sofa schlafen.«

»Ich gehe schlafen«, warf ich ein, bevor Jack und Miss Snowflake – wenn mir nicht einmal mehr der Name der Frau komisch vorkam, wurde es Zeit fürs Bett – ein weiteres Mal in ein gegenseitiges Kabbeln starteten. Wie es aussah, machte es müde, beinahe zu sterben. Ich wackelte mit den Zehen, die sich einzeln noch nicht bewegen ließen, zumindest aber spürbar an meinem Fuß befestigt waren. Ja, darauf konnte man gehen, ohne zu stolpern. Glaubte ich.

Jack schüttelte den Kopf. »Kommt nicht infrage. Nach einem Eisbad wie deinem kann dein Kreislauf für ein paar Stunden immer noch jederzeit abkratzen. Ich habe nicht Schlittenhund gespielt, nur damit du hier eingehst.«

Mein Blick fiel auf Miss Snowflake. Vielleicht hatte sie Mitleid mit mir und ließ mir meine Ruhe. Ich brauchte meinen Schönheitsschlaf, und ein bisschen Kraft wäre auch nicht schlecht, wenn ich morgen endgültig den Heimweg antreten wollte. Doch auch sie schüttelte den Kopf. »Er hat recht, bleib noch ein bisschen hier. Nicht einschlafen.«

Gemeinheit. Ich grunzte, um meinen Unmut zu kommunizieren, auch wenn ich zugeben musste, dass es nicht unvernünftig war, sicherzustellen, dass ich nicht plötzlich doch noch starb.

Trotzdem. Es hätte ja auch mal alles glattlaufen können. Nicht, dass der Wunsch realistisch war, wenn man Cleya Harris hieß. War man ich, war eine normale Vorweihnachtszeit unmöglich. Erstens war Weihnachten an sich eine einzige Qual, zweitens wurde man nach Winterville versetzt, wo das einzige Fest, das man nicht ausstehen konnte, zelebriert wurde, als wäre es der einzige Feiertag im Jahr. Und als wäre das nicht schon Folter genug, durfte man eine unbezahlte und unfreiwillige Au-Pair-Stelle am Nordpol antreten. Einen furchtbaren Weihnachtsmann junior gab es gratis dazu. Wollte man diesen loswerden, musste man sich erst in Lebensgefahr begeben, denn sogar das Eis hier hasste einen. Ich ließ mich wieder in den Sessel sinken und riss mich zusammen, um nicht zu schmollen. Miss Snowflake und Jack fingen ein weiteres liebevolles Streitgespräch an, das ich ausblendete. Auf dem Wohnzimmertisch, direkt neben dem Tee, lag ein Roman, dessen Cover interessant aussah. Ein weinroter Umschlag mit goldenen Mustern, in denen sich allerlei mystische Wesen verbargen. Eine Kunst, ihn mit diesen Farben nicht weihnachtlich aussehen zu lassen. Dem Designer oder der Designerin war es gelungen. Wie meine Zehen waren aber auch meine Finger funktional betrachtet noch ein einziger Klumpen, sodass Lesen keine Option war. Was gab es hier sonst noch so? Weitere Bücher in den Regalen an der Wand. Jede Menge bedruckter Teller, die ausgestellt und aufgehängt waren, und eine immense Schneekugelsammlung. Fast wie bei Miss Daisy. Was war nur mit Damen ihres Alters los, dass sie Schneekugeln sammelten, als wären sie nützliche Einrichtungsgegenstände. Welche der Frauen mehr Kugeln hatte, konnte ich nicht erkennen. Miss Daisy. Die hatte ich vollkommen vergessen. Hoffentlich ging Anna oder irgendwer sonst für sie einkaufen. Wenn sie so kochte, wie sie buk, wäre sie andernfalls verhungert. Wobei, es hatte da doch den einen Nachbarn gegeben, der ein Auge auf sie geworfen hatte. Glaubte ich. Hoffte ich. Na ja, irgendwer würde sich schon kümmern. War ja nicht so, als hätte ich die Möglichkeit, ihr zu helfen.

»Alles in Ordnung?«, fragte Miss Snowflake. »Gefallen dir die Schneekugeln?«

Wie verneinte man das höflich? Solange sich in diesen Exemplaren nichts bewegte, waren sie zumindest nicht unheimlich. Aber ich würde in meinem Leben keine Schneekugel mehr kaufen oder bewundern. »Alles in Ordnung, danke. Sie erinnern mich nur an eine Bekannte.«

Die Frau begann zu strahlen. »Jemand von hier?«

Ich schüttelte den Kopf. »Zu Hause war ich oft für eine Bekannte einkaufen. Sie hat auch so viele Schneekugeln.« Dass sie die Teile liebte, war untertrieben. »Miss Daisy hat sie so ähnlich aufgestellt wie Sie.«

»Ist sie aus Winterville?«

»Cleya ist aus Winterville, ich gehe davon aus, dass diese Miss Daisy auch aus Winterville stammt«, mischte sich Jack ein.

»Warte, woher weißt du, dass ich aus Winterville komme? Das habe ich nicht erzählt.«

Er zuckte mit den Schultern. »Wir sind hier kein Ferienresort, und es gibt nur eine Touristin«, er betonte die Endung und sah Miss Snowflake dabei an, »die dumm genug wäre, auf einen See zu spazieren, wenn alle Welt weiß, dass die Dinger in der Nähe einer Fabrik nicht stabil sind. Viele Orte, von denen ein solcher Mensch angereist kommen kann, gibt es nicht.«

Aha. Also hatte sich herumgesprochen, dass Lars sich jemanden aus Winterville geholt hatte. Großartig. »Hast du vor, mich zu Familie Claus zurückzubringen?« Falls ja, hatten wir ein Problem miteinander.

»Nah.« Er überschlug die Beine. »Nicht wirklich. Zurück zu dieser Miss Daisy. Wer ist das genau?«

»Daisy? Meine Schwester«, antwortete Miss Snowflake.

»Bitte was?« Ich blinzelte.

»Meine Schwester«, wiederholte Miss Snowflake. »Sag, kann sie nun endlich backen?«

Ich schüttelte den Kopf. Ihre Schwester. Hier war ja irgendwie jeder verwandt und verschwägert mit Winterville. Als wäre das Kaff der einzige Ort, an dem es Menschen gab, die dem Anspruch der Arktisbewohner genügten. Wie man eindeutig an mir sah ...

»Aber wenn Sie Miss Daisys Schwester sind, wie ... äh, warum ... was machen Sie dann hier?«

»Eine gute Frage!«

»Bitte keine Geschichtsstunde, Miss Snowflake!« Jack füllte eine Tasse mit Tee und leerte sie in einem Zug. »Das Zeug hier ist nicht stark genug für Unterricht.«

Unsere Gastgeberin verdrehte die Augen. »In Winterville gibt es die Nordpol-Legende. Das ist aber nur der spannendere Teil der Verbindung zwischen Winterville und dem Nordpol. Weihnachten funktioniert nur, solange wir, also diejenigen, die Weihnachten möglich machen, und der Alltag derer, die Weihnachten feiern, gut koordiniert und im Gleichgewicht sind. Exemplarisch sind das ein Mensch von hier und einer aus Winterville.«

»Ich meine nicht den Weihnachtsmann und seine Frau.«

»Wen dann?«

»Daisy und mich. Wir haben die beiden Seiten im Auge und kommunizieren und koordinieren, was wir können.«

Die Dame konnte froh sein, dass das nicht einmal das Absurdeste war, was ich in der letzten Zeit gehört hatte. »Sie kommunizieren? Telefon? Skype?«

»Schneekugeln.«

»Im Ernst jetzt?«

Miss Snowflake bejahte, und Jack nickte ebenfalls. Wow. Okay. Das war doch eine Spur seltsamer, als ich es erwartet hatte.

»Hast du auch Verwandte in Winterville? Irgendwen, den ich kennen könnte?« Die Frage an Jack war nicht wirklich ernst gemeint, dennoch breitete sich ein Grinsen auf seinem Gesicht aus.

»Nur angeheiratete Verwandte. Tante Grace hat einen Bruder, glaube ich.«

»Tante Grace?« Nicht noch einer von der Sippe. Moment. Dann war Jack der Neffe, von dem Grace erzählt hatte. Derjenige, der als Nachrücker den Weihnachtsmann-Azubi beerben konnte, wenn der ungeeignet war. »Herzlichen Glückwunsch«, sagte ich.

»Wozu? Ich habe erst im Januar Geburtstag«, antwortete Jack.

»Du bist befördert. Die Ausbildung zum Weihnachtsmann beginnt irgendwann im nächsten Jahr, nehme ich an, du kannst schon mal anfangen, dich vorzubereiten. Entführungen werden tendenziell mäßig gern gesehen, und pass bei den Rentieren auf, eins davon ist bissig. Sie könnten auch neue Namen vertragen.«

»Ich will abe...«, warf er ein.

»Oh, und versuch, keine Tiere umzufahren. Wenn du das beachtest, machst du schon mal keine groben Fehler mehr.«

»Aber ich will kein Weihnachtsmann sein.«

Ich zuckte mit den Schultern. Dass es in Familienbetrieben keine willigen und geeigneten Erben gab, sollte vorkommen. War aber nicht mein Problem. »Ich wollte auch nicht unbedingt herkommen und hatte trotzdem das Pech, an der Reihe zu sein.« Ich sah zu Miss Snowflake. »Sie könnten Miss Daisy gleich anrufen? Ankugeln? Mitteilen, dass Mr Jack Claus den Platz von Lars einnehmen wird. Sie soll sich nach seiner neuen Freundin umsehen, damit er sie frühzeitig vorwarnen kann, was auf sie zukommt.«

»Ich heiße nicht Claus.«

»Dann eben Mr Jack ...«, verbesserte ich mich und sah ihn auffordernd an.

»Frost.« Er zog den Kopf leicht ein. »Jack Frost.«

»Das glaube ich jetzt nicht. Sag mir, dass das nur ein Scherz deiner Eltern ist und der Name nichts zu bedeuten hat.« Ich krallte mich am Polster des Sessels fest. Nach Weihnachtsmännern, -elfen, -engeln und -wichteln kamen jetzt seltsame Kristallkugelschwestern und Jack Frost. Wann war es denn endlich genug?

»Das ist ein Scherz meiner Eltern. Der Name hat nichts zu bedeuten.« Jack grinste mich an. »Ich kann es schon sagen, aber wahr wird es davon auch nicht.« Wie zum Beweis goss er erneut Tee in die Tasse, die er eben schon benutzt hatte, und steckte einen Finger hinein. Er drehte die Tasse mit der Öffnung zum Teppich, aber nichts passierte. Er wedelte damit in der Luft herum, doch es spritzte weder Tee auf den Boden, noch flog die Tasse durch die Luft. Sie war wie festgefroren. Ich sah an mir herunter. Das erklärte so einiges.

»Okay, ich habe für heute genug. Ich gehe schlafen, Kreislauf hin oder her, gute Nacht.«

13. Dezember

»Danke für die Gastfreundschaft!« Ich winkte Miss Snowflake nochmals zu, bevor ich Jack folgte, der mit großen Schritten von der Hütte wegging. Die letzten vierundzwanzig Stunden waren vollkommener Wahnsinn gewesen, und ein Ende war noch nicht in Sicht. Statt mit einem Weihnachtsmann lief ich jetzt mit Jack Frost durch die Winterlandschaft. Immerhin wollte mich diesmal niemand hier festhalten oder in einen Weihnachtsfan verwandeln. Das Upgrade zu Jack war allerdings nicht viel wert, wenn er mich zu einer Frau mit Funkverbindung nach Winterville brachte, die mich allerdings nicht nach Hause schicken konnte. Also ab zu Jack nach Hause, um zu sehen, was wir dort für Möglichkeiten hatten.

»Kommst du?« Jack drehte sich nicht einmal zu mir um, sondern stapfte weiter durch den Schnee.

»Ja.« Was brachte es mir, Jack Frost getroffen zu haben, wenn er zwar Tee an seiner Hand festfror, uns aber keine Rodelbahn zu seinem Haus erschuf? Kalte Füße. Meine Schuhe waren noch nicht wieder trocken, sodass ich keine Chance hatte, einen Anflug von Wärme zu halten. Typisches Glück. »Wie weit müssen wir gehen?«

»Eine halbe Stunde«, sagte er und machte eine »Ungefähr«-Geste.

»Okay. Du bist also Jack Frost?«

Jack schmunzelte. »Meines Wissens ja.«

Meines Wissens auch, das hatte er unter Beweis gestellt. »Und wie alt bist du?«

»Achtzehn.«

»Wie lange schon?« Nicht, dass er einen auf Edward Cullen machte und seit Jahrzehnten dasselbe Alter hatte.

»Seit elf Monaten? Du stellst seltsame Fragen.« Jack schüttelte den Kopf und ließ mich etwas aufholen. »Wird das ein Verhör?«

»Ich bin jung, weiblich und orientierungslos. Ich laufe einem praktisch Fremden hinterher, der mich zwar aus dem See gerettet hat, den ich aber trotzdem nicht kenne. Ich wüsste gern mehr über dich.« Zumal ich Kunibert nicht zur Hand hatte.

»Das ist fair. Frag weiter!«

Wirklich ehrlich achtzehn? Na dann. Aber der Name ... »Wird der Name dann vererbt? Also nicht der Familienname, sondern Jack.« Jack Frost der Achtundzwanzigste und so. Ich hielt ein Lachen zurück. Das würde zumindest die Ahnenforschung erleichtern.

»Mein Dad heißt Jake, mein Großvater hieß Jacob, und ich glaube, sämtliche Namen von James zu Jackson hat die Familie mittlerweile durch. Ich bin aber der erste Jack seit hundertfünfzig Jahren, soweit ich weiß.« Er zuckte mit den Schultern. »Auf dem Nordpol jedenfalls. Dämlicher Schnee.« Jack trat einen Klumpen in die Luft.

Jack Frost hatte etwas gegen Schnee? Der Typ wurde mir noch sehr sympathisch. »Würdest du lieber im Süden leben?«

»Südlicher als der Nordpol wäre cool«, gab er zu und grinste schief. »Für Strand und Meer bin ich nicht geeignet, das macht meine Haut nicht mit, aber südlicher wäre schon cool. Weg von Zuhause und so.«

Hin zu Zuhause wäre mir lieber. »Was schwebt dir vor?«

»Großbritannien!«

Das war eine schnelle Antwort gewesen. Ich zog die Augenbrauen nach oben, damit er weitersprach. Was wollte er bei den Briten, wenn er Amerika haben konnte? Ersatzweihnachtsmänner bekämen in Winterville vermutlich Kost und Logis umsonst und konnten auch gleich als Ehrenbürger aufgenommen werden. Im UK konnte er stattdessen Regen und eine winzige Insel haben.

»Ich identifiziere mich als Brite.«

Bitte was? »Als Brite?«

»Die haben sich meinen Namen auf die Fahnen geschrieben – wortwörtlich!«

Der Union Jack sollte seine persönliche Einladung zur Einwanderung sein? Okay? Ich versuchte, ein Lachen herunterzuschlucken, und hustete los. Jack sah mir kurz ins Gesicht und machte Anstalten, mir auf den Rücken zu klopfen. Ich hob die Hand und hustete fertig, dann lachte ich.

»Alles okay?«

»Ja!« Ich holte tief Luft und hustete noch einmal, dann war der Reiz verschwunden. »Was hindert dich daran, in dein Land zu ziehen?«

»Du bist noch Schülerin, also wird das eine Überraschung für dich sein, aber manche von uns haben Jobs.«

Er hatte schon einen Job? Das war unpraktisch für eine Umschulung. Konnte man den Beruf kündigen? Oder um ein Ehrenamt als Weihnachtsmann erweitern? Von mir aus sollte er einen Weihnachts-CEO anstellen und nur die Geschenke ausfliegen, Hauptsache, er löste Lars ab. »Der da ist?«

Anstelle einer Antwort nahm er einen Schritt Anlauf und schlitterte einige Meter auf dem Eis. Mitten im Pulverschnee.

»Die Bahn war eben noch nicht da.« Es war mehr eine Aussage als eine Frage, aber ich brauchte die Realität, die das Aussprechen der Tatsache schuf.

»Stimmt.« Die Bahn verschwand wieder. »Meine Aufgabe besteht darin, für Schnee und Eis zu sorgen.«

Endlich mal ein Klischee, das auch stimmte.

»Je mehr ich davon um mich habe, desto einfacher und effektiver geht das. Darum ist Auswandern tendenziell schwierig.«

Hatte er wohl Pech gehabt. »Was genau kannst du alles zaubern?«

»Ich bin kein Zauberer, Mädchen.« Jack verdrehte die Augen. »Auch kein Magier oder so. Einfach ein Frost. Homo sapiens Tiefgekühltus oder wie man das sagt.« Anfangs tat er so, als wäre das Ganze ein großes Opfer, dann zeigte er aber den ein oder anderen Trick. Währenddessen liefen wir an einem Wald vorbei und einen weiteren Hang hinunter – immerhin die richtige Richtung – auf eine idyllische Ebene zu. Soweit eine Schneeebene idyllisch sein konnte. Ein Einfamilienhaus mit Schuppen nebenan und überraschend wenigen Tannen in der direkten Umgebung stand dort.

»Schön habt ihr es hier«, sagte ich, um höflich zu erscheinen. Schließlich half er mir, und selbst wenn er sich dessen noch nicht sicher war, wollte ich es mir nicht durch mangelnde Umgangsformen verscherzen.

»Am Ende willst du gar nicht mehr weg.«

Das war mehr als unwahrscheinlich. So gern hatte ich Schnee und Eis und Weihnachtsmänner auch wieder nicht. Weit war es nicht mehr bis zum Haus und hoffentlich auch einem trockenen Paar Socken, das ich mir ausleihen konnte. »Ihr habt aber keine Rentiere, oder?« Oder Elfen und Wichtel, die eine muntere WG mit ihm bildeten.

»Hast du Angst vor ihnen? Ich wette, Karlheinz hat dich gebissen!« Er runzelte die Stirn. »Die Wette ist unfair. Lars hat angerufen und erzählt, er hätte dich gebissen. Mach dir nichts draus, das Tier hat einen Sprung in der Schüssel.«

Dem konnte ich uneingeschränkt zustimmen. »Keine Angst«, sagte ich, ohne auf sein Telefonat einzugehen. Dass die beiden miteinander redeten, fand ich nicht wirklich toll, aber was sollte ich sagen? Ich hätte an ihrer Stelle auch über meinen Alltag geredet, und wirklich verwerflich war es nicht. Das bedeutete ja nicht, dass es mir gefallen musste. »Ich sehe sie mir nur lieber aus der Ferne an, als mit ihnen auf Kuschelkurs zu gehen.« Ausnahmen bestätigten die Regel. Ausnahmen und Eisbärbabys.

»Dann wird es dir hier gefallen, die überwiegende Gesellschaft ist menschlich. Dad hat ein Kaninchen, aber das ist alt und taub, das will seine Ruhe.« Jack lachte, als hätte er etwas Lustiges gesagt. Wir traten vor die Haustür, die Jack aufsperrte und öffnete. »Immer herein!«

»Danke.« Ich zögerte einen Moment, bevor ich eintrat. Der Eingangsbereich war unspektakulär. Weiße Wände, Jacken, Schuhe, Mützen und eine Menge gestrickter Schals. »Stört es deine Eltern nicht, wenn ich hier bin?«

»Nein. Mom liebt Gäste, dich wird sie doppelt lieben, weil sie es leid ist, die einzige Frau im Haus zu sein. Die zwei sind aber noch unterwegs. Willst du einstweilen was essen oder so?«

»Nicht wirklich, danke.«

»Okay, dann zeige ich dir dein Zimmer. Es hat ein eigenes Badezimmer, aber Handtücher und so brauchst du noch. Bettwäsche auch.« Er legte Jacke und Schuhe ab. »Du kannst Betten beziehen, oder?«

Ich befreite mich ebenfalls von meiner Wintermontur und nickte. Betten beziehen konnte ich. Kleines Haushaltseinmaleins.

»Gut, dann bringe ich dir die Sachen.« Er lief eine Treppe nach oben und stieß eine Tür auf, die in ein Zimmer führte, das ich nur mit dem Wort pink beschreiben konnte. Die Tapete war stellenweise verblichen, und auf einem Regalbrett an der Wand saßen einige Teddybären. Vor allem aber hatte die Tür ein Schloss, wie man es von öffentlichen Toiletten kannte. Niemand konnte mich von außen einsperren, ich konnte die Außenwelt – Jack – jedoch aussperren. Ich atmete auf. Egal, wie nett er schien, ich kannte ihn nicht, und eine räumliche Grenze zu meinem fremden Gastgeber war immer gut. Abgrenzung und Abgeschiedenheit.

Jack kam herein und legte einen Stapel Handtücher, Bettwäsche und eine kleine Auswahl an Kleidung auf dem Bett ab. »Du möchtest dich bestimmt irgendwann umziehen.« Er lächelte. »Wenn du noch etwas brauchst, ich bin unten im Wohnzimmer. Die Tür ist offen, also kannst du es leicht finden.«

»Danke.«

»Dann lasse ich dir etwas Ruhe zum Auspacken.«

»Danke«, sagte ich noch mal, und Jack schloss die Tür hinter sich. Ich ließ mich auf das Bett fallen. Die Matratze quietschte und wippte ein paarmal auf und ab, bevor ich still dalag. Diese Vorweihnachtszeit würde ich definitiv nie vergessen.

Es dauerte nicht lange, bis Jack vorbeikam und ausrichtete, dass seine Mutter fragen ließ, ob ich ihr in der Küche Gesellschaft leisten wollte. Mit einem leisen Grunzen stand ich auf und folgte ihm nach unten. Ich in der Küche ... die Frau hatte keine Ahnung, was sie ihren Geräten zumutete. Aber abzulehnen, nachdem ich gerade bei ihnen eingefallen und untergekommen war, schien mir keine Option. Also begrüßte ich die Frau – blond, wie gefühlt alle Menschen hier – und stellte mich vor.

»Ich bin Noelle.« Sie lächelte, wischte sich die Hände an einem Küchentuch ab und hielt mir eine Hand hin.

Ich schüttelte sie und besah mir die herausgelegten Zutaten. »Was ist der Plan?«

»Plätzchen. Ich dachte an Vanillekipferl. Hast du die schon mal gemacht?«

»Nein.« Plätzchen. Sehr weihnachtlich, vielleicht eine Spur zu weihnachtlich.

»Ich mache die Plätzchen immer schon Mitte Dezember, damit wir genügend Zeit haben, sie zu genießen«, erzählte Noelle und holte mir eine Schürze aus einem der Küchenschränke. »Meistens backe ich sowieso noch mal eine Ladung kurz vor Weihnachten, wenn die erste aufgegessen ist.«

Ich nickte brav. Süßkram überlebte bei meiner Tante auch nie lange. Zwei Teenager und eine Grundschülerin sorgten schon dafür, dass der Bestand nicht zu alt wurde.

»Möchtest du Musik hören? Irgendwo hat mein Sohn eine dieser Playlists gespeichert. Weihnachtsmusik.«

An ihrer Stimme konnte ich das Augenverdrehen beim Nennen des Musikgenres hören. Großer Pluspunkt. »Nein, danke. Weihnachten hatte ich die letzte Zeit genug.«

Noelle drehte sich zu mir, als ich mir gerade die Schürze umband. »Du warst bei Lars.«

Es war keine Frage, aber ich hatte dennoch das Bedürfnis, zu antworten. »Ja.«

»Nicht freiwillig.«

»So ungefähr.« Ich zuckte mit den Schultern.

Einen Moment lang verhärtete sich Noelles Kieferpartie, dann lächelte sie mich an und begann, Schüsseln, ein Rührgerät und Zutaten zusammenzutragen. »Kannst du die Sachen abwiegen?«

»Gerne.« Ich nahm mir die Waage, ein paar Schüsseln und portionierte Mehl, Zucker, seltsamerweise Nüsse und Puderzucker. Nüsse in Vanillekipferln? Das waren dann schon mal keine langweiligen Plätzchen mehr. Noelle schüttete alles mit der Butter zusammen und ließ mich den Teig verrühren. Backen war keine große Sache, das konnte ich. Immerhin machte ich schon mal keinen ganz so miserablen Eindruck mehr. Hoffte ich.

»Möchtest du wieder nach Hause?«, fragte Noelle, während sie Mehl auf der Arbeitsfläche verstreute.

Ja. »Mein erster Impuls war, von Lars wegzukommen. Weiter habe ich nicht gedacht, aber nach Hause wäre gut.« Ich schnitt eine Grimasse und schaltete das Rührgerät aus. Der Teig sah ganz passabel aus, wie ich fand. »Danke, dass ich hier sein darf.«

Die Frau winkte ab. »Das ist selbstverständlich.«

»Nicht wirklich«, entgegnete ich.

»Wie meinst du das?« Sie legte den Kopf schief und wischte sich einmal mehr die Hände ab.

»Warum hilfst du mir?«, fragte ich. Sie hatte keinen Mehrwert dadurch, dass ich von Lars wegkam und ihr Sohn einen Job erhielt, den er nicht wollte. Außer einer potenziellen Familienfehde brachte ihr das nichts.

»Wie meinst du das?«, wiederholte sie.

»Ich freue mich wahnsinnig, endlich normale Menschen hier getroffen zu haben, aber warum interessiert es dich, ob eine Wildfremde aus ihrem Leben gerissen wird oder nicht?« Ich leerte die Schüssel mit dem Teig über der Arbeitsfläche aus und biss mir auf die Lippe.

»Oh«, machte Noelle. »Keine Familie hat es verdient, nicht zu wissen, wo eines ihrer Mitglieder ist, besonders wenn es sich um jemanden handelt, den man noch als Kind betrachtet.«

Ich nickte langsam. Das klang schlüssig. Aber was sollte das für eine Motivation sein? Die meisten Leute, die ich kannte, waren gute Menschen. Trotzdem waren die wenigsten Menschen bereit dazu, ihre guten Ansichten so auszuleben. »Das stimmt«, meinte ich. Irgendwas sprach Noelle nicht aus. Nicht, dass sie das musste oder so.

»Ich weiß nicht, was Jack dir erzählt hat«, sagte sie langsam.

Das konnte ich ihr sagen: Nichts. Außer einigen Namen seiner Vorfahren hatte ich nicht viel erfahren.

»Ich hatte eine Tochter. Sie wäre mittlerweile sechzehn Jahre alt.«

Das klang erschreckend nach Vergangenheit. Ich wartete, bis die Frau durchgeatmet hatte und weitersprach.

»Als meine Tochter ungefähr zwei Jahre alt war, wurde sie entführt.« Sie lächelte schief. »Was bedeutet, dass ich am anderen Ende einer Situation wie deiner bin und das niemandem wünsche. Aber vor allem helfe ich dir, weil du nicht hier sein willst und ich mir wünsche, dass meiner Tochter auch geholfen wird, sollte sie jemals von dem Ort wegkommen, an dem sie ist.«

Wow.

14. Dezember

Einen Moment lang überlegte ich noch, ob das Wasser aus den Wasserhähnen am Nordpol überhaupt Trinkwasserqualität hatte, entschied mich dann aber dafür, dass ich lieber irgendwelche Nordpolmineralien und Dreckpartikel schluckte, als meinen Hals weiter bei seiner Mutation zum Reibeisen zu unterstützen. Was sollte schon passieren? Drei Tropfen, und ich verwandelte mich in einen Eiszapfen? Der Gedanke war mäßig erschreckend. Woran man sich nicht alles gewöhnen konnte. Die Episode mit dem Eisbad brauchte ich in absehbarer Zukunft trotzdem nicht mehr. Noch war es nur ein kratzender Hals, aber krank werden musste ich nicht unbedingt. Das wäre ein einziger Albtraum. Noelle und Jake, wie ich Jacks Dad nennen durfte, wollten heute eine Möglichkeit suchen, mich nach Hause zu schicken. Da konnte ich nicht flachliegen. Ich trank ein paar Schlucke des Wassers und spritzte mir auch etwas davon ins Gesicht. Die Tropfen waren angenehm kühl. Ich schnitt meinem Spiegelbild eine Grimasse. Dann trocknete ich mir das Gesicht ab, kämmte meine Haare und ging zurück in das Gästezimmer, das ich bewohnte.

»Cleya?«, fragte Jack und klopfte an die Tür.

»Komme!«, antwortete ich, was eher wie ein krächzender Papagei, der Wörter lernte, klang.

»Du siehst furchtbar aus.«

»Tu ich nicht.« Ich wusste, dass ich weder blass noch angeschlagen aussah, sondern nur so klang und mich vielleicht so fühlte. Das würde sich noch herausstellen. »Ich klinge furchtbar.«

»Von mir aus auch das.« Er zuckte mit den Schultern. »Möchtest du Tee mit Honig? Hustenbonbons? Du hättest dir auch nachts etwas holen können.«

Diesmal zuckte ich mit den Schultern. »Ich bin vor fünfzehn Minuten damit aufgewacht, vorher habe ich geschlafen.«

»Okay. Kommst du mit nach unten? Ich kann mal die Küchenschränke nach irgendwas durchforsten, was Abhilfe schafft.«

»Musst du nicht«, meinte ich, es gelang mir aber nicht, den Humor die Heiserkeit übertönen zu lassen. Dämliche Witterung. Ich räusperte mich und machte die Sache damit nicht besser, denn jetzt kiekste ich wie mein Cousin im Stimmbruch. Großartig.

»Dann musst du mit mir vorliebnehmen. Ich will dich nicht irgendwo allein vor dich hin siechen lassen.«

Sollte mir recht sein. Wir gingen nach unten in die Küche, die wie bei Lars eine riesige Wohnküche war. Ich setzte mich an den Küchentisch und sah Jack zu, wie er sich durch den Kühlschrank wühlte. »Magst du Suppe?«

»Nicht in der Früh.«

Sein Blick huschte zur Uhr, und er nickte. »Toast ist zu kratzig. Kannst du Joghurt essen, oder verträgst du das nicht?«

»Du musst mir nichts zu essen suchen, Jack.« Das war doch albern! Ich war alt genug, ihn nach Dingen zu fragen, wenn ich sie brauchte. Als wäre er ein überfürsorglicher älterer Bruder. Irgendwie war das nett.

»Muss ich nicht, das stimmt. Das gehört zum Service hier – ich bin nett und cool.« Er drehte sich zu mir und sah mich erwartungsvoll an. Ich sah zurück. Wollte er eine Bestätigung hören? »Hallo?« Jack stieß sich mit dem Daumen gegen die Brust. »Jack Frost. Cool.«

Ach so. »Haha. Tolles Wortspiel. Joghurt ist völlig okay.«

»Erdbeere oder Vanille? Wir haben auch Apfelstrudel mit Zimt, also als Geschmacksrichtung. Was nimmst du?«

»Vanille?« Ganz sicher keinen Weihnachtsjoghurt.

»Hier, bitte.« Er reichte mir das kleine Joghurtglas und einen Löffel, bevor er sich mir gegenüber niederließ, ein Glas Erdbeerjoghurt in der Hand.

»Danke. Wo kauft ihr eigentlich ein?« Einen Supermarkt hatte ich hier noch nie gesehen. Irgendwas musste es aber geben, sonst wäre hier wenig Leben. Für Kühe war es wahrscheinlich sowieso zu kalt, von Erdbeeren ganz zu schweigen.

»Mom und Tante Grace fliegen einmal im Monat los, um einen Großeinkauf zu machen. Wir haben viel eingefroren und Vorräte, die uns notfalls durch den Winter bringen.« Jack lächelte.

Das ergab Sinn. Schweigend frühstückten wir und zogen anschließend ins Wohnzimmer um. Ich sah zu, wie Jack durch das Angebot des Nordpolstreamingdienstes blätterte und sich schließlich für eine Serie entschied, in der Elfen ... irgendwas taten. Es war nicht einmal die erste Folge, also machte ich mir nicht die Mühe, mir den Kontext einer wilden Verfolgungsjagd im ewigen Eis zu erschließen. Mehr als den Tipp, nicht auf Seen zu laufen, konnte ich den Figuren sowieso nicht geben.

»Darf ich?«, fragte ich nach einer Weile und deutete auf einen kleinen Block voller gelber Post-its und einen Kugelschreiber.

»Natürlich.« Jack fixierte weiterhin den Bildschirm, und ich war zwar um einen Block und einen Stift reicher, aber immer noch ohne Beschäftigung. Mangels Alternativen begann ich, Jack zu zeichnen. Oder zu kritzeln, wenn man es akkurat ausdrücken wollte.

»Bist du das?« Er spähte auf meinen Block, als ich gerade den Kopf und die Nase zu Papier gebracht hatte.

Ich lehnte mich etwas zurück, damit er besser zusehen konnte, und setzte ein zusammengekauertes Strichmännchen unter den Kopf, das Jack mit angezogenen Beinen auf dem Sofa darstellen sollte. Haare. Jack hatte keinen erkennbaren Scheitel, was bedeutete, dass seine Frisur wie vom Winde verweht gezeichnet werden musste.

»Ist das Lars?«, riet er weiter. »Nach einem der Unfälle, die er gebaut hat, frisch aus dem Schnee gezogen.«

»Nein.« Der, dessen Name verboten gehörte, war es nicht. »Aber nah dran.«

»Onkel Nick?«

»Jünger.« So langsam machte das doch Spaß.

»Mein Dad?«

»Ich sagte: Jünger, nicht eisiger.«

»Cleya! Du bist gemein! Ich sehe anders aus!« Er verschränkte die Arme vor der Brust und schüttelte den Kopf. »Wie man hier«, er deutete auf meine Zeichnung, »und hier erkennen kann, sehe ich ganz anders aus. Hübscher.«

Na, das war auch nicht schwer. Wobei Jack objektiv betrachtet gar nicht schlecht aussah. Nicht mein Typ, aber auch nicht hässlich. Normal halt. Kein Muskelprotz, was ein Plus war.

»Wenn du das nicht siehst, bist du ein Schneemann ohne Augen.«

»Wie einfallsreich.«

»Ich fand es lustig«, verteidigte er sich. »Wenigstens habe ich Humor!«

»Das nennst du Humor?« Das war beinahe eine Beleidigung für echten Humor. »Das kann ich auch. Wie nennt man einen Jack, der in Schnee gepackt ist?«

»Jack im Schnee?«, riet Jack mit gespieltem Eifer. Er grinste mich aufgeregt an, ließ die Maske aber fallen, sobald er geantwortet hatte.

»Falsch. Frosty the Snowman.«

»Ha.« Er wartete einen Moment. »Ha.« Noch eine Pause. »Ha.« Jack stupste mich mit seinen Zehen an. Warum trug er Plüschsocken? Gab es am Nordpol einen Trend, der die Teile modern machte? »Du hast bestimmt andere Talente, aber Porträts gehören nicht dazu.«

»Kann ich nicht leugnen. Aber wenn du so viele Fehler siehst, zeig mal, ob du es besser kannst.« Ich riss das Post-it ab und klebte es Jack an den Arm. Er bekam Block und Stift in die Hände gedrückt, um sich zu beweisen. »Versuch, den Elf hier zu malen«, sagte ich und pausierte Jacks Serie, um ihm das Motiv vor Augen zu lassen. Der fragliche Elf hatte glatte schwarze Haare und trug vollkommen unauffällige Winterkleidung in einem Tannengrün, das ihm zwar stand, aber zu baumig war, um schön zu sein.

»Was heißt hier versuchen, ich kann das!« Die Ärmel hochgekrempelt, fing Jack an, die Umrisse des Elfen zu skizzieren, und stellte sich glücklicherweise nur geringfügig geschickter an als ich. Das machte es einfach, den Entstehungsprozess entspannt zu beobachten. Das Ergebnis war mehr Troll als Elf, aber zumindest interessant anzusehen.

Dennoch bemühte ich mich wenig erfolgreich, mein Lachen zu unterdrücken.

»Hey!«

Ich setzte meine Unschuldsmiene auf. »Täuschend echt, dein Abbild!«

»Ach, sei doch still!« Er zerknüllte seine Zeichnung und warf sie nach mir.

»Nein, im Ernst! Du könntest es zur Fabrik bringen und den Elfen zeigen. Sie wären begeistert!« Oder so ähnlich.

Jack ließ einfach seine Serie weiterlaufen, und ein weiteres Mal war ich etwas aufgeschmissen, was Unterhaltung anging. Ich stand auf und ging zurück in die Küche. Dann war es jetzt eben Zeit für Tee. Ich kochte Wasser und nahm mir den erstbesten Teebeutel, den ich fand. Cleverer wäre es, den Tee hier zu trinken, wo Jack ihn nicht wieder an seinem Finger festfrieren lassen konnte. Allerdings waren das mehr als zehn Minuten ohne jegliche Unterhaltung. Auch nicht unbedingt ideal. Umso erfreuter war ich, als Noelle zu mir in die Küche kam und sich einen der Kekse von gestern nahm.

»Guten Morgen!«, begrüßte ich sie.

»Du klingst furchtbar, Mädchen. Brauchst du irgendwas für den Hals?«, kam es sofort von ihr zurück.

Ich gestikulierte in Richtung Tee.

»Ich sehe, du bist versorgt.« Sie lächelte mich an und setzte sich auf die Tischkante des Küchentischs. »Jake und ich haben eine Idee, wie wir dich zurück nach Winterville bringen können. Das Problem ist, dass nur der Schlitten effektiv zwischen anderen Kontinenten und dem Nordpol pendeln kann. Hättest du einen Pass dabei und würde Lars dich nicht hierbehalten wollen, dann wäre es kein Problem, mit einem Flugzeug oder Hubschrauber zu fliegen, aber so ist es schwierig.«

Ich nickte langsam. Klang nicht so gut. Was hatte Lars auch meinen Pass in Winterville gelassen? Wie ich ihn kannte, hatte er das in weiser Voraussicht getan. Wer an Neonkleidung dachte, um Fluchtversuche zu vereiteln, dachte auch an fehlende internationale Papiere. Was musste Lars auch ein intelligenter Entführer sein? Hätte ich nicht an einen naiven Kriminellen geraten können? »Also ist es schwierig«, fasste ich zusammen.

Noelle bejahte. »Nick und Grace sind natürlich auch dafür, dass du noch eine Weile bleibst«, sagte sie und verzog das Gesicht. »Ich persönlich bin kein Fan davon, Menschen zu entführen. Darum habe ich den Einkaufstrip, den Grace und ich regelmäßig machen, auf morgen verlegt. Cleya kann ich natürlich nicht mitnehmen. Einen blinden Passagier dagegen schon. Von dort müsstest du allerdings selbst sehen, wie du zurück nach Winterville kommst.«

Das klang deutlich besser. Nicht unbedingt nach einer sicheren Reise, aber schlimmer als der See konnte es nicht mehr werden. »Wo würdet ihr mich hinbringen?«

»Chicago, glaube ich. Grace möchte Geschenke dort vorbeibringen.«

Hm. Immerhin das richtige Land. Von Illinois nach Alaska war es ... weit. Ich war nicht gut in Geografie, aber es war weit.

»Ich kann dir Geld für ein Taxi geben, das ist kein Problem!«

Das war zu viel. Schnell schüttelte ich den Kopf. Keine Chance. »Nein, danke! Ein bisschen Proviant wäre gut, aber ich kann jemanden fragen, ob ich sein Handy benutzen darf, und dann meine Tante anrufen. Sie würde mich abholen.« Hoffte ich zumindest. Das war aber nicht mehr das Problem der Frosts. »Der Plan ist perfekt, ich danke dir!« Ich fischte den Teebeutel aus der Tasse und entsorgte ihn.

»Nichts zu danken.«

»Viel zu danken!« Ich nahm einen Schluck von meinem Tee. »Ich wüsste nicht, was ich tun würde, wenn ich noch mal bei Lars unterkommen müsste.« Meine Meinung über Lars' geistige Verfassung schluckte ich herunter. Noelle war toll, aber schließlich Lars' Tante. »Ich hasse Weihnachten. Ich hasse geschmückte Bäume, Rentiere sind furchtbar, und am schlimmsten ist es, glückliche Familie spielen zu müssen.« Ich verdrehte die Augen.

»Lars hat es immer so klingen lassen, als hättest du Spaß.«

»Damit ich effektiv durch die Zeit kommen konnte, habe ich einfach mitgespielt, wenn er mich durch die Gegend gescheucht hat. Das macht es einfacher, seine Ruhe zu haben.« Meistens jedenfalls. Irgendwie.

»Du hast dem Weihnachtsmann vorgespielt, Weihnachten zu mögen, in der Hoffnung, dass du nach der Prüfung nach Winterville zurückkehren könntest und nichts mehr mit dem Theater zu tun haben müsstest?«

»So ungefähr.«

Noelle schüttelte den Kopf. »Das kann ich mir lebhaft vorstellen. Lars hätte das bemerken müssen. Jemandem etwas aufzuzwingen ist nichts, was man als Weihnachtsmann tun sollte.«

»Sehe ich auch so.« Ich schob noch die Geschichte mit dem Vertrag hinterher, und Jacks Mutter verwandelte sich in einen horizontalen Wackeldackel, der nur noch den Kopf schüttelte. Völlig fassungslos, die Gute. »Ich hoffe sehr, dass mein Sohn so etwas nicht tun würde ... ich hoffe sehr, dass ich ihn besser erzogen habe.«

Ich wusste nicht wirklich, was ich dazu sagen sollte, also nickte ich nur und nahm meinen Tee. »Wann geht es morgen los?«

»Früher Vormittag, denke ich.«

»Okay. Danke. Ehrlich.«

15. Dezember

Die Decke, in die Noelle mich gewickelt hatte, half wenig, um die Stöße der Kisten voller Leergut abzufedern, die mit jedem Schritt der Rentiere gegen mich rutschten. Oder gegen die Reisetasche, die mich beherbergte. Als blinder Passagier zwischen Mehrwegflaschen und Joghurtgläsern auf der Reise nach Chicago. Mein Leben hatte einen neuen Tiefpunkt erreicht. Die Rentiere hoben vom Boden ab, und mit einem Ruck begann auch der Schlitten zu fliegen. Dabei krachte mir ein Kasten voller Glasflaschen in den Bauch. Automatisch krümmte ich mich zusammen, was sich in der Tasche als schwierig gestaltete. Definitiv ein Tiefpunkt.

Dass Jack sich den Frauen angeschlossen hatte und das Vergnügen gehabt hatte, mich mit dem Gepäck zu verladen, machte die Sache nicht weniger unangenehm. Immerhin hatte er den Anstand besessen, sich nicht über die unnatürlich schwere Reisetasche zu beschweren. Und es war irgendwie auch nett, dass er mitkam und mich begleiten würde, bis ich meine Heimreise organisiert hatte. Am Nordpol war es vermutlich kein Thema, aber als junges Mädchen den ganzen Tag allein in der Großstadt auf jemanden zu warten, konnte unangenehm sein. Ein nicht mehr gänzlich Fremder, der notfalls Menschen am Boden festfrieren konnte, war da eine große Hilfe. Mehr als eine große Hilfe – eine große Sicherheit. Bei meinem Glück käme sonst nur der nächste Entführer an, und ich konnte nicht erwarten, dass dieser physisch ebenso harmlos war wie Lars.

Lars. Ugh. Den würde ich auch nicht vermissen. Ein bisschen vielleicht, aber das würde sich legen. Einem Kerl wie ihm entkommen zu sein, konnte keine schlechte Sache sein. Wer drauf war wie er, brauchte kein Happy End mit Traumberuf und Bilderbuchfamilie.

Zwei Stöße gegen die Hüfte – das würde blaue Flecken geben – und eine Beinahe-Gehirnerschütterung aufgrund eines todessehnsüchtigen Vogelschwarms, in den wir geflogen waren, später, begann Grace den Landeanflug. Ich für meinen Teil war nur froh, das Gezeter der Vögel, das man sogar in einer Reisetasche hörte, los zu sein. Und fester Boden unter den Füßen war auch nicht zu verachten. Moment. Wo parkte so ein Schlitten eigentlich? Direkt unauffällig war die Landung ja nicht gerade, und ein Schlitten wie dieser war auch kein alltäglicher Verkehrsteilnehmer. Wobei man ihn vielleicht zur Attraktion erklären konnte.

Der Schlitten kam zum Stillstand, und jemand ging um das Gefährt herum.

»Warte, Tante Grace, ich helfe dir!« Jacks Stimme war etwas höher als sonst, und um mich herum bewegten sich Taschen und Kisten.

»Danke?« Grace klang überrascht. »Du kannst gerne immer mitkommen, wenn wir einkaufen.«

»Nah«, sagte Jack. »So oft brauche ich den Fahrtwind auch nicht.«

Während die drei den Schlitten leerten und die beiden Frauen sich für den Monatseinkauf absprachen, verhielt ich mich so still wie möglich. Nur noch ein bisschen, dann war alles überstanden. Nach Hause. Alltag. Schule! Ich würde mich nie wieder über Mathehausaufgaben beschweren. Das war eine Lüge. Mathe war immer ein Grund zur Beschwerde.

»Mom? Ich wollte noch ein paar Weihnachtsgeschenke einkaufen. Ist das okay?«

Ich hielt die Luft an, auch wenn ich Noelles Antwort schon kannte. »Natürlich. Wir treffen uns in drei Stunden wieder am Schlitten.«

»Viel Spaß«, fügte Grace hinzu.

»Danke!«

Wieder Schritte, dann kletterte jemand auf den Schlitten. Hätte ich nicht gewusst, dass Jack kam, um mich aus meinem Kokon zu befreien, wäre mir die Sache unheimlich gewesen. Angenehm war sie auch so nicht, aber immerhin hatte ich nichts zu befürchten. Der Reißverschluss der Tasche wurde aufgezogen, und ich kniff die Augen zusammen. Zu kalter Wind, zu grelles Licht. Ich ließ mir ein paar Sekunden Zeit, mich an Chicago zu gewöhnen, kletterte aber dann schnell vom Schlitten. Nichts wie weg hier.

Für detaillierte Pläne hatte ich keinen Kopf, allein der Gedanke, dass ich es vom Nordpol wieder nach Amerika geschafft hatte, war berauschend. So fragte ich nicht lang, wohin Jack mich führte, bis er plötzlich stehen blieb und meinen Schal beäugte. Ich war dick eingepackt, um meine Statur und Merkmale wie Gesicht und Haare bestmöglich zu verstecken – und meine Erkältung, die schon wieder abklang, nicht noch mal ausbrechen zu lassen.

»Was?«

»Kannst du dir die Augen verbinden?« Er deutete auf den Schal. Das Ding war blau und unauffällig, wie meine gesamte Ausrüstung.

»Nein?« Wozu auch? Ich musste zu irgendeinem belebten Platz, an dem ich telefonieren konnte, und dann würde ich weitersehen. In diesem Plan tauchte ein Verbinden der Augen nicht auf.

»Ich will dir etwas zeigen.«

»Vergiss es, nein. Ich will nach Hause, und ich mag keine Überraschungen.«

»Dann nicht.« Jack stellte seine Überzeugungsversuche ein und zuckte mit den Schultern. »Kommst du trotzdem mit?«

»Zu Menschen? Immer!« Also in spezifischen Situationen wie dieser immer. Sonst vermutlich nicht. Wir verließen den Hinterhof, in dem Grace geparkt hatte, und liefen gut zwanzig Minuten durch die Straßen, bis wir von eindeutig zu viel Weihnachtsdekoration umgeben waren. Ich stöhnte. Nicht schon wieder. Gerade hatte ich den Kram hinter mir gelassen, schon hatte ich ihn wieder vor der Nase. Das war unfair. Na ja, als Vorübung für Winterville war es vielleicht nicht schlecht. Trotzdem schüttelte ich bei jedem Plastikweihnachtsmann den Kopf. Diese Männer waren keine Idole.

Jack machte sich als nonverbaler Tourguide nicht schlecht. Er hatte eine Menschenmenge gefunden, das musste ich ihm zugestehen. Leider war sie in einer riesigen Meile mit Verkaufsständen, die an die Weihnachtsmärkte aus Lars' Filmen erinnerte. Vermutlich, weil wir auf einem Weihnachtsmarkt waren.

»Dein Ernst?« Ich stemmte die Arme in die Seiten und sah Jack an. »Dein verdammter Ernst? Du hilfst mir, einem verrückten Weihnachtsmann zu entkommen, und bringst mich zum nächstbesten Weihnachtsmarkt?«

»Niemand, der dich auch nur ein bisschen kennt, würde dich auf einem Weihnachtsmarkt vermuten, und es sind Unmengen an Menschen da.« Fairer Punkt. Clever war er, das musste ich ihm lassen. »Also komm, sehen wir uns um!«

»Du bist viel zu begeistert für die Umgebung.«

»Was ich versprühe, nennt sich Freude. Hat keine Nebenwirkungen, könntest du auch mal versuchen.«

»Danke, ich verzichte.« Ich freute mich, klar, aber nicht, weil ich in einem Großstadtweihnachtsgedränge gelandet war, sondern weil ich mich im richtigen Land befand. Das Gefühl musste ich nur nicht auch in die Welt hinausschreien.

»Sieh es als Tarnung. Auch wenn dich keiner hier sucht, mit deiner Grinch-Miene fällst du auf. Am Ende denken die Leute noch, ich zwinge dich, hier zu sein.«

»Erstens bin ich ein Grinch, und zweitens zwingst du mich, hier zu sein.« Ich deutete auf die Umgebung. »Wenn es nach mir geht, bin ich hier schneller weg, als du Nordpol sagen kannst.«

»Haha.« Jack stieß mich leicht an. »Gehen wir eine Runde und suchen einen Ausgang für dich.«

»Warum?«

Er zuckte mit den Schultern und grinste schief. »Als ich gesagt habe, dass ich noch Geschenke kaufen muss, habe ich nicht gelogen.«

Na prima. Das war wie ein krönender Abschluss eines Horrortrips. Aber Jack war immerhin hier und stellte sich als persönlicher Bodyguard zur Verfügung, also konnte ich diesen Einkauf auch noch abwarten und mich danach um meine sofortige Heimkehr kümmern. Sollte er ein paar Glasfiguren, und was es sonst noch gab, kaufen, könnte ich ihm einfach die Tüten tragen und fertig. »Okay«, sagte ich und klatschte in die Hände. »Wo fangen wir an?« Je schneller wir den Unsinn begannen, desto schneller fand er ein Ende.

»Hier?« Er ging zum nächstbesten Stand, der dicke Pantoffeln verkaufte. Jack besah sich die Schuhe, kaufte jedoch keine. Dafür erstand er zwei penetrant riechende Duftkerzen und eine Seife.

Wenige Stände später trug ich mehrere Tüten, denn Jack entpuppte sich als richtiger Einkaufsfan, der vollkommen in seinem Element war. Gut, er hatte am Nordpol nicht oft die Gelegenheit, zu stöbern und überteuerten Kram zu kaufen. Dass er sich jetzt austobte, war verständlich. An seiner Stelle wäre ich wohl kaum anders.

»Schau mal, der sieht aus wie du«, meinte Jack und deutete auf eine kleine Grinch-Figur.

»Lüge.« Ich hatte eindeutig schönere Haare als das grüne Teil. Sonst war die Ähnlichkeit unverkennbar. »Aber Frosty hier könnte dein Zwilling sein.« Ich zeigte ihm einen Plastikschneemann, der tanzte und eine blecherne Version von *Frosty the Snowman* zum Besten gab. Solche Dinger gab es doch auch als Wecker, soweit ich wusste. Es juckte mich in den Fingern, einen dieser Störenfriede für Jack aufzutreiben und ihn jeden Morgen dazu aufwachen zu lassen. Besser noch wäre ein Weihnachtsmann mit *Jingle Bells* für Lars. Hauptsache, schief und nervtötend.

»Lüge«, äffte Jack mich nach und zog eine Hütte weiter. Einmal mehr begann der Shopping-Marathon, und noch war kein Ende in Sicht. Immerhin kaufte er mir eine Zuckerwatte. Zum halben Preis, denn der Typ war gut, was Preisverhandlungen und Charme anging. Diesen konnte er an- und abstellen, leider bekam ich eher Letzteres ab. Dafür begeisterte er Standbesitzerinnen und Verkäufer für sich, was etwas seltsam anzusehen war. Ein junger Mann, der mehr Tatendrang als sämtliche Kinder, die tatsächlich noch an den Weihnachtsmann und so glaubten, besaß, war für sie wahrscheinlich einfach eher eine gute Geschäftsgelegenheit als ein seltsamer Mensch.

Konnte das nicht einfach alles vorbei sein? Wenn die Lautsprecher noch ein einziges Mal *Santa Baby* über den Markt schallen ließen, würde ich schreien. Laut. Innerlich laut. Und doch ertappte ich mich dabei, wie ich nicht jedes Mal, wenn Jack den Weihnachtsfan gab, die Augen verdrehte, sondern lächelte. Besonders, als jüngere Standmenschen nach Jacks Nummer fragten.

»Mach was«, zischte er mir hinter einem Lächeln zu, als der dritte Mensch des Tages versuchte, sich Jack zu angeln. Meinetwegen konnte der nette Standverkäufer ihn schon haben.

»Hm?«, machte ich und hielt ein Lachen zurück.

»Cleya! Bitte!« Wenn er so lieb fragte ... Ich tröstete mich damit, dass mich niemand hier kannte und ich nach dem heutigen Tag nie wieder nach Chicago fahren musste. Dann griff ich zu drastischen Maßnahmen.

»Ja-ack?«, fragte ich gedehnt und hakte mich bei ihm unter. Besser wäre es, ihn halb zu umarmen, aber übertreiben musste ich auch nicht.

Jack riss die Augen auf, nickte aber, als er angesprochen wurde. Wahrscheinlich wollte er abwarten, was jetzt noch kam.

»Denk daran, dass du noch ein Geschenk für meine Mutter brauchst.« Oder auch nicht. Mom brauchte keine Geschenke, Weihnachten war in unserer Familie gelaufen. Zumindest, wenn es nach mir ging, und es ging nach mir. Wer mich wegkarrte, brauchte keine Weihnachtsgeschenke, schon gar nicht von Jack. Ich sah den jungen Mann hinter dem Tresen an und versuchte, so auszusehen, als würde mir eine Aktion wie die vermeintlich geplante gefallen. »Weihnachten lernt er meine Familie kennen.«

Unser Standmensch errötete und nickte leicht, wie um seinen Rückzug anzukündigen. Er verschwand aus unserem Sichtfeld.

Jack prustete los, und ich fädelte meinen Arm wieder aus.

»Du kaufst hier nichts, oder?«

»Danke. Hatte ich nicht vor.«

»Wunderbar. Dann weiter, ich glaube, da drüben kann man Weihnachten hinter sich lassen und in die Normalität weiterziehen.«

»Du kannst es echt nicht erwarten, wegzukommen, oder?«, fragte Jack.

Wahr. Ich konnte es kaum erwarten, den Wahnsinn loszuwerden. »Ich will nicht sagen, dass der Tag heute mit dir so furchtbar war, dass ich ihn unbedingt vorzeitig beenden will. Ich will nur nach Hause.« Nebeneinander gingen wir weiter.

»Das nehme ich als Kompliment!« Jack schulterte seine Taschen wieder selbst, bevor er wieder stehen blieb und meinen Blick suchte. »Du willst wirklich gehen?«

»Ja. Warum fragst du?«

»Nach heute kann ich dir nicht abkaufen, dass du Weihnachten so schrecklich findest, wie du tust.«

Ich verschränkte die Arme vor der Brust. »Dann glaub es nicht, das ist mir ziemlich egal.«

»Was hasst du so an Weihnachten?«

»Lars.« Dämliche Frage. Vor allem, wenn er sie jetzt stellte, wo ich eigentlich dabei war, zu gehen.

»Lars ist nicht Weihnachten.«

»Ich weiß, ich bin diejenige, die das verhindert.« Ich erwartete die Dankeskarten dann per Post.

»Cleya, ich helfe dir, versprochen. Aber ich muss wissen, ob du wirklich keine Chance siehst, Lars einen Teil von Weihnachten sein zu lassen.«

Ich seufzte. Wenn er dann Ruhe gab. »Es gibt ein paar Sachen, die schon schlimm genug sind. Kitsch zum Beispiel. Oder die erzwungene Stimmung, die echten Bäume und Familien, die sich maximal an den Feiertagen wie eine glückliche Sippe benehmen. Wenn überhaupt. Lars ist nur ein Teil von Weihnachten, klar, aber er muss das Ganze nicht noch schlimmer machen, als es eh schon ist.« Weihnachten war sowieso nur für Kinder cool, die noch keine Ahnung vom Leben hatten. »Zufrieden?«

»Nein.« Es klang härter, als ich es von Jack gewohnt war.

»Wie bitte?«

»Nein. Nein, ich bin nicht zufrieden, dass du meinem Cousin einfach das Leben versauen kannst. Und mir übrigens auch.« Jack blieb stehen. »Ich will kein Weihnachtsmann sein. Ist es dir schon mal in den Sinn gekommen, dass du nicht die Einzige bist, die die ganze Situation furchtbar findet?«

»Im Gegensatz zu Lars oder dir bin ich aber gezwungen, mein Leben von heute auf morgen umzukrempeln.«

»Und du glaubst, Lars macht das gern?« Er lachte humorlos auf. »Du glaubst, er war begeistert, eine Fremde entführen zu müssen, im Wissen, dass er dafür zu sorgen hat, sie bei sich zu behalten? Dass er sie dazu bringen muss, ihn gut zu finden?«

»Er kann nicht weniger begeistert gewesen sein als ich. Danke für deine Hilfe, ab hier komme ich allein klar. Viel Spaß mit deinem versauten Leben. Wenn ich die Wahl habe, sorge ich lieber dafür, dass meines gut läuft.« Und zwar ohne kriminelle Handlungen. »Mach dir nicht die Mühe, meinen Kamin zu suchen, wenn du dann Geschenke ausfliegst. Ich habe genug von Weihnachten.«

»Cleya!« Jack griff nach meinem Arm, aber ich machte einen Schritt zurück.

»Du kannst Lars gern sagen, dass er mir auch den letzten Rest, den ich an Weihnachten noch gemocht habe, kaputt gemacht hat.« Ich stapfte davon und tauchte in der Menge unter. Die meisten Menschen waren so gekleidet wie ich, was die Sache einfacher machte. Ich blinzelte die Tränen weg, die sich in meinen Augen bildeten. Dämliche Nordpolmenschen!

Die Stände hoben meine Stimmung auch nicht. Süßwaren, Punsch, Glühwein, Deko und noch sämtlicher anderer Kram, den man nicht brauchen konnte. Herumzuschlendern, bis man sich sicher sein konnte, Jack abgehängt zu haben, schien trotzdem die klügste Aktion, also lief ich an den Hütten vorbei und durch das Chaos. Noch war es Vormittag, aber der Weihnachtswahn hatte von Chicago Besitz ergriffen, und es war voll. Sollte mich nicht stören. Der Markt war riesig, irgendwo würde es schon einen weiteren Ausgang geben, den ich nutzen konnte. Irgendwie würde ich ein Telefonat führen können. Und dann würde ich Weihnachten einige Zeit meiden, mich vielleicht in ein Internat absetzen und irgendwann verdrängen, was ich erlebt hatte.

Um mich herum lachten Kinder, Paare teilten sich gebrannte Mandeln oder Zuckerstangen, Hütten wurden gestürmt. Ich fühlte mich fehl am Platze. Der Stand neben mir verkaufte Ornamente für Weihnachtsbäume in sämtlichen Variationen. Singend, in allen Formen und Schattierungen. Ich entdeckte sogar glitzernde Tannenbäume. Einer davon war pink.

Ohne dass ich es wollte, brach ich in Tränen aus. Mein Baum war alles, was ich noch hatte, und Lars hatte ihn nicht nur kaputt gemacht, sondern auch abgewertet. Damit wertete er alles, was ich noch hatte, ab.

»Tut mir leid.« Jack trat neben mich. Na wunderbar. Wie hatte er mich jetzt wieder gefunden? »Ich wollte dich nicht zum Weinen bringen.«

»Was kümmert es dich?« Ich wischte mir das Gesicht ab.

»Mädchen zum Weinen zu bringen, das macht man einfach nicht.«

»Nicht deine Schuld.«

»Was ist es dann?«

Dreimal durfte er raten.

»Mein Cousin?«

»Wer sonst?« Wer außer einem Weihnachtsmann kam auf die Idee, jemandem, der eine spezifische Sache nicht mochte und mied, ebendiese aufzuzwingen? Und zwar dauerhaft.

»Was hat er angestellt?«

»Der Typ hat einen Vertrag unterschrieben, in dem wir festgelegt haben, was wir die letzte Zeit vom jeweils anderen erwarten, aber er hält die Abmachung sowieso für ungültig und macht, was er will.«

»Moment, noch mal von vorn.« Jack blinzelte.

Wieder trocknete ich meine Tränen und schniefte. »Also. Lars und ich haben uns wirklich gut verstanden. Nachdem wir die ersten Differenzen überbrückt hatten. Er hat eine Tochter, und ich mag keine Kinder, aber damit kann ich leben.« War ja sein und nicht mein Kind. »Wir waren gemeinsam unterwegs, alles war wunderbar, und ich dachte wirklich, dass er ein guter Weihnachtsmann wäre.« Und vielleicht nicht nur ein guter Weihnachtsmann, sondern auch ein guter Freund oder Partner ... vielleicht sogar für mich. So konnte man sich täuschen.

»Das klingt nach einem großen Aber.«

»Dann erzählte er mir, dass ich auch nach den vierundzwanzig Tagen am Nordpol bleiben muss. Ich weiß, dass er noch einen Sohn braucht, und ich will das nicht. Darum der Vertrag. Ich dachte mir, vielleicht geht das doch, aber dann hörte ich, wie er brühwarm weitererzählte, dass das Ding sowieso nicht bindend ist, weil ich zu jung bin. Ich meine, wie kann ich alt genug sein, um in ein Leben gedrängt zu werden, das ich nicht will, aber nicht alt genug, um zu entscheiden, was ich mag und was nicht? Ich dachte, er unterschreibt etwas, um mir Sicherheit zu geben. Eigentlich interessiert ihn das aber nicht, und er denkt nur, dass er sich ja nicht an unseren Deal halten muss, denn er ist ja nicht dazu verpflichtet. Dann das Ganze mit Anna. Wenn das nicht die letzten Funken Weihnachtsfreude kaputt macht, weiß ich auch nicht.«

»Wow, das ist viel.« Jack nickte langsam. »Warum sollte er irgendwas weitererzählen?«

»Was weiß ich?« Ich warf die Hände in die Luft. »Wahrscheinlich hat er vor seinen Freunden angegeben!« Was man halt so machte, keine Ahnung, was in Lars' Kopf vorging.

»Lars hat keine Freunde, mit denen er telefoniert. Nur ...« Einen Moment verstummte er, dann trat Verständnis in seine Augen. »Hast du zufällig ein Telefonat gehört, bei dem Lars das gesagt hat?«

»Warum?«

Er kratzte sich am Hinterkopf. »Er hat mit mir telefoniert.«

»Und?« Was sollte mich das interessieren?

»Ich glaube, du hast den Kontext nicht mitbekommen. Lars hat erzählt, dass er dich nicht verpflichten will, ihm zu helfen, nur weil du das im Vertrag stehen hast. Er wollte dich am 24. Dezember nach Hause bringen. Bis dahin solltest du aber trotzdem eine tolle Zeit haben.«

»Hat er ja toll hinbekommen.« Den Fakt, dass ich weggelaufen war, konnte ich ja ausklammern. Und die Sache mit Anna blieb auch noch. Miss Snowflake hatte ihm zeigen können, wen er zu finden hatte. In dem Wissen, dass die Sache endlich war, etwas mit einem Mädchen anzufangen und mal eben ein Kind in die

Welt zu setzen – das war auch kein tolles Eignungsmerkmal. »Ich will trotzdem nicht zurück, falls du mir das einzureden versuchst.«

Jack seufzte. »Wenn ich sage, dass ich dir nichts einreden will, lüge ich. Ich will, dass Lars der Weihnachtsmann wird.«

»Warum?«

»Weil er ein guter Kerl ist.«

»Wer's glaubt. Kauf dir lieber eine rot-weiße Mütze.« Die würde er brauchen.

»Cleya, ich bin keine Alternative. Ich bin kein Weihnachtsmann, auch wenn meine Mom das denkt und hofft und möchte.«

»Noelle hat bisher ein gutes Urteilsvermögen gezeigt. Ich bin geneigt, mich ihrer Meinung anzuschließen. Sie sieht immerhin das Problem mit entführten Mädchen.«

»Was man ihr nach Sadie auch nicht verdenken kann. Hat sie dir erzählt, dass sie sich für die Entführung ihrer Tochter verantwortlich fühlt?«

Musste sie das extra erzählen? Der Gedanke war nachvollziehbar. Um des Gesprächs willen schüttelte ich den Kopf.

»Es gibt Menschen, die meine Familie nicht mögen. Es gibt aber auch unter den Weihnachtsfamilien Regeln, eine davon ist, dass der Weihnachtsmann und seine direkten Nachfahren unantastbar sind. Sie will ihr zweites Kind sicher wissen, natürlich hält sie zu dir, wenn es gegen Lars und für mich geht.«

So konnte man Noelle auch schlechtreden. Ja, klang logisch, aber auch an den Haaren herbeigezogen. Eine Frau, die als Einzige auf mich hörte und meine Meinung nicht einfach abwinkte, konnte er mir nicht schlechtreden.

»Du bist ein Weihnachtsmann«, sagte ich nur. Rein erblich bedingt war er das schon.

»Ich bin Jack Frost, ich habe einen Job. Wie oft muss ich dir das noch sagen? Ich habe einen Beruf, eine Aufgabe und ein eigenes Leben. Lars weiß das. Lars tut, was er kann, um uns zu helfen, Sadie zu finden. Aber dazu braucht es einen Weihnachtsmann als Versicherung und einen Frost, der Eis manipulieren kann.«

»Zwei zum Preis von einem. Freu dich einfach.«

»Wenn ich für Weihnachten verantwortlich wäre, wäre alles andere unwichtiger als das. Das gehört zum Beruf. Aber das will ich nicht. Das bin ich auch nicht.«

»Ich möchte nach Hause.«

»Ich verspreche dir, dass ich dich höchstselbst nach Hause begleite, sobald du das willst. Egal, ob vor Weihnachten oder zu Weihnachten oder wann auch immer. Aber kannst du Lars zumindest die Chance geben, sich zu erklären?«

»Ich will jetzt nach Hause.« Er verlangte von mir, meine gerade gewonnene Freiheit wieder aufzugeben, um zum Nordpol zurückzufliegen? Das war verrückt. So lief das doch nicht.

»Bitte.«

»Du kannst mich nicht mal selbst zurückbringen.«

»Aber Lars kann und würde.«

»Das glaube ich dir nicht.«

»Dann rufe ich ihn an und frage ihn.«

War seine Handyrechnung, er musste den Quatsch bezahlen. »Tu, was du nicht lassen kannst, aber ich verspreche nichts.«

Jack drehte sich tatsächlich weg und rief seinen Cousin an. Ich tauschte einen Blick mit der Standbesitzerin, die unser Gespräch mitverfolgte, und schüttelte leicht den Kopf, als sie mich nonverbal fragte, ob der Typ neben mir eine Gefahr war. Zumindest glaubte ich, dass sie sich danach erkundigte, wenn sie »Polizei« mit dem Mund formte und fragend den Kopf schieflegte. Jack hatte mit Sicherheit keinen Pass und keine Papiere, ich auch nicht, und in die Situation wollte ich ihn nicht bringen, wenn er keine Bedrohung für mich darstellte. Er konnte mich hier nicht gegen meinen Willen wegbringen, dafür hatten wir zu viele Zeugen um uns herum, also war er harmlos, solange er sie nicht alle festfrieren wollte. Und selbst dann konnte ich Informationen ausspucken wie blöd.

»Er schickt sogar ein Sprachmemo.« Jack sah zufrieden mit sich aus. »Dann hast du die Datei dauerhaft auf Abruf.«

Das änderte nichts. Das sollte nichts ändern. Das sollte mich vor allem nicht dazu bringen, mich von einem dämlichen Weihnachtsmann-Azubi und seiner frostigen Eisheiligkeit weichkochen zu lassen und an den Nordpol, den ich mühsam verlassen hatte, zurückzukehren.

»Keine Verpflichtungen, nur einmal mit Lars sprechen und sehen, was passiert.«

»Kann er mich dazu nicht in Winterville besuchen?«

»Neun Tage vor Heiligabend? Schwierig.«

»Wenn es ihm so wichtig ist, findet er die Zeit.«

»Du kannst bei uns bleiben, wenn du nicht zurück zu Lars willst«, bot Jack an. »Dann kann Lars vorbeikommen.« Als wüsste er, dass der unvernünftige Teil in mir, der ein sehr atypisches Stockholm-Syndrom entwickelte, langsam zustimmen wollte, setzte er nach. »Sadie ist nicht viel jünger als du. Mom wäre überglücklich, wenn sie nicht ewig verschwunden wäre. Lars und ich könnten sie finden, als Team.«

Das war mies, und er wusste es. Trotzdem nickte ich langsam. »Wenn das schiefläuft, verrate ich den Medien und Fernsehsendern alles, was sie über euch wissen wollen.«

»Danke.«

»Ich sage jetzt nicht: Gern geschehen.«

16. Dezember

Zu behaupten, Noelle wäre enttäuscht, wäre die Untertreibung des Jahrhunderts. Als ich von Jack aus dem Schlitten geladen worden war und mich aus der Reisetasche hatte befreien lassen, waren ihr beinahe die Augen aus dem Kopf gefallen, und die gute Laune, die sie ihren Kommentaren Grace gegenüber nach gehabt hatte, war augenblicklich verflogen. Verübeln konnte ich es ihr nicht. Sie hatte Himmel und Hölle in Bewegung gesetzt, damit ich nach Hause zurückkehren konnte, doch anstatt diese Gelegenheit zu nutzen, ließ ich mich überreden, doch wieder zum Nordpol zurückzukehren. An ihrer Stelle wäre ich wohl auch enttäuscht. Faktisch war ich ein bisschen von mir selbst enttäuscht. Jetzt war ich wirklich die dümmste Entführte, die man sein konnte. Vielleicht konnte ich auch schon den strohdummen Horrorfilmprotagonistinnen Konkurrenz machen, die liefen auch sehenden Auges auf ihren Untergang zu. Gefühlt war ich noch einen klitzekleinen Schritt von ihnen entfernt, groß war ihr Vorsprung aber mit Sicherheit nicht mehr.

Noelle, die am Herd stand und die Schürze voller Soßenspritzer hatte, schenkte mir ein kleines Lächeln, als ich in die Küche kam.

»Guten Morgen«, sagte ich und holte mir ein Glas Wasser. War sie noch sauer? Falls sie überhaupt sauer gewesen war.

»Guten Morgen.« Sie stellte die Induktionsplatte ab und drehte sich zu mir. »Bist du dir sicher, dass du hierbleiben möchtest?«

Okay, sie kam gleich auf den Punkt. Ich zuckte mit den Schultern. Clever war etwas anderes, also konnte ich mir nicht sicher sein. Natürlich wollte ich noch aktiv nach Hause, ich hatte aber auch aktiv ein schlechtes Gewissen, wenn ich nur wegen meines Komforts für knapp zehn Tage dafür sorgte, dass eine Mutter eine geringere Chance hatte, ihre entführte Tochter wiederzubekommen. Damit, Lars um seinen unverdienten Job zu bringen, konnte ich leben. Aber ich wollte mir nicht für den Rest meines Lebens vorwerfen müssen, dass ich mit wenigen Tagen und einer Lüge – ehrlich würde ich Lars nie bescheinigen können, geeignet zu sein – zur Heimkehr eines Mädchens hätte beitragen können und es nicht getan hatte. »Ich bin immer noch sauer auf Lars.« Jack hatte gestern alles schöngeredet, aber wie viel davon wahr und wie viel davon ein Freundschaftsdienst war, konnte ich nicht wissen. Letzteres schamlos zu tun, traute ich Jack durchaus zu.

»Zu Recht«, sagte Noelle, setzte sich an den Küchentisch und klopfte auf einen der Stühle neben sich. Ich setzte mich zu ihr und stellte mein Glas ab. »Hat dir Miss Snowflake erzählt, dass sie es war, die Lars gesagt hat, wen er in Winterville abholen soll?«

»Nein.« Ich schüttelte den Kopf. Sie hatte mich ausgesucht? Warum hatte sie das getan? Warum ich? Und warum erzählte sie mir das nicht einfach? »Warum hat sie gesagt, dass er mich holen soll?«

»Wen er holen soll, sucht sie nicht aus, soweit ich weiß. Zumindest war es bei Nick nicht so.« Sie sah meinen verwirrten Blick und fügte ein »Nick ist mein Bruder« hinzu. Aha. Hatte ich das schon mal gehört? Letztlich auch egal.

»Wer dann?« Mit dieser Person hatte ich ein Hühnchen zu rupfen. Dass ausgerechnet ich diesen Mist mitmachen musste, war nicht fair.

Sie zuckte mit den Schultern. »Bevor Nick Grace kennengelernt hat, hat Miss Snowflake irgendwie Informationen über sie bekommen, und in Zusammenarbeit mit ihrer Schwester, Miss Flower oder so, ist dann herausgekommen, wen er in Winterville abholen soll«, erzählte Jacks Mutter und fuhr sich durch die Haare.

»Miss Daisy. Ich kenne sie.« Also hatte Miss Daisy, die Frau, für die ich mir mehrfach fast den Hals gebrochen hatte, als ich ihre Einkäufe durch die Gegend geschleppt hatte, gewusst, was mir blühte, und es nicht für nötig gehalten, mich vorzuwarnen? Das war doch ein Brocken. Und wenn Miss Daisy das Ganze gewusst hatte, hatte es bestimmt noch jemand gewusst. Egal, ob Anna oder meine Tante – war die am Ende auch noch eingeweiht gewesen? –, irgendwer hätte mich doch aufklären müssen. Vielleicht war ich hier doch besser aufgehoben als in Winterville. Ein ungutes Gefühl breitete sich in meinem Magen aus. Das hier war schlimmer als Lars' Aktion. Von ihm hatte ich auch mehr erwartet, aber er war zuvor schon negativ aufgefallen. Fool me once und so. Aber Winterville hatte ich bis eben als meinen Zufluchtsort betrachtet, an den ich zurückkehren wollte. Auch wenn das Kaff zu weihnachtsverrückt war und in Kauf nahm, dass eine junge Frau wegen irgendeines ominösen Deals entführt wurde, anstatt Polizeischutz in der Weihnachtszeit anzubieten. Aber ein Kaff, in dem Leute wussten, wer Opfer eines Verbrechens werden würde, und nichts taten, um dieses zu verhindern, war kein sicherer Hafen, kein Rückzugsort und definitiv kein Zuhause. Es war wie letztes Jahr, alles wieder von vorn. Ich brach in Tränen aus.

Meine Augen dachten mittlerweile bestimmt auch, dass ich mich in einen Wasserfall verwandelte, so viel, wie ich neuerdings weinte. Aber ich hatte gerade ein Zuhause verloren. Schon wieder.

Noelle beeilte sich, mir eine Packung Taschentücher hinzuhalten, und ich zog eines heraus, um geräuschvoll zu schnäuzen. Toll. Jetzt hatte ich kein Weihnachten, keine Familie und kein Zuhause mehr. Schon wieder.

»Habe ich etwas Falsches gesagt?«, fragte Noelle leise, die Hand erhoben, als wolle sie einen Arm um meine Schultern legen oder meinen Arm tätscheln. Sie ließ die Hand wieder sinken.

Ich schüttelte den Kopf und wischte mir mit dem Ärmel über das Gesicht. »Ich merke nur gerade, wie bescheuert mein Leben ist.« Das klang so nach jammerndem Teenager, und sie hatte Sätze wie diesen bestimmt schon unendlich oft gehört. Als der nächste Weihnachtsmann oder Frost-Mensch aufzuwachsen, konnte auch nicht ideal sein, irgendwann hatten sich Lars oder Jack schon beschwert, schätzte ich. Für mich war es gerade trotzdem wahr und die Realität.

»Du möchtest doch nach Hause?«, riet Noelle mangels besserer Informationen.

Das machte mein Weinen nicht besser, und zwischen zwei Schluchzern brachte ich ein »Nein!« heraus.

»Gibt es dafür einen bestimmten Grund? Ist etwas passiert?« Sie klang besorgt.

»Miss Daisy hat gewusst, dass ich herkommen muss, obwohl ich Weihnachten nicht mag, und mich trotzdem geschickt.«

»Das ist nicht nett.«

»Nein.« Und nicht fair. Ich legte den Kopf auf den Tisch und versuchte, schlimmere Schluchzer zurückzuhalten und mich in den Griff zu bekommen. Erst machten meine Eltern Weihnachten kaputt und schoben mich nach Winterville ab, jetzt ließ mich das Kaff ins offene Messer laufen, und hier war es auch nicht besser. »Wann hat Lars erfahren, dass er mich entführen muss?«

Noelle zuckte mit den Schultern. »Vor drei oder vier Jahren, denke ich. Sobald er alt genug war, um es zu verstehen.«

Na wunderbar. »Und Lars hatte nichts Besseres zu tun, als die Wartezeit zu überbrücken und sich eine Person zu suchen, um schon mal zu üben?« Mit Erfolg, wenn Lizzie ein Indikator dafür war. Ich schnaubte und nutzte ein weiteres Taschentuch. »Tut mir leid, dass ich hier alles vollheule. Normalerweise kann ich mich besser im Zaum halten.« Normalerweise bekam ich aber auch nicht in wenigen Tagen meine Tage und durfte mich mit erhöhter Irritabilität und einer Ausnahmesituation herumschlagen.

»Du hast jedes Recht, zu weinen«, sagte Noelle ruhig und lächelte mich an. »Kann ich etwas tun, damit das alles ein bisschen leichter wird? Kakao? Kekse?« Sie deutete auf die jeweiligen Sachen und warf anschließend meine vollgeschnäuzten Taschentücher weg. Wow. Sie war genau das, was man sich unter einer Mutter vorstellte, auch wenn sie nicht meine war. Immerhin hatte sie in den letzten Tagen mehr für mich getan als meine eigenen Eltern das letzte Jahr über.

Ich schüttelte den Kopf. »Danke, nein.« Es sei denn, sie konnte die Zeit zurückdrehen und verhindern, dass meine Eltern dachten, ein gemeinsames Weihnachtsfest wäre der ideale Zeitpunkt, um dem einzigen Kind von der Entscheidung, sich scheiden zu lassen, zu erzählen. Auf den Streit bei Weihnachtsbaum und Kerzenschein war ein Rosenkrieg gefolgt, im Zuge dessen ich umgesiedelt worden war. Und jetzt hatte ich nichts, nicht mal mehr meinen Baum. Das war doch alles dumm. Aber ich wollte nicht groß darüber reden, sondern einfach in Selbstmitleid versinken und meinen Frust in ein Kissen weinen. Ohne Lösungsansätze oder Trösten, einfach Frust und Wut und ich. »Ich glaube, ich gehe wieder nach oben.«

»Wenn du etwas brauchst, ich bin unten, ja?«

»Danke.« Womit hatte ich es verdient, dass sich eine Fremde mit meinen Launen auseinandersetzte und immer noch so nett war, wenn eigentlich das Gegenteil angemessen wäre? Ich lächelte schief und machte mich auf den Weg nach oben. Ich war beinahe an meinem – Sadies – Zimmer angekommen, als ich eine mir durchaus bekannte Stimme hörte.

»Hey, Tante Noelle«, grüßte Lars. »Wo ist sie? Geht es ihr gut?«

Der hatte mir gerade noch gefehlt.

»Hallo Lars«, sagte Noelle seufzend. Ich meinte, eine Mischung aus Resignation und Ärger als Unterton in ihrer freundlichen Stimme zu hören. »Du meinst Cleya?«

»Ja. Ist sie hier?«

»Nachdem mein Sohn und du sie quasi erpresst habt, zurückzukommen – ja.«

»Zurückzukommen?« Lars klang nicht so, als wüsste er von unserem Ausflug gestern. »Wo war sie? Egal. Wo ist sie?«

Schritte, dann ein »Warte!«

»Was?«, fragte Lars. Ich stellte mir vor, dass er die Augen verdrehte.

»Du kannst morgen wiederkommen. Heute passt es nicht.« Noelle war die Beste. Ich glaubte nicht, dass ich heute noch mit Lars sprechen wollte, also schloss ich mich in meinem Zimmer ein und tat, was ich jetzt brauchte. Lars konnte auch noch einen Tag länger warten, dafür würde Noelle schon sorgen. Jetzt ärgerte ich mich erst mal über alles.

17. Dezember

Die Hände in den Taschen einer Winterjacke vergraben, stand ich da und sah wahrscheinlich weniger nervös aus, als ich war. Nach außen hin hatte ich meine Seele von den gestrigen Erkenntnissen befreit, indem ich den ganzen Schleim und Schlamassel in einen Haufen Taschentücher gerotzt hatte, nach innen spürte ich die Dellen meiner Fingernägel in der Handfläche. Gleich sollte Lars kommen, damit wir reden konnten. Er weigerte sich, das in Noelles Haus zu tun, ich weigerte mich, zu ihm zu kommen, also wollte er auf einen Spaziergang vorbeikommen.

»Lars wusste wirklich nicht, dass ich die ganze Zeit hier war?«, fragte ich zum gefühlt hundertsten Mal. Mit Ausnahme der Nacht bei Miss Daisy und des Tagesausflugs, natürlich. Also einen Teil der Zeit hier gewesen war.

»Nein«, antwortete Jack einmal mehr. »Weder Tante Grace noch Lars noch irgendwer sonst außer Miss Snowflake und uns.«

Bei der Erwähnung der alten Frau rümpfte ich die Nase. Auf deren Bekanntschaft hätte ich auch verzichten können. »Warum hast du Lars nicht Bescheid gegeben, wenn ihr so gute Freunde seid? Du willst doch, dass ich zu ihm zurückgehe und ihn für den besten Weihnachtsmann der Welt halte.«

Jack zuckte mit den Schultern. »Im ersten Moment hatte ich wichtigere Dinge zu tun. Dich aus dem See zu fischen, zum Beispiel.«

Ich runzelte die Stirn. »Sie meinte, das ginge nicht, weil die Möglichkeiten, den Nordpol zu verlassen, so begrenzt sind«, warf ich ein. Wie ich Noelle erlebt hatte, hätte sie andernfalls nie auch nur eine Stunde zu viel gewartet, um mir zu helfen. Sie war gegen Entführungen, gegen erzwungene Aufenthalte und für moralische Werte.

»Ja klar, sie kommt nicht an den Schlitten ran. Aber das mal ausgeklammert, glaubst du im Ernst, sie kann den Schlitten nicht auch selbst fliegen?« Er lachte. »Mom war bis zu Millies Geburt voll im Weihnachtsgeschäft, sie kennt die Rentiere schon ewig und kann besser fliegen als mein Onkel. Vor allem parkt sie besser ein.«

»Warum hast du sie das nicht tun lassen?«, hakte ich nach, obwohl die Antwort auf der Hand lag. Jack hatte nicht vorgehabt, mir zu helfen. Er hatte gern vorgegeben, mir zu helfen, aber eigentlich half er nur sich selbst und seinem Cousin. Ich wollte wütend sein, hatte aber nicht mehr genug Wut übrig. Und irgendwo konnte ich auch verstehen, dass er meine Einstellung, sich nicht von irgendwelchen Fremden die Zukunft kaputt machen zu lassen, teilte.

»Tut mir leid.«

»Spar dir die Lüge«, sagte ich nicht zu unfreundlich. Mir tat es nicht leid, Lars und auch Jack Probleme zu bereiten. Die zwei standen gegen mich, natürlich tat ich, was ich konnte, um meinen Willen durchzusetzen. Das war nichts Persönliches. Gut, bei Lars mittlerweile schon. Aber grundsätzlich hatte ich ein Problem mit ihren Zielen, die meinem im Weg standen, nicht mit ihnen. Ich konnte nicht erwarten, dass Jack eine andere Einstellung hatte.

Der junge Mann nickte langsam. »Lars habe ich nichts erzählt, weil ich wollte, dass er sich Vorwürfe macht.«

Ähm. Okay? Das war eine neue Entwicklung. Warum sollte Lars sich Gedanken machen? Außer um seinen Traumjob natürlich.

»Selbst ich bin nicht so blöd, zu übersehen, dass er sich idiotisch benommen hat. Dich über Nacht herzubringen und dir nicht spätestens an Tag eins zu erklären, warum er das tut und dass er im System gefangen ist? Das ist unter aller Sau. Was auch immer die Redewendung heißt, Tante Grace hat sie uns beigebracht.« Er sah mich fragend an, und ich zuckte mit den Schultern. Woher sollte ich wissen, wo die Redewendung herkam? »Jedenfalls wird er jetzt hoffentlich endlich erwachsen und fängt an zu verstehen, dass Handlungen Konsequenzen haben.«

»Was er bei Lizzies Geburt eigentlich hätte merken sollen.«

»Sollte man meinen.« Jack schnitt eine Grimasse. »Na ja, dann lernt er es jetzt.« Leider von mir. »Lars ist ein guter Mensch.«

Das stand noch zur Debatte. Würde sich dann schon zeigen. »Wenn du meinst.«

»Er hat sich Sorgen um dich gemacht, weißt du? Um dich als Mensch, nicht um dich als seine Arbeitsversicherung.«

»Gut.« Ich biss mir auf die Lippe. Konnte Lars bitte einfach kommen? Dann konnte ich den Spaziergang und das Gespräch hinter mich bringen. Was durchaus angenehm wäre.

Die Türklingel schallte durch das Haus, und Jack öffnete die Tür. Wenig überraschend stand Lars auf der Fußmatte, etwas eingeschneit und mit einem etwas mitgenommenen Blumenstrauß in der Hand. Einigen Stielen fehlte der Blütenkopf, die Blätter waren teilweise eingerissen, und bei den Temperaturen draußen war der Strauß wahrscheinlich eh schon erfroren. Nicht, dass es toten Blumen irgendwas ausmachen würde. Jack begrüßte seinen Cousin und bugsierte ihn in die Küche, wahrscheinlich um die Blumen irgendwo unterzubringen. Kurz darauf kam Jack wieder in den Flur.

»Wie sauer ist er?« Immerhin hatte er gestern wieder gehen müssen.

»Sauer? Er hat Angst! Er hat gestern extra Blumen aus Amerika geholt, um sie dir zu bringen. Ich habe ihm gesagt, er soll dir Plastikblumen kaufen, damit sie zu deinem komischen Baum passen, von dem er erzählt hat, aber er wollte dich nicht brüskieren.«

Hirn hatte er immerhin. Plastikblumen waren noch unnötiger als echte. »Okay.«

»Bereit?«

»Ja.« Nein. »Natürlich. Ich komme.« Ich ging an der Küchentür vorbei zur Haustür und öffnete sie wieder. »Kommst du, Lars?«

»Äh, sicher.« Er stolperte aus der Küche und hinter mir ins Freie. So unkoordiniert kannte ich ihn gar nicht. Ich war wohl nicht die Einzige, die nervös war. Die Erkenntnis machte mich etwas weniger unsicher, und ich atmete vorsichtig auf. »Gehen wir eine Runde um das Grundstück«, schlug er vor.

»Okay.«

Eine Weile liefen wir schweigend nebeneinanderher, bis wir nicht mehr direkt neben dem Haus waren und die unangenehme Stille bedrückend genug wurde, dass ich das Verlangen hatte, etwas zu sagen. Ich entschied mich für ein diplomatisches »Hi«.

»Hi«, antwortete Lars und atmete geräuschvoll ein und aus. »Deine Blumen stehen in Tante Noelles Küche.«

»Danke.«

»Danke, dass du zurückgekommen bist.«

»Dein Cousin kann überzeugend sein, wenn er will.«

»Ich weiß.« Stille, dann: »Ich weiß auch, dass er dir von Sadie erzählt hat.«

Sadie, ein gutes Thema. Jedes Thema, bei dem es nicht um uns beide ging, war ein gutes Thema für den Anfang. Ob Blumen oder verschwundene Cousinen war egal. »Hat er«, bestätigte ich. Hinzufügen, dass das der ausschlaggebende Grund dafür gewesen war, weshalb ich noch mal gekommen war, musste ich nicht, das wussten wir beide. »Was hat es mit Sadie auf sich?« Wenn ich schon mit ihm spazieren ging, konnte ich ihn auch das fragen, was Jack, Noelle oder Jake gegenüber taktlos wäre.

»Sadie ist Jacks Schwester. Als sie ungefähr zwei Jahre alt war, wurde sie entführt. Seither ist Tante Noelle davon besessen, Jack in Sicherheit zu wissen.«

Das hatte ich mir auch zusammengereimt. »Aber warum sucht ihr sie? Also Jack und du? Woher wollt ihr wissen, wo sie ist?«

»Das ist eine lange Geschichte«, sagte Lars und lächelte mir zu. »Es gibt ein paar Winterfamilien, die unterschiedliche Aufgabengebie... nein, anders ist es logischer. Hast du dich irgendwann mal gefragt, warum ich nie von einer Liste unartiger Kinder erzählt habe?«

»Nicht wirklich, nein.« Vielleicht hatte ich den Begriff irgendwann mal im Kopf gehabt oder ihn benutzt, aber wenn ich mich nicht mit Weihnachten auseinandersetzen wollte, waren mir artige und unartige Kinder ziemlich egal. »Warum?«

»Weil sie nicht mein Job sind.«

Ich wartete einen Moment, ob er weitersprach, aber er blieb still. »Was? Soll ich raten?« Wäre ja typisch Lars, mir auch noch Denkspiele zu geben.

»Ein Tipp: Kohle.«

Kohle im Sinne von Geld oder im Sinne von rußigem Dreck? Was? Ein Dreckspatz? Was sollte das mit Weihnachten zu tun haben? »Sag es mir einfach.« Kein Mensch brauchte Rätsel.

»Sagt dir Krampus etwas? Oder Knecht Ruprecht?«

»Nein. Ich kenne aber einen Rupert, falls das hilft.« Und einen Robert und das Wort Rubbellos. Mehr Kenntnisse zu ähnlichen Begriffen hatte ich nicht vorzuweisen.

»Vor einigen Generationen war es üblich, die Flugprüfung mit dem Geschenkeliefern in Europa zu verbinden, angefangen mit dem damaligen Weihnachtsmannanwärter Nikolaus. Das feiern manche Familien immer noch, und aus Tradition finden auch die Flugprüfungen immer noch an diesem Datum statt. Damit es nicht zu viel Arbeit gab, hat ein Cousin von Nikolaus, der Ruprecht hieß, den unartigen Kindern ein Stück Kohle gebracht. Nikolaus fand das unhöflich und nannte ihn seinen Knecht, daher der Name. Die Ruprechts sind seither eine eigenständige Weihnachtsfamilie, die dafür zuständig sind, Kinder zu evaluieren und die Wunschzettel der unartigen Kids auszusortieren.«

»Warum erzählst du mir das?« Was sollte mich eine Fehde von vor einigen Generationen interessieren? Meine Eltern stritten auch und spalteten die Familie, und niemand würde in mehr als hundert Jahren davon reden, wie aus einer Familie doch irgendwie zwei geworden sind. So war das Leben. So was kam vor.

»Weil Tante Noelle ewig mit dem aktuellen Ruprecht zusammen war, bis sie Jake kennengelernt hat. Und der Typ mehr als nur ein bisschen auf eine gemeinsame Familie fixiert war. Wir vermuten, dass er sich Sadie, die ihrer Mutter wie aus dem Gesicht geschnitten war, geholt hat, um sich den Wunsch zu erfüllen.«

Aber sicher. Weil jeder seltsame Expartner gleich ein Entführer war. Dann wiederum konnte Lars als Entführer Gleichgesinnte bestimmt gut erkennen. »Fragt den Kerl doch einfach, ob er Sadie hat oder nicht, und gut.«

»Wir wissen nicht, wo er lebt.«

Das war allerdings ein Problem. »Darum braucht es euch zwei, um ihn zu finden? Was ist mit euren Vätern?«

Er zuckte mit den Schultern. »Die halten die Idee für weit hergeholt und verfolgen andere Ideen und Spuren. Europa haben sie schon beinahe durchsucht.«

»Also ist es wichtig, dass du Weihnachtsmann wirst, damit ihr das anders machen könnt und eine Chance habt, deine Cousine zu suchen«, fasste ich zusammen.

Lars nickte.

»Das hättest du mir sagen können. Ich bin kein Unmensch, mit dem Hintergrund wäre ich freiwillig ein paar Wochen bei dir eingezogen.«

»Das weiß ich jetzt auch.«

»Vor allem, wenn du vorher in Winterville gesagt hättest, was du planst.« Lars machte Anstalten, etwas zu erwidern, hielt aber inne, als ich die Hand hob. Noch war ich nicht fertig. »Stattdessen fängst du eine Alternativbeziehung an und setzt ein Kind in die Welt, anstatt diejenige, die du für dich gewinnen sollst, zumindest zu informieren.«

»Darf ich das erklären?«

»Wenn du den Drang dazu verspürst, tu dir keinen Zwang an.«

Lars seufzte. »Möchtest du meine Erklärung hören, oder willst du den Punkt auf einer imaginären Liste abhaken und mit der Sache abschließen?«

Eindeutig Letzteres. »Nein, ich möchte deine Seite hören.« Das war dieses Erwachsensein, richtig? Dinge zu tun, die man nicht tun wollte, weil sie fair und höflich waren. Konnte ich diese Jahre des Erwachsenseins einfach überspringen und vom Teenager zur exzentrischen Rentnerin mit einer Million Katzen altern? Nur ohne die Tiere. Vielleicht mit einer Million Topfpflanzen, die waren nicht weiter aufwendig. Und wenn sie starben, war es auch kein großer Verlust. Das klang nach einem Plan. Wo war die Zeitreisemaschine? Wenn ich mich gut mit Lars stellte, konnte ich mir das Ding ja wünschen. Irgendein Elf konnte das schon herstellen. Hoffte ich.

»Ich verstehe, dass du verletzt bist, weil ich dich nicht schon früher besucht habe.«

»Wenn du das so sagst, klingt es, als wäre mir deine Gesellschaft angenehm gewesen«, warf ich ein. Die Worte waren schon gesagt, als mir auffiel, wie verletzend sie klangen. Zurücknehmen konnte ich sie auch nicht, auch wenn ich mir nicht sicher war, ob ich sie wirklich genau so meinte, wie ich sie sagte. Ich war verletzt, weil Lars mich als Spielfigur nutzte, ohne mit mir darüber zu sprechen. Den Grund mit Sadie verstand ich, und er machte es schwer, wirklich sauer zu sein. Aber ich war immerhin sauer genug, um mich nicht furchtbar zu fühlen, wenn ich Sachen wie diese sagte. Trotzdem schob ich ein »Sorry« hinterher. »Ich verstehe nicht, warum du nicht früher gekommen bist«, sagte ich. Wenn er nicht gleich mit der Tür ins Haus hatte fallen wollen, war das mehr als verständlich. Aber ich hatte ihn als seltsamen Einbrecher kennengelernt, der dann mein Eigentum beschädigt und mich über Nacht ans andere Ende der Welt verschleppt hatte. Zumindest zwei Wochen vorher hätte er kommen können, oder? Irgendwas passte nicht zusammen.

Lars machte eine Handbewegung in Richtung einer Hütte. »Wollen wir uns da hinsetzen?«

»Du willst, dass ich einem Kidnapper in eine einsame Hütte folge?«

»Wäre nicht das erste Mal, oder?« Lars zupfte seine Mütze zurecht. »Außerdem ist das die Sauna der Frosts, die momentan nicht in Betrieb ist.«

Ich runzelte die Stirn. Warum hatte Familie Frost, die wortwörtlich frostigste Familie der Welt, eine Sauna? »Okay.« Ich folgte Lars in die Sauna, die anscheinend nur beleuchtet war, wenn sie auch ihrem eigentlichen Verwendungszweck entsprechend genutzt wurde. Lars aktivierte die Taschenlampe seines Smartphones und sorgte für die nötige Lichtquelle, um sich nicht wie in einem Horrorfilm zu fühlen. Er schloss die Tür auf, und wir machten es uns so gemütlich, wie es in einem kleinen Raum ohne Heizung am Nordpol möglich war.

»Vor ein paar Tagen warst du noch nicht enttäuscht, weil ich dich nicht besucht habe. Also vor dem Ganzen.«

»Vor ein paar Tagen wusste ich auch noch nicht, dass es eine Direktverbindung zwischen Winterville und hier gibt, über die dir gesagt wurde, dass du Cleya Harris suchen sollst.«

»Bitte was?« Er klang ehrlich überrascht.

»Miss Snowflake und Miss Daisy haben herausgefunden, wer deine Prüferin sein soll. Die beiden haben dir gesagt, dass du mich suchen musst. Du hattest die Info seit Jahren und hast dich nicht gemeldet!«

»Aber ich kannte deinen Namen nicht.« Er runzelte die Stirn. »Darum habe ich dich gefragt, wie du heißt.«

»Mhm.«

»Du kennst mich mittlerweile ein bisschen. Glaubst du, ich hätte deinen Namen falsch ausgesprochen, wenn ich ihn gekannt hätte? Besonders, wenn ich deine Hilfe will?«

Das klang wirklich nicht nach Lars. Und er hatte meinen Nachnamen auch erst erfragt, wenn ich mich richtig erinnerte. »Wie meinst du das?«, fragte ich.

»Was?«

»Dass du meinen Namen nicht kanntest. Du wusstest, wer ich bin. Der Weihnachtsmann bekommt immer gesagt, wen er suchen soll. Und anstatt mich einfach zu besuchen, hast du mit Anna angebandelt.« Ich klang wie eine Freundin, die auf die Ex-Partnerin eifersüchtig war. Ich rümpfte die Nase über mich selbst. War ja klar, dass ich genau in dieses Klischee rutschte. Ob ich es wollte oder nicht, ich war ein bisschen eifersüchtig auf Anna. Ohne Anna und Lizzie wäre das hier alles einfacher gelaufen, und vielleicht hätten Lars und ich mehr als ein tolles Date gehabt.

»Woher hast du die Info?« Lars zog ein Knie ans Kinn und stützte den Kopf ab. »Das ist kein Vorwurf oder so, ich bin nur neugierig. Da fehlen ein paar Details.«

»Noelle. Sie meinte, so wäre es bei ihrem Bruder auch schon gewesen.«

Der Weihnachtsmann seufzte nur. »Tante Noelle sollte es eigentlich besser wissen. Wie auch immer. Die Schneekugel, über die Miss Snowflake erfährt, wer mir zugewiesen wurde, gibt keine Namen an. Sie hat quasi ein Bild der Person, aber sonst nichts. Sie setzt sich dann mit der Frau in Winterville in Verbindung und die sucht anhand der Beschreibung heraus, wer gemeint ist, und gibt Daten wie den Namen der Person an uns weiter.« Er sah mich an, als erwartete er, ich würde damit erleuchtet werden und plötzlich alles verstehen. Tat ich aber nicht. Dümmste Entführte und so, jetzt sogar auf mehreren Ebenen. Lars bemerkte das wohl auch, denn er wartete nicht länger auf meine Antwort. »Miss Snowflake hat vor ein paar Jahren erfahren, wen ich in Winterville kennenlerne, und das Ganze weitergegeben. Bei mir kam die Information an, das Mädchen sei Anna Cleves, und Anna habe ich dann auch besucht und kennengelernt und all das, was du dir gewünscht hättest.« Er zuckte mit den Schultern. Das klang schlüssig. Anna und ich waren einander nicht unähnlich. Einer Beschreibung nach konnte man uns verwechseln. Das war aber ein Fehler des Systems, keiner von Lars. »Dann war sie schwanger, und ich wollte sie mitbringen, was aber nicht ging.«

»Weil es gegen die Regeln ist?«

»Weil es physisch nicht möglich war. Wenn ich jemanden mitbringe, der nicht hier sein soll, finden die Rentiere den Weg nach Hause nicht«, erklärte er.

Ich hatte es gewusst. Karlheinz war ein Miststück. »Moment, du hast versucht, Anna vorzubereiten und alles?«

»Sicher.« Lars lächelte schief. »Anna wusste von allem.«

»Und dann hast du festgestellt, dass doch nicht alles so klappt, wie ihr es euch vorgestellt habt?«

»Genau.« Er nickte. »Ich habe nachgeforscht und erfahren, dass wohl doch eine andere Person gemeint war.«

»Das ist ... blöd«, sagte ich in Ermangelung eines besseren Ausdrucks. Eine Familie zu haben und dann nicht gemeinsam als Familie leben zu können, stellte ich mir unschön vor.

»Das war blöd«, stimmt er mir zu und schnitt eine Grimasse.

»Und dann?«

Er zuckte mit den Schultern. »Wie und dann?« Lars lachte freudlos auf. »Wir haben ein gutes System aufgebaut, was Lizzie angeht. Und uns bei ihr gesehen. Lange hat das nicht geklappt. Anna wollte Unterstützung im Alltag, aber ich konnte hier nicht ständig weg – von den begrenzten Transportmöglichkeiten mal abgesehen. Über kurz oder lang hätten wir uns zerstritten oder gehasst.«

»Also habt ihr das Ganze lieber als Freunde beendet?«

»Stimmt.« Er nickte. »Plötzlich war alles irgendwie ... einfacher. Keine Erwartungen mehr an den jeweils anderen, die er sowieso nicht erfüllen konnte, und mehr Stabilität für Lizzie.«

»Okay.« Das klang schlüssig. »Wer ich bin hast du also nicht gewusst?«, fragte ich noch mal nach, obwohl ich die Antwort zu kennen glaubte.

»Genau. Kurz bevor ich bei dir war, habe ich erfahren, wo ich dich finde. Und dann war ich auch schon da.«

Er hatte getan, was möglich gewesen war. Sicher, als ich nicht in Winterville gelebt hatte, hatte mich dort niemand kennen können. So weit, so einfach. Und er hatte an Anna gezeigt, was er zu tun bereit gewesen war. Selbst wenn Sadie der einzige Grund wäre, aus dem er seinen Job bekommen wollte, war er nicht so unmoralisch, wie ich gedacht hatte. Sollte ich mich entschuldigen? Vorsichtshalber tat ich es.

»Schon okay – du konntest die Hintergründe ja nicht wissen. Ich kann auch verstehen, wenn du genug von dem Chaos hier hast und nach Hause willst.«

In die Stadt, die mich verraten und verkauft hatte? Ganz sicher nicht. Da blieb ich lieber in der Weihnachtshölle und tat weiter so, als wäre Weihnachten ein tolles Fest und Lars die beste Wahl als Eventmanager. »Versuchen wir es noch mal. Die letzten sieben Tage überstehe ich hier auch noch, und danach kannst du Geschenke liefern und ich zurück zur Schule.«

»Im Ernst?«

»Zuckerstangenehrenwort.«

18. Dezember

Bei Lars hatte ich Kleidung und Tampons, redete ich mir gut zu, beides Dinge, die ich in den nächsten Tagen brauchen konnte und würde. Und einen Weihnachtsmann gab es als Dreingabe dazu. So stand ich vor Lars' Tür und dachte nicht einmal über eine Flucht nach. Jack, der ein paar Meter hinter mir stand und jedes Mal die Daumen hochhielt, wenn ich mich zu ihm drehte, erstickte jeden Gedanken daran im Keim. Okay. Musste ich wohl allein durch. Ich schluckte das Gefühl, völlig seltsam und fehl am Platze zu sein, herunter und klopfte an die Tür. Eine Klingel gab es bestimmt auch, aber so bestand wenigstens die Möglichkeit, dass die Bewohner des Hauses nichts hörten und meine Schonfrist verlängert wurde.

Das Glück, diesen Fall zu erleben, hatte ich nicht. Die Tür wurde aufgerissen, und mit einem lauten »CLEYA!« stürzte sich Millie auf mich. Huch. Kind, zu nah. Immerhin nicht irgendein Kind, sondern ein mir bekanntes. Persönlicher Raum war trotzdem eine tolle Sache.

»Äh, hi«, sagte ich und tätschelte ihr den Rücken. Konnte sie mich wieder loslassen, bitte danke? »Schön, dich zu sehen. Ich habe Jack mitgebracht.«

»JACK!« Augenblicklich ließ sie mich los und raste zu ihrem Cousin, der mir einen genervten Blick zuwarf. Ich zuckte mit den Schultern und überließ ihn dem Energiebündel, das ihm hoffentlich ihr Rudolph-Duttett vorsang, bis ihm die Ohren bluteten. Wenn ich mich Weihnachten im Hause Claus aussetzte, durfte er auch leiden. Er hatte sowieso Glück, dass ich auf meine Wortspiele mit seinem Namen verzichtet hatte. Ich wollte nicht, dass er die Clay-Kommentare auspackte, ich ließ die Späße von wegen Frosting auf Cupcakes sein. Win-win.

Kaum hatte ich das Haus betreten, fiel Grace mir um den Hals. Da hatten ihre Kinder den Mangel an Grenzbewusstsein, was Berührung anging, wohl her. »Schön, dass du wieder da bist«, begrüßte sie mich und plapperte weiter vor sich hin, während ich ihre Affektionen über mich ergehen ließ.

»Grace?« Eine mir unbekannte Männerstimme tönte durch das Erdgeschoss. Der einzige Hausbewohner, den ich noch nicht kennengelernt hatte, war der Weihnachtsmann persönlich. Weihnachtsmuffel hin oder her, vor ihm hatte ich Respekt. Ich straffte die Schultern und setzte ein hoffentlich höflich-professionelles Lächeln auf. Der Mann trat in mein Sichtfeld, und meine Mundwinkel fielen nach unten. Den Weihnachtsmann hatte ich mir anders vorgestellt ... etwas größer und traditioneller. Stattdessen stand ein sehr blondes, geschätzte eins siebzig großes, Exemplar der Gattung Homo Weihnachtsmann vor mir. »Du musst Cleya sein«, sagte er und hielt mir die Hand hin.

Huch? Ich? Ich wischte mir die Hand an der Hose ab und schüttelte sie. »Mr Claus, Santa, Sir«, erwiderte ich. Keine Ahnung, welche Anrede er bevorzugte oder welche angemessen war. Immerhin klang ich respektvoll.

»Nick reicht völlig«, meinte er und lächelte breit. Hm. Das Lächeln war weihnachtsmannartig. Das war doch schon mal etwas.

»Mom? Dad?« Lars schlitterte zu uns in den Flur. Er war überraschend funkelnd heute. Als wäre er in eine Tonne voller Glitzer und Strasssteinchen gefallen. Ich hatte es immer gewusst. Schwestern und Töchter machten beim Basteln Unmengen an Dreck. Besser er als ich. »Bitte vertreibt Cleya nicht wieder!« Er sah zwischen seinen Elternteilen hin und her.

Ein »Das schaffst du auch allein« lag mir auf der Zunge, blieb aber auch dort. Nicht der richtige Zeitpunkt und so. Stattdessen winkte ich ihm zu. »Lars! Hast du schon war vor? Also heute.«

»Nicht dass ich wüsste.« Er sah zu Nick. »Dad?«

Der zuckte mit den Schultern. »Nicht dass ich wüsste«, stimmte er zu.

»Cool.« Er grinste mich an. »Möchtest du irgendwas Bestimmtes machen?«

Na, dann mal los. Weihnachtswahnsinn 2.0 und so. Die paar Tage würde ich überstehen, irgendwie mussten wir ja zeigen, dass Lars mich zum Weihnachtsfan veränderte. Vor Mr und Mrs Claus war das ein perfekter Zeitpunkt für Etappe eins. »Meinst du, wir können einen Baum schmücken? Also einen echten.« So eine Teenagertanne, die waren nicht so groß. Lange konnte das ja nicht dauern, und danach wartete ein Zimmer auf mich, in dem nur die Bettwäsche weihnachtlich war – was weihnachtsarm genug war, um den Ausgleich zu meinem Programm, Lars in einem guten Licht erscheinen zu lassen, zu bieten.

»Einen Baum. Tanne und so?«

»Aus dem Wald.« Ich nickte bekräftigend. »Aber nur fürs Protokoll, ich trage die Axt.« Niemand brauchte eine zweite Axtjagd durch den Wald.

»Bist du krank?« Lars machte Anstalten, meine Stirn zu fühlen, scheiterte aber daran, dass seine Eltern ihm im Weg standen. »Die Hardcore-Weihnachtshasserin will einen Baum schmücken? Einen echten? Was auch immer Jack dir zum Frühstück gegeben hat, ich will es auch.«

»Lars!« Grace stemmte die Arme in die Seiten.

»Was?« Er grinste sie an.

Grace schüttelte nur den Kopf, richtete ihre Aufmerksamkeit dann aber wieder auf mich. »Ich kann deine Tasche nach oben bringen, dann musst du dich nicht ausziehen, nur um die Sachen gleich wieder anzuziehen«, bot sie an.

Ich nickte und gab ihr die Baumwolltasche, die mein mickriges Gepäck beinhaltete. »Lars? Kommst du?«

»Du meinst das echt ernst?« Er schüttelte den Kopf, als müsse er geistig erst noch in der aktuellen Situation ankommen. Ich hatte gesagt, dass ich helfen würde. Das war mein Helfen.

»Ja. Bitte fäll mir einen Baum. Aber nur einen ganz kleinen.«

»Okay.«

In Rekordzeit hatte Lars sich winterfertig gemacht und mich aus der Tür geschoben. Ich schlug den Weg in Richtung Wald ein, ließ meine Route aber ein paarmal von Lars korrigieren. Nicht, dass ich noch versehentlich auf einen See wanderte, ohne dass zufällig ein Jack durch die Gegend lief. Waren die Frosts eigentlich Saisonarbeiter wie die Weihnachtsmannsippe? Außer im Winter gab es ja nicht viel zu tun. Außer mit den Eisheiligen. Waren das dann Familienausflüge, bei denen sie ihr Klima einfach mitbrachten? Oder Projekttage für den Nachwuchs? Das musste ich dringend noch mit Jack klären. Am Ende steckte da noch ein weiterer Winterfamilienclan dahinter, der sich selbstständig gemacht hatte. Möglich war mittlerweile alles.

»So, was willst du wirklich?«, fragte Lars irgendwann.

Ich zuckte mit den Schultern. »Ich meine das ernst, mit dem Baum. Wenn du mich dazu bekommst, einen Baum zu schmücken, muss dir das positiv angerechnet werden.« Also würde ich einen Baum schmücken. Nicht zwangsläufig gern, aber ich machte es, ohne zu sehr zu protestieren.

Nachdem ich eine halbe Stunde im Schnee herumgestapft war, bis ich den perfekten Baum gefunden hatte, hatte ich Lars gebeten, ihn mir zu fällen. Die Sache war erstaunlich schnell gegangen. Hatte ich mir aufwendiger vorgestellt, das Ding abzuhacken. Fehlte nur noch der Rückweg. Liebenswert, wie ich war, bot ich nicht an, beim Schleppen des Baums zu helfen. Zu meiner Verteidigung konnte ich nur sagen, dass Lars kräftiger war als ich und das Teil sowieso eher eine Kindertanne als eine Teenagertanne war. Die Dinger waren praktischer zu tragen, und auch wenn Lars gerne für mich arbeiten durfte, brauchten wir keinen Bandscheibenvorfall, der seine Karriere beendete, bevor sie überhaupt angefangen hatte.

Lars beschwerte sich nicht und trug das Bäumchen zurück zu seinem Haus. Grace oder Nick – den Weihnachtsmann mit dem Vornamen anzusprechen war seltsam – hatte den Ständer schon bereitgestellt, sodass Lars unser Projekt hineinstecken und festmachen konnte. Eine Wissenschaft für sich. Das war der Vorteil an Plastikbäumen. Sie kamen mit Ständer, konnten aus diesem nicht herausfallen und benötigten kein weiteres Material.

»Danke«, sagte ich brav, als Lars die Tanne abgestellt hatte und wir unsere Jacken und Schuhe loswurden.

»Kein Problem!« Er bog vom Flur in die Küche ab und kam mit einem Lappen, den er mir zuwarf, wieder heraus.

»Was soll ich damit?«

Er deutete auf den Boden. »Wir sind mit nassen Schuhen ins Zimmer gelaufen.«

Mein Blick folgte seinem ausgestreckten Zeigefinger, und ich sah die Spuren, die wir hinterlassen hatten. »Ugh.« Ich kniete mich auf den Holzboden und wischte die Abdrücke auf, während Lars sich durch zwei riesige Kisten wühlte und Unmengen an Dekomaterial auspackte. Anhänger, Kugeln und ... Strohsterne? Hatte jemand zu viel Stroh für die Rentiere bestellt und die Reste verarbeiten müssen? Sachen gab es. Ich zog eine Lichterkette aus einer Tüte und begann, sie um die Tanne zu wickeln. In der Realität bedeutete das, dass ich nonstop über die Lichterkette, die ich an dem hüfthohen Grünling befestigen wollte, stolperte. Um mich herum, am Boden, an Lars, überall waren Lichter. Und das, obwohl der Baum winzig war.

»Nicht lustig!«, beschwerte ich mich, als Lars mich offen auslachte. Ja, ich war außer Übung. Ja, man sah das. Ja, irgendwo musste ich auch ganz lustig aussehen. Ich versuchte, die Lichterkette abzustreifen, und verhedderte mich nur noch mehr. War das die Nordpol-Variante von *Fifty Shades?* Ugh. Darüber musste ich nicht weiter nachdenken.

»Darf ich dich daran erinnern, dass du selbst schuld bist?«, fragte er.

»Nein.« Dämliche Frage.

Er lachte nur weiter. »Darf ich dir helfen?«

Durfte er. Lars wickelte mich aus dem Chaos an Lichterkette und verhedderte sich dabei erfolgreich selbst in den kleinen Glühbirnen und dem Kabel. Diesmal durfte ich ihn befreien, und es gelang uns, das Bäumchen statt einander einzuwickeln. Dann ging es an die eigentliche Deko, von der wir unterschiedliche Vorstellungen hatten.

»Die nicht«, sagte ich und begutachtete die Kugel, die Lars sich genommen hatte. Rot mit Weihnachtsmannmütze. Wer kaufte so was? Außer Lars natürlich.

»Zu kitschig für dich?«

Ich zuckte mit den Schultern. »Ein bisschen.«

»Gut.« Er legte die Kugel zurück und suchte eine andere aus. Ohne Mütze, dafür mit Glitzer. »Ist die ein Kompromiss?« Pink mit goldener Verzierung. Wie eine Discokugel für Einsteiger. Potthässlich. Absolut mein Geschmack.

»Ja.«

Lars hängte sie an den Baum. Nach diesem Muster verfuhren wir weiter, bis der Baum dem der Schnitzeljagd ähnlich sah, was das Übermaß an Schmuck anging. Ich reichte dem Weihnachtsmann ein letztes Ornament, dann war es genug. Deckel zu, Baum fertig. Genug Weihnachten für einen Tag.

»Und?« Lars hielt mir die Hand hin.

»Und was?« Ich ließ mir aufhelfen und stand neben ihm vor der Kindertanne. Es war ein bisschen, als wären wir irrational stolze Baumeltern, die ihr schrecklich ausstaffiertes Kind auf der Bühne einer Kindergartenaufführung, in der es Marktfrau drei spielen durfte, bewunderten und vollkommen ignorierten, wie albern das alles war. Es war, als wäre ich stolz. Konnte natürlich nicht sein. Einen Baum zu schmücken war keine Leistung, mehr ein Rückschritt. Ein großer. Alles für den guten Zweck.

»Was denkst du über den Baum?«

»Da steht ein Baum mit bunten Kugeln. Was soll ich denken außer Baum mit bunten Kugeln?«

»Fühlst du echt gar nichts?« Er sah mich mit großen Augen an.

Was fühlte ich? Langeweile, ein bisschen jedenfalls, meine linke Ferse, weil ich mir sicher war, dass meine Socke während der Schneewanderung eine Falte gehabt hatte, die mir eine Druckstelle beschert hatte, und langsam vielleicht Durst. Keine der Sachen würde Lars' Frage wirklich beantworten, so gut kannte ich ihn mittlerweile. Also machte ich eine undefinierbare Geste und sah ihn an. »Was soll ich denn fühlen?«

Lars seufzte nur und bugsierte mich in die Mitte des Raums. Wow. Weihnachtszimmer mit großem Baum und kleinem Baum. Tolle Sache.

»Bleib hier stehen, ja?« Er verschwand hinter dem großen Baum und ward nicht mehr gesehen. Unter anderem, weil er die Lichter ausschaltete und die Rollläden herunterließ. Dass die Dinger hier nicht festfroren. Na ja, Jack Frost gehörte zur Verwandtschaft, es würde schon Mittel und Wege geben.

Plötzlich leuchteten die Bäume auf. Die unendlich vielen Lichter tauchten sie in ein Glühen und Leuchten, das keine Lampe der Welt erzeugen konnte.

»Gleich ganz anders, oder?« Lars trat neben mich und sah mich an. Durch den gelblichen Schein wirkten seine Haare mehr golden als hellblond, und sein rotes Sweatshirt kam neu zur Geltung. Als Weihnachtsmann war er die natürliche Ergänzung eines jeden Raums, der Weihnachten ausdrückte, und zum ersten Mal sah ich ihn auch so. Ich biss mir auf die Lippe, um ein Lächeln zu unterdrücken. Neben den Bäumen rückte aber auch er in den Hintergrund. Ich wollte kaum wegsehen. Alles hier war Weihnachten, und irgendwie hasste ich es nicht.

Was war mit meiner Wahrnehmung falsch? Lampen und Kugeln und ein Teenager. Keine magischen Dinge. Eigentlich.

»Mach mal die Augen zu.«

Und vorbei der Moment, in dem es beinahe weihnachtlich geworden wäre. »Was soll ich?«

»Klappe halten. Augen zu.« Lars lachte. »Für mich?«

Ich konnte mir nicht einreden, dass ich es für Sadie tat. Also gut. Für Lars. Langsam schloss ich die Augen und hatte trotzdem noch den bunt gelblichen Baum, den wir geschmückt hatten, im Kopf.

»Atmen, Cleya«, erinnerte er mich.

»Wa...«

»Tu es einfach.«

Wenn er meinte. Ich atmete ein. Und aus. Und ein.

Zuerst roch ich den Lebkuchengewürzduft, den Lars an sich haften hatte, dann den Geruch von Alleskleber, den er noch vom Glitzer an sich hatte, dann die heiße Schokolade, die möglicherweise heute Morgen auf meinen Leggins gelandet war. Eau de Nordpol. Wie sagte man Nordpol auf Französisch? Egal. Immerhin war ich nicht erkältet und roch alles. Schließlich den Nadelduft, das Harz, die Orangenscheiben, die aufgehängt waren, die Zuckerstangen … Es roch nach Weihnachten. Nach einem Weihnachten, auf das man sich wochenlang freuen konnte.

Ich atmete wieder aus.

»Mal was anderes, oder?«, fragte Lars leise.

Ich nickte.

»Und das bekommst du nicht, wenn du einen Plastikbaum aufstellst.«

Wahr. Es war nicht dasselbe. Mein Baum roch nach einem Zuhause, das es nicht mehr gab, nach fehlender Wärme und Einsamkeit. Die Kindertanne roch nach Familie. Plötzlich wünschte ich mir mehr echte Bäume. Oder mehr Familie. Oder beides.

»Ich weiß, dass mein Baum abartig ist«, sagte ich, um die Stimmung nicht kippen zu lassen. Gerade war es zu weihnachtlich, um Trübsal zu blasen. Weihnachten war der Kram mit Harmonie und Liebe und so. Das bedeutete keine Vorwürfe und kein Theater. »Aber er ist mein Baum und würde sich außerordentlich gut neben den beiden hier machen.«

»Dein abartiger Baum oder das hässliche Ding, das ich dir geschenkt habe?«

»Du differenzierst zwischen ihnen?« Ich sah zu ihm auf. Das war … aufmerksam.

Lars fuhr sich durch die Haare. »Du nicht?«

»Doch! Ähm. Doch.« Einer war mein Baum, der andere ein Baum. Aber mehr als meinen Baum vermisste ich meine Familie. Die gab es aber nicht mehr, also musste das Plastikgestrüpp herhalten. In ein paar Tagen. »Aber die zwei Bäume sind ein akzeptabler Ersatz, bis ich meinen Baum wiedersehe.«

Überraschenderweise meinte ich es auch so.

19. Dezember

»Lass mich einfach sterben«, stöhnte ich, nachdem ich meinen Gast mit einem gemaulten »Herein« in mein Zimmer gelassen hatte.

»Warum willst du sterben?« Die Stimme war eindeutig zu piepsig für Lars, es sei denn, er durchlebte einen zweiten Stimmbruch.

Huch? Millie? Was wollte das Kind? Ich rappelte mich auf und versuchte, Ordnung in meine Haare zu bringen. Sonst kam Lars auch ständig, und wenn ich einmal damit gerechnet hatte, kam seine Schwester. Mir blieb wirklich nichts erspart. »Gar nicht!«

Die Kleine zog einen Flunsch. »Warum sagst du es dann?«

Weil ich meine Tage hatte und Lars gegenüber die Dramaqueen raushängen lassen wollte. »Ein Erwachsenenscherz.«

»Aber du bist nicht erwachsen.«

Du auch nicht. »Aber fast. Ich übe schon. So wie du für deine Aufführung übst.«

»Okay.«

»Was brauchst du eigentlich?« Ich lächelte das Mädchen an. Irgendeinen Grund für die Störung würde sie haben. Hoffte ich. Und es sollte besser kein Babysitten oder irgendwas in der Art sein.

Mille verschränkte die Arme hinter dem Oberkörper und wippte auf den Fußballen. Wenn sie sich noch fester auf die Lippe biss, konnte sie sich später das Geld für ein Piercing sparen, von der Diskussion mit den Eltern, ob es wirklich notwendig war, sich irgendwas durch die Haut zu stechen, ganz zu schweigen.

»Millie?«, fragte ich nach. Wegen nichts würde sie mich ja nicht extra suchen. Generell musste sie mich nicht extra suchen, ich war weder ihr Kindermädchen noch einer der Wichtel, die die

Arbeit mit Familien wirklich genossen und sie sich vor allem ausgesucht hatten.

»HilfstdumirmeineWeihnachtskartenzuschreiben?«

Ähm. Oder so. Ich sprach leider kein Nordpolgenuschel. »Was soll ich?« Irgendwas würde ich bestimmt für sie tun sollen.

»Hilfst du mir, meine Weihnachtskarten zu schreiben?« Millie drehte sich hin und her. »Bitte«, schob sie hinterher.

Karten. Mit meiner Schönschrift. Allein wegen meiner Schrift sollte ich das schon ablehnen. Aber gut, damit konnte ich dienen. Eine Cleya, die Karten beschriftete, war eine weihnachtliche Cleya. Dann machte ich eben das. Ich lächelte und nickte. »Kein Problem.« Ich sah an mir herunter. »Ich komme gleich. Treffen wir uns im Wohnzimmer?« Die Aktion eilte zwar nicht, aber dann hatte ich es wenigstens bald hinter mir.

»Okay!« Sie nickte eifrig. »Danke, Cleya.« Und weg war sie.

Ja, bitte. Seufzend wickelte ich mich aus der Decke und huschte ins Badezimmer. Ugh. Was hatte Mutter Natur am Nordpol verloren? Konnte ich diesen Monat nicht einen Freipass bekommen, für gutes Karma oder so? Offensichtlich nicht. Nun denn, auf in den Kampf. Ich zog ein weiteres Paar der Plüschsocken an, die ich in der Kommode fand, und hüpfte die Treppen herunter. Leider hüpfte ich dabei auch beinahe in Lars, der sich gerade noch am Treppengeländer festhalten konnte.

»Huch! Wo willst du denn hin?«, fragte er und machte mir Platz.

»Deine Schwester bespaßen? Ich soll ihre Karten schreiben.« Ich rümpfte die Nase. Musste Millie nicht in die Schule? Oder ins Homeschooling? Oder irgendwohin, wo sie lernte, selbst zu schreiben. Fremde Weihnachtskarten zu schreiben war seltsam. Als keine Antwort kam, ging ich weiter.

»Cleya?«, rief Lars mir dann doch hinterher.

Ich drehte mich um.

»Möchtest du einen Kaffee?«

»Nein.« Kaffee war ekelhaft.

»Heiße Schokolade? Tee? Milch?« Nun verzog Lars das Gesicht.

»Orangensaft?«

»Sicher. Was soll der komische Tonfall?«

»Wir sind hier am Nordpol«, erinnerte ich ihn. »Da wachsen keine Orangen.«

»Wir sind hier beim Weihnachtsmann«, gab er im selben Ton zurück. »Da kriegen wir alles, was wir wollen.«

Eins zu null für den Weihnachtsmann. »Dann Orangensaft.«

»Einmal Saft, kommt sofort.«

»Danke.«

»Immer wieder gerne.«

Etwas besser gelaunt und bei der Aussicht auf meinen Saft gleich auch etwas weniger widerwillig ging ich zu Millie ins Weihnachtszimmer. Mittlerweile hatte ich mich genug an die Baumausstattung gewöhnt, dass sie nicht mehr zu seltsam wirkte. Vielleicht sollte ich zum Begriff Wohnzimmer wechseln. So wohnte man eben am Nordpol. Am Wohnzimmertisch hatte sich Lars' Schwester ausgebreitet und angefangen, Karten zu basteln. Mit viel Glitzer, wie es aussah. Mit etwas Sicherheitsabstand, so wie Lars gestern wollte ich nicht aussehen, setzte ich mich zu ihr auf den Boden. Ich hatte nicht erwartet, dass die Karten erst hergestellt werden mussten. So viel zum Thema schnelles Abfertigen der Dinger. Also gut.

»Weißt du schon, was ich wo hinschreiben soll?«

Millie überlegte kurz, nahm dann aber eine braune Karte mit Unmengen an Sternstickern und schob sie zu mir. »Aber mit Goldstift!«

»Okay.« Ich kramte den Glitzerstift aus ihrem Mäppchen und wartete auf weitere Anweisungen. War ja nicht so, als würde ich nur auf sie warten.

»Auf den Umschlag«, sie gab ihn mir, »musst du ›Für Tante Noelle und Onkel Jake‹ schreiben. Und auf die Karte muss ›Liebe Tante Noelle, lieber Onkel Jake, lieber Jack‹«, fing sie an. Ich bemühte mich um ein Schriftbild, das zumindest annähernd an Kalligrafie erinnerte, schaffte aber nur eine gut lesbare und einigermaßen ordentliche Schrift. Besser als nichts.

Die nächste halbe Stunde ließ ich mir die klassischen Kartentexte diktieren, die ich auf jeweils neu erschaffene Bastelwerke schrieb. Dabei kam ich nicht umhin, zu erkennen, dass sich Lars auf dem Weg zum nächsten Orangensaft verlaufen haben musste, wenn er jetzt immer noch nicht gekommen war. Oder Karlheinz hatte Heißhunger auf Menschen bekommen und ihn verspeist. Vermutlich Letzteres. Das bedeutete, dass vorerst keine Rettung vor Millie und ihren Glitzerkarten zu erwarten war.

Leider hatte die Familie viele Verwandte, die mit gebastelten Karten bedacht werden mussten, sodass ich zwischenzeitlich Tannenbäume und Sterne ausschnitt, die Millie weiterverwenden konnte. Mit jedem Schnitt in das Papier schwand meine Aversion ein bisschen. Unauffällig befühlte ich meine Stirn. Ich war nicht todunglücklich. Genervt? Ja. In einer verrückten Situation? Auch ja. Aber unglücklich? Nein, nicht wirklich. Die Menschen waren gerade ganz okay, und ich fühlte mich weniger fehl am Platz als in Winterville. Was keine große Kunst mehr war. Mit Bastelarbeiten und der Erkenntnis beschäftigt, bekam ich nicht mit, wie Lars hereinkam. Erst als er den Saft vor mir abstellte, sah ich zu ihm auf.

»Danke.«

»Kein Problem. Ihr seid fleißig?«

Mehr als fleißig. »Sieht so aus, oder?« Ich deutete auf den Stapel fertig gefüllter Briefumschläge, die auf ihre Empfänger warteten. »Sag Bescheid, wenn Lizzie auch noch welche braucht, langsam bin ich in Übung.«

Lars lachte. »Sie ist gerade bei Anna, aber falls sie noch etwas braucht, weiß ich, wen ich fragen muss.«

Gut. Ich nickte.

»Cleya?« Er kratzte sich am Hinterkopf. »Ich habe mit Dad geredet. Wenn du deiner Familie Karten schreiben möchtest, bringe ich sie bei ihnen vorbei.«

Im Ernst? Wann und wie wollte er das machen? »Ich dachte, du bist völlig im Weihnachtsstress.« Abgesehen davon, war mein Verlangen, Unmengen an Karten zu schreiben, gering. Eine vielleicht an meine Tante. Der Rest konnte auch ohne auskommen.

Lars sah mich verständnislos an. »Ich fliege sowieso ständig in die USA, wenn ich Lizzie abhole und bringe – da kann ich auch Post losschicken. Möchtest du Karten schreiben?«

»Gerne«, sagte ich langsam. »An meine Tante, die in Winterville.«

»Den Weg kenne ich sogar.« Konnte man so sagen. »Millie, ich entführe dir Cleya eben, ja?«

»Cleya hilft aber mir!« Millie verschränkte die Arme vor der Brust. »Such dir andere Freunde.«

»Millie«, mahnte ich und wandte das Gesicht ab, um ihr nicht zu zeigen, wie häufig ich die Augen verdrehte. »Du kannst mit deinem Bruder teilen. Ich komme wieder, versprochen, und helfe dir mit den restlichen Karten.« Wie viele auch immer jetzt noch folgen sollten.

»Ja.«

Das war überraschend wenig Widerspruch. Sollte mir recht sein. Ich stand auf und folgte Lars, der nur vor sich hin schmunzelte, in den Flur. »Was willst du?«

Er legte die Stirn in Falten. »Alles okay?«

Geradezu perfekt. Ich nickte.

»Okay. Ich möchte dir etwas zeigen.«

»Wohin?«

»In mein Zimmer.« Er ging voraus und die Treppe nach oben. »Möchtest du nur deiner Tante eine Karte schreiben oder auch noch anderen? Das wäre kein Problem.«

»Nur meiner Tante.«

»Und deinen Eltern?«

»Mit meiner Mutter habe ich Mitte November das letzte Mal gesprochen, und mein Vater und seine aktuelle Freundin sind auf einem Roadtrip durch Kalifornien. Ich wüsste nicht, an welche Adresse ich irgendwas schicken sollte, sollte ich das doch irgendwann wollen.«

»Deine Eltern leben nicht zusammen?« Er klang ehrlich verwundert.

»Anna und du, ihr lebt auch nicht zusammen«, warf ich ein.

»Ja. Aber du hast nie erzählt, dass deine Eltern getrennt leben.« Er stockte. »Nicht, dass du das hättest erzählen müssen. Das war nicht als Vorwurf gemeint!«, beeilte er sich hinzuzufügen.

Ich zuckte mit den Schultern. »Sie haben mir letztes Jahr an Weihnachten gesagt, dass sie sich scheiden lassen. Dad war zu diesem Zeitpunkt schon mit seiner neuen Freundin zusammen, Mom hat sich eine Auszeit genommen, und ich bin nach Winterville gezogen, weil sie sich nicht einigen konnten, was sie mit mir anfangen wollten.«

»Ähm.« Lars schluckte und sah mich an. »Ich weiß nicht, was ich darauf sagen soll«, gestand er. »Das tut mir leid?«

»Mir auch.« Ich überholte ihn und ging weiter zu seinem Zimmer. »Was willst du mir zeigen?«

»Eine Überraschung?« Ich machte Anstalten, ihn zu erinnern, dass ich keine Überraschungen mochte, aber er hob die Hand und fuhr fort: »Die hier wirst du mögen. Es ist kein Geschenk oder so.«

Besser so. »Darf ich?« Ich deutete auf die Tür.

»Sicher.«

Ich drückte die Klinke nach unten und betrat Lars' Zimmer. Was auch immer er mir zeigen wollte, es verlangte wohl kein extra aufgeräumtes Zimmer. Die Socken, die einzeln oder im Rudel herumlagen, waren Beweis genug. Was ebenfalls herumlag oder eher stand, war ein mir nicht unbekanntes Stück Kunststoff.

»Ist das …?«, fragte ich mit aufgerissenen Augen und sah schnell zwischen Lars und dem mir nicht unbekannten Baum hin und her.

»Ist es. Ist *er*?« Er legte den Kopf schief, als er nach dem richtigen Pronomen suchte. »Ja.«

Mein Baum. Diesmal wirklich mein Baum, nicht nur irgendein Baum. Nur hatte ich meinen Baum anders in Erinnerung gehabt: weniger glitzernd, interessanter gefärbt und etwas weniger zerzaust. Aber es war mein Baum – abgewaschen und nachgeglitzert, wie ich es ihm vor fast drei Wochen aufgetragen hatte.

»Danke!« Bevor ich es mir anders überlegen konnte, war ich Lars um den Hals gefallen. Er hatte meinen Baum hergebracht. Er hatte mein Weihnachten an den Nordpol geholt, auch wenn ich nur noch ein paar Tage hierbleiben würde.

»Das war überfällig«, murmelte er in meine Haare und erwiderte die Umarmung. »Er sieht beinahe aus wie neu.«

Davon musste ich mich selbst überzeugen. Ich löste mich von Lars und lächelte peinlich berührt. Dämlicher Lars-Effekt. Ich unterzog den Baum einer genaueren Inspektion und winkte Lars zu mir herüber.

»Wie hast du das geschafft?« Ein paar der Nadelimitate waren aneinandergeklebt und bildeten einen Klumpen. Fast wie eine Version lästiger Harzklumpen, nur am Plastikbaum.

»Nagellack.«

»Bitte?«

»Ich konnte das Grün nicht an allen Stellen abwaschen, und außer Wachsmalstiften und Wassermalfarben habe ich nichts gefunden, was ich sonst zum Umfärben hätte nehmen können.«

Und dann hatte er beschlossen, dass Nagellack die beste Alternative war? Eins Plus für Kreativität. »Ich finde es cool.«

»Cool«, echote er, der Stimmfarbe nach erleichtert. »Ist es zu viel Glitzer?«

Ja. »Nein, ich finde es toll!« Zumindest der zweite Teil der Antwort war keine Lüge. Der Baum sah noch abartiger aus als vor ein paar Wochen, aber er war noch immer mein abartiger Baum, und ich hatte ihn wieder und würde ihn so schnell auch nicht mehr irgendwo zurücklassen. »Kann ich ihn zu den anderen Bäumen stellen?« Ich stockte. »Oder besser nicht, nicht dass dein Dad einen Anfall bekommt.« Bestimmt war ein Plastikbaum im Wohnbereich des Weihnachtsmanns ein Kapitalverbrechen am Nordpol. Präsidentenbeleidigung oder so. Was hatten die eigentlich für ein politisches System? Erbmonarchie?

»Mein Dad nicht, aber die Wichtel.«

Ich zuckte mit den Schultern. »Damit kann ich leben.« Faules Pack. Konnte gern ein bisschen leiden, indem ich die Dekoration durcheinanderbrachte. »Wenn es sie stört, sag ihnen, sie hätten ihre Arbeit in der Kinderbetreuung nicht so oft auf mich abwälzen brauchen.«

»Ich … frage besser nicht.«

»Besser so«, stimmte ich zu und hob den Baum an. Potthässlich und perfekt. Ich wurde wieder ernst. »Danke, wirklich.«

»Gerne. Wirklich.« Er lächelte. »Der Baum ist dir wichtig, hm?« Er schüttelte den Kopf über sich selbst.

Ich zuckte mit den Schultern. »Ist er.«

»Darf ich fragen warum?«

Ausnahmsweise. »Der Baum war das Letzte, was wir als Familie gekauft haben.« Und meine letzte gute Weihnachtserinnerung. Nein. Falsch. Die letzte gute Weihnachtserinnerung mit meiner Familie, die neuen guten schuf ich hier mit Lars, der mir meinen Baum gebracht hatte. Aus Winterville. Das nicht direkt nebenan war. Und auch welche mit Millie, deren restliche Karten ich noch schreiben durfte.

20. Dezember

»Es tut mir leid, hörst du?«

Ich schüttelte schmollend den Kopf und wischte weiter an dem Fenster herum, das ich vom Eis zu befreien versuchte. Zwischendurch sah ich in die Richtung, in der Lars nicht stand, um in Ruhe lächeln zu können und ihn weiter schmoren zu lassen. Mein gestriger Plan, ihn zu ärgern, war dank Millie ins Wasser gefallen, also hatte ich vorhin nach Eisbärbabys verlangt, um sie als Wärmflasche nutzen zu können. Win-win. Die Tiere bekamen Aufmerksamkeit und Liebe, ich die einzigen Viecher, die ich wirklich mochte, UND eine Wärmflasche. Niedliche Wärmflaschen mit niedlichem Gefiepe klangen nach einem Wundermittel gegen Krämpfe. Was ich nicht bedacht hatte, war, dass die Tierbabys mittlerweile Tierkleinkinder waren und dank ihres neuen Sehsinns nicht länger an endlosen Nickerchen interessiert waren, sondern lieber durch die Gegend tapsten. Nicht fair. Und aus mir unerfindlichen Gründen dachte Lars, dass meine kurzzeitige Enttäuschung auf sein Konto ging. Ich hatte die Sache noch nicht aufgeklärt, weshalb Lars zwischen Amüsement und Entschuldigungen schwankte und darüber vergaß, dass er eigentlich die Fenster putzen wollte. Stattdessen putzte ich die Fenster, und er lachte ebenfalls, wann immer er dachte, dass ich nicht zusah.

Dabei kamen wir sehr langsam voran, was das Vorbereiten der Gästezimmer anging. Wie es aussah, kamen die Frosts traditionell, um die Weihnachtstage hier zu verbringen und mit anzupacken. Ich hatte mich freiwillig für die Aufgabe gemeldet, als es hieß, dass die Zimmer dekoriert werden mussten. Jacks Zimmer war mein Territorium, und ich hatte bunte Pläne. Bunt und glitzernd und voller Schneeflocken. Lars hatte sich mir angeschlossen. Zu zweit würde die Aktion sowieso schnell gehen, hatte ich gedacht. Und dann hatten wir nach der Eisbärenttäuschung angefangen, und kaum hatten wir angefangen, diskutierten wir und diskutierten wir, waren wir abgelenkt.

»Ugh, ich kaufe dir neue Eisbärbabys, zufrieden?«

Als wären die jetzigen einfach defekt und jederzeit durch neue zu ersetzen. »Ich bin mir sehr sicher, dass das illegal ist.«

Lars zuckte mit den Schultern. »Ich kann sie einer Bärenmutter abschwatzen, schon vergessen?«

Ehrlich gesagt, ja. »Übertreib es nicht mit dem Angeben«, meinte ich trotzdem und warf meinen Lappen nach ihm. Leider fing Lars ihn noch im Flug auf.

»Zu Befehl.«

Ich machte mich daran, die Scheibe mit dem Glasreiniger einzusprühen, nieste, als ich zu viel davon einatmete, und kreischte, als mich ein nasses Etwas im Gesicht traf. »Lars!«

»Ja?« Er lächelte und wischte an dem Spiegel, den er bearbeitete, herum.

»Ich bin kurz davor, dich zu hassen.«

»Das ist diskutabel.«

»Das ist indiskutabel! Die Dame ist immer im Recht.«

»Das wiederum ist indiskutabel«, stimmte er zu und wechselte zum nächsten Fenster.

»Das bedeutet, dass ich recht habe und du furchtbar bist.«

»Nein.«

»Doch!«

»Nein«, sagte er. Mit der Hand, die er nicht mit seinem Lappen regelmäßig in sein Wasser tauchte, fuhr er sich durch die Haare.

»Du hast eben zugestimmt, dass ich recht habe.« Himmel, hoffentlich war das nicht so wie diese Stillamnesie, von der meine Tante erzählt hatte. Weihnachtsamnesie oder so. Na ja, solange es nicht ansteckend war, konnte ich damit leben. Ich wischte den Fensterrahmen ab. Fenster sauber. Mein Teil der mundanen Tätigkeiten war erledigt, ab zum Dekokram. Ich fand ja Glitzer gut.

»Ich habe gesagt, dass die Dame im Recht ist. Wir alle wissen, dass du mehr Diva als Dame bist.«

»Argh!« Ich hasste es, wenn er recht hatte. Einmal mehr warf ich meinen Lappen nach ihm, diesmal mit etwas mehr Erfolg. Sein rechter großer Zeh sollte ein paar Spritzer Putzwasser abbekommen haben, wenn mich nicht alles täuschte. Hm. Vielleicht wurde das mit der Auge-Hand-Koordination doch noch etwas, und ich konnte mich dem Boccia-Klub anschließen, wenn ich am College irgendwann eine extracurriculare Veranstaltung brauchte.

»Hey!« Der Lappen kam wieder zurück. »Hast du deine Karte eigentlich schon geschrieben?«

Ich hatte gestern so viele Karten geschrieben, dass meine Schrift ganz krakelig gewesen war, als ich endlich zu der einen, die ich für mich geschrieben hatte, gekommen war. Fertig war die Karte dementsprechend, schön allerdings nicht. Trotzdem nickte ich.

»Ich muss später noch nach Winterville, dann nehme ich sie gleich mit.«

»Warum musst du noch nach Winterville? Deine Mom war doch erst einkaufen.«

Lars lachte. »Ich bringe Lizzie noch mal zu Anna, bevor ich sie über Weihnachten wieder nach Hause hole. Anwesenheitspflicht für Weihnachtsengel, sehr zu Annas Leidwesen.« Er schnitt eine Grimasse. Auch wenn er kein Stück betrübt klang, glaubte ich nicht, dass Lizzies Mutter ihm nicht bis zu einem gewissen Grad leidtat. Wenn man ein Kind hatte, hatte man es gewöhnlich auch gern um sich, besonders an Weihnachten. Fest der Familie und so. Das dann niemals zu können, weil das Kind ortsgebunden war, war nicht beneidenswert.

»Das glaube ich«, sagte ich. »Ist das auch so ein Weihnachtsengel-Ding, das du noch nicht verstehst?«

»So ungefähr.« Lars nickte.

»Muss Lizzie dann bei deiner Schwester in die Lehre gehen, oder übernimmt sie den Job, sobald du deinen Vater ablöst?«

Lars ließ seinen Lappen in die Schüssel mit Wasser fallen und setzte sich auf den Boden. Ich tat es ihm gleich. »Die Abschlussprüfung an sich ist zwar das Ende der Ausbildung, solange Dad den Job aber macht, übernehme ich jedes Jahr ein paar mehr von seinen Aufgaben. Das bedeutet, dass ich nächstes Jahr Australien mit Geschenken versorge, dann wahrscheinlich Südamerika und so weiter und so fort. In der Zeit, in der der Job auf mich übergeht, wird Lizzie älter, und wir wachsen beide in unsere Teamdynamik hinein, denke ich.«

»Und Anna kann Weihnachten nicht herkommen?«

Er schüttelte den Kopf. »Ich kann nur Leute zum Nordpol bringen, die ich traditionell herbringen soll. Konkret ist das Lizzie. Und du natürlich.«

»Das ist eine dumme Regel.«

»Genauso wie die Regel, dass dich zu überzeugen die Abschlussprüfung ist.«

»Absolut.«

»Ich spiele mit dem Gedanken, Miss Snowflakes Schneekugel zu zerbrechen«, gestand er. »Ich will nicht, dass mein Sohn gezwungen wird, jemanden so zu behandeln wie ich dich.«

»Sag mir rechtzeitig Bescheid, dann kümmere ich mich um das Gegenstück in Winterville.« Mit Miss Daisy hatte ich sowieso noch eine Rechnung offen. »Aber fallen die künftigen Weihnachtsmänner dann nicht automatisch durch die Prüfung?« Nicht, dass das ein Problem war.

»Die Prüfung ist durch die Familie – die Sippe muss den Erben anerkennen, ich bin mir sicher, wenn Jack und ich die älteren Amtsträger sind, wird sich eine andere Lösung für eine Prüfungsaufgabe gefunden haben. Vielleicht gehen unsere Kinder in Winterville zur Schule, um Kontakt zu eurer Welt zu haben, oder ich überlege mir etwas anderes.«

»Das klingt nach einem Plan.« Lars wurde mir immer sympathischer. »Ich kann deine Kids von mir aus in Winterville unterbringen. Oder wo auch immer du sie hinschicken willst. Also einmal die Woche oder so.«

»Du bist echt kein Kindermensch, oder?« Lars schüttelte den Kopf, als wäre die Vorstellung allein absurd.

Ich zuckte mit den Schultern. »Einzelne Individuen sind okay. Ab einem bestimmten Alter. Gilt auch für Tiere.« Apropos Tiere.

Was musste passieren, um ein Tier wie Karlheinz abzusetzen? Konnte man den ehrenhaft entlassen oder als Frührentner sein Rentierleben genießen lassen? Der Kerl gehörte absolut nicht zu den Ausnahmen, die ich kannte.

»Dann bereiten wir mal alles für das Individuum Jack vor.« Er stand auf und hielt mir die Hand hin, um mir aufzuhelfen. Ich ließ mich hochziehen und nahm unsere Schüsseln, um das Wasser auszuschütten und die Lappen zum Trocknen irgendwohin zu hängen. Die Waschküche hier kannte ich, also konnte ich einen Platz am Wäscheständer suchen.

Keine fünf Minuten später kam ich zurück und lachte. Plastikgirlanden waren um einen Teil der Vorhangstange gewickelt, die aussah, als wäre sie eine Requisite im Kinderfasching. Dazu lagen Unmengen an Tannenzweigen und ein zusammenbaubarer Plastikbaum auf dem Boden. Ich deutete auf den Baum und zog eine Augenbraue nach oben.

»Du bist hier, also verleihen wir Weihnachten deine persönliche Note, oder?«

Damit konnte ich gut leben.

21. Dezember

Grace bat zum Abendessen, und ich sträubte mich innerlich, mich zu den anderen in einen der Wohnräume zu setzen. Die Stimmung war ohnehin schon angespannt, seid Noelle angekommen und mich an Lars' Arm hängend vorgefunden hatte. Schlappe acht Tage, nachdem ich bei meiner Flucht vor ebenjenem Lars beinahe ertrunken wäre. Ihrer Mimik zufolge war Noelle von dem Sinneswandel wenig beeindruckt. Wer konnte es ihr verübeln. Da brachte sie mich extra nach Chicago, und ich drehte schnurstracks um, um genau das zu tun, was logisch betrachtet nicht klug war. Kein Wunder, dass sie distanziert wirkte. Jack und Lars taten so, als würden sie nicht bemerken, wie kühl Noelle war, und die restlichen Anwesenden wirkten einfach nur verwirrt. Die besten Voraussetzungen dafür, die nächsten Tage über aufeinanderzuhocken. Ich wollte mich nicht verstecken und Weihnachten wieder furchtbar finden. Jetzt, kurz vor knapp, hatte ich plötzlich Spaß. Hier war eine Familie, die mich für die Vorweihnachtszeit adoptierte, mit der ich neue Weihnachtserinnerungen, die anders waren als alle vorherigen, schaffen konnte. Und ich war mir sicher, dass Lars für Weihnachten lebte und kein schlechter Mensch war. Ich brauchte nur noch die paar Tage, um das Gefühl als Wissen zu festigen. Danach konnte ich dann wieder in Selbstmitleid versinken und meine Familiensituation beklagen. Erst war diese Familie an der Reihe. Was zwangsläufig bedeutete, dass ich die Küche betreten und mit Lars' Verwandtschaft zu Abend essen musste. Gerade schien sogar Winterville attraktiver als die Vorstellung, in Noelles enttäuschtes Gesicht zu sehen. Ich war keine amerikanische Tanne, die man einfach umtopfen oder an den Nordpol verpflanzen konnte, ohne dass es ihr etwas ausmachte. Ich wollte nach Hause, daran hatte sich nichts geändert. Nur eben nicht mehr um jeden Preis und so dringend, dass ich nicht erst Lars und Jack helfen konnte.

»Willst du hier Wurzeln schlagen?« Jack trat neben mich und spähte an mir vorbei in die Küche. »Millie lässt uns nichts übrig, wenn wir zu lange warten. Tante Grace und Mom haben Pizza gemacht.«

Ich sah ihn nur an. Jack verdrehte die Augen und schob mich in die Küche. Sofort stand Grace auf und bedeutete mir, mich auf den freien Platz zwischen Lars und Jake zu setzen. Ich lächelte kurz in die Runde. Jetzt, wo die Frosts hier waren, war irgendwie die Eiszeit ausgebrochen. Der Witz klang sogar in meinen Gedanken miserabel.

»Gut, dass ihr kommt«, meinte Nick und griff nach seinem Bier. »Wir sind am Verhungern.«

Mein Blick folgte der Bewegung seiner Hand, was Lars zum Lachen brachte. Er stieß Jack, der sich an seine andere Seite gesetzt hatte, an und deutete auf mich. Daraufhin lachten sie beide.

»Was findet ihr so lustig?«, fragte Jacks Vater.

Sein Neffe winkte ab, während sein Sohn die Taktik änderte und einen Hustenanfall vortäuschte. »Nichts«, kam es von den beiden.

Dieses Nichts war vermutlich ich. Lars hatte die Angewohnheit, mich auszulachen – und ich erwiderte den Gefallen bei jeder Gelegenheit, konnte es ihm also nicht übel nehmen. Diesmal hatte ich nur keine Ahnung, was ihn gerade amüsierte. »Spuck's aus«, sagte ich und erntete einen verständnislosen Blick.

Lars sah von mir zu seinem Teller, zu seiner Serviette und wieder zu mir. Dann räusperte er sich und machte seltsame Mundbewegungen, wie um Speichel zu sammeln.

Ich riss die Augen auf. »Das sagt man nur so!«, beeilte ich mich zu sagen. »Nicht spucken.« War er ein Lama? Na, das musste eine Geburt gewesen sein. Herzlichen Glückwunsch, es ist ein Lama. Nur musste man hier erst mal einen Geburtshelfer für solche Aussagen finden. Oh. Geburten. Lizzie war in Winterville geboren, das wusste ich. Aber der Rest? Waren alle hier Fans von Hausgeburten? Warum lebten dann noch so viele von ihnen?

»Warum sagst du das, wenn ich nicht spucken soll?« Lars legte den Kopf schief. »Das ist völliger Schwachsinn.«

»Ist es nicht. Das sagt man eben so. Es heißt so viel wie ›Sag es mir‹ oder ›Schieß los‹ – Letzteres heißt auch nicht, dass du auf jemanden schießen sollst.«

»Ich weiß.« Er schenkte mir einen eindeutigen Blick.

Ja, woher sollte ich jetzt auch riechen, welche Redewendung er kannte und welche nicht? »Also. Was war so lustig?«

»Dein Blick, als Onkel Nick sein Bier genommen hat. Als wäre das ein Verbrechen«, antwortete Jack zwischen zwei Husten-Lachern.

Aha.

»Wahrscheinlich dachte sie, der Weihnachtsmann hätte wirklich eine Kooperation mit Coca-Cola und würde das Zeug ständig trinken«, fügte Lars hinzu, und die Cousins gackerten weiter.

Ich trat unter dem Tisch nach Lars, musste aber selbst schmunzeln. »Den Glauben an Klischees habe ich schnell aufgegeben, als ich dich kennengelernt habe«, informierte ich ihn. Spätestens, nachdem mich das Rentier gebissen hatte, waren die Stereotypen gestorben.

Grace fand die Situation deutlich weniger lustig. »Lars, hör auf, dich über Cleya lustig zu machen! So habe ich dich nicht erzogen!«, schimpfte sie mit einem Blick auf Millie und stellte große Teller voller selbst gemachter Pizza auf den Tisch. Einige Stücke hatten einen seltsamen Belag und einen erheblichen Mangel an Käse. Hm. Wenn man unbedingt auf den besten Teil eines Pizzastücks verzichten wollte, von mir aus.

»Ja, Mom, sorry, Mom.«

Selbst Nick lachte bei Lars' offensichtlich abgespulten Worten. Ernst nehmen konnte man ihn sowieso nicht, wenn er den Musterteenager gab, der Eltern einfach nur lästig und peinlich fand. Oder zumindest so tat, als wäre das der Fall. Noelle warf ihrem Sohn nur einen Blick zu, hielt sich aber zurück.

»Darf ich dir etwas anbieten, Cleya?« Jetzt hatte er den Teenager gegen den Gentleman getauscht. Himmel. Konnte man attraktive Weihnachtsmänner gegen etwas reifere attraktive Weihnachtsmänner umtauschen? Nicht unbedingt so reif wie Nick, nur... zwischen den Ohren reifer.

»Äh, danke, gern.«

Lars hielt mir einen Teller hin, für den er sich mehr strecken musste als ich mich, sodass ich mir ein Stück Pizza nehmen konnte. War das unter dem Käse Brokkoli? Igitt. Bei Pizza hatte ich erwartet, dass das heute ein ganz normales Abendessen werden würde. Pizza war keine große Kunst, jeder wusste, dass zu viel Gemüse nichts auf Pizzen verloren hatte. Selbiges galt für Ananas und Oliven. Zugegeben, ein normales Abendessen mit normaler Pizza wäre mir lieber gewesen. Die Weihnachtstradition, Familie Frost zu Besuch zu haben, war mir unangenehm. Gestern und vorgestern war die Stimmung so gut gewesen. Normal. Eine Putzlappenschlacht hier, ein geschmückter Baum da, mein perfekter Plastikbaum und ein sympathischer Weihnachtsmann in spe. Stattdessen war die Stimmung im wahrsten Sinne des Wortes frostig. Und zu allem Übel sah die Pizza gesund aus.

Um mich herum begannen die Leute zu essen, und auch ich biss in meine Pizza. Da. Hatte ich es nicht gewusst? Brokkoli. Gesund. Grün. Völlig fehl am Platze. Da wäre Spinat auf der Pizza ja noch weniger Hochverrat gewesen. Ich biss ein Stück ab, kaute, schluckte und wiederholte die Schritte, bis das Stück Pizza bezwungen war. Mir gegenüber sah Nick nicht glücklicher aus. Logisch. Der Weihnachtsmann trank ein Bier, das passte nicht zu einer Rentierfutterdiät, egal, wie viel Käse diesen Umstand verstecken sollte. Wir tauschten einen leidenden Blick.

Für das nächste Stück besah ich mir eine der Alternativen. Pizza, die mit Hackfleisch belegt war. Wer aß bitte Hackfleisch auf der Pizza? War das ein Nordpol-Rezept, oder war ich diesem kulinarischen Experiment einfach nie ausgesetzt gewesen?

Lars war meinem Blick gefolgt und grinste mich an. »Pizzahack, Millie und mein absolutes Lieblingsessen«, bemerkte er.

»Selbst gemacht«, fügte Grace hinzu. »Möchtest du mal probieren?«

Eigentlich nicht, danke. Aus der Sache kam ich aber nicht heraus, nicht ohne unglaubwürdige Lügen. Dass ich weder Vegetarierin war noch eine der Zutaten in anderer Verwendung abgelehnt hatte, hatte ich keine Ausrede parat. Wieder dieses Erwachsensein, oder? Unnötige Phase im Leben. Ergeben nahm ich mir eines der kleineren Stücke. Beherzt biss ich ab, kaute und schluckte.

»Und?« Erwartungsvoll sahen mich Lars und Grace an, während Nick damit beschäftigt war, sein eigenes Stück zu essen.

Hm. Nicht übel. »Sehr gut«, sagte ich und lächelte in die Runde. Noelle lächelte immer noch nicht zurück.

Nach einer knappen Stunde am Küchentisch zogen wir ins Wohnzimmer um, in dem diverse Bäume in unterschiedlicher Schönheit standen. Immerhin war die Baumgruppe divers und nicht traditionell echt. Tradition traf auf Moderne – wenn das meinen weltlichen Einfluss auf Lars nicht deutlich zeigte, wusste ich auch nicht. Eigentlich sollte er seine Prüfung damit bereits bestanden haben. Wir würden schon sehen, was ich ihm die nächsten paar Tage noch alles mit auf den Weg geben konnte. Und er mir, irgendwie. Meinen Frust auf Weihnachten hatte er vorerst kuriert. Oder verlagert. Nur weil meine Familie keine Familie mehr war und ich kein familiäres Weihnachten mehr hatte, hieß das nicht, dass ich kein Weihnachten an sich haben durfte. Und nur weil meine Eltern Weihnachten für ihre Trennung gewählt hatten, konnte Weihnachten noch immer für sich gute Einzelteile haben. Zwischen Glitzerbäumen und Weihnachtsmännern und möglichst weit von bissigen Rentieren entfernt.

Grace und Jake begannen, Millie beim Zusammenfügen ihres Puzzles zu unterstützen, Noelle und Nick saßen auf dem Sofa und unterhielten sich, und wohin Jack verschwunden war, wusste ich nicht. Keine Ahnung, wo ich da Platz finden sollte. Wenn ich nicht mit Millie puzzeln musste, war mir das recht, zwischen Noelle und Nick wollte ich mich nicht setzen, und generell war ich etwas deplatziert. Ich verlagerte mein Gewicht von einem Bein aufs andere.

Lars trat neben mich und lehnte sich gegen den Türrahmen. »Zu viele miteinander verwandte Weihnachtsmenschen auf einem Haufen?« Er grinste. »Wenn du lieber spazieren gehen willst, als hier herumzusitzen, können wir das auch gern machen.«

Dass er mir die Möglichkeit anbot zu gehen, sollte es mir zu viel Weihnachten und zu viel Familie sein, war nett. Ich schüttelte den Kopf. »Hierzubleiben klingt super.«

Lars hüstelte. »Du lügst nicht so gut, wie du aussiehst«, sagte er leise genug, damit seine Eltern nichts hörten.

Meine Wangen begannen zu glühen, und ich musste mich zwingen, mir nicht auf die Lippe zu beißen und den Kopf einzuziehen. Lars war heute mehr als nett. »Man kann nicht alles können«, antwortete ich. War das cool? In meinem Kopf hatte das besser geklungen. Also biss ich mir doch auf die Lippe und bedankte mich. »Hast du einen Vorschlag, was man hier«, ich nickte in den Raum, »machen kann?«

»Film?«

»Hm.«

»Häkeln?«

»Bloß nicht!« Was war eigentlich aus den gehäkelten Sachen geworden? Hatte Millie sie den armen Wichteln aufgesetzt? Wobei die nicht so arm waren.

»Schach?«

»Schach?« Wollte er ernsthaft Schach spielen? Ich hatte keine Ahnung von Schach. Das war das mit den Karos, glaubte ich. Konnten wir nicht »Weihnachtsmann ärgere dich nicht« oder so spielen? Das war universal spielbar und erforderte kein taktisches Geschick. Schach war ein Strategiespiel, so viel wusste ich gerade noch. Ich würde untergehen. Schnell. Dann sah ich Lars' Blick und knickte ein. Wenn er Schach spielen wollte, würden wir eben Schach spielen. »Mach dich bereit, zu verlieren.« Meine Taktik war einfach Verwirrung.

Lars holte ein Schachbrett und legte es auf den Boden. Okay, es war das Spiel mit den Karos. Wir setzten uns einander gegenüber hin, und ich ließ mich kurz in die Regeln einweisen. Nichts an dem Spiel klang nach irgendeinem Bereich, in dem meine Stärken lagen. Verwirrung als Taktik war meine einzige Chance. Nach ein paar Minuten war aber klar, dass ich nicht mehr gewinnen konnte. Von meinen Figuren waren erschreckend wenige noch am Leben, und wenn nicht noch ein Wunder geschah, würden auch sie bald ins Gras beißen. Funktionierte die Redewendung hier überhaupt? In den Schnee beißen klang seltsam.

»Kennst du die Redewendung ›ins Gras beißen‹, oder würdest du das auch wörtlich befolgen?«, fragte ich. Rein zufällig war Lars gerade an der Reihe, einen Zug zu machen.

»Ins Gras beißen? Ist das wie grasen?«

»So ungefähr. Mehr wie sterben.« Ich zuckte mit den Schultern.

Lars schüttelte nur den Kopf und verrückte seine Figur. »Ihr habt komische Ausdrücke.«

»Mhm.« Ich sah auf das Brett und entdeckte deutlich mehr weiße als schwarze Figuren. Wie bekam ich meinen armen König jetzt aus der Gefahrenzone? Lars hatte seine Attentäter auf ihn losgelassen, und irgendwie musste ich ihn retten. Wieder sah ich zu meinem einsamen Monarchen. Wie er sich wohl fühlte, so kurz vor der Hinrichtung? Bevor er ins Gras biss. Es war gerade kein Springer in der Nähe, der sich schützend vor ihn werfen konnte, auch kein Turm oder Läufer, nicht mal einen Bauern hatte ich. So leid es mir tat – denn diese Figur gab ich ungern her–, musste meine Dame herhalten. Ich schob sie auf eines der vier möglichen Felder, in der Hoffnung, den Weihnachtsmann wenigstens für einen Zug aufhalten zu können. Selbst Lars war nicht brutal genug, um das Spielende ewig hinauszuzögern.

Mein Gegner atmete geräuschvoll aus und ließ den Blick über das Spielfeld gleiten.

Offenbar hatte ich etwas richtig gemacht. Ich grinste. So mochte ich das.

»Der war gut.« Er lächelte mir kurz zu, bevor er sich wieder dem Dilemma auf dem Brett widmete. Es war nur eine beiläufige Bemerkung, aber mir wurde warm ums Herz. Ein Erfolg auf Spielebene, und zwischenmenschlich lief es auch gut. Lars' Mundpartie verhärtete sich, ein sicheres Zeichen dafür, dass er eine Strategie hatte.

Nicht mit mir. »Lars?« Ich zog das a länger als nötig und biss mir auf die Lippe, um nicht loszulachen.

»Ja? Versuchst du gerade, deine Niederlage zu umgehen?«

»Ich doch nicht!« Ich lächelte, so unschuldig ich konnte, was nicht sehr unschuldig war.

»Du doch nicht.« Er hob den Arm, um eine seiner Figuren zu verstellen.

Jetzt musste ich schnell sein. »Was soll ich Lizzie eigentlich zu Weihnachten schenken?«

Lars ließ die Hand sinken.

»Dir ist klar, dass du an der Reihe bist«, neckte ich ihn. Die Frage wollte ich trotzdem beantwortet haben. Von mir aus würde ich noch mal etwas häkeln, das Lizzie auspacken konnte. Dem Rest musste ich nichts schenken. Die Sippe bekam genug, indem ich Lars guthieß und hier war.

»Ist mir klar.« Er machte einen Zug. »Jetzt bist du an der Reihe.«

»Was du nicht sagst.«

Lars grinste. »Eine Mütze ist immer gut, glaube ich.«

»Okay, das bekomme ich hin.« Jetzt musste ich erst mal meinem König aus der Patsche helfen. Meine Strategie mit der Verwirrung oder Ablenkung funktionierte schon mal nicht.

»Was bekommt der Gewinner eigentlich?«, fragte Lars. Sein siegessicheres Lächeln gefiel mir absolut nicht.

Warum wunderte mich diese Frage nicht? Ich zog die Augenbrauen hoch und schenkte Lars einen eindeutigen Blick.

Der lächelte mich nur an. »Der Gewinner sucht aus, was wir morgen unternehmen?«

»Noch mehr Weihnachtskram?« Ich legte den Kopf schief. »Klingt nach einem Plan.« Damit konnte ich leben. War ja nicht so, als unternahmen wir hier Dinge, die nichts mit Winter oder Weihnachten zu tun hatten. Ich griff nach einer Figur. Über dem Spielbrett verharrte ich. Eben hatte ich doch noch gewusst, welche Figur ich hatte nehmen wollen. Wunderbar.

»Meinst du, dass das heute noch was wird?« Lars täuschte ein Gähnen vor.

Wahllos nahm ich meine Dame und stellte sie auf ein freies Feld, das sie betreten durfte. »Es würde definitiv schneller gehen, wenn du mir eine Steilvorlage zum Gewinnen geben würdest.«

Er zuckte mit den Schultern und warf einen meiner Springer aus dem Spiel. »Schach.«

»Mir, nicht dir.«

»Hab mich verhört, sorry.«

»Verhört.« Ich nickte vor mich hin und schob den König ein Feld nach rechts.

Lars beendete das Spiel. »Du warst gut.« Er hielt mir die Hand hin, die ich kurz schüttelte.

»Du lügst nicht so gut, wie du aussiehst«, meinte ich und streckte meine Beine aus. Dass nun Lars rot anlief, war perfekt. »So, was ist für morgen geplant?«

»Ich brauche noch jemanden, der mit mir Lizzies Geschenke einpackt.«

Dann musste ich eine Nachtschicht einlegen, um Lizzies Mütze fertig zu bekommen, damit wir morgen Geschenke einpacken konnten. Sollte zu schaffen sein. »Ich habe kein künstlerisches Talent«, warnte ich ihn.

»Hat sie wirklich nicht«, mischte sich Jack ein. Woher auch immer er kam. Er ließ sich in einen freien Sessel fallen.

»Hey!«, rief ich aus.

»Ich bin auch kein Künstler«, sagte Lars. »Wir können in die Fabrik gehen, da sollte genug Geschenkpapier herumliegen.«

»Zu den Elfen? Das klingt nach einem Plan!« Mit etwas Glück hatten sie auch Klebeband. Viel Klebeband, damit das Papier auch am Geschenk hängen blieb. »Dann fange ich gleich mit der Mütze an, wenn es dich nicht stört?« Oder war es unhöflich, jetzt schon zu gehen? Ich sah auf die Uhr. Halb neun abends. Für die Mütze brauchte ich mindestens zwei Stunden, also war mir der Zeitpunkt zu gehen sehr sympathisch.

»Nein. Gute Nacht!« Er zog mich in eine kurze seitliche Umarmung und räumte das Schachbrett weg. Ich winkte in die Runde und nahm mein Glas mit.

»Gute Nacht, Cleya«, schloss sich Jack an.

»Nacht!« So, ab in den Geschirrspüler damit. Mein Glas war das Erste, das eingeräumt wurde, was mich zum Schmunzeln brachte. Jetzt ging ich sogar schon vor Millie ins Bett. Beinahe lachhaft.

Auf dem Weg in mein Zimmer musste ich noch mal am Weihnachtszimmer vorbei. Noelle stand in der Tür, die Arme verschränkt, die Haltung aber nicht abweisend.

»Gute Nacht, Noelle«, sagte ich und lächelte.

Sie erwiderte es nicht. »Du musst das nicht tun.«

Bitte? Natürlich musste ich das nicht tun, Lars konnte Lizzie Mützen kaufen, wenn er wollte, meine brauchten die beiden nicht. Ich wollte es tun. »Ich weiß.« Die zwei Stunden Abendgestaltung waren aber nichts, was irgendeinen negativen Einfluss auf irgendwas haben würde, ich konnte die Zeit opfern. Zumal die Alternative war, noch mal gegen Lars zu verlieren, und das musste nicht unbedingt sein. Eisbärbabys fielen mangels angemessenen Alters auch weg, also blieben wenige interessante Beschäftigungen. Die Mütze war daher nicht schlecht.

»Willst du das wirklich durchziehen?«

Sie tat geradezu so, als wäre es ein immenses Opfer, einen Abend mit Handarbeit zu beenden. An manchen Tagen mochte das ein Opfer sein, heute hatte ich kein Problem damit. »Warum nicht?« Ich zuckte mit den Schultern.

»Du hasst Weihnachten.«

Das hatte ich gedacht. Ich hatte auch gedacht, dass ich Kinder und Tierbabys hassen würde, und trotzdem Ausnahmen von der Regel gefunden. »Nein«, sagte ich langsam. Ich hasste die Idee von Weihnachten, die ich gehabt hatte. Ich hasste, wie Weihnachten letztes Jahr gelaufen war und was es mir an Geschenken gebracht hatte. Weihnachten, wie Lars es hier wollte, war zwar Salz in einer offenen Wunde, aber dafür konnte das Fest nichts. Lars und Jack waren auch nicht dafür verantwortlich.

»Du hasst Weihnachten«, wiederholte Noelle, diesmal lauter, und fasste mich am Arm.

»Nicht mehr, okay?« Ich zog meinen Arm aus ihrem Griff, nur um am anderen festgehalten zu werden. »Lars und ich haben alles geklärt, ich bin völlig freiwillig und gerne hier«, fügte ich hinzu. Immerhin hatte sie eine Vorgeschichte mit entführten Mädchen. Ihr zu versichern, dass im Moment kein Handlungsbedarf bestand, war das Mindeste, was ich tun konnte. »Lars macht sich gut als Weihnachtsmann, das kann ich ihm bescheinigen, und danach bringt er mich nach Hause.« So. Kein Grund zur Sorge. Winterville war mit meiner Abwesenheit einverstanden, laut Familie Claus war ich im Moment hier willkommen – das waren alle Parteien außer mir, deren Meinung Gewicht hatte. Irgendwie.

»Cleya, willst du wirklich, dass Lars Weihnachtsmann wird?« Noelle klang beinahe verzweifelt. Wenig überraschend steckte Jack den Kopf aus dem Weihnachtszimmer heraus, um nachzusehen, was passierte.

Ich lächelte ihm, wie ich hoffte, beruhigend, zu. »Will ich.« Auch wenn er nicht der beste Weihnachtsmann in der Geschichte werden würde, war er zumindest keine Katastrophe.

»Was ist aus dem Mädchen geworden, das auf keinen Fall noch mal zu ihm zurückwollte?«

Nun kamen auch die restlichen Familienmitglieder auf den Flur, um uns zuzuhören und sicherzustellen, dass niemand jemanden meuchelmordete. Na, das würde einen Weihnachtskrimi geben.

»Wir haben uns ausgesprochen. Ich bin dir wirklich dankbar für alles, Noelle, ehrlich!« Ich sah sie fest an. »Aber ich fange gerade an, Weihnachten wieder zu mögen, und das geht auf Lars' Konto.« Er und ich tauschten einen Blick und ein Lächeln. »Auch ein bisschen auf Jacks, wenn man genau ist.«

Noelles Finger schlossen sich noch fester um meinen Arm und waren nur noch eine Spur von der Intensität, die blaue Flecken hinterlassen würde, entfernt. Genau deshalb ließ ich Kinder nicht an mir klettern. Die Biester schafften es immer, dass man aussah, wie nach einem wilden Kampf – und sich so fühlte. Bei Noelle hingegen war da nur Mitgefühl und ein bisschen Schuld. Ich war undankbar, weil ich ihre Fluchtchance nicht genutzt hatte. Sie hatte miese Erfahrungen, und ich nahm weniger Rücksicht auf sie als auf Sohn und Neffen. »Du hast gesagt, du hasst Weihnachten und Rentiere und willst nach Hause.«

Das war gewesen, bevor Lars meinen Baum geholt und generalsaniert hatte. Die Rentiere fand ich wirklich unsympathisch, das musste ich ihr lassen. »Ich weiß.« Aber dann hatte ich erfahren, wie bereitwillig Miss Daisy und der Rest der alteingesessenen Bewohner meines Zuhauses mich ins offene Messer hatten laufen lassen, ohne irgendwas zu sagen. Dann wurde aus Zuhause ein Haus, und ein Haus gab es auch am Nordpol. Moment. Lars hatte gesagt, Noelle hätte die Sache mit der Schneekugel genauer wissen müssen. Warum hatte sie mir dann nicht gesagt, was Lars mir später erklärt hatte? Dann wäre ich niemals nach Chicago geflogen. Einmal mehr hatte ich den Eindruck, alle nötigen Informationen zu haben und einfach nicht erschließen zu können, was sie aussagten, was aber nichts an dem unguten Gefühl, das sich in mir ausbreitete, änderte.

»Cleya, willst du nach Hause?«, mischte sich Nick ein und machte ein paar Schritte auf uns zu. »Wenn du immer noch gegen deinen Willen hier bist, bringe ich dich sofort nach Hause.«

Ich schnitt eine Grimasse. Ich wollte nirgendwohin außer auf mein Zimmer, um das Weihnachtsgeschenk für Lizzie zu häkeln. »Nein, will ich nicht. Danke. Ich bin gern hier, und Lars macht einen guten Job.« Plötzlich hatte ich den Drang, ihn zu loben. Einfach war unser gemeinsamer Weg ja nicht gerade gewesen. Aber die Anfänge konnte man ja verschweigen. Eine Axtjagd durch den Wald war nicht unbedingt eine Sache, die gut ankam. »Wir waren in der Fabrik, sind mit dem Schlitten geflogen, er hat mir einen Plastikbaum gekauft, nur weil ich echte nicht mochte, und wir hatten die letzten Tage eine gute Zeit.« Ich fixierte Nick. »Er hat mir Weihnachten zurückgegeben. Ich will hier sein und das bezeugen.«

Der amtierende Weihnachtsmann nickte langsam, dann lächelte er. Seine Frau hinter ihm strahlte, und auch Jack sah nicht unglücklich aus.

»Aber das ist eine Lüge!«, rief Noelle aus. Diesmal riss ich mich von ihr los. »Du hast nur so getan, als würdest du Weihnachten mögen, das hast du selbst gesagt!«

Mir wich das Blut aus den Wangen.

»Cleya?« Lars' Stimme klang dünn und unsicher.

Ich wollte nicht antworten.

»Cleya, ist das wahr?«, fragte nun auch Grace.

»Ja«, sagte ich. »Vorher. Also bevor ich zurückgekommen bin. Jetzt nicht mehr, natürlich nicht mehr!« Lars hatte Gründe und Erklärungen und einen Moralkompass – jetzt, wo ich davon wusste, konnte ich nicht sauer oder enttäuscht sein. Er konnte nichts dafür und machte das Beste aus einer dämlichen Situation. Tat er immer. Dafür konnte und sollte er sich nicht entschuldigen.

Jack schüttelte den Kopf und drückte die Schulter seiner Tante.

»Der Weihnachtsmann, der dir Weihnachten näherbringen sollte, ist so gescheitert, dass er nicht einmal bemerkt hat, dass du nur mitspielst. So sehr, dass du nicht nur Weihnachten nicht annehmen wolltest, sondern erfolgreich vor ihm weggelaufen bist«, fasste Nick zusammen und sah mich ernst an.

Ich nickte. Faktisch betrachtet, ja. Irgendwie.

Er seufzte. »Dann sehe ich keine Chance, dass Miss Snowflake die Prüfung als bestanden gelten lässt.«

Lars fiel in sich zusammen, Grace schwankte bedenklich, und bis auf die Frau vor mir sahen alle enttäuscht aus.

»Aber das war, bevor wir uns ausgesprochen haben! Ich mag Weihnachten – wir haben einen Baum geschmückt. Einen echten.« Das musste doch etwas aussagen. Nicht für jeden Menschen, aber für mich war das eine große Sache gewesen. Und glaubten die Leute hier, dass ich für jeden Babysitter spielen würde?

»Ich weiß nicht, ob das reicht«, sagte Nick. »Nicht bei Lars' Vorgeschichte mit Anna und Lizzie.«

Oh. Die gab es auch noch. Ich nickte erneut.

»Ich fahre zu Miss Snowflake und finde heraus, wo wir stehen.« Der Weihnachtsmann zog sich Schuhe und Mantel an und verschwand. Grace führte Lars ins Weihnachtszimmer, sodass nur noch die Frosts und ich übrig blieben.

»Mom!« Jack stemmte die Arme in die Seiten. »Was sollte das jetzt?!«

Noelle verschränkte die Arme vor der Brust. »Er ist ungeeignet.«

»Wir reden von Lars, Mom! Mister Weihnachten persönlich – er ist mehr als geeignet!«

»Das ist nichts Persönliches gegen Lars, aber jemand, der Mädchen entführt, ist ungeeignet.«

»Hörst du dich eigentlich selbst reden? Dad, sag was!« Er gestikulierte wild zwischen Jake und Noelle herum. »Sie ist völlig abgedreht! Mom, wenn Lars nicht der nächste Weihnachtsmann wird, ist das meine Aufgabe! *Ich* müsste ein Mädchen herbringen. Noch eine Mutter würde ihre Tochter verlieren. Ich kaufe dir nicht ab, dass das dein Problem ist. Wir wissen alle, dass du einfach nur willst, dass ich der Weihnachtsmann werde. Ich fasse es nicht! Wenn du dafür sorgen willst, dass Lars seinen Job verliert, bin ich weg. Dann hast du es geschafft, alle beide Kinder zu verlieren und deinen Neffen gleich dazu.« Er drehte sich zu mir. »Komm mit, Cleya. Die hier brauchen wir nicht.«

Ausnahmsweise war ich seiner Meinung.

22. Dezember

Verdammt, was machten wir jetzt?

Jack, Lars und ich saßen zwischen Unmengen an Geschenkpapier in einem freien Büroraum in der Fabrik, packten Lizzies Geschenke aber nicht ein. Es gab wichtigere Dinge, um die wir uns kümmern mussten. Zum Beispiel die Tatsache, dass Miss Snowflake keine Hemmungen hatte, Lars durch seine Abschlussprüfung rasseln zu lassen, und dass Noelle sich nicht groß darum scherte, dass sie mit ihrem vermeintlichen Familienschutz ebenjene Familie zerstörte.

»Noch mal von vorn«, sagte Jack, die Arme auf den Tisch gestützt. »Weil Cleya einmal so getan hat, als würde sie Weihnachten mögen, ist ihre Aussage plötzlich nichts mehr wert?«

Ein paar zustimmende Laute kamen von Lars, der blasser als sonst war und den Kopf auf den Tisch gelegt hatte. Meine Körperhaltung sah auch nicht anders aus. Das Ganze war doch Mist. Als ich vorhin von Miss Snowflakes Entscheidung gehört hatte, hatte ich mich einige Male entschuldigt – nicht, dass das etwas ändern würde. Zum gegebenen Zeitpunkt hatte ich mich so gefühlt, und ich hielt mein Verhalten immer noch für gerechtfertigt. Genau wie die Dinge, die Lars und Jack getan hatten. Immerhin darin waren wir uns einig. Was man von einem neuen Plan nicht sagen konnte. Wobei wir erst mal eine Idee brauchten, um uns uneinig zu sein.

»Das ist völliger Unsinn«, meckerte ich. »Ich meine, ja, ich habe einfach nur mitgespielt, aber ich habe Standards. Ich hätte mich auf kein Date mit dir eingelassen, wenn ich es nicht gewollt hätte. Wenigstens das muss irgendwas zu bedeuten haben.«

»Bis auf die Tatsache, dass du ihm weggelaufen bist«, warf Jack ein.

»Was absolut nicht seine Schuld ist! Und ich bin zurückgekommen.« Als ob das nicht der Punkt wäre, auf den man den Fokus legen sollte. Wenn man einem Kind einen Lolli gab und ihn ihm dann wegnahm, war auch nicht nur die erste Handlung wichtig. Kaum passte es irgendwelchen alten Tanten in den Kram, konnte man sich aber die Sachen, die einem gefielen, aussuchen und den Rest ignorieren.

»Wir wissen das. Aber Miss Snowflake ...« Jack seufzte. »Ich kann zu ihr gehen und mit ihr reden. Vielleicht hört sie mir zu.«

»Vielleicht.« Ich hasste, wie resigniert ich klang.

»Ihr wart bei ihr, richtig?«, fragte Lars.

Wir nickten.

»Sie hat Cleya also gesehen, wahrscheinlich halb erfroren, nachdem sie beinahe ertrunken wäre, nur um von mir wegzukommen. Ich glaube nicht, dass Miss Snowflake sich so einfach davon überzeugen lässt, dass du plötzlich denkst, ich sei ein guter Weihnachtsmann.«

Hm. Ich hasste auch, dass er nicht unrecht hatte. Das Bild eines halb toten Teenagers hatte wohl Wirkung gehabt. Trotzdem konnte sie ruhig etwas großzügiger sein. Erstens waren alle Beteiligten Teenager und damit sowieso vermeintlich hormongesteuert. Zweitens war die Hälfte der Probleme ihre Schuld. Hätten Miss Daisy und sie Lars nicht angewiesen, Anna zu umwerben, nur um sich später aus der Verantwortung zu ziehen, wäre der ganze Mist nicht passiert. Himmel, hätten sie ihm ein Jahr mehr Zeit gegeben, wäre das alles nicht passiert. Ich war kein Unmensch, nach einem Jahr Kennenlernen hätte ich die vierundzwanzig Tage hier freiwillig in Kauf genommen. Es hätte keine unnötigen Fragen und Enthüllungen gegeben, und das Drama hätten wir uns auch gespart.

»Und wie können wir sie überzeugen?«

Jacks Frage war gut. Ich konnte wohl kaum bei ihr aufkreuzen und ihr erzählen, dass sie uns ein ziemliches Problem verursacht hatte. Oder?

Oder?

Wenn ich darüber nachdachte, klang die Sache gar nicht so schlecht. Wenn ich diesmal bei ihr anklopfte, war ich mit meiner Rolle hier zufrieden, und sie würde schnell bemerken, wie wenig ich wollte, dass sie sich in Sachen einmischte, die trotz ihrer Inkompetenz funktionierten. Das klang nach einem Plan.

»Jack, wo genau wohnt Miss Snowflake?«

Er zögerte. »Warum willst du das wissen?«

Dämliche Frage. »Damit ich diesmal nicht auf einen See renne und einbreche.« Eventuell auch, damit ich nicht unnötig durch die Gegend irrte und den Weg doch nicht fand. Oder auch, weil die gute Miss Snowflake und ich ein ernstes Wörtchen miteinander zu reden hatten. Schlimm genug, dass sie mich in diese Lage brachte, Lars konnte sie heraushalten, bitte danke. Hätte ich gewusst, dass er deshalb seine Prüfung nicht bestehen würde, hätte ich Noelle nie etwas gesagt. Für mich gehörte sie definitiv nicht mehr zu den Guten. Falls wir die Guten waren. Wenn wir die Bösen waren, gehörte sie zu den kleinkarierten Überguten. Wie auch immer. Ab zur Schneekugeltante.

»Du willst zu Miss Snowflake gehen?«, fragte Jack, als hätte meine Frage das nicht impliziert.

Bevor ich antworten konnte, tat Lars das. »Nein.«

»Wie, nein? Nichts da, nein.« Ich verdrehte die Augen. »Das Problem hast du nur, weil ich meinen Mund nicht halten konnte!« Das bedeutete, dass ich das auch in Ordnung bringen musste. Zumindest versuchen konnte ich es. Zumal Miss Snowflake mir wahrscheinlich am ehesten zuhören und Glauben schenken würde.

»Das Problem habe ich«, sagte Lars und hob den Kopf, »weil ein Haufen veralteter Traditionen versagt hat und ich schlecht kommuniziert habe. Du hast nichts falsch gemacht.«

Sagte er. »Jack, wo wohnt sie?« Jack wechselte einen Blick mit seinem Cousin, der etwas zu sehr nach Absprache aussah, um hilfreich zu sein. Hilfreich war es, mir zu sagen, wie ich möglichst unbeschadet zu Miss Snowflake kam, nicht, mir diese Information zu verweigern. »Raus damit. Wir wissen alle, dass ich so oder so zu ihr gehe.« Die Flucht war mir schon einmal gelungen. Und einige Male fast, aber die konnte man ignorieren.

»Cleya.« Ein Seufzen. Seit wann sah Lars älter aus, als er war? Oh, genau. Weil ein Haufen verrückter Weiber mit fehlgeleiteten Idealen dachte, es wäre sinnvoll, mehr als einen Teenager leiden zu lassen, nur, um einem anderen Teenager einen Job zu besorgen, den er nicht einmal haben wollte.

»Hast du eine bessere Idee? Wenn ja, dann schließe ich mich dir sofort an, aber ich kann nicht nichts tun und zusehen, wie alles kaputtgeht!«

Einen Moment schwiegen wir alle, dann nickte Lars Jack leicht zu. Dieser klatschte in die Hände.

»Ich bringe dich hin. Nicht, dass wir dich irgendwo verlieren.«

Ich nickte. Sehr löblich.

Jacks Idee von Taxis war nicht die typisch amerikanische Definition, die ich im Sinn gehabt hatte. Was ich mir unter Transport vorgestellt hatte, beinhaltete wenig Fahrtwind, eine wohltemperierte Sitzfläche oder angemessene Kleidung und möglichst wenig Kurven. Jack hatte an das komplette Gegenteil gedacht.

Die Hände in den Stoff von Jacks Jacke gekrallt, hing ich hinter ihm auf einem Schneemobil, dessen Fahrweise zu nah an der eines Motorrads war, um komfortabel zu sein. Mein Schal hatte sich zwischen irgendwelchen Schneehügeln von mir getrennt, und wäre kein Helm auf meinem Kopf, hätte er meine Haare bestimmt gleich mitgenommen, was das Bild der intakten Cleya, das ich Miss Snowflake zu zeigen gedachte, etwas zerstört hätte.

Nicht, dass es das Bild nicht sowieso schwer hätte. Dank einiger Kurven im Pulverschnee sah ich wahrscheinlich aus wie eine Vogelscheuche, die in die Mehlpackung gefallen war. Perfekter Eindruck und so. Jack beendete die Horrorfahrt – das nächste Mal nahm ich dann wieder den See – und stieg ab. Ich ließ mir von der Sitzfläche helfen und bedankte mich für das Taxi. Wenn Jack so fuhr, wollte ich nicht wissen, wie er dann tatsächlich flog. Ein Grund mehr, Lars nicht abzusetzen.

Mit nur minimal wackeligen Beinen und einer neuen Wertschätzung festen Bodens stapfte ich zu Miss Snowflakes Hütte und klopfte eine Spur fester an die Tür, als es nötig gewesen wäre. Die ältere Dame öffnete sie und riss die Augen auf. Na, so furchtbar sah ich dann auch wieder nicht aus.

»Bevor Sie fragen, ich habe sie nicht aus dem See gefischt, sie sah vorher schon so aus«, rief Jack ihr von seinem Schneemobil aus zu, was Miss Snowflake zum Lachen brachte.

Eigentlich waren wir nicht hier, um uns nett zu unterhalten und die Schuld für meine Frisur zu diskutieren. Trotzdem. »Lüge!«, gab ich zurück. »Deine Fahrkünste sind quasi ein Synonym für Bad Hair Days!« Vielleicht war es sinnvoll, die Dame erst mit ein bisschen Geplänkel und viel Jack weichzukochen und erst dann auf Lars zu sprechen zu kommen? Einen Versuch war es wert. Weiter als bis zur Haustür hatte ich bisher nicht gedacht.

»Und warum sehen meine dann noch gut aus?« Jack kam zu uns in den Eingangsbereich. »Hi, Miss Snowflake.«

»Weil du Jack Frost bist und du sie wahrscheinlich, anstatt Gel oder so zu benutzen wie jeder andere Mensch auch, in Position festgefroren hast.«

»Möglich«, kam es nach einer kurzen Pause, bevor er seine Freundin fokussierte und den Kopf schief legte. »Dürfen wir reinkommen? Die Familie ist um diese Zeit im Jahr etwas anstrengend.« Ohne lang auf die Erlaubnis zu warten, verschwand er im Flur und dann im Wohnzimmer, in das mich Miss Snowflake ebenfalls bat.

»Sie haben diesmal vier Bäume in ein Zimmer gestellt«, begann Jack zu jammern. »Vier.«

Miss Snowflake setzte sich auf ihr Sofa und nickte nur.

»Vier!«, wiederholte Jack, als wäre allein der Gedanke, die Familie um Santa Claus würde Bäume aufstellen, absurd.

»Ja, vier«, sagte ich zu Jack. »Erfreulich, dass du sie zählen konntest.« Und schade, dass er dafür gelobt werden wollte.

»Aber vier!«

»Ja, vier! Stell dir vor, drei davon gehen auf mein Konto!« Oh. Ja. Das erklärte, warum er dafür gelobt werden wollte. Subtil.

»Stellen Sie sich vor, Miss Snowflake, zwei davon sind pink, glitzernd und aus Plastik. Cleya hier mag Plastikbäume, also hat Lars ihr welche aufgestellt. Im Wohnzimmer seiner Eltern.« Er verdrehte die Augen. »Als ich einmal eine Eisfläche wollte, hat er mir den Vogel gezeigt. Der Typ wird weich, ehrlich.«

Die unfreiwillige Gastgeberin schüttelte den Kopf. »So gern ich euch dabei zuhöre, wie ihr die streitenden Geschwister gebt, bezweifle ich, dass ihr mich deshalb besucht.«

Ich überschlug die Beine. »Das stimmt. Ich bin hier, weil ich nicht ganz verstehe, warum Sie Lars die Prüfung nicht bestehen lassen wollen.«

Sie seufzte. »Lars hat zu viele Teilprüfungen nicht bestanden, um jetzt über die Tatsache, dass du ihm vorgaukeln musstest, dich einzuleben, hinwegzusehen. Oder über den Umstand, dass du dein Leben riskiert hast, um von ihm wegzukommen.«

»Sie tun gerade so, als wäre ich freiwillig ins Eiswasser gesprungen«, gab ich zurück und verschränkte die Arme. »Was hat er bitte vorher nicht bestanden? Außer der Flugprüfung beim ersten Versuch. Was übrigens völlig normal ist. Viele Leute brauchen zwei Versuche für den Führerschein oder Flugschein oder so.« Auch wenn er eine Eisbärmutter umgefahren hatte.

»Lars erscheint einfach zu wenig verlässlich und verantwortungsbewusst für diese Aufgabe.«

»Bitte?« Ich räusperte mich, um nicht zu laut zu werden. »Reden wir von demselben Lars? Einem Teenager, der Ausbildung, Tochter und mich unter einen Hut bringt und trotzdem nichts schleifen lässt? Für mich klingt er nämlich ziemlich verlässlich und verantwortungsbewusst und erwachsener als Jack und ich zusammen.« Was keine Kunst war, wenn man ehrlich war.

»Und die Sache mit Anna.«

»Was ja wohl absolut nicht seine Schuld war. Sie und Miss Daisy haben ihm ein falsches Mädchen gezeigt, das er perfekt vorbereitet hat. Mit dem er trotz allem einen Plan entwickelt hat, wie Lizzie beide Elternteile genießen kann. Mag ja sein, dass er und ich einen holprigen Start hatten, aber was hätte er bitte machen sollen?«

»Irgendwas, was dich nicht dazu bringt, wegzulaufen. Offensichtlich hat er genug Fehler gemacht, um dich dazu zu bringen.«

Als würde ich gegen eine Wand reden, echt! »Offensichtlich«, betonte ich, »hat er genug richtig gemacht, damit ich zurückkomme. Denn seine Mutter hier«, ich deutete auf Jack, »hat alles versucht, um das zu verhindern. Und offensichtlich hat er genug richtig gemacht, um mich dazu zu bewegen, dass ich hier sitze und Ihnen sage, dass er geeignet ist.«

»Das ist nicht deine Entscheidung.«

»Und ich dachte, ich sei die Prüferin.«

»Du bist die Prüfung. An dir erkenne ich, ob er geeignet ist.« Na, wenn das mal nicht wie auswendig gelernt klang ... Was sollte das überhaupt? Erst Prüferin, dann Prüfung – zählte meine Meinung jetzt gar nicht mehr? Das hatte sich bisher anders angehört.

»Und ich sage, er ist geeignet. Keine vierundzwanzig Tage, und er hat mich von der Weihnachtshasserin zu jemandem gemacht, der freiwillig für Lizzie eine Mütze häkelt, um ein Geschenk parat zu haben. Nicht, dass Sie das etwas angeht.«

»Die Prüfung ist nicht bestanden. Tut mir leid.« Sie sah zu Jack. »Deine Ausbildung beginnt am 27. Dezember.«

Jacks Schultern sanken, und er atmete tief ein und aus.

Nein. Ich weigerte mich, das zu akzeptieren. Nur weil sie sich unbedingt wichtig fühlen wollte, konnte sie nicht so viele Leben zerstören. Das war kein Motiv. Ein Motiv war, jemanden beschützen zu wollen, wie Noelle. Nicht, dass sie den idealen Weg wählte, aber ich verstand, warum sie tat, was sie tat. Ich hatte keine Hemmungen gehabt, weil mein Leben involviert gewesen war. Für sie machte es keinen Unterschied, außer dass sie sich keine Freunde in den jüngeren Generationen machte. »Ihnen ist bewusst, dass Ihr Mist mich dazu zwingt, hier zu sein? Weder Lars noch ich finden die Sache gut. Jack wahrscheinlich auch nicht. Und jetzt sagen Sie mir, dass sie nicht nur meine Zeit verschwendet haben, sondern ein weiteres Mädchen kurzfristig aus dem Alltag reißen wollen?« Ich sah ihr in die Augen. »Das ist unfair, und Sie wissen es.« Ich stand auf und bedeutete Jack, mir zu folgen. »Ich glaube, wir haben hier nichts mehr verloren.«

Die Enttäuschung in Lars' Gesicht, als wir zurückgekommen waren und die Köpfe geschüttelt hatten, brach mir das Herz. Die Tatsache, dass Millie – das Kind bekam wirklich nichts mit, wenn es um Emotionen und Taktgefühl ging – uns mit einem Mistelzweig aufgelauert hatte, hatte ihn nicht zum Lachen gebracht; nicht einmal mein Plan, der dämlichen Schneekugeltante sämtliche Schneekugeln zu zertrümmern, damit sie keine Ersatzperson für mich finden konnte und Jack als Nachfolger wegfiel, lockte ihn aus seinem Zimmer. Sogar Lizzies Geschenke waren noch nicht eingepackt, und das hieß einiges.

Jack und ich standen auf dem Flur vor Lars' Zimmer und tauschten einen Blick. War das nicht die Art Situation, in der ein vernünftiger, sicher gebundener Teenager zu vertrauten Erwachsenen ging und die Verantwortung abgab? In der man darauf vertraute, dass irgendwelche Erwachsenen das Problem lösen konnten? Unsere Erwachsenen waren auf unterschiedliche Weise nutzlos. Da war die Mutter in Schockstarre, der völlig planlose Vater, der Onkel, der seltsam uninteressiert wirkte, und, nicht zu vergessen, die Tante, die mit der aktuellen Situation einverstanden war, weil sie sie für die Erwachsenenlösung eines anderen Problems, in dem alle vier ebenfalls nutzlos gewesen waren, hielt. Großartiges Waffenarsenal, das wir hier hatten.

»Lars?« Jack klopfte an der Tür seines Cousins. Wenn sich jemand verbarrikadierte – die Tür war abgeschlossen –, war das nie ein gutes Zeichen. »Willst du einen Film ansehen? Oder Cleya im Schach abziehen?«

Ich hatte nicht den Nerv, über den Mangel an Respekt vor meinen Schachkünsten empört zu sein, gab Jack aber dennoch einen Klaps. Wenn Lars es aber wollte, konnte er mich gerne im Schach abziehen. Das war das Mindeste.

»Es ist spät«, antwortete Lars.

3 Uhr am Nachmittag. Fast spät. Oder so. Ich verlagerte mein Gewicht von einem Fuß auf den anderen.

»Wir könnten auch Spielekonsolen aus der Fabrik holen und damit ein paar Runden spielen. Oder kochen.«

»Sorry, Jack. Nicht jetzt, okay?«

»Klar.« Jack trat von der Tür weg, die Daumen in die Gürtelschlaufen seiner Jeans eingehakt. Er lehnte sich an die Wand und ließ sich heruntergleiten, bis er auf dem Boden saß. Keiner von uns stellte die Frage, wie es weitergehen sollte. Dass wir keine Ahnung hatten, war uns deutlich bewusst geworden. Da wollte man so gern helfen, die nötigen Leute zwingen, logisch zu denken, oder wenigstens da sein, aber nichts davon war eine realistische Option. Das war einfach nur unfair. Lars hatte den Mist hier nicht verdient. Was er verdient hatte, war ein nettes Weihnachtsfest mit seiner Familie und eine bestandene Prüfung, vielleicht den ein oder anderen frechen Kommentar und nicht mehr. Aber vor allem nicht weniger. Was ich verdient hatte, war ein nettes Weihnachtsfest mit Lars.

»Meinst du, er braucht irgendwas? Was zu trinken oder so?«, fragte ich.

»Hm.« Jack biss sich auf die Lippe, nickte aber langsam. »Soll ich ihm eine heiße Schokolade bringen?«

»Laktoseintolerant«, erinnerte ich ihn. Ich wollte helfen, nicht alles noch schlimmer machen.

»Das weißt du?« Er drehte sich zu mir, Überraschung klar ins Gesicht geschrieben.

Was? Hatte er nicht gedacht, dass ich mir merken würde, was ein Junge, den ich gut fand, nicht vertrug? Zumal das Wissen, dass ein Weihnachtsm…, äh, ein junger Mann mit Lars' Ahnengeschichte keine Milch vertrug, immer gut war. »Ja?« Ich schnitt eine Grimasse. »Ein Tee wäre wahrscheinlich besser«, meinte ich.

»Ein Tee. Ich mache ihm einen.« Wahrscheinlich war er froh, endlich etwas tun zu können, denn so schnell hatte ich Jack noch nie verschwinden sehen.

Plötzlich stand ich allein im Flur, nur eine verschlossene Tür von Lars entfernt, und ich wusste, dass es ihm nicht gut ging, er aber niemanden sehen wollte. Ich wusste auch, dass er wahrscheinlich einfach allein sein wollte, aber wenn er jetzt die nächsten Tage allein war, würde ich ihn nicht mehr sehen, bevor ich nach übermorgen zurück nach Winterville geflogen werden würde und ihn wahrscheinlich nie wiedersah. Wenn er nicht mehr der Weihnachtsmann war, wie konnte er dann fliegen und Lizzie hin und her bringen? Würde Jack das für die beiden übernehmen? Oder Nick?

Auch wenn Lars Freiraum verdient hatte und er dasselbe Recht darauf hatte, wie ich es für mich geltend machen würde, waren Hilflosigkeit und Einsamkeit beinahe zu viel. Lars und ich waren ein Team. Zugegeben, ein neues und chaotisches Team mit Vorgeschichte, aber wir hatten uns doch irgendwie mehrmals zusammengerauft, um diese Prüfung hinter uns zu bringen. Teammitglieder ließen einander nicht im Stich.

»Lars?« Ich klopfte nicht an die Tür. Wenn meine Stimme nicht ausreichend zeigte, dass ich anwesend war, wusste ich auch nicht. »Ich weiß, dass du wach bist. So spät ist es nämlich nicht.« Ich setzte mich vor die Tür, die glücklicherweise nach innen geöffnet werden musste. Wie erwartet antwortete Lars nicht, also übernahm ich einfach das Gespräch. »Ich will gar nicht, dass du rauskommst oder mich reinlässt, wenn du nicht willst. Ich will nur, dass du weißt, dass du nicht allein sein musst. Also du darfst. Aber du musst nicht.« Ich stockte kurz. »Himmel, ich bin schlecht mit so Gefühlskram.« Den Kloß, der sich in meinem Hals gebildet hatte, konnte ich nicht herunterschlucken. Na toll. Jetzt redete ich nur völlig gefühlsduselig daher und nutzte Fetzen aus emotionalen Gesprächen, die ich in Filmen gesehen oder in Romanen gelesen hatte, nein, ich klang auch noch wie ein überfahrener Frosch, der sein letztes Quaken loswurde. »Es tut mir leid, wie alles gelaufen ist. Als ich das Noelle erzählt habe, war ich wütend und verletzt, und sie war einfach da und hat zugehört. Aber ich wollte nicht, dass sie dir damit schadet, wenn das Problem zwischen uns längst gelöst war.« Ich blinzelte ein paar Tränen weg. Ugh. Weihnachten kam nicht vom Verb weinen, konnte das jemand meinen Augen sagen?

Aus dem Zimmer kam keine Antwort, aber ein Knarzen des Bodens. Ich wartete ab, ob sich die Tür öffnete, der Raum wurde jedoch wieder still.

»Miss Snowflake meinte, an meinem Verhalten ließe sich ablesen, ob die Prüfung bestanden wurde oder nicht, vielleicht können wir noch irgendwas machen? Wir haben noch heute und morgen Zeit, warum geben wir schon auf?« Warum gibst du schon auf? Er war so entschlossen gewesen, seine Prüfung zu bestehen, dass er mich mit einer Axt in der Hand verfolgt und zu einem Schlittendate gebracht hatte. Das zeigte Kampfgeist.

Wieder ein Knarzen, dann wackelte die Tür leicht, und auch wenn es nicht sein konnte, spürte ich Lars' Wärme von der anderen Seite des Holzes.

»Wenn wir jetzt aufgeben, wer sucht dann nach deiner Cousine? Wer nervt mich, weil ich viel zu viele Klischees verinnerlicht habe?«

Noch mal ein Knarzen, diesmal mit dem Klacken eines Schlosses. Ich hatte kaum Zeit, das tränenüberströmte Gesicht des jungen Mannes zu beachten, bevor ich mich in einer Umarmung wiederfand. Wären die Umstände anders, hätte ich nichts dagegen. Zumal sie nach Millies Mistelzweigattacke, die einen flüchtigen Wangenkuss hervorgebracht hatte, nicht weiter unwillkommen war. Beinahe wünschte ich mir, Lars würde laut schluchzen oder so. Alles wäre weniger herzzerreißend, als einen hoffnungslosen, bebenden Noch-Weihnachtsmann-Azubi in den Armen zu halten. Ich lehnte mich gegen den Türrahmen, um unter dem Gewicht nicht einzuknicken und drückte Lars so lange, bis er sich mit den Ärmeln über die Wangen wischte und rot anlief.

»Ich schätze, wir fangen mit einem fünften Baum an«, sagte ich, weil ich nicht wusste, was ich sonst sagen sollte. Einen Plan gab es nicht, aber ich würde einen Teufel tun und nicht noch weihnachtlicher werden, bis sogar eine Miss Snowflake nicht leugnen konnte, dass Lars mich mit dem Festtagsfieber angesteckt hatte. »Und dann backen wir Plätzchen, und ich singe sogar Weihnachtslieder mit Millie. Okay?« Ich drückte seine Hand und nickte so motiviert, wie ich konnte.

Lars nickte ebenfalls, ein bisschen mehr bereit, noch nicht völlig aufzugeben, und die Geste allein gab mir das Gefühl, zur richtigen Zeit am richtigen Ort und einfach angekommen zu sein. Wir waren ein Team. Bis zum bitteren Ende. Oder so.

23. Dezember

Ein weiterer geschmückter Baum, diesmal traditionell in Rot und Gold, stand im Weihnachtszimmer, ein Weihnachtswichtel war von Jack und mir, aber überwiegend Jack, gebaut worden, drei Teller Plätzchen waren von ihrem Teller in Jakes und Nicks Mägen gewandert, sämtliche Elfen hatten Weihnachtskarten von Millie und mir bekommen, und aus mir unerfindlichen Gründen war das Miss Snowflake noch nicht genug, um Jack bei dessen Anrufen zu sagen, dass es Entwarnung gab. Was zur Folge hatte, dass die letzte Idee, die Lars und ich noch gehabt hatten, in Kraft trat.

»Fassen wir das doch noch mal zusammen«, sagte ich und strich mir eine Haarsträhne hinters Ohr. Eigentlich wollte ich ins Bett und schlafen, aber schlafen konnte ich, wenn alles wieder seine Richtigkeit hatte. Trotzdem bereute ich die drei Weihnachtsfilme, die ich diese Nacht gesehen hatte, um wach zu bleiben und Lizzies Geschenke einzupacken. Lars jetzt vor einen Haufen Geschenke zu setzen, kam mir falsch und unnötig grausam vor. So von wegen »Weihnachtsmann genug zum Einpacken, aber nicht genug zum Ausliefern« – musste nicht sein. »Jeder drei Lieder, richtig?«

»Richtig. Ich fange an.«

»Ich hoffe, du kannst singen.«

Lars zuckte nur mit den Schultern und schenkte mir ein etwas gezwungenes Lächeln. Oh. Das sah nicht gut aus. Immerhin konnte ich auch nicht singen, schon gar keine Weihnachtslieder, was den Plan effektiv als Notnagel gekennzeichnet hatte. Weihnachtsliederkaraoke im Hause Claus. Gut, dass ich nach dieser Blamage nicht ewig hier wohnen musste.

Er aktivierte den Zufallsgenerator der Liederauswahl, während ich nach dem Mikrofon griff und es Lars vor die Nase hielt. Und los. Insgesamt, so verstand ich es zumindest, konnte man maximal 600 Punkte erreichen, wenn man alles perfekt sang. Also maximal 300 für mich, denn ich sang nicht perfekt. Ich war sogar in der Elementary School aus dem Chor geflogen.

Lars sang sein erstes Lied. Jetzt verstand ich, warum er sich geweigert hatte, mit Millie zu singen. Er hätte ihr gnadenlos die Show gestohlen. Er schmetterte eine Reihe katzenkampfgeschreiartiger Töne, untermalt von weihnachtlichen Texten. Das Mikrofon hatte bei mehr als der Hälfte Schwierigkeiten, sie überhaupt zu registrieren und auf dem Bildschirm anzuzeigen. Endlich jemand, dem ich Konkurrenz machen konnte, wenn auch nur geringfügig.

Mit einem stolzen Drittel der zu erreichenden Punkte beendete Lars seinen Auftritt und reichte mir das Mikrofon. Dann auf in den Kampf. Ich konnte das. Der Zufallsgenerator teilte auch mir ein Lied zu, das ich zu meiner Überraschung sogar kannte. Was leider nicht hieß, dass ich es konnte.

Es war nur gut, dass wir beide keine Musikerkarriere planten, andernfalls wären wir kläglich gescheitert. So reich, dass man die Zuhörer für den vermeintlich begeisterten Applaus bezahlen konnte, war keiner von uns. Außer Lars vielleicht, falls Familie Claus mit ihrer Fabrik gut verdiente. Mussten sie eigentlich, schließlich bekamen die Elfen und Wichtel ein Gehalt. Spritkosten sparten sie sich auf jeden Fall, dafür fraßen Rentiere wahrscheinlich auch nicht wenig. Wie auch immer, die Kosten, um ein Leben am Nordpol am Laufen zu halten, waren vermutlich nicht gering. Wichtig war nur, dass Lars eine Alternative zur Sängerkarriere hatte.

Wir quälten unsere Ohren mit weiteren Weihnachtsliedern, bis ich mit ganzen sieben Punkten Vorsprung aus der Nummer herauskam. Wenn ich sonst bisher keine Erfolge zu verzeichnen hatte, war wenigstens das eine Art Sieg. Hoffentlich reichte das, um Miss Snowflake zu überzeugen. Ich räumte das Mikrofon zurück in die Schublade, aus der wir es geholt hatten, während Lars den Fernseher ausschaltete. Zeit für einen weiteren Anruf, den Nick bei Miss Snowflake tätigen konnte. Ich traute mich nicht, die letzten Chancen zu zerstören, müsste ich mit ihr sprechen, also hatte der Weihnachtsmann diese Aufgabe abbekommen.

In der Küche, die wir als Nächstes ansteuerten, saßen schon Jack und sein Vater, ein Rest der Plätzchen von gestern zwischen ihnen auf dem Küchentisch. Lars nahm sich zwei Tassen und begann, Tee zu kochen, was Jack die Möglichkeit gab, mir hinter Lars' Rücken einen Blick zuzuwerfen. Die Frage dazu musste er nicht aussprechen.

Ich zuckte mit den Schultern. Ob sich in der letzten halben Stunde irgendwas getan hatte, wusste ich auch nicht. Das ewige Warten auf das Urteil war der schlimmste Teil der letzten zwanzig Stunden gewesen – dicht gefolgt von dem Stück Hoffnung, das mit jeder negativen Rückmeldung aus Lars' und Jacks Gesichtern wich. Wenn die Lieder nicht genug waren, hatte ich keine Idee mehr. Was sollte ich sonst noch machen, was konnte ich noch machen? Wintersport war nicht wirklich weihnachtlich, aber mehr als das hatten wir nicht mehr übrig. Weihnachtliche Aktivitäten gab es wie Sand am Meer, hatte ich immer gedacht. Jetzt, wo man mal wirklich welche brauchte, gab es nicht genug davon. Das war doch alles Mist.

»Hier.« Lars stellte mir eine Tasse Wasser inklusive Teebeutel auf den Tisch und setzte sich. Ich tat es ihm gleich.

»Danke«, sagte ich.

»Ihr habt euch entschieden, meine armen Ohren zu erlösen?«, fragte Jack sofort, bevor sich eine unangenehme Stille ausbreiten konnte. Jake zog eine Augenbraue nach oben.

»Cleya war besser als ich«, meinte Lars.

»Huh. Der Unterschied muss mir entgangen sein.« Er zuckte mit den Schultern. »Aber ich habe eines der Lieder sogar erkannt. Heißt das, du hast Gesangsunterricht bekommen, Lars?«

Nichts an der Unterhaltung war wirklich witzig, aber ich respektierte Jack dafür, es zumindest zu versuchen. Statt mich an dem halbherzigen Geplänkel zu beteiligen, sah ich meinem Teebeutel dabei zu, wie er das Wasser nach und nach rot färbte. Früchtetee, wie es aussah. Besser als Kräutertee.

Nick kam herein, und vor Schreck verschüttete ich etwas Tee, den ich schnell mit meinem Ärmel wegwischte. Er musste nichts sagen oder tun, um unsere Aufmerksamkeit auf sich zu lenken, nicht mit dem Smartphone in der Hand, das aktuell unser Kontaktmedium zu Miss Snowflake war. Er sagte auch nichts, seine Miene sagte alles, was wir wissen mussten. Und dann wurde ich Zeuge davon, wie zwei meiner Freunde ihre Zukunft verloren. Kurz hintereinander flüchteten beide aus der Küche, was den Weihnachtsmann, Jake Frost und mich zurückließ. Ich schob meinen Tee etwas weiter in die Mitte des Tischs, um genügend Platz zu haben, dann stützte ich den Kopf auf der Holzplatte auf.

Das Leben war unfair, das hatten wir zuvor auch verstanden. Kein Grund, es jetzt so deutlich zu machen. Ich fuhr mir mit der Hand durch die Haare, die bestimmt schon fettig wurden, so oft, wie ich das heute tat.

»Sie haben auch keine Idee mehr, was wir noch versuchen könnten, oder?«, fragte ich leise.

Die beiden Männer schüttelten langsam den Kopf. Große Hilfe. Ich atmete tief durch. War ja nicht so, als hätte ich selbst noch Ideen.

Das war es dann jetzt, irgendwie. Ohne Plan oder Vorschläge war es unwahrscheinlich, noch irgendwas retten zu können.

»Was heißt das jetzt?«

Nick seufzte. »Dass Lars nach den Weihnachtstagen, also ab dem 27. Dezember, nicht mehr mein Nachfolger ist.«

Jake seufzte ebenfalls. »Und dass Jack seinen Platz einnehmen muss.«

Der Albtraum für alle beide. Das mit dem 27. Dezember hatte ich schon mal gehört. »Muss Jack dann ab dem 27. Dezember auch seine Partnerin vorbereiten?«

»Wir haben ja gesehen, wie es läuft, wenn die Vorbereitung fehlt«, sagte Nick und presste die Lippen zusammen. »Also wäre das empfehlenswert.«

Okay. »Bis dahin bin ich aber in der Rolle drin, richtig?«

»Ja.« Jake klang genervt. Verübeln konnte ich es ihm nicht. Er hatte sich Weihnachten dieses Jahr wahrscheinlich auch anders vorgestellt. Wie wir alle. Aber jetzt hatte ich alle Informationen, die ich noch brauchte. Fast alle.

»Kann ich mir irgendwo hier ein Handy oder Tablet ausleihen?« Wenn Lars schon sein letztes Weihnachtsmann-Weihnachtsfest begehen musste, würde ich mich um ein Geschenk kümmern. Zumindest das konnte ich noch tun.

»Ich soll was?« Wären Augäpfel physisch in der Lage dazu, aus ihren Höhlen herauszufallen, hätte Jack jetzt zwei weniger. Er deutete auf den Haufen Leder neben sich und sah mich an. »Dein Ernst?«

Ich zuckte mit den Schultern. Meine Idealversion eines Weihnachtsvorabends sah auch anders aus und beinhaltete vor allem deutlich weniger Rentiere, aber es war für einen guten Zweck. Irgendwie. »Hilfst du mir, die Rentiere am Schlitten zu befestigen?« Vorzugsweise so, dass man nicht über dem Atlantik abstürzte. Falls der Atlantik zwischen dem Nordpol und Winterville lag. Sonst war es einfach generell ratsam, Abstürze zu vermeiden.

»Aber warum?«

»Weil ich den Schlitten fliegen kann.«

»Kannst du nicht, du bist minderjährig und hast keinen Führerschein.«

Unwichtige Details. Ich winkte ab. »Noch ist Lars der angehende Weihnachtsmann. So weit kannst du mir folgen, oder?«

Er nickte.

Gut. »Das bedeutet, dass ich auch noch die planmäßige Partnerin bin, was wiederum bedeutet, dass die Rentiere für mich fliegen.« Alles logisch.

»Willst du deiner Folgerung so weit vertrauen, dass du dich in einen fliegenden Schlitten setzt und hoffst, dass es weder Unfälle noch Tote gibt?« Jack verschränkte die Arme vor der Brust und schüttelte den Kopf. »Das ist die dümmste Idee, die du je hattest.«

»Ich bin schon mit dem Schlitten geflogen«, verteidigte ich mich. Jack sollte mir helfen und mir Mut machen, nicht realistische Einwände erheben. »Sogar am Steuer.« Für etwa zehn Sekunden. »Komm schon! Außer mir kann das niemand machen.«

»Als ich das letzte Mal nachgesehen habe, hatten wir drei Menschen im Haus, die das Ding legal fliegen können. Du bist keiner davon.«

Gut. Genau genommen gab es eine weitere Person, die das tun konnte, was ich tun wollte, aber ich würde einen Teufel tun und Grace mitten in dem Stress, den ihre Familie hatte, von ihrem Sohn, der sie mehr brauchte als ich sie, wegreißen, nur damit sie für mich Taxi spielte. Zumal ich keine Ahnung hatte, ob mein Plan durchführbar war oder ob ich nach zweihundert Metern aufgeben und zurückkommen musste. »Jack, bitte.«

»Wo willst du überhaupt hin? Es ist«, er sah auf sein Smartphone, »halb neun abends, was gibt es um diese Zeit Dringendes zu tun?«

»Ich muss nach Winterville. Heute noch.«

Jacks Kieferpartie verhärtete sich, und er zog die Augenbrauen zusammen. »Du willst Lars jetzt echt alleinlassen? Vergiss es, ich helfe dir nicht.«

»Was? Nein!«

»Wie nein? Eben hast du gesagt, dass du nach Winterville willst!«

»Ja, kurz! Hör her. Lars will Weihnachten mit Lizzie verbringen, was zu erwarten war. Anna will das bestimmt auch. Ich bin dafür, dass Lizzie Weihnachten mit beiden Elternteilen bekommt. Egal. Jedenfalls kann Lars Anna nicht herbringen, weil er nur Leute anschleppen kann, die hier sein sollen. Für Grace gilt das nicht. Sie hat mir erzählt, dass sie irgendwelche Geschwister hergeflogen hat oder so. Ich bin für Lars noch das, was Grace für Nick ist. Ich kann Anna herbringen und Lars wenigstens ein letztes schönes Weihnachten geben, bevor ...« Ich brach ab und schnitt eine Grimasse. »Anna lebt in Winterville. Die Rentiere fliegen für mich, theoretisch zumindest, also ist der Plan, die zwei zu besuchen und hoffentlich mitzunehmen. Wir können alle gemeinsam dann morgen mit Nick zurückfliegen.«

»Das«, sagte Jack, »ist verrückt. Sogar für deine Maßstäbe.« Er grinste. »Ich bin dabei.«

Sehr gut. Die vier Stunden Kutschfahrttutorials, die ich mir im Internet angesehen hatte, brachten mich nämlich nur weiter, wenn ich zuvor eingespannte Viecher vor dem Schlitten hatte. »Hast du das schon mal gemacht?«

»Was? Einen Schlitten entführt, um damit den Kontinent zu verlassen, oder Rentiere eingespannt?« Er nahm einen Teil der Ledergeschirre und breitete sie vor dem Schlitten auf dem Boden aus. »Ersteres nicht, Letzteres schon. Früher sind Lars und ich mit Onkel Nick geflogen, wenn er Zeit hatte.«

»Gut. Dann sag mir, was ich tun muss.«

»Du kannst versuchen, die Zügel zu entwirren. Ich spanne die Rentiere ein. Weißt du noch, wen ihr letztes Mal dabeihattet?«

Ich runzelte die Stirn. »Außer Karlheinz? Ähm. Das Tier mit dem Fliegenpilz, glaube ich. Und noch ein paar andere.«

»Okay, ich finde das heraus. Du kümmerst dich um die Zügel.«

»Danke.«

Während ich die ehrenvolle Aufgabe hatte, den Knoten in den Lederbändern zu entwirren, ordnete Jack einige Rentiere vor dem Schlitten an, zuletzt Karlheinz. Das Viech und ich tauschten einen Blick, der von gegenseitiger Abneigung triefte. »Morgen kannst du mich wieder hassen, ich dich auch, ja?«, sagte ich dem Tier. Sicherheitsabstand war wichtig. »Heute müssen wir einmal zusammenarbeiten. Verstanden?«

Karlheinz blinzelte träge und arrogant, wie ich fand. Mochte sein, dass ich ihm das unterstellte, aber was auch immer er sagen wollte, es wirkte herablassend und bissig. Sein normales Wesen also. Schön, dass sich zumindest manche Dinge nie änderten.

Ich ging zu ihm, um die Zügel an ihm zu befestigen, was er mit einem Schnappen quittierte. »Wenn du mich beißt, beiße ich zurück. Ich binde dir das Maul zusammen und werde höchstpersönlich dein Fell abrasieren, um dich in deinen knackigen Rentierhintern zu beißen, und es wird wehtun. Überleg es dir gut«, warnte ich ihn, und einmal schienen wir beide der Meinung zu sein, dass wir das nicht erleben wollten, denn er trat mir nur einmal auf den

Fuß, als ich ihn zum Leitrentier machte. Völlig unverdient, das Biest. Aber er hatte mehr Erfahrung mit dem Fliegen als ich, und zwei Anfänger waren schlimmer als eine Anfängerin und ein Miststück von Säugetier.

»Bereit?«, fragte ich Jack und stieg in den Schlitten, der inklusive Rentiere in der Schlittengarage stand.

»Bereit«, bestätigte er und setzte sich neben mich.

Ich wandte mein neues Wissen in Sachen Kutschfahrt an, und tatsächlich setzte Karlheinz sich in Bewegung. Die anderen Rentiere folgten ihm. Huch. Gar nicht so schwer. Wäre doch gelacht, wenn wir Lars nicht sein Geschenk holen konnten.

Dann blieben die Tiere stehen, und mein Grinsen fiel in sich zusammen. Was denn jetzt?

»Ich mache das schon«, sagte Jack und sprang wieder aus dem Schlitten. Er ging zu den Tieren, doch anstatt sie auf erste Verletzungen zu kontrollieren oder zu schimpfen, lief er an ihnen vorbei und öffnete das Tor des Gebäudes. Oh. Vielleicht war ich doch nicht so zum Lenken und Routenplanen geeignet.

Nachdem dieses erste Hindernis überwunden war, konnte die Reise beginnen. Wo war denn hier das Navigationssystem? Nicht vorhanden. Das erklärte, warum Lars von dem Geografiestudium gesprochen hatte. Okay. Einen Kompass konnten wir über Jacks Handy abrufen, solange wir hier noch Netz hatten. Und dann? Erst mal Richtung Süden. Ich ordnete die Zügel so an, wie ich es in den Tutorials gesehen hatte, und schnalzte mit der Zunge, bis Karlheinz sich erbarmte und lostrottete. So weit, so gut. In diesem Tempo kamen wir in drei Wochen dann am Meer an und so.

Also tat ich, was die Videos mir zum Beschleunigen beigebracht hatten. Die Anleitung war zwar für Pferde und Kutschen gewesen, aber Rentiere und Schlitten waren kein zu großer Unterschied, hoffte ich. Beide waren Säugetiere mit Hufen, und beide zogen Menschen in diversen Gefährten hinter sich her. Außerdem hatte ich das schon mal gemacht. Ich konnte das.

Ich konnte das nicht. Wie hatte Lars das gemacht? Also den Schlitten in die Luft bekommen. Ich versuchte, Lars' Bewegungen nachzuahmen. Dass der Ausflug schon eine Weile her war, half mir absolut nicht.

»Karlheinz, bitte, flieg einfach!«, rief ich dem einzigen Tier, das ich dank seines LED-Geschirrs sehen konnte, zu. »Du bekommst auch eine Möhre oder so.«

Als hätte das Biest nur auf das Versprechen von Futter gewartet, beschleunigte es und zog den Schlitten mit einem Ruck in die Luft. Meine Art zu fliegen war in etwa so, wie ich mir meine erste Fahrstunde vorgestellt hatte: ruckelig, von abrupten Wendungen und haarscharfen Unfallvermeidungen sowie ständigen Geschwindigkeitswechseln zwischen Überschallgeschwindigkeit und normalem Tempo geprägt. Keine zehn Minuten im Schlitten, und schon war ich schweißgebadet. Den weiß hervortretenden Knöcheln an Jacks Händen, mit denen er sich am Schlitten festklammerte, nach zu schließen, fand er unser Transportmittel ebenfalls nicht sehr sicher. Sicher. Wir würden mit einem Kind zurückfliegen. Brauchte man für die nicht besondere Gurte und Sitze? Ich hatte mich nicht weiter mit dem Schlitten beschäftigt, aber einen Kindersitz hatte ich dennoch nicht entdeckt. Hm. Anna hatte bestimmt einen, den wir hier befestigen konnten. Ich bezweifelte, dass sie ohne angemessene Sicherung in ein Gefährt einsteigen würde, wenn ihre Tochter dabei war. Erst mal mussten wir aber zu ihr kommen.

»Jack, halt das mal fest«, sagte ich und wartete, bis Jack seine Finger um die Lederzügel geschlossen hatte, um die Karte, die ich aus einem Fach hervorlugen sah, zur Hand zu nehmen. Ich war mir recht sicher, dass ich Winterville in den USA verorten konnte. Nur Nordamerika zu verorten war die Herausforderung, wobei die Karte helfen konnte. Kontinentformen aus der Luft zu erkennen, konnte nicht so schwer sein. Doch kaum hatte ich die Zügel abgegeben, gab die Luft unter uns nach und wir befanden uns im freien Fall. Ich kreischte und griff in die Zügel, als würde das ein Wunder bewirken und den Absturz verhindern.

Und das tat es auch. Die Rentiere schienen wieder Halt in der Luft zu finden und zogen uns nach oben. Jack ging erneut dazu über, sich festzuhalten, während ich die Zügel so still wie möglich hielt, um Karlheinz seinen Job machen zu lassen. Das hier war sein Expertengebiet.

»Okay, freihändig fliegen geht nicht«, sagte ich, die Stimme wackelig und die Hände zittrig am Leder.

»Definitiv nicht.« Jack räusperte sich.

»Als Lars mir die Zügel gegeben hat, ist das nicht passiert.«

»Weil du im Gegensatz zu mir jedes Recht hast, zu fliegen. Lars' Partnerin, schon vergessen?«

Oh. Ja, das ergab Sinn. Die Zügel würde ich nicht mehr weggeben. Gut. Dann war Jack ab jetzt mein Navi. Er übernahm die Suche nach dem richtigen Kontinent, was sogar funktionierte, als sich Karlheinz und seine Kollegen erbarmten und die Geschwindigkeit drosselten, sobald wir in den richtigen Breitengraden ankamen.

Er erkannte erst Nordamerika, dann die USA, und als er mich anwies, zu landen, um Alaska genauer zu durchforsten, fragte ich nicht nach. Stattdessen flehte ich Karlheinz einmal mehr an, einfach zu tun, was ich wollte, ohne dass ich es mit konkreten Anweisungen untermauerte. Er war heute besonders großzügig und übernahm die Führung. Ich hätte ihn nicht aufhalten können, selbst wenn ich es gewollt hätte, aber ich atmete trotzdem auf, als er in Winterville auf einer mir bekannten Wiese landete. Sie war am Stadtrand und durch eine kleine Baumgruppe von der nächsten Wohngegend getrennt. Praktisch, wenn man einen Schlitten inklusive Besatzung verstecken wollte. Immerhin lag genug Schnee, um die Wiese mit den Kufen des Schlittens nicht umzugraben.

»Und was jetzt?«, fragte Jack. Wie er jetzt aus dem Schlitten sprang und dem festen Boden eine ungeahnte Wertschätzung entgegenbrachte, erinnerte er mich daran, wie ich von seinem Schneemobil gestiegen war. Es gab also doch so was wie Gerechtigkeit.

Gute Frage. Ab zu Anna. So weit hatte ich nicht geplant. Ich war mehr damit beschäftigt gewesen, uns nicht sterben zu lassen. Nicht, dass das meine Leistung gewesen wäre. Karlheinz hatte ausnahmsweise sein gutes Herz gezeigt. Gut zu wissen, dass er so was hatte. »Wir gehen zu Anna.«

»Okay!« Er klatschte in die Hände. »Wohin?«

Oh. »Keine Ahnung.«

»Du hast keine Ahnung, wo sie wohnt?«

Ich schüttelte den Kopf. Absolut keine Ahnung. Ich hatte sie genau einmal getroffen. »Wir können sie suchen.«

»In der ganzen Stadt?«

»Keine gute Idee«, beschloss ich. Aber ich wusste, wen ich fragen konnte. »Wir können zu Miss Daisy gehen.«

»Miss Snowflakes Schwester?«

»Genau.« Ich nickte. »Sie ist mit Anna befreundet und weiß, wo sie wohnt.« Ob sie uns bereitwillig helfen würde, war eine andere Frage. Na ja, sie würde uns helfen müssen, ich hatte definitiv etwas bei ihr gut. Und ich war mir nicht zu fein dafür, ihr anzubieten, der Stadt von den genauen Abläufen ihrer Zusammenarbeit mit dem Nordpol zu erzählen, sollte sie Annas Adresse lieber nicht weitergeben. »Allerdings müssten wir irgendwie zu ihr kommen, ohne dass uns jemand sieht.« Kleine Stadt, wenig Ereignisse – wenn das kein Grund für eine Sucht nach Klatsch und Tratsch war, wusste ich auch nicht.

»Und wenn wir gesehen werden?«

Ich zuckte mit den Schultern. »In diesem Fall brauchen wir eine gute Ausrede.« Nicht, dass es dazu kommen würde. Wir waren in Winterville, das hier war mein Territorium, und ich konnte damit umgehen. Kein Grund, nervös zu werden.

Den Schlitten konnte laut Jack niemand außer den berechtigten Personen fahren, geschweige denn fliegen, sodass ich mich nur bedingt schlecht fühlte, ihn allein stehen zu lassen. Dann wiederum brauchte ich gar kein schlechtes Gewissen zu haben, denn Karlheinz war besser als jede Alarmanlage. Er konnte einfach die Menschen, die dem Gefährt zu nahe kamen, beißen, und niemand betrat freiwillig ein weiteres Mal seinen Aktionsradius.

Kurz bevor wir von der Wiese in die Straßen gingen, tauschten Jack und ich noch mal einen Blick. Seine Mundwinkel hoben sich zu einem schnellen Lächeln, das ich mit einem Nicken beantwortete. Wir bekamen das hin. Wo Miss Daisy lebte, wusste ich, wir mussten nur etwa fünf Minuten durch die Stadt laufen, ohne Hunde oder Menschen auf uns aufmerksam zu machen. Nichts leichter als das. Wir nahmen Abkürzungen und kleinere Gassen, bis wir vor Miss Daisys Haus standen und dem Bewegungsmelder für das Licht auswichen. Ich drückte mich an den Sockel mit Briefkasten und Klingelknopf und klingelte. Dank Schallgeschwindigkeit hatte die Anfahrt nicht zu lange gedauert, sodass es zwar spät war, aber nicht so spät, dass wir jemanden aus einer Tiefschlafphase klingeln würden.

Im Flur ging das Licht an, und kurz darauf stand Miss Daisy in der Tür. Ein »Haben Sie mich vermisst?« lag mir auf den Lippen, gemeinsam mit einem frechen Lächeln. Dann wiederum wollte ich nicht so tun, als wäre ich nicht sauer. Letztlich übernahm die alte Dame die ersten Worte und sagte meinen Namen.

»Ja.«

»Du bist wieder da«, stellte sie fest. »Ich habe Kuchen, darf ich dir ein Stück anbieten?«

Allein der Gedanke ließ mich beinahe würgen. »Nein, danke. Annas Adresse wäre mir lieber.«

»Annas Adresse?«, echote sie, dann fiel ihr Blick auf Jack, und sie riss die Augen auf. »Das ist nicht Lars.«

»Stimmt genau!« Jack trat auf sie zu und hielt ihr die Hand hin. »Lars ist mein Cousin, ich bin Jack.«

Miss Daisy drehte sich zu mir. »Das ist nicht Lars«, wiederholte sie. Die Frage, warum das nicht Lars war, schwang still mit. »Ist alles in Ordnung?«

»Nein«, antwortete ich. Wäre alles in Ordnung, wäre ich mit Lars am Nordpol und nicht hier. Wäre alles in Ordnung, hätte er Lizzie heute selbst ins Bett gebracht und wir wären mit irgendeiner lächerlich weihnachtlichen, aber bestimmt netten Sache beschäftigt. »Ihre Schwester«, begann ich, und Miss Daisys Verwunderung wich einem erschrockenen Gesichtsausdruck, »und Sie haben das alles ganz großartig hinbekommen. Ich kaufe ständig für Sie ein und esse Ihren ek…«

Jack legte mir eine Hand auf die Schulter, um zu verhindern, dass ich die Frau mehr beleidigte als nötig.

Ich schüttelte seine Hand ab. »Wie auch immer. Miss Snowflake hat Lars wegen eines Problems, das nur entstanden ist, weil Sie ihn an Anna vermittelt haben und wir beide in eine unmögliche Situation geworfen wurden, durch seine Prüfung fallen lassen. Und egal, was wir versucht haben, sie ändert ihre Meinung nicht. Also sind wir«, ich deutete auf Jack und mich, »hergekommen, um Anna und Lizzie zu bitten, Weihnachten bei uns zu verbringen, damit er wenigstens irgendeine schöne Erinnerung an den Tag haben kann. Also brauche ich Annas Adresse.«

»Du hast meine Schwester getroffen?«

Genau genommen hatte ich sogar bei ihr übernachtet. »Jack hier ist mit ihr befreundet. Haben Sie Annas Adresse?«

»Ich kann Anna anrufen und sie fragen, ob ich ihre Adresse weitergeben darf«, bot Miss Daisy an. Das war mir gut genug. Die Anfahrt war nervenaufreibend genug gewesen, wenn ein Anruf uns die Suche nach Annas Zuhause ersparte, konnte ich damit leben.

»Gern.«

Miss Daisy winkte Jack und mich ins Innere des Hauses, und wir folgten ihr ins Wohnzimmer, wo sie sofort zu telefonieren begann. »Cleya ist hier«, sagte sie nach einer kurzen Entschuldigung für die Störung.

»Cleya – das Mädchen, das dir so ähnlich sieht.«

»Genau, sie war bei Lars.«

»Nein, jetzt nicht mehr, jetzt steht sie mit Jim in meinem Wohnzimmer.«

»Jack«, verbesserte ich sie.

»Jack heißt er«, sagte Miss Daisy in den Telefonhörer.

»In Ordnung, ich gebe dich weiter.« Sie drückte mir den Telefonhörer in die Hand.

»Anna?«, fragte ich und begann, im Wohnzimmer auf und ab zu laufen. Aus dem Augenwinkel sah ich Jack und Miss Daisy vor ihrer Schneekugelsammlung stehen. »Ich bin's, Cleya. Ich bräuchte deine Hilfe.«

Die nächsten Minuten verbrachte ich damit, der jungen Mutter die Situation zu erklären und sie um ihre Unterstützung zu bitten. In dieser Zeit erfuhr ich auch, was Lars an ihr gemocht hatte: Anna war hilfsbereit ohne Ende und versprach, in fünfzehn Minuten bei der Wiese zu sein. Inklusive Lizzie und Kindersitz, bereit, sich von uns in Jacks Haus verstecken zu lassen und mitzuspielen.

24. Dezember

Weihnachten im Hause Claus verlief anders, als ich es mir vorgestellt hatte. Nicht nur, weil sie am völlig falschen Tag feierten, was logisch war, wenn Nick ab dem frühen Abend seine Familie verließ und anderen Familien ein schönes Fest bescherte. Wenn man genauer darüber nachdachte, war die Sache beinahe selbstlos. Lars wollte auch selbstlos sein, durfte aber nicht, was nach wie vor eine Schande war, denn es machte die Stimmung zunichte, bevor sie überhaupt aufkommen konnte. Nach dem Frühstück hatte Lars sich in seinem Zimmer verbarrikadiert und auf die Vogel-Strauß-Taktik zurückgegriffen. Und das, obwohl ich morgens extra den hässlichen Schlafanzug mit den aufgedruckten Zuckerstangen und Rentierköpfen angezogen hatte.

Der einzige Vorteil daran war, dass es mit Lars als Sorgenkind niemanden interessiert hatte, dass sich die Karottenpopulation im Gemüsefach des Kühlschranks drastisch verringert hatte und ich mich von der angespannten Gruppe entfernt hatte. Im Gehen fing Jack meinen Blick auf, entdeckte die gemüseförmigen Abdrücke unter meinem Pullover, presste sich eine Hand vor den Mund und scheuchte mich weiter. Sollte mir recht sein. Jack kümmerte sich um unsere Gäste, und ich bezahlte meine Schulden bei Karlheinz, damit er hoffentlich lernte, dass Hilfsbereitschaft von Vorteil sein konnte. Positive Verstärkung und so. Deshalb kam zu den Karotten auch eine kostenlose Haushaltshilfe, die Futter und Reinigung – des Stalls, nicht der Tiere – übernahm.

So. Wo fing man das Ganze jetzt an? Mit dem Betreten, wie es aussah. Ich öffnete die Tür und atmete den Geruch von Stroh, ungeduschtem Rentier und Rentiermist ein. Was für ein Spaß. Immerhin hielten die Viecher Abstand und steckten ihre Köpfe nicht in meine Richtung. Besser so, diesmal war ich mit einer Mistgabel und einer Schubkarre bewaffnet. Karlheinz am Spieß war kein schlechter Notfallplan. Hm. Aber auch kein guter, Nick brauchte das Ding noch. Wobei Miststück auf Mistgabel nicht furchtbar klang.

»Komm mir zu nahe, und du kannst deinen Dreck selbst wegmachen«, warnte ich ein halbstarkes Fellknäuel. Optisch passte es zu den Teenagertannen, die auch noch viel zu schlaksig waren, um eindrucksvoll zu sein. Das Tier hielt seinen Sicherheitsabstand, während ich den Mist vom Boden pflückte. So ging es zumindest einigermaßen schnell, bis ich den Wohnbereich des Stalls für sauber genug erklärte. An den Auslauf wagte ich mich trotz Mistgabel nicht heran, so weit reichte meine Wertschätzung für Karlheinz nicht. Am Ende rannten die Teile mich um, brachen mir das Rückgrat, um mich bewegungsunfähig zu machen, und Karlheinz verspeiste mich als Snack, wenn er nach der Geschenkelieferung zurückkam. Keine Chance.

Ich brachte meine Schubkarre und die Mistgabel mit hinter die Absperrung, wo keine Rentiere waren, und nahm die Karotten zur Hand und stellte mich ans Gitter.

»Karlheinz?«, rief ich, als wäre das Tier gut erzogen und käme angelaufen, wann immer man seinen Namen rief. »Karlhei-einz, ich habe etwas zu fressen!«

Das Wort war den Rentieren bekannt, und ich war froh, von ihnen getrennt zu sein, denn nun kam Bewegung in die Gruppe. Einerseits wollte ich den restlichen Rentieren, die gestern geholfen hatten, ebenfalls Karotten geben, andererseits konnte ich die Zottelmonster nicht voneinander unterscheiden. Das Unsympathischste war immer Karlheinz, aber abgesehen davon waren sie ziemlich identisch. Warum gab es jetzt mehr Rentiere als Karotten? Ein Tier direkt vor mir machte den Hals lang und klappte die Unterlippe nach unten. Jetzt sah es aus wie ein Patient, der auf die Schnabeltasse wartete. Ich lachte und schob ihm eine Karotte zwischen die Zähne. Sofort angelten die anderen nach dem Teil, der ihm noch aus dem Maul hing, und das Rentier trat den Rückzug an. Damit lag die Aufmerksamkeit wieder auf mir und den Karotten, überwiegend den Karotten. Mord und Totschlag wollte ich dann auch nicht verursachen, sodass ich die Karotten in Stücke brach und in den Stall warf. Hunde mochten Suchspiele, Rentiere waren auch Säugetiere, sollte funktionieren.

»Karlheinz«, lockte ich noch mal, und das Tier mit dem kaputten Ohr machte tatsächlich einige Schritte auf mich zu, um sich seine Belohnung für gestern abzuholen. Nicht, dass ich erwartete, dass er die beiden Ereignisse Hilfe und Futter miteinander verknüpfte, aber immerhin fühlte ich mich fair und ehrlich, wenn ich versprochene Gegenleistungen auch erbrachte. Ich hielt dem Rentier die Karotte auf der flachen Hand entgegen. »Denk dran, beiße nie die Hand, die dich füttert«, erinnerte ich Karlheinz.

Diese Lektion schien Karlheinz zu kennen. Statt in meine Hand biss er mir ins Handgelenk.

»Au!« Ich ließ die Karottenreste fallen und zog den Arm zurück. »Ich hasse dich!« Das konnte ich so oft sagen, wie ich wollte, und es würde immer wahr bleiben. Was war das für ein Mistvieh?! Nichts da Sinneswandel, das Tier war ein hinterhältiges Biest. »Ich hoffe, sie vergessen dich auf einer Wiese, wo du ins Gras beißen kannst.« Nicht unbedingt in der morbiden Version, so weit ging meine Aversion auch wieder nicht. Aber der Verlust wäre zu verschmerzen. Die Schubkarre leerte ich noch am Misthaufen, dann ging ich zurück zum Haus. Kurz vor 11 Uhr vormittags. Das ließ gerade genug Zeit für eine Dusche, bevor ich zum Mittagessen erscheinen sollte. Ich gelangte unbemerkt in mein Zimmer, wusch mir den Mistgestank ab und beschloss, Lars einen Besuch abzustatten, bevor es Essen gab. Noelle und Grace waren gleich nach dem Frühstück in die Küche verschwunden, um zu kochen. Warum sich Grace weiterhin mit ihrer Schwägerin abgab, war ein Mysterium für sich. An ihrer Stelle hätte ich die Frau achtkantig rausgeworfen und den Kontakt abgebrochen. Dann wiederum mussten sie sich irgendwie arrangieren, wenn Jack von Nick ausgebildet werden würde, und das idealerweise zeitnah. Mit Grace und Nick wollte ich auch nicht tauschen. Die Situation war furchtbar, und zu wissen, dass ich dazu beigetragen hatte, dass sie so war, wie sie war, war kein schönes Gefühl.

Ich band mir die Haare zu einem Dutt zusammen und schüttelte den Gedanken ab. Heute war Heiligabend, auch wenn in diesem Haus bestenfalls scheinheilige Menschen waren, wo blieb die Festtagsstimmung? Ich ging zu Lars' Zimmer und klopfte an.

Ein undefinierbares Brummen kam aus dem Raum. Das zählte ich als nonverbale Zustimmung.

Ich betrat das Zimmer und ließ den Blick über die Möbel gleiten, bis ich den gesuchten jungen Mann in seinem Sessel entdeckte. Lars nickte mir zu und stopfte ein Taschentuch weiter in die Ritze zwischen Sitzpolster und Armlehne. Igitt. Er brauchte gar nicht zu verstecken, dass er unglücklich war, das war logisch und mittlerweile schwer zu übersehen, aber wenn sich das mit uns nach heute weiterentwickeln sollte, musste diese Angewohnheit verschwinden. Das Gefühl der Notwendigkeit, die Emotionen zu verbergen, gerne gleich mit.

»Hey.«

»Hey.« Er lehnte sich etwas zurück und überschlug die Knöchel. »Was gibt's?«

Ich zuckte mit den Schultern. »Nichts. Störe ich?«

Ein Kopfschütteln. »Nein, natürlich nicht.« Lars deutete auf einen Sitzsack, der halb unter seinem Bett hing. »Setz dich, wenn du willst.«

»Danke.« Ich zog mir den Sitzsack heran und ließ mich auf ihn sinken – oder eher in ihn. Das Teil fraß Menschen genauso auf wie ein gewisses Rentier. »Warum hast du so was?« Waren die Dinger nicht out? Zumindest, wenn man Mick glauben konnte, der mehr Dinge uncool nannte, als er besaß. Es war wahrscheinlich wieder ein Fall wie mit den Redewendungen; Lars kannte die Trends und Spracheigenheiten nicht.

»Für Lizzie«, erklärte er.

Damit hatte ich nicht gerechnet. Warum brauchte er einen Sitzsack für ein Kleinkind? »Das ergibt keinen Sinn.«

»Als Baby ist sie fast nur im Tragetuch eingeschlafen, und ich habe Rückenschmerzen vom Tragen und dem ewigen Sitzen im Sessel bekommen. Also haben wir einen Sitzsack organisiert, der seit einer Weile dekorativ herumliegt.«

Aha. Die Vorstellung, wie Lars sich ein Kind umband, war weniger abwegig als erwartet. »Das sind die Schals zum Festbinden von Kindern, oder?« Es gab doch auch noch Rucksäcke, in die man den Nachwuchs stecken konnte. Beides sah seltsam aus.

»Genau.«

»Klingt anstrengend«, meinte ich. So Kinder wogen ja auch nicht nichts. »Weißt du, was es zu essen gibt?«

»Jedes Jahr eine andere Weihnachtsspezialität aus irgendwelchen Ländern.« Er zuckte bei den Worten zusammen. Meine Hand zuckte ebenfalls, um durch Berührung Unterstützung und Mitgefühl zu vermitteln. Wenn er aber das Taschentuch versteckte, um die Tränen zu verheimlichen, wusste ich nicht, ob er die Geste schätzen würde. Die Hand blieb bei mir.

Stattdessen nickte ich und streckte mich etwas auf dem Sitzsack aus. Eigentlich unnötig, wo wir sowieso gleich nach unten gehen würden, aber ich war ein Teenager und durfte mich damit überall ausbreiten, wo ich zu Hause war. Zu Hause. Hier. Am Nordpol. Hätte man mir das vor drei Wochen gesagt, hätte ich die Augen verdreht. Jetzt war es beinahe normal.

Keine fünf Minuten später rief Jack durchs Haus, dass das Essen auf dem Tisch stünde und wir kommen sollten. Lars und ich machten uns auf den Weg in die Küche. Allein auf diesem Weg stieg mein Ärger auf Miss Snowflake und ihre Schwester an. Lars war still. Ich wollte meinen alten Lars zurück. Na ja, vielleicht half die Überraschung, die er heute noch bekommen sollte. Das Mittagessen hatte keine Chance, nicht so, wie es aussah. Klar zählten auch die inneren Werte und man sollte Dinge nicht nach ihrem Äußeren beurteilen, aber wenn ich mir das Gericht, das in der Mitte des Tischs stand, ansah, war ich mir nicht sicher, ob Noelle nicht endgültig sicherstellen wollte, dass Lars kein Weihnachtsmann wurde. Das Teil sah tödlich aus.

Jack saß neben mir, also lehnte ich mich etwas zu ihm. »Was ist das?«, fragte ich.

Er rümpfte nur die Nase. »Dieses Jahr ist Frankreich dran. Wir bekommen Foie gras.«

»Fa-Gras?« Was sollte das sein? Das klang wie ein neu entdecktes Superfood. Leider sah es nicht so aus.

»Fwa-Gra«, mischte sich Lars ein, etwas grün um die Nase.

»Und was ist dieses Fwa-Gra?« Es klang wie eine Mischung aus Krav Maga und Viagra. Beide zählten nicht zu den kulinarischen Wortfeldern, soweit ich wusste. Wobei das Gericht optisch auch nicht unter essbar oder gar genießbar fiel. Man sollte es Karlheinz vorsetzen. Bei dem Gedanken bekam ich ein schlechtes Gewissen. Noelle und Grace hatten den Vormittag in der Küche verbracht, nur um uns das Fwa-Gra vorzusetzen. Etwas mehr Dankbarkeit wäre nicht unangebracht.

»Foie gras«, sagte Lars, »ist Stopfleber.«

»Stopfleber wie in ausgestopftes Organ?«, hakte Jack im selben Moment nach, in dem ich »Woher weißt du das?« fragte.

Lars zuckte mit den Schultern. »Stopfleber wie in Leber«, bestätigte er, bevor er mich ansah und einen Mundwinkel nach oben zog. »Fremdsprachen und Weihnachtskultur waren Ausbildungsfächer.«

»Du kannst mehrere Sprachen?« Ich riss die Augen auf, um Lars von den Kulturen abzulenken – nicht, weil ich es tatsächlich cool fand, dass er mehrere Sprachen sprach, natürlich.

»Oui.«

»Das habe ich verstanden!« Absolut gelogen. Ich stieß ihn leicht mit dem Ellenbogen an. »Sag was zu mir, bitte!«

»Tu es drôle.«

Uh, das klang gut. Keine Ahnung, was er sagte, aber es klang gut. Er durfte dann bis an sein Lebensende diesen Satz sagen. Sofern es ein Kompliment war. Oder etwas Neutrales. Eigentlich egal, Männer, die in anderen Sprachen so gut klangen, konnten sagen, was sie wollten. So, es war offiziell. Lars war beschlagnahmt und durfte nur noch mir coole Sachen sagen. Mein Gesichtsausdruck musste das zum Ausdruck bringen, denn die Blicke der erwachsenen Anwesenden lagen plötzlich auf mir. Ups. Oder auch nicht ups. Lars war toll, ich fand ihn – und besonders seine coolen Sätze in Fremdsprachen – toll, und wenn Menschen das sahen, war das okay. Nur mich mussten sie dabei nicht unbedingt ansehen.

Jack, die Seele von Mensch, änderte das. »Wenn ich auch was sage, himmelst du mich dann auch an?«

Zu früh gefreut. Unter dem Tisch trat ich nach ihm. Ihn anhimmeln? Selbst wenn er aussähe wie Lars und sich verhielt wie sein Cousin, würde ich ihn nicht anhimmeln. Er war nicht Lars, das war Grund genug, es nicht zu tun.

Er begann zu grinsen. »Baguette. Buena noche! Ciao! Szia!«, sagte er und wackelte mit den Augenbrauen. »Und?«

»Nope.« Ich grinste zurück. »Ähm. Stopfleber?« Plötzlich Vegetarierin werden konnte ich nicht, oder?

»Stopfleber.« Grace verteilte Stücke des aufgeschnittenen Gerichts und reichte die Beilagen herum. Ugh. Es schmeckte weniger schlimm, als es aussah, aber Nachschlag nahm sich dennoch niemand. Dafür blieben keine Reste der Nachspeise übrig, die uns alle ausreichend sättigte, um uns zum Umzug ins Weihnachtszimmer zu bewegen. Dort kippte die Stimmung wieder, als unter den verschiedenen Bäumen verpackte Geschenke lagen und sowohl Lars als auch Jack mit versteinerten Mienen auf einem Sofa saßen und Millie zusahen, wie sie die Päckchen begutachtete. Ich stellte mich hinter die beiden und tippte Jack möglichst unauffällig auf die Schulter. Das war der Zeitpunkt, sich zu verabschieden und Lizzie und Anna abzuholen. Noch mal konnte ich den Schlitten nicht entführen, nicht, wenn die Rentiere heute noch fliegen mussten. Am Ende waren sie übermüdet und schliefen während des Fliegens ein. Niemand brauchte einen Schlitten inklusive Weihnachtsmann, der vom Himmel fiel. Das Schneemobil war die bessere Alternative, um unsere Gäste herzubringen. Jack nickte leicht. Sehr gut.

»Sind die für mich?« Millie sah zu ihren Eltern und deutete auf die Berge von Geschenken.

Grace lachte, aber es klang etwas angestrengt. Weihnachten hatte sie sich bestimmt auch anders vorgestellt. »Nein«, sagte sie und schüttelte den Kopf. »Die Päckchen unter dem kleinen Baum sind für dich.« Sie drehte sich zu uns. »Die Geschenke sind beschriftet«, fügte sie hinzu.

Ich nickte langsam. Millies Haufen war mit Abstand der größte, während sich der Rest in Grenzen hielt. Materialistische Wünsche bei Kindern machten wohl auch vor der Tochter des Weihnachtsmanns selbst nicht halt. Hatte wohl Vorteile, der Nachzügler der Familie zu sein. Sollte sie die Geschenke genießen, solange sie konnte, sie würde sowieso früh genug groß werden und bemerken, dass das Leben nicht so perfekt funktionierte, wie man es als Kind dachte.

»Verdammt!«

Jacks Ausruf lenkte von den Päckchen ab. Als alle Augen auf ihn gerichtet waren, sah er kurz zu mir und deutete ein Nicken an.

»Was ist?«, fragte Noelle, den Kopf schief gelegt. »Ist alles in Ordnung?«

Nein. Nichts war in Ordnung. Nicht, dass sie das interessierte.

»Ja, ja, sicher.« Jack spielte mit dem Saum seines T-Shirts. Jack Frost zu sein bedeutete anscheinend auch, gegen Kälte unempfindlich zu sein und Weihnachten am Nordpol mit kurzen Ärmeln zu begehen. »Ich habe nur ein Geschenk zu Hause vergessen.«

Jake entspannte sich wieder. »Du kannst es die Tage vorbeibringen.«

»Nein!«

»Nein?«, wiederholte Noelle und runzelte die Stirn. »Warum nicht? Du bist ab dem 27. sowieso mehr hier als zu Hause.«

»Es ist für Cleya«, beeilte er sich zu sagen. »Kann ich es kurz holen? Ich nehme das Schneemobil, dann bin ich sofort wieder da.«

»Natürlich«, sagte Grace, bevor Jacks Eltern etwas entscheiden konnten. »Fahr vorsichtig, ja?«

Guter Hinweis. Ich für meinen Teil würde nie wieder zu Jack auf ein Schneemobil steigen. Ugh. Lars war schon ein interessanter Schlittenflieger gewesen – nicht, dass ich es besser konnte –, und ich hoffte nur, dass Jack nicht in seine Fußstapfen trat und

Eisbärmütter crashte, wenn er demnächst begann, den Schlitten zu fliegen.

»Geht klar!«

Immer noch 24. Dezember

Den Platz, den Jack geräumt hatte, besetzte ich neu.

»Was ist das?« Lars griff nach meinem Arm und schob den Ärmel nach oben, um das Souvenir freizulegen, das Karlheinz mir verpasst hatte.

»Der Beweis dafür, dass manche Rentiere einen Maulkorb tragen sollten«, meinte ich und wartete ab, ob ein amüsiertes Glitzern in Lars' Augen trat. Tat es. Sehr gut.

»Du warst wieder bei Karlheinz?« Er schüttelte den Kopf. »Langsam könnte man meinen, du willst von ihm gebissen werden.«

»Mein Rentier hat dich vorher schon gebissen?« Nick schreckte auf und sah zwischen seinem Sohn und mir hin und her.

Ich zuckte mit den Schultern. »Er hat mich zum Fressen gern? Er findet mich zum Anbeißen? Vielleicht hat er auch nur Hunger.« Oder er war schlicht und ergreifend ein bissiges Tier, dem eine striktere Erziehung nicht geschadet hätte. »Ist halb so wild, er hat mehr geknabbert als gebissen.«

Jakes Mundwinkel zuckten verdächtig, während Grace so aussah, als würde sie am liebsten jeden Moment aufspringen und tiefgefrorenes Gemüse zum Kühlen holen. Probehalber bewegte ich das Handgelenk zwischen Lars' Fingern. Nichts. Tat nicht weh, sah nicht geschwollen aus. Der einzige Beweis waren die Bissspuren. Sollte das Tier jemals eine Zahnbehandlung benötigen, die Abdrücke erforderte, war es bestens vorbereitet.

»Konzentrieren wir uns darauf, dass Karlheinz dich mehrmals gebissen hat. Wie kam es dazu?« Der Weihnachtsmann verschränkte die Arme vor der Brust, was angesichts seines Weihnachtspullovers nicht wirklich imposant aussah. »Meines Wissens steht das Tier im Stall, wo es niemanden attackieren kann.«

Wenn er wüsste. »Das stimmt«, bestätigte ich und zog ein Knie zum Kinn. »Das erste Mal war vor über zwei Wochen, als ich ihn kennengelernt habe. Dieses Mal war ich dumm genug, noch mal hinzugehen.« Aber die Karotte hatte er sich verdient gehabt. »Fairerweise hat Lars mich aber an meinem zweiten Tag hier gewarnt, dass er bissig ist.«

»Mhm.«

»Er hat einfach eine eigene Art, seine Zuneigung zu zeigen«, sagte ich, um Karlheinz' Wesenszüge zu betonen und nicht meinen Besuch bei ihm. Wenn ich anfing, tierlieb zu sein oder so zu tun, war das auffälliger, als ich es gerade gebrauchen konnte.

Millie saß vor ihren Geschenken und klopfte hin und wieder gegen eines, schüttelte ein anderes und maulte, dass sie sie öffnen wolle.

»Sobald Jack da ist«, sagte Grace zum gefühlt zehnten Mal, als der Motor des Schneemobils erst zu hören war und dann verstummte. Perfekt.

»Ich mache ihm auf!« Ich sprang auf und raste durch den Flur zur Haustür, vor der Anna stand, eine halb schlafende Lizzie auf dem Arm und einen Jack im Gepäck. Ich bedeutete ihr, leise zu sein, und begrüßte nur Jack laut.

»Ich nehme deine Jacke.«

Anna drückte mir stattdessen ihr Kind in die Arme und zog sich die Jacke aus, die sie an Jack weiterreichte. In der Zwischenzeit befreite ich Lizzie aus ihrem Anorak und von ihren Schuhen, ohne sie so weit aufzuwecken, dass sie quengelte, bevor ich sie ihrer Mutter zurückgab.

Jack stellte die Reisetasche der beiden im Flur ab und grinste. »Dann mal los!«

Ich grinste ebenfalls. Dann mal los. Im Wohnzimmer warteten die anderen schon und zeigten unterschiedliche Stufen von Verwirrung in ihren Gesichtern, als Jack ohne Geschenk in den Händen zurückkam. Noelle öffnete den Mund, um etwas zu sagen, schloss ihn aber wieder, als Anna, Lizzie und ich den Raum betraten.

Und dann sah Lars seine Überraschung. Die Kinnlade klappte ihm herunter, und er riss die Augen auf. Ein bisschen wie ein Zeichentrickgoldfisch, dem gleich Luftblasen aus dem Mund kommen würden, nur menschlicher. Anna und ich tauschten einen Blick und ein Schmunzeln. Das hatte er nicht kommen sehen, so viel war klar.

»Du hast eine Schwester?«, fragte Noelle.

»Und sie ist hier?«, fügte Jake hinzu.

Nick und Grace blinzelten nur, während sich Millie kaum von ihrem Geschenkehaufen abwandte.

»Nein«, antwortete ich. »Ich bin Einzelkind.« Und sehr glücklich damit, wohlbemerkt. »Das ist …«

»Anna«, ergänzte Lars und löste sich aus seiner Schockstarre.

»Mit Lizzie«, warf Jack ein.

»Anna!«, rief Lars aus und stürzte sich auf die Mutter seines Kindes, die besagtes Kind gerade noch neu positionieren konnte, um es nicht zwischen zwei Teenagerkörpern einzuquetschen. Ich erwartete, Eifersucht oder zumindest eine Spur negativer Emotionen zu spüren, als er ihr um den Hals fiel, fühlte aber nichts. Lars umarmte Anna, eine Freundin, Lizzies Mom, mehr nicht. Hm. Nannte man wohl Vertrauen. Immerhin war Lars beschlagnahmt, und ich war mir verhältnismäßig sicher, dass diese Intention nicht vollkommen einseitig war. Annas Erwähnung eines Partners gestern hatte vielleicht auch damit zu tun. Wie auch immer.

»Cleya!« Plötzlich hatte ich Lars an mir hängen und tätschelte ihm den Rücken.

»So heiße ich«, zog ich ihn auf.

»Danke.«

Ich zuckte mit den Schultern. »Ich wollte, dass Lizzie beide Elternteile an Weihnachten hat.« Und vor allem Lars seine Familie und eine gute Erinnerung, aber das musste ich nicht vor seinen Eltern ausführen. Wie ich Lars kannte, wusste er das auch so.

»Anna? Das Mädchen, das er sitzen gelassen hat?« Noelle rümpfte die Nase.

»Mom!« Jack funkelte sie an, aber Anna lachte nur.

»Anna, das Mädchen, das mit ihm Schluss gemacht hat«, korrigierte sie ihre ehemalige Fast-Schwiegertante und hielt ihr die Hand hin. »Aber ich bin Lizzies Mom, falls Sie das meinen.« Sie ließ den Blick durch den Raum gleiten und prustete los, als sie die vier geschmückten Bäume sah. Millie beeilte sich, ihr die Bäume zu zeigen, und hatte Anna schnell adoptiert. Verständlich, die junge Frau war sympathisch ohne Ende.

»Ähm«, machte Nick und deutete auf Anna. »Wie genau ist sie jetzt hergekommen?«

»Geflogen«, bot Jack als Erklärung an. »Die beiden sind gestern angekommen und haben bei mir zu Hause übernachtet. Ich habe sie abgeholt und untergebracht, aber die Idee stammt von Cleya. Der Jetlag kommt wahrscheinlich erst noch.«

Nick hakte nicht weiter nach, sah aber nicht zu hundert Prozent überzeugt aus.

Lars hingegen machte aus seinen Zweifeln an einem Linienflug als Transportmittel kein Geheimnis, sondern deutete eine »Hüa!«-Zügelbewegung an.

Ich tat so, als würde ich unschuldig pfeifen, und umarmte ihn noch mal, diesmal inniger. »Ich habe keine Eisbären umgefahren, und einen Kindersitz hatten wir auch«, murmelte ich.

Er kaschierte sein Lachen mit einem Husten. »Du bist wahnsinnig.«

»Wahnsinnig cool, ich weiß!«

Plötzlich wich alle Farbe aus Lars' Gesicht.

»Was?«

»Die Geschenke!«

Standen da drüben. Bei den Bäumen. In großen Mengen, tendenziell schwer zu übersehen. Ich zeigte sie ihm noch mal.

»Nein, Lizzies Geschenke.« Er fuhr sich mit der Hand über das Gesicht. »Ich habe sie nicht mehr eingepackt.«

Ja, wusste ich. Meine Nacht war dafür draufgegangen. »Kein Problem, das habe ich gemacht. Sie sind in meinem Zimmer, du kannst sie holen.«

»Im Ernst?«

»Mhm.«

»Ich würde dich dafür küssen.«

»Ich wüsste nicht, was dagegenspricht.«

Jack räusperte sich und gestikulierte zu Millie und Lizzie.

»Spielverderber«, meckerte ich, drückte Lars trotzdem einen schnellen Kuss auf die Lippen und ging zu seinem Cousin. »Du kannst Lars mit den Geschenken helfen, die für den Zwerg in meinem Zimmer stehen. Danke!«

Die beiden jungen Männer joggten durch das Haus, was Millie eine letzte Wartezeit vor dem Geschenkewahnsinn bescherte. Anna saß mit ihrer Tochter neben Millie auf dem Boden und war automatisch so gut mit den Kindern, dass ich mich fragte, wie zur Hölle die Kleinen so viele Stunden mit mir überstanden hatten. Ich war das komplette Gegenteil davon.

»Du hast also Anna hergebracht?«, hakte Nick nach.

»Ja.« Lügen war sowieso zwecklos. Ich zog den Kopf etwas ein und sah nicht zu ihm. Wenn man es genau nahm, hatte ich seine fliegenden Rentiere und ein Fluggefährt entführt, um illegal aus- und einzureisen, und eine fremde Frau in sein Haus geschleppt. Wenn er sauer war, hatte er allen Grund dazu.

»Danke.«

Ich sah zu dem Mann auf.

»Er sieht glücklicher aus als vorher. Danke.«

Aus dem Augenwinkel sah ich, wie Lars und Jack die Päckchen für Lizzie brachten und dabei lachten. »Gern.«

Die Kinder stürzten sich auf die Geschenke, und es dauerte nicht lang, bis Unmengen an Geschenkpapier in Fetzen herumlagen, die eigentlichen Inhalte der Päckchen vergessen. Das nächste Mal würde es dann eingepackte Kartons geben, damit sie mit dem Geschenkpapier Spaß haben konnten. Ich schüttelte lächelnd den Kopf.

Lars und ich saßen auf dem Sofa, als Lizzie und Millie begannen, uns mit Papierbällchen abzuwerfen. Halbherzig warf ich ein paar zurück, überließ Lars aber schnell seinem Schicksal und ging hinter dem Sofa in Deckung. Sein Kind, sein Problem. So sah ich, wie Nick im Flur am Telefon war und hin und wieder nickte oder zustimmende Laute von sich gab. Der Gute hatte auch nie frei, wie es aussah. Dann fiel ihm der Hörer fast aus der Hand, und er starrte ins Weihnachtszimmer, genauer gesagt, mich an. Okay? Schlaganfall? Was machte man da noch mal? War das das mit den drei Tests, oder brauchte man gleich ärztliche Unterstützung? Ich beeilte mich, zu dem Mann zu gelangen, der wie erstarrt dastand.

»Nick?« Ich wedelte vor seinem Gesicht herum. Nichts.

»Nick!« Ich schnipste. Ein Blinzeln. Immerhin auf beiden Seiten.

»Nick, bei allem Respekt, das sieht seltsam aus, und ich kann keine Erste Hilfe.« Wenn er sich nicht gleich bewegte, würde ich Karlheinz persönlich abholen und herzerren, damit er einen Schmerzreiz setzte und Nick quiekte. »Was ist denn?«

Er drückte mir den Telefonhörer in die Hand und gestikulierte zu meinem Ohr. Ach so. Für mich. Warum sagte er das nicht gleich? Moment. Für mich? Niemand wusste, unter welcher Festnetznummer ich hier erreichbar war.

»Hallo?«, fragte ich in den Hörer. »Hier ist Cleya. Was gibt's?«

»Hallo Cleya.«

»Nicht Sie schon wieder.« Der Tag lief wunderbar? Alle waren einigermaßen zufrieden? Es gab außer Noelle exakt eine Person, der das so gegen den Strich ging, dass sie etwas dagegen tun musste. An Weihnachten wohlbemerkt.

»Cleya, ich habe gute Neuigkeiten für dich«, sagte Miss Snowflake.

»Ihre Kristallkugel ist heruntergefallen und kaputt? Sie können nie wieder Leben ruinieren?« Meine Stimme triefte vor Sarkasmus, und ich machte mich auf den Weg in die Küche, um niemanden zu stören. »Hören Sie, Sie haben echt genug angerichtet. Ich habe Lars endlich so weit, dass er den Tag einigermaßen genießen kann, wir brauchen Sie heute nicht. Wenn es sein muss, rufen Sie morgen wieder an. Fröhliche Weihn…«

»Das ist der Punkt«, unterbrach sie mich.

»Was?« Ich fuhr mir über die Haare. Was wollte die Frau denn noch?

»Daisy hat angerufen, du hast eine junge Frau aus Winterville abgeholt?«

»Wenn Miss Daisy Ihnen schon Bescheid gegeben hat, warum fragen Sie mich das? Hätte ich ein Visum beantragen müssen? Tut mir leid, es gibt Wichtigeres.«

»Du hast den Weg auf dich genommen, um eine Frau abzuholen.«

Wie dumm konnte sie sich stellen. Sie wusste von Anna, sie hatte das Problem ja erst verursacht. Ich seufzte. »Ich habe Anna abgeholt, okay? Lizzies Mom? Sieht fast aus wie ich, Ihr Fehler, schon vergessen?«

»Warum?«

»Damit Lars seine Tochter an Weihnachten um sich haben kann, wenn Sie schon alle anderen Highlights des Tages ruinieren. Und bei allem mangelnden Respekt, ich würde dann gerne wieder zu diesem Highlight zurückgehen und nicht mit Ihnen telefonieren.«

»Kannst du Lars etwas ausrichten?«, fragte sie.

»Kommt darauf an, ob Sie zur Abwechslung was Nettes zu sagen haben. Ich gebe Grüße weiter, aber wenn es um die Ausbildung geht, rufen Sie morgen wieder an. Er gibt Stiefel und Uniform und was auch immer bestimmt zurück, keine Sorge. Auf Wied…«

»Er hat die Prüfung bestanden«, fiel sie mir ins Wort.

»Bitte?« Ich hörte wohl nicht recht.

»Er hat die Prüfung bestanden.«

»Das ist ein fieser Scherz, Miss Snowflake.«

»Erinnerst du dich, wie ich erklärt habe, dass dein Verhalten die Prüfung beeinflusst?«

Schwer zu vergessen, ja. »Ja. Ich habe mit ihm Karaoke gesungen, und es war Ihnen egal. Ich erinnere mich.«

Miss Snowflake ging kein einziges Mal auf meine Vorwürfe ein, das musste man ihr zugutehalten. »Du hast eine quasi unmögliche Sache für ihn organisiert, damit er eine angenehme Weihnachtserinnerung hat«, sagte sie, als wäre mir das nicht selbst klar gewesen. Ich hatte das geschafft, ja. Ich wusste davon. »Lars hat geschafft, dass du Weihnachten genug schätzen lernst, um es ihm erhalten zu wollen.«

Mhm. So konnte man das auch ausdrücken. »Okay?«

»Mehr charakterliche Stärke kann man sich von einem Weihnachtsmann nicht wünschen.«

»Ich weiß.«

»Darum hat er die Prüfung trotz der letzten Zeit bestanden«, folgerte sie.

Okay. Im Ernst jetzt? »Und Jack?«

Diesmal lachte sie auf. »Wird vermutlich erleichtert sein.«

Wahr. Sehr wahr. »Das richte ich nicht aus«, entschied ich dann.

»Wie bitte?«

»Das machen Sie schön selbst. Ich bin doch keine Brieftaube!« Mit dem Hörer in der Hand marschierte ich zurück ins Weihnachtszimmer, vorbei an Nick, der immer noch nur dastand. Oh. Wahrscheinlich hatte er die Info auch eben bekommen. Schockstarre? »Für dich«, sagte ich zu Lars, »Fassen Sie sich kurz« zu Miss Snowflake.

Lars nahm den Telefonhörer entgegen, und seine Mimik während des kurzen Gesprächs zu beobachten, war wunderschön. Von Frust über Überraschung zu Ungläubigkeit zu purem Glück. Er war es dann, der den Hörer tatsächlich fallen ließ und mich in die Arme schloss. Wie es aussah, hatten wir heute den Tag der Umarmungen. Ich würde es überleben.

»Was ist denn?«, fragte Grace. Ihr Mann und ihr Sohn mussten ein seltsamer Anblick sein.

Lars zuckte mit den Schultern, ein vergeblicher Versuch, nonchalant zu wirken. »Miss Snowflake hat angerufen«, sagte er und konnte sein Strahlen nicht zurückhalten. »Ich habe bestanden!«

Jack atmete geräuschvoll aus und ließ sich ebenfalls strahlend in seinen Sessel zurückfallen. »Dem Himmel sei Dank. Nach Cleyas Flugdienst wäre Fliegen eine Herausforderung geworden.«

So schlimm konnte es nicht gewesen sein. Annas zustimmendes Nicken sagte etwas anderes. Na ja. Pech.

»Was heißt das jetzt?« Noelles Stimme war wieder etwas schriller als gewohnt.

Dass sie es doch nicht geschafft hatte, den beiden Erben der Winterfamilien die Zukunft zu vermiesen. »Dass Lars der nächste Weihnachtsmann wird. Ist?« Ich sah zu besagtem Weihnachtsmann. Wie auch immer. »Oder meinst du ganz konkret heute? Dann bedeutet es, dass Lars mich nach Hause fliegt und nicht irgendein Ersatz.« Ich sah zu Lars und lächelte ihn an. »Nach Hause fliegt und mich hoffentlich besucht, wenn er in Winterville ein und aus geht.«

Ein Jahr später. Dezember

Warum war ich eigentlich noch überrascht? Ich sah an mir herunter. Warum zog ich überhaupt noch helle Pullover an, auch wenn sie helle Weihnachtspullover waren?

»Es gibt so Teile, die nennen sich Tür«, informierte ich Lars. »Wenn ich dich noch mal auf dem Dach erwische, werfe ich dich, ohne zu zögern, herunter.«

Warum dachte er, es wäre angemessen, durch den Kamin ins Haus meiner Tante zu rutschen und den Dreck ins Wohnzimmer zu tragen? Typisch.

Lars zuckte nur mit den Schultern. »Hast du gepackt?«

Wie zum Beweis hielt ich meine Reisetasche hoch. »Moment, ich hole noch etwas.«

»Nein«, jammerte er, als ich die Terrassentür öffnete und von innen versuchte, an meinen Baum zu gelangen, um keine nassen Socken zu bekommen. »Cleya, ich stelle dir eine Million echte Bäume auf.«

Ich bekam einen Plastikast zu fassen und zerrte mein hässliches Gestrüpp ins Wohnzimmer. »Keine Chance.« Das Ding musste mit. Wo immer ich in der Weihnachtszeit war, war auch mein Baum. Es war mir egal, ob er in die Einrichtung des Weihnachtsmanns passte oder nicht, er musste mit. Ich war die Freundin des Weihnachtsmanns, ich passte in die Einrichtung. Der Baum passte zu mir.

»Ich bringe deiner Cousine und deinem Cousin mehr Geschenke.«

»Vergiss es, das Ding muss mit. Wo parkst du?«

»Eishalle.«

»Was willst du denn da?« Ich schnappte mir eine Plastikbox aus der Küche und zog meine Wintersachen an. Karlheinz war ein Allesfresser, mit etwas Glück fraß er auch den ekelhaften Kuchen von Miss Daisy, den ich noch herumstehen hatte. Dämliche Frau, dämlicher Kuchen, dämliches Tier. Sollte funktionieren.

»Jack hat sich in eine Eiskunstläuferin verguckt«, sagte er voller Ernst.

»Nicht wahr.«

»Doch wahr.«

Jack Frost und eine Eiskunstläuferin. Verrückt. Ich lachte. »Dann schauen wir mal, ob wir ihn loseisen können.«

Lars lachte nur und hängte sich die Reisetasche um. Er streckte die Hand nach meinem Baum aus, bekam aber nur meine Hand in seine gelegt. Besser.

Ich hatte meinen Glitzerbaum und meinen Weihnachtsmann. Mein Weihnachtsmann. Lars. Diese Erkenntnis entlockte mir jedes Mal wieder ein Lächeln. Aber es stimmte. Ich hatte einen Haufen Plastik und einen Freund. Mehr brauchte ich nicht für eine schöne Weihnachtszeit am Nordpol.

Danksagung:

Auch wenn auf dem Buchcover letztlich nur mein Name steht, wäre dieser Roman ohne die Hilfe vieler großartiger Menschen gar nicht erst entstanden.

Daher möchte ich mich zuerst bei meiner Familie bedanken, die mich geduldig in allen Phasen des Entstehungsprozesses ertragen und unterstützt hat. Danke an Mama, dass du jedes Komma und jedes Wort mit mir diskutierst, wenn ich vor lauter Buchstaben verzweifle. Danke an Papa, dass du dich mit mir durch den Dschungel der bürokratischeren Aspekte einer Buchveröffentlichung gekämpft hast. Vor allem aber danke an Tamara, dass du immer ein offenes Ohr für mich hattest und klare Worte gefunden hast, wo ich hunderte zu viel gebraucht hätte. Eine bessere Schwester kann ich mir nicht vorstellen!

Danke auch an meine Schreibmädels, Lena und Liz. Lena, danke für deine unendliche Bereitschaft, Details mit mir durchzukauen, Motivation und Begeisterung für Lars, Cleya und Jack. Ohne dich und unsere Schreibdates wäre der Roman nie das geworden, was er ist! Liz, danke dir für die gemeinsamen Abende, deine Unterstützung und dein Interesse am Schicksal der Figuren. Du verstehst die drei mindestens so gut wie ich, wenn nicht sogar besser!

Ihr habt den Text mehrfach gelesen und durch eure Anmerkungen um Welten besser gemacht. Danke!

Olivia und Selina, die sich als Testleserinnen an den Roman gewagt haben – danke euch für eure Zeit und eure lieben Kommentare, ihr seid wunderbar!

Vielen Dank auch dem Team von PIPER. Danke, dass ihr der Geschichte ein Zuhause schenkt. Ganz besonders möchte ich mich bei Elke bedanken, der wohl großartigsten Betreuerin, die man sich nur wünschen kann. Auch meine Redakteurin, Birgit Förster, verdient ein riesiges Danke für ihre Mühen. Mit Ihnen zusammenarbeiten zu dürfen hat mich sehr gefreut!

Nicht zuletzt möchte ich aber auch den Mädels noch mal danke sagen, die die ursprünglichste Version der Geschichte miterlebt haben: Magdalena, Anna und Tamara. Ohne euch gäbe es weder Lars noch Cleya.

Abschließend danke ich noch dir, liebe*r Leser*in, dass du dem Roman und mir eine Chance gegeben hast – ich hoffe, du hattest Spaß am Nordpol!